國家社科基金重大委托項目"《子海》整理與研究"成果

山東省社科規劃重大委托項目成果

子海精華編

主編 王承略 聶濟冬

揮塵録

[宋] 王明清 撰

王恒柱 點校

山東人民出版社·濟南

國家一級出版社 全國百佳圖書出版單位

圖書在版編目（CIP）數據

揮麈録／（宋）王明清撰；王恒柱點
校.--濟南：山東人民出版社，2018.2
（子海精華編／王承略，聶濟冬主編）
ISBN 978－7－209－11175－1

Ⅰ. ①揮… Ⅱ. ①王… ②王… Ⅲ. ①筆記小
說—中國—宋代 Ⅳ. ①I242.1

中國版本圖書館 CIP 數據核字（2017）第 300828 號

責任編輯：孫　姣　李　濤　張艷艷
封面設計：武　斌

揮麈録

[宋] 王明清 撰　王恒柱 點校

主管部門　山東出版傳媒股份有限公司
出版發行　山東人民出版社
社　　址　濟南市英雄山路 165 號
郵　　編　250002
電　　話　總編室（0531）82098914
　　　　　市場部（0531）82098027
網　　址　http：//www. sd－book. com. cn
印　　裝　山東臨沂新華印刷物流集團有限責任公司
經　　銷　新華書店

規　　格　32 開（148mm×210mm）
印　　張　15.5
字　　數　280 千字
版　　次　2018 年 2 月第 1 版
印　　次　2018 年 2 月第 1 次
ISBN 978－7－209－11175－1
定　　價　88.00 圓
　　　　　如有印裝質量問題，請與出版社總編室聯繫調換。

國家社科基金重大委托項目"《子海》整理與研究"成果之一

《子海精華編》

《子海精華編》出版説明

　　“子海”，即“子書淵海”的簡稱。“《子海》整理與研究”課題係國家社科基金重大委託項目、山東省社科規劃重大委託項目。該課題分《珍本編》《精華編》《研究編》《翻譯編》四個版塊，力圖把子部珍稀文獻、精華文獻進行深層次的整理、研究和譯介，挖掘子部文獻的價值，促進子學研究的發展。

　　山東大學向來以文史見長。古籍整理與子學研究，是其中的傳統研究方向。“《子海》整理與研究”，是在山東大學前輩學者高亨先生積三十年之力陸續做成的《先秦諸子研究文獻目録》的基础上，由已故著名古籍整理與研究專家董治安先生參與策劃、設計的大型綜合研究課題。課題立項後，得到了宣傳部、教育部、財政部、山東省政府和山東大學的大力支持，學界同仁踴躍參與。《精華編》的整理研究團隊近兩百人，來自海内外四十八所高校和研究機構。在組織管理上，《精華編》努力探索傳統文化研究協同創新的新體制、新機制，現已呈現出活力和實效。

　　華夏文明是由多元文化構築而成的。中國古代子部典籍，

1

以歷代士人個性化作品的形式，系統性地展示了華夏民族的世界觀和方法論，立體性地反映了中華民族對世界文明發展的貢獻。其中，無論是宏篇大論，還是叢殘小語，都激蕩着歷史的聲音，閃爍着智慧的光芒，構成中國古代思想、藝術、科技和生活方式的主體内容。《精華編》通過對子部最优秀的典籍的整理，一方面擷英取粹，爲華夏文明的傳播提供可靠的資源和文本；另一方面以古鑒今，爲當下社會的發展提供智力支持和精神支撑。並希望進而梳理中華傳統文化的多元結構，繼承中華優秀傳統文化的一貫文脈。

根據漢代以後子學發展和子部典籍的實際情況，參照官私目録的分類與著録，《精華編》選取先秦諸子、儒學、兵家、法家、農家、醫家、曆算、術數、藝術、雜家、小說家、譜録、釋道、類書等十四個類目的要籍幾百種，編爲目録，作爲整理的依據，而在成果展現上則不出現具體的類目。爲統一體例，便於工作，《精華編》編有詳細的《整理細則》，并有簡明的《整理要則》，供整理者遵循使用。

《精華編》整理原則是，對每種子書的整理，突出學術性、資料性和創新性，力求吸納已有的整理成果，推出更具參考價值、更方便閱讀的整理文本。所采用的整理方式，大體有三種：一、部頭較大且前人未曾整理者，采用標點、校勘的方式整理；二、前人曾經標點、校勘者，或采用抽換更好或別具學術特色底本的方式整理，或采用集校、集注的方式整理，或采用校箋、疏證的方式整理,或綜合使用以上方式;三、前人已有較好的注本者,則采用集注、彙評、補正等方式整理。

《精華編》采用五次校審、遞進推動的管理程式,即:一、初校全稿。子海編纂中心組織碩、博研究生,修改文稿錯別字,規範異體字,調整格式,發現並標明校點中的不妥之處。二、初審文稿。子海編纂中心的編纂人員根據情況,解決初校時發現的問題,並判斷書稿的整體質量。三、匿名評審。聘請資深教授通審全稿,全面進行學術把關,消滅硬傷,寫出審稿意見。四、修改文稿。子海編纂中心及時把專家審稿意見反饋給整理者。整理者根據審稿意見修改,做出新文稿。五、終審文稿。待新文稿返回子海編纂中心後,總編纂做最後的學術質量把關。五步程序完成後,將文稿交付出版社。

五次校審的目的是爲了保證學術質量,提高整理水平,減少錯訛硬傷。但校書如掃塵埃落葉,隨掃隨有,《精華編》雖經多道程序嚴加把關,仍難免有錯,懇請方家不吝指教。子海編纂中心將及時總結經驗,吸取教訓,把工作做得更好,以實現課題設計的初衷。

目　録

整理説明 …………………………………………………… 1

實録院牒泰州 ……………………………………………… 1

實録院牒泰州 ……………………………………………… 1

揮麈前録總目①

卷之一 ……………………………………………………… 1

　1. 誕節立名自唐明皇千秋節始 …………………………… 1

　2. 祖宗御像所在 …………………………………………… 3

　3. 祖宗誕聖之地建寺賜名 ………………………………… 4

　4. 開基節名因孟若蒙乞置 ………………………………… 5

　5. 太祖詔修三代帝王祠廟配享所在 ……………………… 5

　6. 本朝功臣配享 …………………………………………… 7

　7. 高宗用人納言皆有明見 ………………………………… 7

---

　① 《揮麈前録》四卷總目和正文，宋龍山書堂刻本原無編號，爲全書統一，據毛鈔本補。

8. 仁宗不以玉帶爲寶，以人安爲寶 ……………… 8

9. 李和文其家書畫皆冠世之寶 ……………… 9

10. 以玉帶爲朝儀始于熙寧 ……………… 9

11. 謚孔子爲至聖文宣王 ……………… 10

12. 郡國立學自元魏獻文始 ……………… 10

13. 東臺西臺立號所始 ……………… 11

14. 崇政殿講書肇於開寶 ……………… 11

15. 本朝列聖潛藩升府 ……………… 11

16. 英宗與令鑠同年月日時生 ……………… 12

17. 皇朝列聖搜訪書籍 ……………… 13

18. 士大夫家藏書多失於讎校 ……………… 14

19. 紹興帝后陵寢以欑宮爲名 ……………… 14

20. 徽宗永固陵爲永祐 ……………… 14

卷之二 ……………… 16

21. 祖宗重先代陵寢，詔禁樵采 ……………… 16

22. 歐陽文忠公以太子少師帶觀文殿學士致仕 … 19

23. 國朝侍從以上自有寄禄官 ……………… 19

24. 舊制侍從致仕加贈四官 ……………… 19

25. 翰林佩魚自蒲傳正始 ……………… 20

26. 熙寧間始置在外宮觀 ……………… 20

27. 本朝官制分左右字沿革 ……………… 20

28. 本朝宰相再爲樞密使 …………………………………… 21

29. 樞密使子弟皆補班行 …………………………………… 21

30. 館職編修不可令武臣提舉 ……………………………… 21

31. 密院承旨文武互用自王荆公始 ………………………… 21

32. 湯特進封慶國公，上章不受 …………………………… 22

33. 州縣官帶學事繋銜 ……………………………………… 22

34. 五朝俱立三相 …………………………………………… 22

35. 本朝宰相兼公師 ………………………………………… 23

36. 本朝三入相者六人 ……………………………………… 23

37. 本朝自外拜相者四人 …………………………………… 23

38. 弟草兄麻國朝以來有兩家 ……………………………… 23

39. 國朝宰相享富貴耆壽者十人 …………………………… 24

40. 本朝名公多厄於六十六 ………………………………… 24

41. 本朝宰相年少無逾范覺民、張魏公 …………………… 25

42. 宰相見子入政府惟曾宣靖一人 ………………………… 25

43. 本朝吕氏一家執七朝政 ………………………………… 25

44. 本朝父子兄弟爲宰執者二十餘人 ……………………… 25

45. 韓奉常之妻可儷於唐之苗夫人 ………………………… 26

46. 錢氏富貴三百年相續前代未見 ………………………… 27

47. 古硯犀帶皆王氏舊物 …………………………………… 27

48. 本朝居政府在具慶下者十七人 ………………………… 28

49. 本朝狀元登庸者六人 ························· 28

50. 本朝父子兄弟俱居翰苑 ······················ 28

51. 雍孝聞三世俱以罪廢 ······················· 28

52. 本朝族望之盛 ··························· 29

53. 建州浦城有四甲族 ······················· 31

54. 浦城章氏登科題名 ······················· 31

卷之三 ······························· 32

55. 蜀中大族犯高宗御名，各易其姓 ··············· 32

56. 三世探花郎 ··························· 32

57. 錢氏一家盛事，常占天台 ··················· 32

58. 本朝蘇、蔡、呂入相故事 ··················· 33

59. 子孫當爲祖父諱名 ······················· 33

60. 本朝以遺逸起者二人 ······················ 33

61. 國初取士極少，無逾宣和之盛 ··············· 34

62. 配享宣聖，兗鄒並列 ······················ 34

63. 劉器之殿試取馬巨濟，巨濟不稱門生 ··········· 34

64. 薛叔器家有古關外侯印 ···················· 34

65. 台吏楊滌、丹陽李格藏多唐綸軸告命 ··········· 35

66. 歐、宋唐書不著文中子，而李習之、
劉禹錫等載之甚詳 ······················ 35

67. 歐、蘇二公作文多避祖諱 ··················· 36

68. 賜生辰器幣，至遣使命 …………………………… 36

69. 慶曆赦書許文武官立家廟 ………………………… 36

70. 衣緋緑，賜金紫 ……………………………………… 37

71. 本朝父子兄弟俱爲狀元有四家 …………………… 38

72. 監司遇前宰執帥守處即入客位通謁 ……………… 38

73. 張載賢者，不當使鞠獄 …………………………… 38

74. 立法貴得中制 ……………………………………… 38

75. 太宗還西夏所獻鶻 ………………………………… 39

76. 朱紱自陳與奸人同姓名，蔡元長大喜 ………… 39

77. 徐德占讀詔，聲音之訛 ………………………… 39

78. 董彦遠連徵蔡居安瓜事，① 果補外 …………… 40

79. 曾文肅夢衣緑謝恩 ………………………………… 40

80. 虜主犀帶磁盆 ……………………………………… 40

81. 建隆遺事詞多誣謗 ………………………………… 41

82. 張賢良應制科，遇所著論中選 ………………… 41

83. 久在館中，始呼學士 …………………………… 42

84. 高宗得尉拒敵，故得南渡 ……………………… 42

85. 飲酒談禪貴安自然 ……………………………… 43

86. 國初吏部給出身，兼説歲數形貌，以防僞冒 …… 43

---

① “瓜”，原作“爪”，據津逮本及正文改。

87. 靖康追褒，或有僥倖 ……………………………… 43

88. 張文潛元帶閣職 …………………………………… 44

89. 李成因子覺爲國博，贈光禄寺 ………………… 44

卷之四 …………………………………………………… 46

90. 王素同姓名者二，李定同姓名者三 ………… 46

91. 心喪始於郭積 ……………………………………… 47

92. 三泉縣令許發賀表奏補 ………………………… 47

93. 張逸知蜀，斷政如神 …………………………… 48

94. 南朝沙合出宰相 ………………………………… 48

95. 昔人重契義，書札嚴分守 ……………………… 48

96. 王延德歷叙使高昌行程所見 ………………… 49

97. 王仲言弱齡見知於朱希真、徐敦立二公① ……… 53

98. 郭熙畫山水有名 ………………………………… 54

99. 吕微仲、安厚卿二公賢否 ……………………… 54

100. 姚令威得會稽石碑，論海潮依附陰陽時刻 ……… 55

王明清序 ………………………………………………… 57

程迥跋 …………………………………………………… 57

郭九憼跋 ………………………………………………… 58

李賢良簡 ………………………………………………… 58

① “敦立”，原作“毅立”，正文作“敦立”，據改。

王知府自跋 …………………………………………………… 59

前四卷秀州已嘗刊行

揮塵後錄總目

卷之一 ……………………………………………………… 62

1. 自漢哀帝以來歷代加上皇帝尊號 ………………… 62

2. 太祖興王之兆 …………………………………… 67

3. 滁州創端命殿崇奉太祖御容 …………………… 68

4. 祖宗規撫宏遠 …………………………………… 69

5. 太祖藏弓弩於揚州郡治，① 宣和間得用 ………… 69

6. 祖宗置公庫以待過客，欲使人無旅寓之嘆 ……… 69

7. 太宗收用舊臣，處之編修，以役其心 …………… 70

8. 錢氏《逢辰録》言朝廷典故甚詳 ………………… 70

9. 章獻太后命儒臣編書，鏤板禁中 ………………… 70

10. 天聖中詔修《三朝國史》 ………………………… 70

11. 昭陵降誕之因 …………………………………… 71

12. 神宗聖學非人所及 ……………………………… 71

13. 神宗置封椿庫，以爲開拓境土之資 …………… 71

14. 神宗詔史院賜筵，史官就席賦詩 ……………… 72

15. 録紹聖謗語與史院 ……………………………… 73

---

① “揚州”，原作“楊州”，據正文改。

16. 曾布等議復瑤華本末 ·············· 73

17. 曾布奏事，上深憚服 ·············· 79

18. 徽宗好學，潛心詞藝 ·············· 79

19. 徽宗初郊事迹 ···················· 79

20. 程若英上言皆驗 ·················· 82

21. 鄧洵武乞正選人官稱 ·············· 82

22. 政和中廢毒藥庫，并罷貢額 ········ 82

23. 靖康中鄧善詢隨車駕次雍丘，召縣令計事 ·········· 83

24. 編類元祐黨人，立碑刊石 ·········· 83

25. 宰相樞密分合因革 ················ 84

26. 史官記事，所因者有四 ············ 87

27. 自秦相擅政，紀録不足傳信 ········ 88

28. 太祖誓不殺大臣言官 ·············· 89

29. 治平宰執進草熟狀 ················ 89

卷之二 ······························ 90

30. 徽宗幸高宗幄次，見金龍蜿蜒榻上 ·· 90

31. 高宗閲奏，求其生路 ·············· 90

32. 高宗興王符瑞 ···················· 90

33. 徽宗御制艮嶽記，命李質、曹組爲古賦并百咏詩及
詔王安中賦詩 ···················· 91

34. 近日官制紊亂 ···················· 122

35. 歐陽文忠與劉邊父書，問荅入閣儀詞 ················ 123

36. 吳縝著《唐史糾繆》《五代史纂誤》之因 ········ 124

37. 《皇王寶運録》載黃巢王氣一事，歐陽文忠
　　未曾見 ·················· 124

38. 京官朝參差回，綱船乘歸 ················ 125

39. 人不堪命，皆去爲盜 ················ 126

40. 宰相奏補于第，止授九品京官，自吕文穆始 ····· 126

41. 通判運判所舉人數沿革 ················ 126

42. 磨勘進秩，自孫何、耿望建言始 ············ 127

43. 富文忠封還詞頭，盧襄贊執奏不行 ·········· 127

44. 張唐英述《仁宗政要》與《嘉祐名臣傳》 ······· 128

45. 韓魏公、章子厚爲山陵使 ··············· 128

46. 韓魏公出判相州不敢預聞國命，
　　吕吉父出守延安乞與樞密同奏事 ·········· 128

47. 丞相吳冲卿忌郭逵成功，其孫吳侔以左道伏誅 ···· 129

48. 新法之行施於天下，獨永康無和買 ·········· 129

49. 邢和叔用章子厚語以荅虜使 ·············· 130

50. 吕氏爲侍郎者三人，俱有子孫爲相 ·········· 130

51. 邵堯夫譏富鄭公肉食者鄙 ··············· 130

52. 總管之總字，但從手不從絲 ·············· 131

53. 李濤、李常本出一族① ……………………………… 131

54. 陳崇儀廟食事因 …………………………………… 131

55. 唐宰相以宗室進者十三人，如何史贊乃云七人 …… 132

卷之三 ………………………………………………… 133

56. 熙寧以來宰相封國公 ……………………………… 133

57. 蔡元道作《官制舊典》，事有抵牾 ……………… 135

58. 方軫論列蔡京章疏 ………………………………… 136

59. 強淵明上《景鐘頌》 ……………………………… 140

60. 王寀爲林靈素中傷，與劉炳俱見誅 ……………… 140

61. 劉康孫啓崔貴妃奪王景彝故弟果報 ……………… 143

62. 蔡元長不啓印匣用印，印復在匣 ………………… 144

63. 張柔直勸蔡元長收拾人材，以救喪亂 …………… 144

64. 解習除知河中府，以箝口喪軀 …………………… 145

65. 蘭亭石刻既存而復失 ……………………………… 145

66. 張達明報唐欽叟令銜命誅童貫 …………………… 145

67. 馮檝、雷觀同爲學官相排 ………………………… 146

68. 賀子忱、李邈詐疾退避 …………………………… 146

69. 粘罕欲根刷玉牒名字，賴秦中丞得免 …………… 147

70. 鄭居中與蔡京交惡 ………………………………… 147

---

① "常"上原衍"擇"字，《宋史》卷三四四李常傳"李常，字公擇"，據刪。

71. 追贈范忠宣，誤作文正 ……………………… 148

72. 温禹弼與曾文蕭相失 …………………………… 148

73. 蘇東坡作陳公弼傳 ……………………………… 148

卷之四 ………………………………………………… 150

74. 徽宗燕賞元宵，命王安中、馮熙載進詩 ……… 150

75. 陳堯臣進退終始事迹 …………………………… 154

76. 靖康中，黃時偶、徐揆、段光遠三人上虜酋書 … 155

77. 張邦昌僭僞事迹 ………………………………… 161

78. 夏人沮粘罕之氣 ………………………………… 164

卷之五 ………………………………………………… 165

79. 論熙寧以來謚法 ………………………………… 165

80. 材人所畏者尉曹 ………………………………… 173

81. 江氏令樊若水獻下江南之策，宋咸、
鄭毅夫記其事甚詳 …………………………… 173

82. 蜀孟昶上周世宗書 ……………………………… 175

83. 國朝父子兄弟叔侄聯名顯著 …………………… 177

84. 黃巢、明馬兒、李順皆能逃命於一時 ………… 178

85. 蔡伯俙以神童授官，食禄七十五年 …………… 180

86. 張耆燕禁從諸公 ………………………………… 181

87. 韓忠憲四子奏名禮部① …………………………… 182

卷之六 …………………………………………………… 183

88. 韓持國入仕首末 …………………………………… 183

89. 王平爲司理，不阿旨以殺無辜 …………………… 183

90. 李邯鄲命諸子名 …………………………………… 184

91. 司馬温公人望所歸 ………………………………… 184

92. 温公不自矜伐 ……………………………………… 185

93. 王荆公死兆 ………………………………………… 185

94. 晏元獻、元厚之怒人犯父諱 ……………………… 185

95. 時君卿稱王荆公於上前 …………………………… 185

96. 蔡持正之父黃裳戒其子必報陳氏 ………………… 186

97. 王和父德政如神 …………………………………… 187

98. 汪輔之就試，自知登第 …………………………… 187

99. 滕元發因舍弟申與楊元素失眷 …………………… 188

100. 蘇東坡改王兵部滕元發行狀爲墓銘 ……………… 189

101. 曾氏一門六人同榜及第 …………………………… 189

102. 馮京作主文，取張芸叟置優等 …………………… 190

103. 曾文肅薦王兵部居言路，不就 …………………… 191

104. 曾文肅爲相首末 …………………………………… 191

① "憲"原作"獻"，據正文及《宋史》卷三一五《韓億傳》改。

105. 中使宣押蔡卞爲右丞 ……………………… 192

106. 夏人寇慶州，老卒保其無他 ……………… 192

107. 趙正夫與黃魯直戲劇，銜怨切骨 ………… 192

108. 林仲平二子立名 …………………………… 193

109. 蘇東坡不肯寫司馬文正墓志 ……………… 193

110. 歐陽觀行狀異同 …………………………… 193

111. 余行之結連外界罪狀 ……………………… 195

112. 李端叔行狀文章 …………………………… 195

113. 東坡杭州湖上會客 ………………………… 198

114. 昭靈侯行狀首末 …………………………… 198

115. 曾文肅、王大卿結爲契家 ………………… 199

卷之七 …………………………………………… 201

116. 國朝以來自執政徑登元台 ………………… 201

117. 本朝先正御書碑額與御書閣名 …………… 201

118. 滕章敏訪荆公，臨別贈言 ………………… 203

119. 東坡知舉時，劉無言論效《醉白堂記》… 203

120. 晁以道跋《魚枕冠頌》 …………………… 203

121. 曾文肅夫人招李子約母妻 ………………… 204

122. 徐師川改陳虛中判語 ……………………… 204

123. 蔡元度與門下士觀畫壁 …………………… 205

124. 揚康功使高麗 ……………………………… 205

125. 方達源乞重修汴河短垣奏疏 …………………… 205

126. 東坡舟次泗上 …………………………………… 207

127. 建中士人與曾、蔡啓語兩易 …………………… 207

128. 曾文肅滕沙粥 …………………………………… 207

129. 石豫言鄒志完再竄及降復元祐人 ……………… 208

130. 毛澤民和蔡元度鴛鴦詩 ………………………… 208

131. 錢昂輕童貫 ……………………………………… 208

132. 黃魯直浯溪碑，曾公袞不欲書姓名 …………… 209

133. 郭槩善於擇婿 …………………………………… 209

134. 王慶曾不隨曾國老濟江，乃免於難 …………… 209

135. 唐質肅公孫女識受釐殿名 ……………………… 210

136. 王岐公在翰苑，① 命門生供經史對 …………… 210

137. 王兵部爲尉，驗親識弓手殺人 ………………… 210

138. 米元章倚蔡元長凌大漕張勵 …………………… 210

139. 呂元直奏除李良輔名 …………………………… 211

140. 鍾正甫治鄒志完獄，劉景鞠謝景思 …………… 212

141. 王氏書爲陳元則所得 …………………………… 213

142. 葉少蘊書火於弁山，李泰發藏書火於秦 ……… 214

143. 東坡在張厚之家再見徐君猷家姬，爲之感動 …… 214

① “岐”，原作“歧”，津逮本、四庫本正文作“岐”，據改。

144. 童貫以承宣使乘狁坐，由是爲例 ……………… 215

145. 趙諗僞號隆興 ……………………………………… 215

146. 高俅本東坡小史 ………………………………… 216

卷之八 ………………………………………………… 218

147. 陳舉摘魯直《塔記》貶宜州，舉復以進青蛇
　　青錢罰俸 ……………………………………… 218

148. 王彦輔村里侍從 ………………………………… 219

149. 范寥告張懷素變 ………………………………… 219

150. 畢仲游杖張懷素 ………………………………… 220

151. 蔡文饒館李易 …………………………………… 220

152. 李漢老爲李濤五世孫 …………………………… 221

153. 李譓進萬歲蟾蜍 ………………………………… 221

154. 賈明仲治童貫第得謝逾數萬緡 ……………… 221

155. 曾空青極力照矚陳瑩中 ………………………… 222

156. 王宣贊召劉斯立而距李延年，至興獄累賓主 …… 223

157. 王倫隨李相至禁中，自陳於殿下 ……………… 224

158. 舍人草東坡復官制，院吏教爲結尾 …………… 225

159. 陳述併治鄭良，俱死而旅攢並室 ……………… 226

160. 江子我不信卜者之言 …………………………… 226

161. 朱新仲代王彦昭致語，用魯公帖及柳詞 ……… 227

162. 蘇叔黨不從賊脅，通夕痛飲而卒 ……………… 227

163. 蘇叔黨屬李植於向伯恭 …………………… 227

164. 蔡元長貶潭，自嘆失人心且作詞以卒 ………… 228

165. 高宗擢用徐師川 …………………………… 228

166. 葉宗諤得婦人濟江 ………………………… 230

167. 李元量魁天下 ……………………………… 230

卷之九 …………………………………………… 232

168. 王廷秀《閱世録》載明受之變甚備 ………… 232

169. 頴彥文記高宗幸海事 ……………………… 238

170. 高宗命王兵部撰楚州守將趙立死事傳 ……… 242

卷之十 …………………………………………… 248

171. 吳傅朋上殿，高宗自謂九里松牌不如吳説 …… 248

172. 王銖掩匿御府器玩服御 …………………… 248

173. 高宗從王子裳言，釋苗劉鹵掠婦女 ………… 248

174. 錢穆《收復平江記》 ……………………… 249

175. 秦會之修和盟，胡銓上書除名，

張仲宗《送行詞》削籍 …………………… 255

卷之十一 ………………………………………… 259

176. 孫仲益作墓碑 ……………………………… 259

177. 徐康國傲忽，觸韓璜、劉剛 ……………… 259

178. 傅崧卿觸二執政名 ………………………… 260

179. 范擇善遷葬 ………………………………… 261

180. 秦會之荅李漢老啓① …………………………………… 261

181. 御史希秦會之言，罷鐫汰濫賞 ……………………… 261

182. 王承可以名同偏旁，緣秦會之誣罔，以至侍從 …… 262

183. 周葵言梁仲謨語泄去位 ……………………………… 263

184. 秦會之使馮濟川探高宗意 …………………………… 263

185. 方庭實強勉入廣 ……………………………………… 264

186. 馬子約、梁揚祖因議斷強盜罪不咸 ………………… 264

187. 朱希真《雪溪集序》 ………………………………… 264

188. 名家子知邵州，希合秦會之，按辛永宗，
籍其家 …………………………………………………… 265

189. 解潛爲韓世忠草奏配嶺外 …………………………… 265

190. 榮茂世不受岳飛父子不軌之訴 ……………………… 266

191. 曾宏父小鬟誦《赤壁》二賦 ………………………… 266

192. 高宗問陳桷 …………………………………………… 267

193. 秦會之以姚宏不簽名，卒以祈雨死大理獄中 …… 267

194. 熊彥詩賀啓 …………………………………………… 268

195. 錢逢迎拜臘寇，痛毀時政，爲寇所殺 …………… 268

196. 李孝廣以費乂試卷謗訕，竄廣南死。其子病，
乂爲祟 ………………………………………………… 269

① “漢”，原作“元”，據正文改。

197. 方允迪以先得御注《老子》爲毛達可所賞……… 269

198. 譚積、梁師成言早來玉音可畏 …………………… 270

199. 孟富文爲執政 …………………………………… 270

200. 王慶曾畏秦會之，不爲顯仁償虜使金，

會之卒喜 ……………………………………… 271

201. 曾吉父荅啓 ……………………………………… 272

202. 孫立爲盜得壽州鈐轄印 ………………………… 272

203. 王公明爲楊原仲所疑① ………………………… 273

204. 秦師垣謂魏道弼莫胡思亂量 …………………… 273

205. 陸農師 …………………………………………… 274

王明清序 ……………………………………………… 274

王禹錫跋 ……………………………………………… 275

揮塵第三録總目②

卷之一 ………………………………………………… 276

1. 孝宗登真如寺鐘樓 ……………………………… 276

2. 高宗東狩四明日録 ……………………………… 276

3. 劉希范責鄒志完書 ……………………………… 284

4. 婁陟明上高宗書 ………………………………… 288

5. 吴處厚與蔡持正不和 …………………………… 290

---

① “楊原仲”，原作“王原”，據正文改。
② 《揮塵第三録總目》，宋龍山書堂本原無編號，據正文編號補。

6. 曾南豐辟陳無己、邢和叔爲實録檢討官 ‥‥‥‥‥ 293

卷之二 ‥‥‥‥‥‥‥‥‥‥‥‥‥‥‥‥‥‥‥‥‥‥‥‥‥ 295

7. 龍眠三李 ‥‥‥‥‥‥‥‥‥‥‥‥‥‥‥‥‥‥‥‥‥ 295

8. 宋惠直樂語 ‥‥‥‥‥‥‥‥‥‥‥‥‥‥‥‥‥‥‥ 295

9. 九江碑工李仲寧不肯刊黨籍姓名 ‥‥‥‥‥‥ 296

10. 蘇叔黨善畫窠石 ‥‥‥‥‥‥‥‥‥‥‥‥‥‥‥ 296

11. 徽宗宣曾空青至行宫 ‥‥‥‥‥‥‥‥‥‥‥‥ 297

12. 錢遜叔治宿州 ‥‥‥‥‥‥‥‥‥‥‥‥‥‥‥‥ 297

13. 張夫人哭魏夫人詩 ‥‥‥‥‥‥‥‥‥‥‥‥‥ 297

14. 劉季高謁詹安世 ‥‥‥‥‥‥‥‥‥‥‥‥‥‥ 298

15. 秦檜之陳議狀 ‥‥‥‥‥‥‥‥‥‥‥‥‥‥‥‥ 299

16. 王幼安草檄① ‥‥‥‥‥‥‥‥‥‥‥‥‥‥‥‥‥ 303

17. 王稟、徐徽言、② 李邈忠義事迹 ‥‥‥‥‥ 305

18. 吕張以勤王檄諸郡 ‥‥‥‥‥‥‥‥‥‥‥‥‥ 308

19. 曾空青跋真草千字文略 ‥‥‥‥‥‥‥‥‥‥ 308

20. 李夫人盡獲群賊 ‥‥‥‥‥‥‥‥‥‥‥‥‥‥ 309

21. 向伯恭徐端益忠義 ‥‥‥‥‥‥‥‥‥‥‥‥‥ 310

22. 趙叔近守秀州 ‥‥‥‥‥‥‥‥‥‥‥‥‥‥‥‥ 310

---

① 四庫本無此條。“幼”，原作“刼”，“幼”之訛字，今改。

② “徽”，原作“微”，據正文改。

卷之三 ………………………………………………… 313

23. 劉廷、黃大本、朱弁行狀 ………………… 313

24. 高宗召見張九成 ………………………… 315

25. 呂元直趙元鎮相排 ……………………… 315

26. 許志仁善戲謔 …………………………… 316

27. 靠背交椅自梁仲謨始 …………………… 316

28. 曾空青辯謗錄 …………………………… 316

29. 岳侯與王樞密葬地一同 ………………… 318

30. 黃達如監察御史 ………………………… 319

31. 洪景伯試《克敵弓銘》 ………………… 319

32. 鄭亨仲節制尊嚴 ………………………… 319

33. 曹庭堅遭遇秦相 ………………………… 320

34. 建炎荊州遺事 …………………………… 321

35. 湯致遠帥浙東 …………………………… 322

36. 陳師禹責降 ……………………………… 322

37. 孟仁仲上表 ……………………………… 323

38. 万俟元忠薦汪明遠 ……………………… 323

39. 鄭恭老上殿陳札子 ……………………… 324

40. 陳忠肅得罪秦師垣 ……………………… 324

41. 李泰發寓書秦相 ………………………… 324

42. 汪明遠宣諭荊襄 ………………………… 325

43. 王權和州與虜接戰 …………………………… 326

44. 胡昉夸誕 ………………………………………… 327

45. 湯進之封慶國公 ……………………………… 328

46. 尤延之博物洽聞 ……………………………… 328

王明清序 …………………………………………… 329

揮麈録餘話總目

卷之一 ………………………………………………… 330

1. 帝王自有真 …………………………………… 330

2. 王荆公薦常秩 ………………………………… 331

3. 任世初上書乞取燕雲 ………………………… 331

4. 高宗卻獻燒金及藥術 ………………………… 331

5. 葉夢得奏對聖語 ……………………………… 331

6. 建炎符兆 ……………………………………… 334

7. 高宗幸台州祥符寺 …………………………… 334

8. 趙元鎮責黃彦節 ……………………………… 335

9. 沈之才引經被逐 ……………………………… 335

10. 孝宗儲祥 ……………………………………… 335

11. 紹興中選擇宗子 ……………………………… 335

12. 張思廉言事多驗 ……………………………… 336

13. 祐陵與蔡元長虜歌 …………………………… 336

14. 蔡元長作太清樓特燕記 ……………………… 339

15. 蔡元長《保和殿曲燕記》《延福宮曲燕記》 …… 343

16. 祐陵召東宮 …… 349

17. 祖宗兵制名《樞廷備檢》 …… 349

18. 王文恭草制辦下多時 …… 359

19. 近世衣冠之盛 …… 359

20. 蔡敏肅帥平涼，作《喜遷鶯》詞 …… 360

21. 東坡入翰林被旨 …… 360

22. 富文忠上章自劾 …… 361

23. 司天監亢瑛上奏 …… 362

24. 曾文肅有壽詞 …… 363

25. 陳禾節義敢言 …… 363

26. 林子忠《野史》① …… 364

27. 黃慶基摘東坡語以爲訕謗 …… 364

28. 士林佳話 …… 364

29. 景煥述《野人閑話》 …… 365

30. 事有相類而禍福不侔 …… 366

31. 王文穆薦同年尉 …… 367

32. 東坡送章守湖州詩 …… 367

33. 錢穆父行章子厚告詞 …… 367

① “忠”原作“中”，據正文及津逮本、四庫本改。

34. 周美成再進汴都賦表 ………………………… 368

35. 詞人蹈襲 …………………………………… 370

36. 沈睿達書裙帶詞 …………………………… 370

卷之二 ………………………………………… 372

37. 丁晉公端研 ………………………………… 372

38. 王荆公集句詩 ……………………………… 373

39. 周美成夢中得《瑞鶴仙詞》 ……………… 373

40. 周美成《風流子詞》 ……………………… 373

41. 蔡元度燕曾文蕭 …………………………… 374

42. 耿南仲席上不作詩 ………………………… 374

43. 張如瑩與聶賁遠、① 王將明同官 ………… 374

44. 徐典樂製《轉調二郎神》 ………………… 375

45. 東坡記發冢小話② ………………………… 376

46. 艮嶽奇石 …………………………………… 376

47. 朱勔葬父 …………………………………… 377

48. 風和尚知人休咎 …………………………… 377

49. 蔡攸曲燕禁中 ……………………………… 377

50. 李邈換武 …………………………………… 378

51. 詹堅老與李端初交代 ……………………… 378

---

① “瑩”，原作“瑩”，據津逮本及正文“張澄如瑩”改。

② “冢”，原作“冢”，津逮本、四庫本正文作“冢”，據改。

52. 黃謙狡獪 ……………………………… 379

53. 王履道咏梁師成賜第 ………………… 379

54. 劉跛子知人禍福 ……………………… 380

55. 蔡元長令費孝先畫卦影 ……………… 380

56. 蔡元長建第錢塘 ……………………… 380

57. 胡宗哲、陳舉冰清玉潤 ……………… 381

58. 蘇元老謝表 …………………………… 381

59. 李泰發謝表 …………………………… 381

60. 潭州天寧寺有平楚樓 ………………… 381

61. 韋絢《嘉話》虛誕 …………………… 381

62. 向子固維揚夢果應 …………………… 382

63. 康倬詭易姓名 ………………………… 382

64. 王佾戲向宗厚 ………………………… 383

65. 宋毅叔醫田登母 ……………………… 383

66. 王子亨醫吐舌 ………………………… 384

67. 李氏醫腸癰 …………………………… 384

68. 王定觀服丹砂 ………………………… 385

69. 丁廣服丹藥 …………………………… 386

70. 秦會之還朝人相 ……………………… 386

71. 印行書籍自毋昭裔始① ……………………… 387

72. 靖康議狀乃馬伸之文 ……………… 387

73. 秦會之詆范覺民 ……………… 388

74. 秦會之以秦熺爲乞字 ……………… 388

75. 王岐公復官② ……………… 389

76. 殺帥蜀之職自王曆始 ……………… 390

77. 宗室入蜀自趙德夫始 ……………… 390

78. 廉宣仲再居雪川 ……………… 390

79. 秦會之擢張師言 ……………… 391

80. 向伯恭奏補陳序 ……………… 391

81. 王俊首岳侯狀 ……………… 392

82. 南都老盜自陳 ……………… 397

83. 吕元直除馬子約英州 ……………… 397

84. 吴开、莫儔竄逐 ……………… 397

85. 國朝六曹尚書寄禄 ……………… 398

86. 王兵部跋李伯時古器圖語 ……………… 398

87. 劉士祥奸利 ……………… 399

88. 張彦實居西掖 ……………… 399

89. 工仲言作《慈寧殿賦》 …………… 400

① “毋昭裔”，原作“毌丘儉”，見正文校。

② “岐”，原作“歧”，津逮本、四庫本正文作“岐”，據改。

90. 相蔡元長題超覽堂字 …………………………… 406

91. 林開相蔡元度子 …………………………………… 406

92. 九江舟中盜鑄錢 …………………………………… 407

93. 賞心亭長短句 ……………………………………… 407

94. 張、韓奏凱 ………………………………………… 407

95. 秦會之題跋鄭德象 ………………………………… 408

96. 甄保義、賈機宜 …………………………………… 408

97. 唐崔相國德政碑 …………………………………… 408

98. 顏魯公墨帖 ………………………………………… 409

99. 團石讖語 …………………………………………… 409

趙師厚跋 ……………………………………………… 410

附録 …………………………………………………… 412

此書浙間所刊，止《前録》四卷，學士大夫恨不得見全
書。今得王知府宅真本全帙四録，條章無遺，誠冠世之
異書也。敬三復校正，鋟木以衍其傳，覽者幸鑒。龍山
書堂謹咨。

整理説明

　　《揮麈録》包括《前録》四卷、《後録》十一卷、《第三録》三卷、《餘話》二卷，宋王明清撰。明清字仲言，穎州汝陰（今安徽阜陽）人，生於高宗建炎元年（1127），卒年不詳。南渡初，明清札考朝野舊聞，以見聞博洽爲時所重。然畢生浮沉州縣，遂致湮没無聞，事迹不顯。《宋史》無傳，陸心源《宋史翼・文苑傳》收録，亦未及詳。僅依《揮麈録》所記，知其生平大概。紹興六年（1136）十歲時，即以知國史受知於當時名家朱敦儒、徐度。紹興十年（1140）十四歲時，隨父宦居山陰。紹興十四年（1144）至十七年（1147）間，二十歲左右時隨舅氏曾惇先後居台州、京口。紹興二十九年（1159）三十三歲時館於張孝祥家。孝宗即位之初，以父蔭入仕，紹興三十一年（1161）三十六歲時以異姓補官。乾道間奉祠山陰，大約四十歲時著成《揮麈前録》。四十六歲時，在壽春任幕職。淳熙四年（1177）登太史李燾門，李燾賞其學識，欲留以助其修史而不果。淳熙十二年（1185）五十九歲時主管台州崇道觀。紹熙三年（1192）至

五年（1194），先後任寧國軍節度判官、朝散郎、泰州通判，
著成《揮塵後錄》。紹熙五年（1194）至慶元元年（1195）
間著成《揮塵第三錄》。慶元四年（1198）前著成《揮塵餘
話》。王明清一生歷仕高宗、孝宗、光宗、寧宗四朝，慶元中
寓居嘉興，官朝請大夫。

王明清家傳史學，三世治史。其祖王莘，治平四年舉進
士，少從歐陽修學文，從王安石、王回、常秩等學經，擅文
章之學。其父王銍，性聰敏，建炎末官樞密院編修，記問賅
洽，長於國朝故事，所著《國朝史述》，對當朝國史多有辨
正。又性喜聚書，博覽好學，所藏書達數萬卷，皆手自校讎。
明清兄廉清，著有《京都歲時記》等，亦高才敏思，能世家
學。明清母爲曾紆之女，曾布孫女。曾布元符、建中靖國間
爲相，曾紆是曾布第四子，政和間簽書寧國軍節度判官。明
清舅氏曾惇宣和、紹興間曾官湖州司錄、太府寺丞、知黃州、
台州、鎮江府、光州等。曾氏家族爲江西南豐名門，父逝後，
明清兄弟常依舅氏曾惇游。詩書史學的家族文化積累，歷代
官宦的政治交游見聞，爲王明清的創作，提供了豐厚的家學
淵源。王明清承修父業，以史才冠有宋，史筆精湛，態度嚴
謹，使《揮塵錄》具有很高的史學價值。

王明清長於史學，其著述除《揮塵錄》二十卷外，據歷
代書志記載，尚有《玉照新志》六卷、《投轄錄》一卷、《摭
青雜說》一卷、《清林詩話》等。《揮塵錄》是記錄宋代掌故

舊聞的筆記，《前録》多記朝章國故，《後録》《第三録》多記紹興以前士夫軼事，間及典制，多足補宋史闕略。《四庫提要》稱《前録》所紀，"多國史中未見事。《後録》爲紹熙甲寅武林官舍中所紀，《三録》爲慶元初年請外時所紀，於高宗東狩事獨詳。《餘話》兼及詩文碑銘，補前三録所未備"（《欽定四庫全書總目》卷一四一）。其史料價值，得到了後人的充分肯定。清周中孚《鄭堂讀書記》稱其"篇幅恢擴，究極端末，洵足以備兩宋之舊聞矣"，評價是中肯的。

《揮麈録》在存録宋朝史實方面有突出的貢獻，保存了大量文獻資料，既有徵引的官私史述，也有詩賦碑銘類文獻，是宋代史料筆記的上乘之作。四庫館臣稱其"援据賅洽，有資考證"。所存史料如《後録》卷一曾布《奏事録》，卷五《蜀孟昶上周世宗書》，卷九王廷秀《閲世録》和《高宗六龍幸海事》，卷十錢穆《收復平江記》；《三録》卷三《曾空青辯謗録》《建炎荆州遺事》《王權和州與虜接戰》；《餘話》卷一《葉夢得奏對聖語》和《富文忠上章自劾》，卷二《李泰發謝表》和《王俊首岳侯狀》等，其中有些史料已經亡佚，因《揮麈録》的記載，才得以傳存。同時《揮麈録》注意續補前人記載，如《前録》卷一續補了董令升的《誕聖録》，《後録》卷一考補宋庠的《尊號録》，而於北宋宋敏求的《春明退朝録》所補條目最多。這些記載爲宋代的官私史學修纂提供了史料，其史學價值在宋朝當代即得到了史家的肯定。南宋慶元元年，官修史書《高宗皇帝實録》，修史機構實録院兩次牒泰州，徵用《揮塵前録》《後録》。宋代史家李燾對王明清《揮塵録》"稱道再三，且以宣、政名卿出處下詢"，其事迹時皆亡佚不存，"明清不量其愚，爲冥搜倫類，凡二十餘條，摭據依本末告之。公益喜，大加敬嘆"（《揮塵前録》王知府自跋）。《後録》卷三所載《方軫論列蔡京章疏》，明清"録以呈太史李公仁甫，載之《長編》"，説明李燾在編纂《續資治通鑑長編》時，曾經參考運用過王明清所提供的當代文獻史料。李心傳在編纂《建炎以來繫年要録》時，參考采用《揮塵録》多達一百餘條。如《要録》卷三五所記"詔迪功郎王銍權樞密院編修官，纂集《祖宗兵制》。其後書成，上覽之稱善，命銍改京官，賜名《樞庭備檢》"之事，"史不書，以王明清《揮塵録》修入"，即據《餘話》卷一所載"祖宗兵制名《樞廷備檢》"條纂入。再如，《後録》卷九所録《趙立傳》，爲《宋史》"趙立傳"、徐夢莘《三朝北盟會編》"趙立傳"以及李幼武編纂《宋名臣言行録》"趙立傳"提供了唯一的資料來源，被各家所引用。

王明清《揮塵録》中記載掌故史實，注重所録史實客觀真實，力求做到"無一事一字無所從來"。多數條目皆有明確來源，或家中藏書可考，或親聽當事人傳信。清盧文弨稱："宋人於本朝典故、前輩言行，率能留意。仲言爲雪溪先生銍之次子，家庭之緒論，賓客之叢談，得之見聞者爲多。於衆座中偶舉舊事，了了如在目前，甚爲李仁甫、尤遂初諸公所稱賞。其言無私軒輊，故可以爲國史之助。實録院牒泰州録其書，則在當時已爲世所貴重如此。"（《抱經堂文集・揮麈録題辭》）

《揮麈録》的現存版本，有如下幾種。

一、宋刻本。前三《録》的宋代單刻本據記載曾流傳下來，清顧廣圻、黄丕烈《百宋一廛賦注》記載有殘本《揮麈後録》和《第三録》："殘本《揮麈後録》，所存僅第一、第二兩卷；《三録》三卷全。"清陸心源《皕宋樓藏書志》著録有"《揮麈前録》四卷、《後録》二卷、《三録》三卷：宋刊本，葉文莊公菉竹堂舊藏"。陸本後流入日本，今不知所存；黄本至潘明訓寶禮堂，僅餘《第三録》殘本。《寶禮堂宋本書録》著録《揮麈録》殘本一册，"此爲宋本，僅存《第三録》，猶是刊成初印之本，惜後半部多被損蝕，均寫補"。此本後入藏中國國家圖書館。

二、宋龍山書堂刻本。此爲現存最早的全本，包括《揮麈前録》四卷、《後録》十一卷、《第三録》三卷、《餘話》二卷，總二十卷。現存中國國家圖書館，2003 年北京圖書館出版社《中華再造善本》之《揮麈録》據此影印。

三、毛氏汲古閣影鈔本。明末毛氏汲古閣曾據宋龍山書堂本《揮麈録》影鈔一部，其《前録》第一、二卷，《三録》

三卷後來佚去，後據汪士鐘所藏宋刻本影寫補足。這個影鈔本，曾藏上海涵芬樓，民國二十三年（1934）影印入《四部叢刊續編》中。

四、《津逮祕書》本。毛晉輯刻《津逮祕書》時，《揮塵錄》即據毛氏汲古閣影鈔本而刻。

五、《四庫全書》本。清乾隆間《四庫全書》本《揮塵錄》源自《津逮祕書》本。

六、《學津討原》本。清嘉慶間昭文張氏《學津討原》本《揮塵錄》，自《津逮祕書》本出。

七、《百川學海》本。宋咸淳間左圭輯《百川學海》收錄《揮塵錄》二卷，題楊萬里撰。《四庫提要》稱："今檢其文，實從王明清《揮塵錄話》內摘出數十條，別題此名。凡明清自稱其名者，俱改作萬里字。蓋坊刻贋本，自宋已然。"王國維《庚辛之間讀書記》認爲，"此書似即《揮塵前錄》之初稿"，"此本希見，售僞者遂改爲萬里"。其傳世主要有三種不同版本，一是咸淳本，今通常所見者，爲民國十六年（1927）武進陶氏影刻本。二是明弘治中無錫華氏覆宋本。三是明重輯本。2004 年北京圖書館出版社《中華再造善本》又據中國國家圖書館藏宋刻本影印。

八、《學海類編》本。《學海類編》收錄《誠齋揮塵錄》二卷，題宋楊萬里著，清道光十一年（1831）六安晁氏木活字排印本，實從《百川學海》本《揮塵錄》而來。

　此外，尚有《揮麈録》一卷，題宋楊萬里編，收入《歷代小史》，明刻本。《揮麈録》一卷，題宋王清臣撰，收入《唐宋叢書》，明刊本。《揮麈録》一卷《餘話》一卷，題宋王清臣撰，收入明刻宛委山堂本《説郛》。《王氏揮麈録》一卷，宋王明清撰，收入明刻《歷代小史》。此皆摘録數條，僅存書目，已難概見《揮麈録》全貌。

　此次整理，以 2003 年北京圖書館出版社《中華再造善本》影印中國國家圖書館藏宋龍山書堂刻本《揮麈録》作底本，以民國二十三年（1934）上海商務印書館《四部叢刊續編》影印明末毛氏汲古閣鈔本《揮麈録》（簡稱"毛鈔本"）作校本，偶底本有誤，毛鈔本改正之處，據毛鈔本校正。

　以民國十一年（1922）上海博古齋影印明崇禎中虞山毛氏汲古閣刊《津逮祕書》本《揮麈録》（簡稱"津逮本"）校。津逮本雖錯誤較多，但有些字句龍山書堂本脱誤，津逮本在刊刻時做了校正，故津逮本中偶有"宋本作某"説明。

　以 1983—1986 年臺灣商務印書館《景印文淵閣四庫全書》本《揮麈録》（簡稱"四庫本"）校。四庫本雖源於津逮本，且四庫館臣在編纂抄寫時，對於觸犯當朝諱者，有隨意删改之處。但偶有龍山書堂本脱誤之處，四庫本也作了更正；亦有不同於津逮本者，似是四庫館臣在抄寫時，對於一些誤字，作了考訂和更正。

　以中國國家圖書館藏宋刻殘本《揮麈第三録》（簡稱

"宋刻本")校。此本與龍山書堂本雖同屬宋代刻本，但文字有異同，並有足以校正龍山書堂本處。

以民國十六年（1927）武進陶氏影刻宋咸淳《百川學海》本《揮塵録》（簡稱"百川本"）校。據王國維研究，百川本似據《揮塵前録》初稿刊刻，可以校正其他本子的若干錯誤。

以清道光十一年（1831）六安晁氏木活字排印《學海類編》本《誠齋揮塵録》（簡稱"學海本"）校。學海本雖錯誤較多，但個別字句有與各本不同之處，亦可借鑒。

另外，宋陳傅良撰《歷代兵制》，其卷八與《餘話》卷一載"祖宗兵制名《樞廷備檢》"條除首尾有少量删減外，文字幾乎全同。據鄧廣銘先生研究，"《歷代兵制》第八卷之必系自《揮塵餘話》移録而來"（鄧廣銘：《鄧廣銘自選集》，首都師範大學出版社 2008 年，623 頁）。且據王明清所言，《樞廷備檢》初名《兵制》，從文字差異看，似《餘話》所載爲稿本，《歷代兵制》本所載爲《樞廷備檢》的定稿，其文字有足以校正《餘話》此條之處。今據 1983—1986 年臺灣商務印書館《景印文淵閣四庫全書》本《歷代兵制》（簡稱"兵制本"）校勘。依以上諸本的所有校改之處，皆出校勘記説明。

1961 年上海中華書局整理排印本《揮塵録》（收入《宋代史料筆記叢刊》，簡稱"中華本"），以《四部叢刊續編》

影印明末毛氏汲古閣影鈔宋龍山書堂本爲底本，并參考宋刻本及其他諸本進行校勘，是現有整理本中較早且標校質量較高的本子。2001 年上海書店曾據以重排，修正了中華本部分校點誤例，但未出校勘記，并且大部分校點誤例仍未能糾正。本次整理，以宋龍山書堂刻本爲底本，修正了毛鈔本的一些鈔誤，使《揮麈録》更接近原刻面貌。以宋刻本、毛鈔本、津逮本、百川本校，并新增加了四庫本、學海本、兵制本作校本，諸本亦有足以校正底本之處。本次整理，修正了中華本等整理本的一些校點錯誤，包括以下方面：

一是底本的誤字。如，《前録》卷一 "諡孔子爲至聖文宣王" 條，"北齊顯祖高洋"，"高洋" 中華本作 "高祥"，百川本作 "高洋"。考《北齊書》《北史》本傳皆作 "高洋"，故應屬中華本沿誤，未校出毛鈔本的錯誤。卷三 "蜀中大族犯高宗御名各易其姓" 條，"仕于南北，失於相照"，毛鈔本誤 "仕" 作 "杜"，龍山書堂本、津逮本、四庫本皆作 "仕"，與前文所言 "游宦參差不齊" 照應。故 "杜" 字屬毛鈔本鈔誤，中華本沿誤。

二是修正了中華本等整理本的標點錯誤。如《前録》卷一 "開基節名因孟若蒙乞置" 條，"若蒙亦能詩，文清作南京少尹日，嘗與之游"，中華本作 "若蒙亦能詩文，清作南京少尹日"。曾逮字仲躬，曾幾之子。曾幾諡文清，曾爲應天少尹。故 "文清" 指曾幾，中華本誤斷。《前録》卷三 "飲

酒談禪貴安自然"條，或言一軍校"飲酒多，手益恭"，錢
儼認爲"手益恭"也是一種異常舉止，並非善飲，符合標題
所言"貴安自然"意。中華本未明其意，誤斷作"飲酒多
手，益恭"。《餘話》卷二"王俊首岳侯狀"條，"重念俊元
係東平府雄威第八長行日，本府闕糧……"，"長行"是宋軍
軍士通稱，故下文有"初以小兵徒中反告而轉資"之言。中
華本未明其意，致將"長行"點斷，誤作"重念俊元係東平
府雄威第八長，行日本府闕糧……"。《第三録》卷三"曾空
青辯謗録"條，"其後蔡渭繳文及甫等僞造之書，附會廢立
之謗"，中華本作"其後蔡渭繳文，及甫等僞造之書，附會
廢立之謗"，亦誤將"文及甫"點斷。《餘話》卷二"王仲言
作《慈寧殿賦》"條，"百度修明，萬幾間暇；無有遺遺，睦
如姻婭。四海安若覆盂，九有基如太華"，中華本作"百度
修明，萬幾間暇，無有遺遺。睦如姻婭，四海安若。覆盂九
有，基如太華"。本爲對仗工整押韻賦文，中華本未明其意，
誤斷連連，致對仗失工，文失其韻。

　　三是改正了中華本等整理本臆改之處。如《第三録》卷
二"王幼安草檄"條，"望龍虎之氣，行瞻咫尺之天；聽鳥
烏之聲，益勞方寸之地"，中華本作"望龍虎之氣行，瞻咫
尺之天聽。鳥烏之聲益勞，方寸之地口口"。"鳥烏之聲"源
於《左傳》："齊師夜遁。師曠告晉侯曰：'鳥烏之聲樂，齊
師其遁。'"本處意指金兵逃走。本爲對仗工整之文，各本皆

無闕文之示，因中華本誤斷標點，致臆測"方寸之地"後有闕文，因加兩"□"，實因未明原文之意所致。《餘話》卷一"近世衣冠之盛"條，"時元豐官制初行，肇建東、西二府，俾迎宣靖入居虞侍之，爲搢紳之美談"。"虞侍"，謂伴侍而使愉悦。《漢書·元后傳》："宣帝聞太子恨過諸娣妾，欲順適其意，乃令皇后擇後宮家人子可以虞侍太子者，政君與在其中。"顔師古注："此虞與娱同。"中華本未明其意，致臆"之"後有闕文，作"虞侍之□"，亦屬此類。

四是改正了中華本的校勘錯誤。如《揮塵第三録》卷一"高宗東狩四明日録"條，"從官對于河次亭上，議趨四明"，中華本作"從官對于河次亭，上議趨四明"，校語作"從官對于河次亭，宋本無亭字"。而宋刻本實作"從官對于河次亭上，亭議趨四明"，則中華本誤校顯而易見。

如以上所舉明顯糾誤諸類，尚有數十處，皆屬本次校點中的一得之處。其他校點所得，尚不一而足，茲不贅述。但限於學識水平，校點中的錯誤，亦在所難免，望讀者批評指正。

11

實録院牒泰州

　　檢准淳熙十五年五月二十四日尚書省札子、國史院狀勘會，已降聖旨指揮，修《高宗皇帝實録》。續奉聖旨，編修御集。今來合要高宗皇帝朝曾任宰執、侍從、卿監、應職事等官，被受或收藏御製、御筆、手詔，及奏議、章疏、札子，并制誥、日記、家集、碑志、行狀、謚議、事迹之類，委守臣躬親詢訪。如逐官其間有已物故者，詢其家子孫取索。如部秩稍多，差人前去抄録，及委官點對，津發赴院。仍許投獻，優賜錢帛，多者推賞，候指揮。五月二十三日，三省同奉聖旨，依札付院。當院今訪問得泰州通判王明清有《揮麈前》《後録》，合行照使。① 須至公文牒，請詳牒内事理，遵從已降聖旨指揮，移文王通判，借本差人抄録，委官點對無差漏，疾速津發赴院守等照使，幸勿違滯。仍先希已依應公文回示。謹牒。慶元元年七月初八日牒。

―――――――――

　　① “照使”，原作“點使”，清陸心源《皕宋樓藏書志》（清光緒八年刻本）卷六三引宋刊本《揮麈前録》作“照使”，據改。

宣教郎太學博士兼實録院檢討官戴溪

奉議郎秘書省著作佐郎兼實録院檢討官李壁

中奉大夫行軍器少監兼玉牒所檢討官兼實録院檢討官高
文虎

朝請郎新除樞密院檢詳諸房文字兼實録院檢討官石宗昭

實録院牒泰州

　　檢准淳熙十五年五月二十四日尚書省札子節文勘會，已降聖旨指揮，修《高宗皇帝實録》。續奉聖旨，編修御集。今來合要高宗皇帝朝曾任宰執、侍從、卿監、職事等官，被受或收藏御製、御筆、手詔，及奏議、章疏、札子，并制誥、日記、家集、碑志、行狀、謚議、事迹之類。今訪問得泰州通判王明清有《揮麈前》《後録》，合行照使。當院已於七月內文移貴州。去後至今多日，未見依應前來，須至再行公文牒，請詳牒內事理，遵從已降聖旨指揮，移文王通判，借本差人抄録前項所要文字，委官點對無差漏，疾速津發赴院守等照使，幸勿仍前違滯。謹牒。慶元元年九月　日牒。

　　宣教郎太學博士兼實録院檢討官戴溪

　　奉議郎秘書省著作佐郎兼實録檢討官李璧

　　奉議郎秘書省秘書郎兼實録院檢討官兼皇弟許國公府教授兼權司封郎官顏棫

　　朝散郎秘書省著作郎兼實録檢討官兼吳王益王府教授兼權兵部郎官王容

承議郎秘書丞兼實録院檢討官兼權禮部郎官邵康

中奉大夫行軍器少監兼玉牒所檢討官實録院檢討官高文虎

朝議大夫起居郎兼實録院檢討官兼權刑部侍郎劉德秀

朝請大夫權尚書禮部侍郎兼實録院同修撰楊輔

朝奉大夫權尚書吏部侍郎兼實録院同修撰應孟明

朝議大夫試中書舍人兼侍講兼實録院同修撰黄由

太中大夫試吏部尚書兼侍講兼實録院同修撰葉翥

揮塵前録卷之一

朝請大夫主管台州崇道觀汝陰王明清

1. 唐《明皇實録》云："開元十七年秋八月，上降誕之日，大置酒合樂，燕百僚於華蕚樓下。① 尚書左丞相源乾曜、② 右丞相張説率百官上表，願以八月五日爲千秋節，著之甲令，布於天下，咸使燕樂，休假三日。詔從之。"誕日建節，蓋肇于此。天寶七載八月己亥，詔改爲天長節。其後肅宗以九月三日生，爲地平天成節，史不書日。文宗以十月十日生，爲慶成節。武宗六月十二日生，③ 爲慶陽節。懿宗十月二日生，爲延慶節。④ 僖宗八月五日生，爲應天節。昭宗二月二十二日生，爲嘉會節。哀帝十月三日生，爲延和節。梁太祖十月二十一日生，爲大明節。末帝九月十二日生，爲

---

① "華蕚樓"，百川本作"花蕚樓"。
② "曜"原作"曜"，據百川本、津逮本、四庫本改。
③ "日"，原脱，據四庫本、百川本補。
④ "懿宗十月二日生爲延慶節"十一字原脱，據百川本補。

1

明聖節。後唐明宗九月九日生，① 爲應聖節。晉高祖二月二
十八日生，爲天和節。出帝六月二十七日生，爲啓聖節。後
漢高祖二月四日生，爲聖壽節。隱帝三月七日生，爲嘉慶節。
周太祖七月二十八日生，爲永壽節。世宗九月二十四日生，
爲天清節。恭帝八月四日生，爲天壽節。本朝太祖二月十六
日生，爲長春節。太宗十月七日生，爲乾明節，後改爲壽寧
節。真宗十二月二日生，爲承天節。仁宗四月十四日生，爲
乾元節。英宗正月三日生，爲壽聖節。神宗四月十日生，爲
同天節。哲宗十二月七日生，避僖祖忌辰，以次日爲興龍節。
徽宗十月十日生，爲天寧節。欽宗四月十三日生，爲乾龍節。
太上皇五月二十一日生，爲天申節。今上皇帝十月二十二日
生，爲會慶節。而章獻明肅皇后正月八日生，爲長寧節，宣
仁聖烈皇后七月十六日生，爲坤成節，以嘗臨朝故耳。五代
諸君節名，不見於正史，以鄭向《開皇記》考得之。唐代宗
十月十三日天興節，見令狐綯文集中。唐順宗聖壽節，見於
齊抗《會稽捨宅爲寺碑》。後唐清泰帝正月二十三日千春
節，② 見於《五代史·晉家人傳》。③ 近董令升作《誕聖錄》，
惜乎未盡也。④

---

① "後"，原脱，據百川本補。
② 百川本無"正月二十三日"六字。
③ 百川本"傳"下，有"皆亡其日"四字。
④ "惜乎未盡也"，百川本作"不如是之詳也"。

2. 祖宗神御像，設在南京則鴻慶宫，西京則奉先寺之興先、會先。① 會聖宫之降真殿，揚州曰彰武，滁州曰端命，河東曰統平，鳳翔曰上清太平宫。及真宗親征北郊，封泰山，祀汾陰，則有澶淵之信武，嵩山崇福之保祥，華陰雲台之集真。乾德六年，即都城之南，安陵之舊域，建奉先資福院，爲慶基殿，② 以奉宣祖。③ 藝祖則太平興國之開先。太宗則啓聖之永隆。至大中祥符中，建景靈宫天興殿，以奉聖祖。其後，真宗之奉真，仁宗之孝嚴，英宗之英德，皆在其側也。又有慈孝之崇真，萬壽之延聖，崇先之永崇，以奉真宗母后。章獻明肅在崇真之旁，曰章德。章懿在奉先之後，曰廣孝。章惠在延聖之後，曰廣愛。在普安者二：元德曰隆福，明德、章穆曰重徽。元豐中，神宗以獻饗先後失序，地偏且遠，有曠世不及親祠者，乃詔有司：神御之在京者，寓於佛祠，④ 皆廢徹而遷之禁中，緣英德而上，五世合爲一宫，凡十一殿，以世次別東西序。⑤ 帝殿一門，列戟七十二。殿之西廡，繪畫容衛，公王名將，羅立左右。内有燕寢温清之室，⑥ 玩好畢陳。而母后居其北。改慶基曰天元，后曰太始。開先曰皇

---

① “會先”，原脱，據百川本補。
② “慶基殿”，“殿”原作“節”，據百川本改。
③ “以奉”，原脱，據百川本補。
④ “神御之在京者寓於佛祠”，百川本作“神御之在京師寓於佛祠者”。
⑤ “别東西序”，“别”，百川本作“列”。
⑥ “室”原作“實”，據百川本、學海本改。

武，后曰儷極。永極曰定大，^① 后曰輝德。奉真曰熙文，后曰衍慶。孝嚴曰美成，后曰繼仁。英德曰治隆。其便殿十一：曰來寧，曰燕娭，曰靈遊，^② 曰凝神，曰天遊，曰泠風，曰太靈，曰丹臺，曰靈崑，曰昭清。以五年十一月奉安帝、后塑像於新宮，大赦天下。繪像侍臣于後。元祐初，即治隆之後宣光殿以奉神宗。紹聖初，闢宮之東隅爲顯承殿，以宣光殿故址爲徽音殿，以奉宣仁聖烈。建中靖國元年詔，以顯承介於一偏，廟號未稱，於是度馳道之西，東直大定，南北廣袤地勢，併撤省寺，^③ 創爲西宮，建大明宮以奉神宗，^④ 爲館御之首。涓日遷奉親祠，永爲不祧之廟，以示推崇之意。曲赦四畿，録功臣後，如元豐故事云。

3. 西京應天寺，本後唐夾馬營，大中祥符二年，以太祖誕聖之地，建寺錫名。東京啓聖院，本晉護聖營，以太宗誕聖之地，太平興國六年建寺，雍熙二年寺成，賜名。二寺皆奉祖宗神御。英宗以齊州防禦使入繼大統，治平二年，建齊州爲興德軍。熙寧八年八月，詔潛邸爲佛寺，以本鎮封，^⑤ 賜名興德禪院，仍給淤田三十頃。

---

① "定大"，百川本作"太定"。
② "靈遊"，百川本作"雲遊"。
③ "省"，百川本作"府"。
④ "宮"，百川本作"殿"。
⑤ "封"，百川本作"封之"。

4. 開基節建名，世多無知者。建炎初嘗詔："如後來所立元聖、真元節名之類，除開基節外，悉皆罷去。"始知爲未久。因考建中以後詔旨，政和二年，南京鴻慶宮道士孟若蒙進狀言："本宮每遇正月初四日爲創業之日，修設齋醮，乞置節名，以永崇奉。"詔從其請。近見曾仲躬云："若蒙亦能詩，文清作南京少尹日，嘗與之游。亂後復會于三衢。紹興間，若蒙又以前績自陳。時秦會之當軸，令敕住臨安府天慶觀，非其所欲，拂衣而歸，老於衢云。"仰惟太上皇帝中興再造，復在南都，符命豈偶然哉！

5. 太祖皇帝朝，嘗詔修先代帝王祠廟，① 每廟須及一百五十間以上，委逐州長吏躬親點檢，索圖赴闕，遣使覆檢。② 令太常禮院重定配享功臣，檢討儀相，畫樣給付。女媧祠在晉州，書傳無功臣可配。太昊以金提、勾芒配，祠在陳州。炎帝以祝融配，祠在衡州。黃帝以后土、風后、力牧配，祠在坊州。高陽以玄冥配，③ 祠在澶州。高辛以稷配，在宋州。④ 唐堯以司徒禼配，祠在鄆州。虞舜以咎繇配，⑤ 祠在道州。夏禹以伯益配，祠在越州。商帝成湯以伊尹配，祠在河

---

① "修"，百川本作"重修"。
② "檢"，百川本作"驗"。
③ "玄冥"，"玄"避宋聖祖趙玄朗諱，缺末筆。下同。
④ 百川本"在"上有"祠"字。
⑤ "咎繇"，百川本作"繇"。

中府。中宗太戊以伊陟、①臣扈配，祠在大名府。高宗帝武丁以甘盤、傅説配，祠在陳州。周文王以師鬻熊配，武王以召公配，成王以周公旦、唐叔、②虞叔配，康王以太公、畢公配，秦始皇帝以李斯、蒙恬、王翦配，漢高帝以蕭何配，文帝以周勃、陳平、劉章、宋昌配，景帝以周亞夫、竇嬰、申屠嘉、晁錯配，武帝以公孫弘、衛青、霍去病、金日磾、霍光配，宣帝以丙吉、魏相、霍光、張安世配，以上十帝並祠在長安。後漢世祖以鄧禹、吳漢、耿弇、賈復配，明帝以東平王蒼、桓榮配，③章帝以牟融、趙意、宋安配，以上三廟並在河南府。魏武帝以鍾繇、荀攸、程昱配，廟在相州。文帝以賈詡、王朗、曹真、辛毗配，晋武帝以羊祜、張華、王濬、杜預配，二廟在河南府。後魏孝文帝以王祥、王肅、長孫晟配，後周文帝以宇文憲、蘇綽、燕公于謹、盧辯配，二廟在耀州。隋高祖以牛弘、④高潁、⑤賀若弼配，廟在鳳翔府。唐高祖以河間王孝恭、殷開山、劉政會、淮南王神通配，廟在耀州。太宗以長孫無忌、房玄齡、杜如晦、魏徵、李靖配，廟在京兆府。明皇以張説、郭元振、王琚配，廟在河中

---

① “戊”，原作“戌”，據百川本、四庫本、學海本改。
② “唐叔”，百川本作“唐叔升”。
③ “桓榮”，“桓”避宋欽宗趙桓諱，缺末筆。下同。
④ “牛弘”，“弘”避宋宣祖趙弘殷諱，缺末筆。下同。
⑤ “潁”，原作“預”，據學海本改。

府。肅宗以苗晉卿、裴冕配，廟在京兆府。憲宗以裴度、杜佑、李愬配，廟在同州。宣宗以夏侯孜、白敏中、馬植配，廟在耀州。朱梁太祖以劉鄩、敬翔、葛從周、袁象先配，後唐莊宗以郭崇韜、李嗣昭、符存審配，明宗以霍彥威、安重進、任圜配，石晉高祖以桑維翰、趙瑩配，以上並在河南府。皆著之儀制。是時吳、蜀未平，六朝帝廟闕而不載。

6. 本朝曹武惠配享太祖，武穆配享仁宗；韓忠獻配享英宗，文定配享徽宗。父子配享，自昔所無也。

7. 明清側聞，紹興初，劉大中以監察御史宣諭諸路回，宰臣以其稱職，擬除殿中侍御史。太上皇帝云：“且令除秘書少監。”宰臣啓其所以，太上曰：“大中所至多興獄，尚有未決者。一除言路，外方觀望，恐累及無辜。”“德壽”之號，稱哉！後因閱《會要》，恭睹宏休，恐中秘之書，臣下莫得而悉窺，今載其略。

紹興三年四月十六日，知藤州侯彭老言：“本州賣鹽寬剩錢壹萬貫文省，買到金一百六十餘兩、銀壹千八百兩投進。”詔：“縱有寬剩，自合歸之有司，非守臣所當進納。或恐亂有刻剝，取媚朝廷。侯彭老可特降一官，放罷，以懲妄作。所進物退還。”

紹興十三年四月一日，宰執進呈前廣南東路轉運判官范正國言：“本路上供及州郡經費，全仰鹽息應辦。比因全行客鈔，遂或闕乏，欲自今本路州郡凡屬屯駐兵馬去處，許依客人買鈔請鹽，各就本州出賣，所得息錢，專充軍費。”上曰：“法必有弊然後改。未見其弊，遽先改，非徒無益，必致爲害。凡法皆然，不獨鹽也。”

又建炎元年十月十二日，宰執詣御舟御榻前奏事訖，上曰：“昨日有內侍自京師齎到內府真珠等物一二囊，朕投之汴水矣。”黃潛善曰：“可惜！有之不必棄，無之不必求。”上曰：“太古之世，櫝玉毀珠，小盜不起。朕甚慕之，庶幾求所以息盜爾。”

四年三月七日，宰執進呈宣撫處置使奏：“大食國進奉珠玉寶貝等物，已至熙州。”上曰：“大觀、宣和間，茶馬司川茶不以博馬，唯市珠玉，故馬政廢闕，武備不修，遂致胡虜亂華，危弱之甚。今若復捐數十萬緡貿易無用珠玉，曷若愛惜其財，以養戰士？不若以禮贈而謝遣之。”乃降旨宣司，並不得受，令量度支賜，以荅遠人之意。

紹興元年三月二十二日，荊湖南路馬步軍副總管孔彥舟言：“於潭州州城蓮池內收得玉一片，堪篆刻御寶，乞差人宣取。”詔：“御寶已足備，兼自艱難以來，華靡之物，一無所用。令彥舟不須投進。”此與夫卻千里馬、還于闐玉，適相符合，誠帝王之盛德也。

8.《李和文遺事》云：“仁宗嘗服美玉帶，侍臣皆注目。

上還宮，謂內侍曰：①'侍臣目帶不已，何耶？'對曰：'未嘗見此奇異者。'上曰：'當以遺虜主。'左右皆曰：'此天下至寶，賜外夷可惜。'上曰：'中國以人安爲寶，此何足惜！'臣下皆呼萬歲。"

9.《和文遺事》又云：②"其家書畫最富。有吳道子《天王》，胡瓌《下程圖》，唐淨心《須菩提》，黃居寀《竹鶴》，孫知微《虎》，韓幹《早行圖》《楳雞》，傳古《龍》，③江南畫《佛》，唐希雅《竹》，李成《山水》，唐畫《公子出獵圖》，黃居寀《雕狐圖》，黃筌《雨中牡丹》，李思訓《設色山水》，周昉《按舞》《折支杏花》，④徐崇嗣《沒骨芍藥》，江南《草蟲》《獨幅山水》，黃筌《金盆鵓鴿》《大窠山茶》。⑤書有懷仁真迹，集右軍《聖教序》，貞觀《蘭亭詩叙》、⑥右軍《山陰帖》《樂毅論》，顏魯公書《劉太冲序》。皆冠世之寶。"

10. 熙寧八年四月，岐王顥、嘉王頵言："蒙遣中使賜臣方團玉帶各一條，准閤門告報，著爲朝儀。臣等乞寶藏于家，不敢服用。"上命工琢玉帶以賜二王，二王固辭，不聽。請加

---

① "謂"，原脫，據四庫本、津逮本補。百川本、學海本作"問"。
② "和"上，百川本有"李"字。
③ "傳"，百川本、四庫本、學海本作"傅"。
④ "支"，百川本作"枝"。
⑤ "筌"，原作"荃"，據百川本、四庫本、學海本改。
⑥ "貞觀"，"貞"避宋仁宗趙禎諱，缺末筆。下同。

9

佩金魚以别嫌，詔并以玉魚賜之。玉帶爲朝儀，始于此。

11. 北齊顯祖高洋、① 晋陽公李元忠、南齊竟陵王蕭子良、隋長孫覽俱謚"文宣"，孔子蓋出四謚之後。大中祥符元年，始加"玄聖"二字，後避聖祖諱，易爲"至聖"。熙寧中欲加謚"至神元聖帝"，禮官李邦直以謂夫子周臣也，周室諸君止稱王，執以爲不可。卒從其議。

12. 元魏獻文欲置學官于郡國，高允表請制大郡立博士二人，助教四人，學生一百人；次郡立博士二人，助教二人，學生八十人；中郡立博士一人，助教二人，學生六十人；下郡立博士一人，助教一人，學生四十人。其博士取博關經典、② 履行忠清、堪爲人師者，年限四十以上；助教亦與博士同，年限四十以上。③ 若道業夙成，才任教授，不拘年齒。學生取郡中清望、④ 人行修謹、⑤ 堪束循名教者先盡，⑥ 次及中等。⑦ 帝從之。郡國立學自此始，事載允傳。⑧ 本朝高承纂《事物紀原》，自謂博極，而不取此，何耶？

---

① "洋"，原作"祥"，據百川本改。《北史》卷七《齊本紀》作"高洋"。
② "關"，學海本作"聞"，百川本作"開"。
③ "四十"，《魏書》卷四八高允傳作"三十"。
④ "清望"，學海本作"清秀"。
⑤ "人行修謹"，"人"，學海本作"言"。"修"，百川本、學海本作"循"。
⑥ "循"，學海本作"修"。
⑦ "先盡次及中等"，《魏書》卷四八高允傳作"先盡高門次及中第"。"盡"，學海本作"進"。
⑧ "傳"上，百川本、學海本有"本"。

13. "唐高宗改門下省爲東臺,中書省爲西臺,尚書省爲文昌臺,故御史臺呼爲南臺。"趙璘《因話録》云。璘又云:①"武后朝,御史有左右肅政之號,當時亦謂之左臺、右臺。則憲臺未曾有東臺、西臺之稱。"明清嘗記張鷟《朝野僉載》對天后爲戲語云"左臺胡御史,右臺御史胡"是也。②本朝李建中爲分司西京留司御史,世以西臺目之。李栖筠爲御史大夫,③不樂者呼爲"栖臺",蓋斥其名也。

14. 明清五世祖拾遺,開寶八年,以近臣薦,自布衣召對,講《易》于崇政殿,然後命官。崇政殿説書之名,肇建于此。行事具載《三朝國史》。

15. 太祖皇帝以歸德軍節度使創業,升宋州爲歸德府,後爲應天府。④太宗以晋王即位,升并州爲太原府。真宗以壽王建儲,升壽州爲壽春府。仁宗以昇王建儲,升建業爲江寧府。英宗以齊州防禦史入繼,以齊州爲興德軍。神宗自潁王升儲,⑤以汝陰爲順昌府。哲宗自延安郡王升儲,升延州爲延安府。⑥徽宗以端王即位,升端州爲肇慶府。欽宗自定王建儲,前已升中山府。太上以康王中興,升康州爲德慶府。

---

① "云",百川本、學海本作"曰"。
② "明清嘗記張鷟",百川本、學海本無"明清"二字。
③ 百川本"李"上有"唐"。
④ "升宋州爲歸德府,後爲應天府",百川本作"後升宋州爲應天府"。
⑤ "潁",原作"穎",各本同。據《宋史》卷一四改。
⑥ "升延州爲延安府",百川本無"升延州"三字。

今上以建王建儲，升建安爲建寧府。① 宣和元年六月，邢州民董世多進狀，以英宗嘗爲鉅鹿郡公；又知岳州孫毣進言：②英宗嘗爲岳州防禦使。詔加討論。時邢州已升安國軍，遂以邢州爲信德府，③ 岳州爲岳陽軍。是歲十月，又詔以列聖潛邸所領地，再加討論。以真宗嘗爲襄王，升襄州爲襄陽府；仁宗嘗爲慶國公，以慶州爲慶陽府；英宗嘗爲宜州刺史，以宜州爲慶遠軍；神宗嘗爲安州觀察使，以安州爲德安府，又嘗爲光國公，以光州爲光山軍；哲宗嘗爲東平軍節度使，④以鄆州爲東平府，嘗爲均國公，⑤ 以均州爲武當軍；徽宗嘗爲寧國公，以寧州爲興寧軍，其後又以徽宗嘗爲平江、鎮江軍節度使，並升爲府；又以太宗昔嘗爲睦州防禦使，升睦州爲遂昌軍；⑥ 今上皇帝即位之初，升隆興、寧國、常德、崇慶諸府；皆以潛藩擁戲之地也。⑦

16. 英宗在濮邸，與燕王宮族人世雄厚善。兩家各生子，同年月日時。是生神宗，而世雄之子令鑠也。神宗後即帝位；令鑠進士及第，爲本朝宗室登科第一。

---

① "建安"，百川本作"建州"。
② "進"，百川本、學海本作"建"。
③ "遂以"，百川本、學海本作"遂詔"。
④ "東"，百川本、學海本作"天"。
⑤ "嘗"，百川本、學海本作"又"。
⑥ "昌"，百川本、學海本作"安"。
⑦ "今上皇帝即位之初"至"皆以潛藩擁戲之地也"，百川本、學海本無此二十八字。

17. 國朝承五代搶攘之後，三館有書僅萬二千卷。[1] 乾德以後，平諸國，所得浸廣。太宗鄉儒學，下詔搜訪民間，以開元四部爲目，館中所闕及三百已上卷者，[2] 與一子出身。端拱元年，分三館之書，別爲書庫，目曰秘閣。真宗咸平三年，詔中外臣庶，家有收得三館所少書籍，每納一卷，給千錢。卷判館看詳，[3] 委是所少書，數及卷秩，別無差誤，方許收納。其所進書及三百卷以上，量才試問，[4] 與出身。又令三館寫四部書二本，一置禁中龍圖閣，一置後苑之太清樓，以便觀覽。八年，榮王宮火，延燔三館，焚爇殆遍。於是出禁中本，就館閣傳寫，且命儒臣編類讎校。校勘、校理之官，始於此也。嘉祐五年，又詔中外士庶，許上所闕書，每卷支絹一匹；及五百卷，特與文資。元豐中，建秘書省，[5] 三館併歸省中，書亦隨徙。元祐中，重寫御前書籍，又置校對黃本，以館職資淺者爲之。又置重修晉書局。不久皆罷去。宣和初，蔡攸提舉秘書省，建言置補御前書籍所，[6] 再訪天下異書，以資校對。以侍臣拾人爲參詳官，[7] 餘爲校勘，又以

---

① 百川本、學海本“萬”上有“一”字。
② “已”，百川本、學海本作“以”。
③ “卷”，百川本、四庫本作“送”。
④ “問”，四庫本作“用”。
⑤ “建”，原脫，據百川本、學海本補。
⑥ “補”下，百川本、學海本有“完”字。
⑦ “拾”，百川本、四庫本、學海本作“十”。

進士白衣充檢閲者數人，及年皆命以官。未畢，而國家多故，靖康之變，諸書悉不存。太上警蹕南渡，婁下搜訪之詔，獻書補官者凡數人。秦熺提舉秘書省，奏請命天下專委守臣，又有旨録會稽陸氏所藏書上之。今中秘所藏之書，亦良備矣。

18. 承平時，士大夫家如南都戚氏、歷陽沈氏、廬山李氏、九江陳氏、番陽吳氏，^① 俱有藏書之名，今皆散逸。近年所至郡府多刊文籍，且易得本傳録，仕宦稍顯者，家必有書數千卷，然多失於讎校也。吳明可帥會稽，百廢具舉，獨不傳書。明清嘗啓其故，云："此事當官極易辦。但僕既簿書期會，賓客應接，無暇自校。子弟又方令爲程文，不欲以此散其功。委之它人，孰肯盡心？漫盈箱篋，以誤後人，不若已也。"

19. 紹興初，昭慈聖獻皇后升遐，外祖曾公公卷以江東漕兼攝二浙應辦，用元符末京西漕陳向故事也。朝論欲建山陵，外祖議以謂："帝后陵寢，今存伊洛，不日復中原，即歸祔矣。宜以殯宮爲名。"^② 僉以爲當，遂用之。陳向權漕事，見汪彥章所撰《徐丞相夫人陳氏墓志》。夫人，向之女也。^③

20. 紹興戊午，徽宗梓宮南歸有日，秦丞相當國，^④ 請

---

① "陽"，原作"易"，據百川本、學海本改。四庫本作"易"。
② "殯"，百川本作"攢"，學海本作"攢"。
③ "陳向權漕"至"向之女也"二十六字，百川本、學海本無。
④ "秦丞相"，百川本、學海本作"丞相秦檜"。"國"，學海本作"相"。

以永固爲陵名。先人建言："北齊叱奴皇后實名矣，^① 不可犯。且叱奴，夷狄也，^② 尤當避。"秦大怒，幾蹈不測。^③ 後數年，卒易曰永祐。^④

---

① "北齊"，當爲"後周"之誤。《周書》（宋刻宋元明遞修本）卷九云："文宣叱奴皇后，代人也。太祖爲丞相，納后爲姬，生高祖。天和三年六月，尊爲皇太后。建德二年三月癸酉，崩。四月丁巳，葬永固陵。"宋岳珂《愧郯録》（宋刻本）卷五云："叱奴后本非北齊，乃宇文周也。其謚曰文宣，明清當是見北齊有文宣帝謚號偶合，而誤記耳。"

② "夷狄"，學海本作"婦人"。

③ "蹈"，百川本、學海本作"陷"。

④ "永祐"下，百川本有"近見邵公濟所著小説詆先君此議然後知當時沮此議者即此人也"二十八字。

15

揮麈前録卷之二

21. 祖宗朝重先代陵寢，① 每下詔申樵采之禁，至于再三。置守冢戶，② 委逐處長吏及本縣令佐，③ 常切檢校，罷任有無廢闕，④ 書于曆子。太昊葬宛丘，在陳州。炎帝葬長沙，在潭州。黃帝葬橋山，⑤ 在上郡，今坊州界。高陽葬臨河縣故城東。高辛葬濮陽頓丘城南臺陰城。唐堯葬城陽穀林，今郓州界。舜葬零陵郡九疑山，今永州界。女媧葬華州界。夏禹葬會稽山，今越州會稽縣。商湯葬寶鼎縣。⑥ 周文王、武王並葬京兆府咸陽縣界。漢高祖葬長陵，在耀州安北。後漢

---

① "重"上，百川本、學海本有"最"字。

② 百川本、學海本無"置"字。

③ 百川本、學海本無"委"字。

④ "有"上，百川本、學海本有"具"字。

⑤ "橋山"，原作"槁山"，據百川本、學海本改。《史記》卷一："皇帝崩，葬橋山。"

⑥ "商"，原作"啇"，據百川本、津逮本、四庫本改。按，"商"，俗寫作"啇"，誤。下同此例，據校本直接改字，不出校。

16

世祖葬原陵，在洛陽縣界。唐高祖葬獻陵，在耀州三原縣東。太宗葬昭陵，在醴泉縣北九嵏山。以上十六帝，各置守陵五戶，每歲春、秋祠，御書名祝板，祭以太牢。① 諸處舊有祠廟者，亦別祭饗。

商中宗帝太戊葬內黃縣東南陽。② 武丁葬西華縣北。周成王、康王皆葬畢，在咸陽縣界。漢文帝葬霸陵，在長安東南。宣帝葬杜陵，在長安南。魏武帝葬高陵，在鄴縣西。晉武帝葬峻陽陵，在洛陽。後周太祖文帝葬成陵，③ 在耀州富平縣。隋高祖文帝葬太陵，在武功縣。以上十帝，置三戶，歲一饗以太牢。

秦始皇帝葬昭應縣。漢惠帝葬安陵，景帝葬陽陵，在長安東北。武帝葬茂陵，在長安西。後漢明帝葬顯節陵，章帝葬敬陵，並在洛陽東南。魏文帝葬首陽陵，在偃師縣。後魏孝文帝葬永寧陵，在富平縣。唐明皇泰陵、憲宗景陵，俱在奉天縣。肅宗建陵，葬醴泉縣。宣宗正陵，在雲泉縣。朱梁太祖葬興極陵，在伊闕縣。後唐莊宗葬伊陵，在新安縣。明宗葬徽陵，在洛陽東北。石晉高祖葬顯陵，在壽安縣。以上十五帝，各置守陵兩戶，三年一祭以太牢。

---

① “每歲春秋祠”至“祭以太牢”，百川本、學海本作“每歲春秋祀以太牢御書名祝板”。“太牢”原作“犬牢”，據四庫本、百川本、學海本改。

② “太戊”，原作“大戊”，據百川本、學海本改。

③ “後周太祖文帝葬成陵”，按，北周文帝宇文泰陵寢名成陵，在陝西富平縣。

凡祭祀，皆令長吏行禮。所用太牢，以羊代之。陵户並以陵近小户充，除二税外，免諸雜差徭。

周桓王葬澠池縣東北，靈王葬河南縣柏亭西周山上，[①]景王葬洛陽城中西北隅。前漢元帝葬渭陵，在長安縣；成帝葬延陵，在咸陽縣；哀帝葬義陵，在扶風；平帝葬康陵，在長安縣北。後漢和帝葬慎陵，[②]塋中庚地；安帝葬恭陵，在長安西北；[③]順帝葬順陵，冲帝葬懷陵，並在洛陽西；質帝葬静陵，桓帝葬宣陵，並在洛陽東；靈帝葬文陵，在洛陽西北；獻帝葬禪陵，在渭城北。魏明帝葬高平陵，在河清縣。高貴鄉公葬洛陽瀍澗之濱；陳留王葬王原陵，在鄴西。晋惠帝葬太陽陵，在洛陽。魏文帝葬富平縣東南。東魏孝静帝葬鄴。[④]唐高宗乾陵，睿宗橋陵，[⑤]穆宗光陵，僖宗靖陵，並葬奉天縣；[⑥]中宗定陵，代宗元陵，順宗豐陵，文宗章陵，懿宗簡陵，並葬富平縣；德宗崇陵，敬宗莊陵，武宗端陵，並葬三原縣；昭宗和陵，葬河南緱氏縣。梁末帝葬伊闕縣。後唐□□□□□□□□□□□□□□□末帝□□□□□□□□□

---

① “柏”，原作“桓”，據百川本改。津逮本、四庫本作“桓”。

② “後漢和帝葬慎陵”，學海本作“後漢武帝葬漢陵”。“慎”，避宋孝宗趙昚諱，缺末筆。下同。

③ “後漢和帝葬慎陵”至“在長安西北”，按，漢和帝慎陵、漢安帝恭陵俱在洛陽西北邙山，非長安西北。

④ “鄴”下，百川本、學海本有“縣”字。

⑤ “橋”，原作“槁”，據百川本、學海本改。

⑥ “縣”下，百川本、學海本有“西”字。

葬明宗陵内。① 以上三十八帝，常禁樵采。此乾德四年十月詔也，著于甲令。其後又詔：曾經開發者，重制禮衣、常服、②棺槨，重葬焉。

東晋以降，六朝陵寢多在金陵、丹陽之間，③ 皆可考識，而制書不載者，當時江左未平故耳。先子嘗纂《歷代陵名》，自漢高帝建名以來，雖后妃、追崇、僭霸，無有遺者，今行于世。

22. 國朝百官致仕，庶僚守本官，以合遷一官回授任子；侍從仍轉一官；④ 宰執換東宮官。熙寧初，歐陽文忠公始以太子少師帶觀文殿學士致仕，示特恩也。故謝表云："道愧師儒，乃忝春宮之峻秩；身居畎畝，猶兼書殿之隆名。"自是以爲例。

23. 國朝侍從以上，自有寄禄官，如左右正言、二史、給諫、吏、禮部郎中之類是也。若庶僚曾經飾擢，至於雜流，甄叙悉皆有別。一見刺字，便知涇渭。元豐官制既行，混而爲一，故王荆公有"流品不分"之語。

24. 舊制，如侍從致仕、轉官、遺表贈四官，皆自其合遷官上加之。今則寄禄官至升朝轉贈，僅止員郎而已。

---

① "□"表示原缺文。津逮本、四庫本同。百川本闕文，不空格。
② "常服"，百川本作"裳服"。
③ "間"，百川本作"闕"。
④ "以合遷一官回授"至"仍轉一官"，百川本、學海本作"侍從轉一官"。

25. 蒲傳正在翰林，因入對，① 神宗曰："學士職清地近，非它官比，而官儀未寵，自今宜加佩魚。"遂著爲令。見于《神宗實録》。東坡先生《謝入翰林表》曰：② "玉堂賜篆，仰淳化之彌文；寶帶重金，佩元豐之新渥。"中書舍人繫紅鞓犀帶，自葉少蘊始，見姚令威《叢語》，而石林自記卻不及。③ 舊假服色，不佩魚，崇寧末，王照尚書詳定敕令啓請，許之，自是爲例，仍許入銜。具載詔書。④ 其後以除敕中不載，多不署"魚袋"二字。

26. 國朝凡登從班，無在外閒居者。有罪則落職歸班。亦奉朝請。或黜守偏州，甚者乃分司安置，不然則告老挂冠。熙寧間，始置在外宮觀，本王荆公意，以處異論者。而荆公首以觀使閒居鍾山者八年。

27. 官制後，惟光禄大夫及中散、朝議二大夫分左右，增磨勘而已，初非以科第也。⑤ 元祐間，范忠宣當國，始帶左右。紹聖初罷去。事見常希古奏疏。⑥ 大觀二年，又置中奉、奉直二大夫，徹中散、朝議左右字。⑦ 紹興初，樞密院

---

① "因"，百川本、學海本作"自"。
② "東坡先生謝入翰林表曰"，百川本、學海本作"東坡謝翰林表云"。
③ "見姚令威叢語而石林自記卻不及"，百川本、學海本無此十四字。
④ "具載"上，百川本有"二事"二字。
⑤ "科第"下，百川本、學海本有"分"字。
⑥ "事見常希古奏疏"，百川本、學海本無此七字。
⑦ "中散朝議"，百川本作"中散大夫朝議大夫"。

編修官楊願啓請再分左右。自是以出身爲重。

28. 前宰相爲樞密使者，宋元憲、富鄭公、文潞公、陳秀公。宣和二年，鄭華原以故相領院事。紹興七年，秦師垣亦以前揆拜樞密使，① 未幾復登庸。近歲，張魏公亦然。李邦直、許冲元、曾令綽、韓師朴爲二府，後皆再入爲尚書，然不久復柄用。惟令綽竟止八座。

29. 舊制，樞密使知樞密院，② 奏薦子弟，皆補班行。故富鄭公之子紹京、文潞公之子貽慶，皆爲閣門祗候。元豐後方授文資。

30. 神宗朝，詔樞密院編修《經武要略》，以都承旨張誠一提舉。誠一，武臣也，乞差編修官二員。時王正仲、胡完夫爲館職，詔令兼之。是夕，忽御批提舉改作管勾。③ 詰朝，執政啓上所以，④ 上云："已差館職編修，豈可令武臣提舉？"而樞密院編修，自此始也。⑤

31. 樞密院舊皆武臣，如都承旨亦然。⑥ 國初二曹俱嘗爲之。⑦ 熙寧中，王荆公怒李評，罷去，命曾令綽爲都承旨，

---

① "秦師垣"，百川本、學海本作"宰相秦檜"。
② "院"，百川本、學海本作"事"。
③ "勾"，避宋高宗趙構諱，缺末筆。下同。
④ "啓"上，白川本有"改"字。
⑤ "而樞密院編修自此始也"，百川本作"而樞密院編修官創自此始也"。
⑥ "亦然"，百川本、學海本作"亦用"。
⑦ "國初二曹俱嘗爲之"，百川本、學海本無此八字。

自是方文武互用矣。①

32. 仁宗以大中祥符七年由慶國公出閣。隆興初，湯特進封慶國公，明清嘗以故事啓之，② 遂上章辭不敢受，改封榮國公。③ 王將明、④ 白蒙亨宣和間皆封慶公而不辭，豈一時忘之耶?⑤

33. 政和中，詔天下州縣官皆帶提舉，管勾學事。時姚麟以節度使守蔡州，建言乞免繫階，朝廷許之。靖康初除去。紹興中復增，但改庶官爲主管。時孟信安仁仲來帥會稽，先人寓居，孟氏與家間契分甚厚，仁仲以兄事先人。入境語先人云："忠厚與秦會之雖爲僚婿，而每懷疑心。今省謁欑宮，先入朝然後開府，從兄求一不傷時忌對札。"先人舉此，仁仲大喜，爲援麟舊請草牘以上，奏入即可。尋又降旨。自此武臣帥守，並免入銜，行之至今。

34. 國朝范魯公質、⑥ 王文獻溥、魏宣懿仁浦秉鈞史館、昭文、集賢，三相俱全。太宗初即位，⑦ 薛文惠居正、沈恭惠倫、盧大戎逖多遜；真宗咸平二年，李文靖沆、向文簡敏中、⑧ 呂

① "方文武互用"，百川本作"始更用文臣"，學海本作"始吏用文臣"。
② "明清嘗以"，百川本、學海本無"明清"二字。
③ "榮國公"，百川本、學海本無"公"字。
④ "王"上，百川本、學海本有"然"字。
⑤ "豈一時忘之耶"，百川本、學海本無"一時"二字。
⑥ "質"，原脱，據津逮本、四庫本、百川本、學海本補。
⑦ "即位"，百川本無"位"字。
⑧ "向"，原脱，據津逮本、四庫本、百川本、學海本補。

文穆蒙正；仁宗至和二年，① 劉文忠沆、文潞公彦博、富韓公弼；② 元祐初，司馬温公爲左僕射，文潞公平章軍國重事，吕正獻同平章軍國事；③ 皆三相也。至三年，温公薨，文、吕二公在位，而吕汲公大防、范忠宣純仁爲左右僕射，殆四相，然不久也。

35. 本朝宰相兼公師者，范魯公、王文獻、趙韓王、薛文惠、王文貞、丁晉公、馮文懿、王文公、吕文靖、韓忠獻、曾宣靖、富韓公、文潞公、吕正獻、蔡師垣、秦師垣、陳魯公而已。餘皆罷政後方拜。近日惟張魏公自外以少傅再拜右揆。

36. 本朝三入相者，趙韓王、吕文穆、文靖、張鄧公、文潞公。蔡元長雖四入，而不克有終。

37. 國朝自外拜相者，文潞公、韓康公、章子厚。近年陳魯公，④ 亦曠典也。

38. 元符末，曾文肅自知樞拜相，公弟文昭爲翰林，⑤ 鎖宿禁中，⑥ 面對喻旨草麻，⑦ 文昭力辭。上云：「弟草兄麻，

---

① "二年"，百川本、學海本作"三年"。
② "富韓公弼"，百川本、學海本作"富鄭公弼"。
③ "平"，原脱，據百川本、學海本補。
④ "魯"原作"原"，據百川本、學海本改。
⑤ "公弟文昭爲翰林"，百川本、學海本作"是夕召文昭"。
⑥ "中"，百川本、學海本作"林"。
⑦ "草麻"，百川本、學海本作"草制"。

23

太平美事。禁中已檢見韓絳故事矣，不須辭。”文昭始拜命。
蓋熙寧初韓康公入相，實持國當制。國朝以來，兩家而已。
《金坡遺事》載錢希白爲文僖草麻，① 雖云儀同鈞衡，實未嘗
秉政也。是時母氏年九歲，偶至東府門外觀閱，歸告文蕭云：
“翁翁明日相矣。適見快行家宣叔翁入内甚急，以是逆料。”
已而果然。②

39. 國朝宰相享耆壽者：宋惠安八十，張鄧公八十六，
陳文惠八十二，富文公八十一，③ 杜祁公八十，宋元獻七十
九，李文定七十七，曾宣靖八十，龐潁公七十六，④ 蘇丞相
八十二。文潞公雖至九十四而薨，貶秩中。蔡師垣亦八十，⑤
晚節拘籍南遷，殂於中路，不得全有富貴考終。

40. 本朝名公多厄於六十六：⑥ 韓忠獻、歐陽文忠、⑦ 王
荆公、蘇翰林。而秦師垣復獲預其數，⑧ 吕正惠、吕文穆
亦然。⑨

---

① “金坡遺事”，學海本作“鑾坡遺事”。
② “是時母氏年九歲”至“已而果然”，百川本、學海本無此四十六字。
③ “富文公”，百川本作“富韓公”。
④ “潁”，原作“穎”，據四庫本、學海本改。按，《宋史》卷三一一龐籍傳，龐籍曾封潁國公。
⑤ “八十”，百川本、學海本作“九十一”。按，《宋史》卷四七二《蔡京傳》，京年八十，故“九十一”當爲“八十”之誤。
⑥ “本朝”，百川本、學海本作“國朝”。
⑦ “歐陽文忠”下，百川本、學海本有“司馬温公”四字。
⑧ “而秦師垣復獲預其數”，百川本、學海本作“而秦師垣亦然”。
⑨ 百川本、學海本無“吕正惠吕文穆亦然”八字。

41. 本朝宰相登庸年少者,① 宋常山《春明退朝録》備見之,② 然無逾近歲范覺民丞相,廷告日方三十一,但壽止三十七。其後張魏公入相,亦未四十,且太夫人康健;罷相之後,遷謫居外幾二十年,後雖再入,③ 竟不拜元宰。

42. 國朝身爲宰相,壽考康寧,再見其子入政府者,惟曾宣靖一人而已。

43. 呂文穆相太宗。猶子文靖參真宗政事,相仁宗。文靖子惠穆爲英宗副樞,④ 爲神宗樞使;次子正獻爲神宗知樞,相哲宗。正獻孫舜徒爲太上皇右丞。相繼執七朝政,真盛事也!

44. 本朝一家爲宰執者,⑤ 呂氏最盛,既列于前矣。父子兄弟者:韓忠憲億、子康公絳、黃門維、莊敏縝,范文正仲淹、子忠宣純仁、左轄純禮,石元懿熙載、子文定中立,呂參政餘慶、弟正惠端,陳參政恕、子恭公執中,曹武惠彬、子武穆瑋,任安惠中師、弟康懿中正,張參政洎、孫左轄璪,王惠獻化基、子安簡舉正,陳文忠堯叟、弟文惠堯佐,王文獻溥、孫康靖

---

① "本朝",百川本、學海本作"國朝"。
② "宋",原脱,據百川本、學海本補。
③ "再",原脱,據百川本補。
④ "副樞",百川本、學海本作"樞副"。
⑤ "本朝",百川本、學海本作"國朝"。

貽永、章文憲得象、① 從孫壯恪粲、② 丞相惇，王樞密博文、子
忠簡疇，吳正肅育、弟正惠充，曾宣靖公亮、子樞密孝寬，韓
魏公琦、子文定忠彥、曾孫樞密肖冑、③ 胡文恭宿、侄左丞宗
愈，張榮僖耆、曾孫忠文叔夜、④ 梁懿蕭適、孫中書子美，蔡忠
懷確、子樞密懋，林文節希、從子中書攄，蔡太師京、子樞密
攸，鄧樞密洵武、弟左轄洵仁。近日如錢參政端禮之於文僖，
史簽書才、從子丞相浩，⑤ 亦一家。而洪右相适、樞密遵爲伯
仲，⑥ 數十年未嘗見也。王文公安石、弟左轄安禮、富韓公弼、
孫知樞直柔。⑦

45. 韓循之奉常冶之妻魯國太夫人文氏，⑧ 潞公之孫，魏
公之孫婦，儀公之冢婦，呂惠穆之外孫，魯簡蕭之外曾孫，
呂文靖之曾外孫。身見其子肖冑爲樞密，⑨ 婿鄭億年爲資政
殿大學士，⑩ 儀同執政。他子與孫，俱被飾擢。壽隃八秩。

---

① "憲"，原作"獻"，據百川本、學海本改。《宋史》卷三一一《章得象傳》：
"贈太尉兼侍中，謚文憲。皇祐中，改謚文簡。"
② "從孫壯恪粲"，百川本作"從孫樞密粲"。
③ "冑"，原作"胄"，據百川本、四庫本、學海本改。
④ "張榮僖耆曾孫忠文叔夜"，百川本、學海本無此十字。
⑤ "史簽書才從子丞相浩"，百川本、學海本無此九字。
⑥ "洪右相适樞密遵"，百川本作"參政洪适樞密洪遵"。
⑦ "王文公安石弟左轄安禮富韓公弼孫知樞直柔"，百川本、學海本無此十
九字。
⑧ "韓循之奉常"，百川本、學海本無"循之"二字。
⑨ "身見其子肖冑"，百川本、學海本無"身"字，"冑"原作"胄"，據百川本、
學海本、四庫本改。
⑩ "鄭億年"，百川本、學海本無"鄭"字。

婦人中罕有，唐張延賞苗夫人可儷之也。

46. 錢武肅鏐自唐乾寧中盡有二浙之地，享國五世。至忠懿王俶以版圖來歸，改封鄧國王，子弟皆換節旄。其後第十四子文僖惟演以文章進仕昭陵爲樞密使。文僖子次對暄，次對子景臻尚秦魯公主，① 位至少保，② 生子伯誠忱，亦至少師，它子悉建節。③ 伯誠子處和端禮，今參知政事。忠懿兄廢王倧之子希白易、希白子修懿明逸、子飛彥遠兄弟，對掌內外制；父子又中大科。子飛子穆緦，元祐中入禁林。穆子遜叔伯言至樞密直學士。他位顯庸尚多。雖間有以肺腑進，然富貴文物，三百年相續，④ 前代所未見也。

47. 晏元獻夫人王氏，國初勳臣超之女，樞密使德用之妹也。元獻婿，⑤ 富鄭公也。鄭公婿馮文簡。文簡孫婿蔡彥清、朱聖予。聖予女適滕子濟。俱爲執政。⑥ 元獻有古硯一，奇甚，王氏舊物也。諸女相授，號"傳婿硯"，今藏滕氏。朱之孫女適洪景嚴，近又登二府，亦盛事也。又有古犀帶一，亦元獻舊物，今亦藏滕氏，明清嘗於子濟子琪處見之。⑦

---

① "景臻"上，百川本有"少垣"二字。
② "位至少保"，百川本無此四字。
③ "悉建節"，百川本作"忠授鈇伯"。
④ "相續"，百川本作"相接"。
⑤ "元獻婿"，百川本作"元獻女"。
⑥ "俱爲執政"，百川本作"俱秉國政"。
⑦ 百川本無"明清"二字。

48. 本朝居政府在具慶下者，王文獻、盧大戎、包孝肅、張文孝、吳長文、吳正肅、呂吉父、章子厚、① 安厚卿、馮彥爲、曾令綽、王彥霖、李士美、王將明、蔡居安、林彥振、王元忠。

49. 本朝狀元登庸者，呂文穆、李文定、王文正、宋元憲。故詩人有云："皇朝四十三龍首，身到黃扉止四人。"王文安覽之不悦。後數十年，李士美、何文縝亦以廷魁至鼎席。

50. 唐朝世掌絲綸，以爲美談。而本朝以來，兄弟居禁林者：竇可象儀、弟望之儼，宋元憲、景文，王荆公、和父，韓康公、持國，蘇翰林、子由，曾文肅、文昭，蔡元長、元度，鄧子裳、子文，張康伯、賓老，宇文仲達、叔通。父子則李文正、昌武，晁文元、文莊，梁翰林固、懿肅適，蔡文忠、仲遠延慶，錢希白、子飛，蘇儀甫、子容。一家則張尚書洎、唐公瑑、邃明璪；范蜀公、子功、淳父、元長，而淳父、元長又父子也。錢氏又有純老、穆父焉。葉道卿、少蘊。而蔡君謨之於元長兄弟，亦一族也。外制則前人俱嘗掌之，惟曾南豐與文昭、文肅兄弟三人焉。孔經父、常父，劉邠父、贛父，與從子少馮又對掌內外制也。近日於洪忠宣父子間再見之。

51. 雍孝聞，蜀士之秀也。元符末，有聲太學，學者推重之。崇寧初，省試奏名第一。前此屢上封事劘切，九重固

---

① "厚"，原作"后"，《宋史》卷四七一《章惇傳》"章惇，字子厚"，據改。

已默識其名。至是，殿策中力詆二蔡及時政未便者，徽宗大怒。減死，竄海外。宣和末，上思其忠，親批云："雍孝聞昨上書致罹刑辟，忠誠可嘉。特開落過犯，授修武郎、閤門宣贊舍人。"命放而孝聞死矣。於是録其子子純爲右選。紹興初，從張魏公入蜀，魏公令屬趙喆軍中。喆誅，子純坐編管。既死，魏公憐之，復致其子安行一官。紹興間，以告訐流領外，不知所終。三世俱以罪廢，與前所紀諸家不侔，然亦不幸也。

52. 唐朝崔、盧、李、鄭及城南韋、杜二家，蟬聯珪組，世爲顯著。至本朝，絕無聞人。自祖宗以來，故家以真定韓氏爲首，忠憲公家也。忠憲諸子名連系字，康公兄弟也。生宗字。宗生子，名從玉字。玉生子，從日字。日生元字。元生子，從水字，居京師，廷有桐木，都人以桐樹目之，以別"相韓"焉。"相韓"則魏公家也。魏公生儀公兄弟，名連彥字，彥生子，名從口字。口生子，從胄字。胄之子，名連三畫。或謂魏公之命，以其名琦字析焉。東萊呂氏，文穆家也。文穆諸子，文靖兄弟也，名連簡字。簡字生公字。公字生希字。希字生問字。問字生中字。中字生大字。大字生祖字。河內向氏，文簡公家也。文簡諸子名連傳字。傳字生子從糸字。[①] 糸字生從宗字，欽聖憲肅兄弟也。宗字生子字。子字

---

① "糸"，原作"系"，按，《說文》"糸"自爲部。《宋史》卷二八二《向敏中傳》，敏中孫經、繹、絳，皆從"糸"，"系"應爲"糸"之誤，據改。下"糸字生從宗字"同。

生水字。水字生土字。土字生公字。兩浙錢氏，文僖兄弟名連惟字。惟字生日字。日字生景字。景字生心字。心字生之字在長主孫則連端字，賜名也。曹武惠諸子名連玉字。玉字生人字，慈聖光獻昆季也。人字生言字。言字生日字。日字生水字。水字生絲字。高武烈諸子連遵字。遵字生士字，宣仁聖烈兄弟也。士字生公字。公字生世字。世字生之字。晁文元諸子名連宗字，文莊兄弟也。宗字生仲字。仲字生端字。端字生之字。之字生公字。公字生子字。李文定本甄城人，既徙京師，都人呼爲“濮州李家”。李文和居永寧坊，有園亭之勝，築高樓臨道邊，呼爲“看樓李家”。李邯鄲宅並念佛橋，以橋名目之。陳文惠居近金水門，以門名目之。王文貞手植三槐于廷，都人以“三槐”表之。王文正本北海人，以“青州王氏”別之。王景彝居太子巷，以巷名目之。王審琦太師九子，以“九院”呼之。張榮僖以位顯名，以“侍中家”目之。①賈文元居厢後，宋宣獻居宣明坊，亦以巷名目之。宋元獻兄弟安陸人，以“安州”表。以上數家，派源既繁，名不盡連矣。在江南則兩曾氏，宣靖與南豐是也，曾文清兄弟亦以儒學顯，又二族矣。三蘇氏：太簡、儀父、明允。兩范氏：蜀公與文正是也。若莆田之蔡，白沙之蕭，毗陵之胡，會稽之石，番陽之陳，新安之汪，吳興之沈，龍泉州之

_____

① “侍”，原作“待”，據津逮本、四庫本改。

鮑，皆爲今之望族。而都城專以戚里名家又數家，不能悉數也。

53. 建州浦城，最爲僻邑，而四甲族皆本縣人。楊氏則起于文莊，章氏則肇自郇公，蓋練夫人、孫夫人陰德，世多傳焉。黃氏本于子思，陳氏本于秀公，軒裳極盛，今仕途所至有之。

54. 浦城章氏，盡有諸元。子平爲廷試魁，而表民望之制科第一，子厚惇開封府元，① 正夫棨鎖廳元，正夫子綡爲國學元，子厚子援爲省元，次子持爲別試元。其後自閩徙居吳中，族屬既殷，簪裳益茂，至今放榜，必有居上列者。章氏自有登科題名石刻，在建陽。

---

① "惇"，原作"惇"，避宋光宗趙惇諱，缺末筆。據四庫本、《宋史》卷四七一《章惇傳》改。下同。

揮塵前録卷之三

55. 太上皇帝中興之初，蜀中有大族犯御名之嫌者，而游宦參差不齊，倉卒之間，各易其姓。仍其字而更其音者，勾濤是也；加"金"字者，鉤光祖是也；加"絲"字者，絇紡是也；加草頭者，苟諶是也；改爲"句"者，句思是也；增而爲"句龍"者，如淵是也。鏇是析爲數家。累世之後，昏姻將不復別。文潞公自云敬暉之後，以國初翼祖諱而改。今有苟氏子孫，與文氏所云相同。蓋本一族，亦是仕于南北，失於相照，與此相類。

56. 李昌武宗諤之子昭遘，十八歲鎖廳及第。昭遘子杲卿，杲卿子士廉，皆不逾是歲登甲科。凡三世俱曾爲探花郎，亦衣冠之盛事也。

57. 吳越國忠獻王錢佐薨，其弟倧襲位，未幾，爲其大將胡進思所廢。時忠懿王俶爲台州刺史，進思迎立之。元豐中，王之孫暄知台州，其子景臻自郡入都，選尚仁宗女，是爲秦魯長主。靖康末，胡騎犯闕，主避狄南來，因遂卜居。

32

後數年，詔即州賜第。主享之二十年，壽八十六，薨于天台。其子伯誠居之，① 又二十年，官至少師，年亦八十餘。少師子即處和也，處和之女又自台州被選爲王妃。去歲處和既爲執政，別營甲第，南北相望甚夥。一家盛事，常占此境。

58. 官制行，置左右丞。二府中班最下，無有爰立者。元祐中，蘇子容丞相自左轄登庸，時以爲異恩。崇寧初，徽宗亟欲相蔡元長，遂用此故事。時有獻詩者曰："磊落儀形真漢相，闊疏恩禮舊蘇公。"紹興初，呂元直自簽書樞密院入相，前此所無也。

59. 張垍乃張説之子，敬翔爲敬暉之孫。本朝劉温曳以父名岳，終身不聽樂。至其孫几，乃自度曲，預修《樂書》，可笑。近有吳鑄者，乃國初功臣吳廷祚之後，祖元扆，復尚主，而失節於劉豫，仕僞庭至樞密使，爲其用事。此一律吁可嘆哉！李叔佐云。

60. 本朝以來，以遺逸起達者，惟种明逸、常夷甫二人而已。徽宗朝，王易簡、蔡崈、呂注自布衣拜崇政殿説書，然薦紳間多不與之也。王君儀、尹彦明後亦登禁從，距今亦三十年矣。雖婁下求賢之詔，州郡間有不應聘者，而羔雁不至於巖穴也。易簡即寓之父，九江人，大觀中家祖守郡，首薦之。其後改節以媚權臣，官至資政殿大學士。寓仕靖康，

---

① "伯誠"，百川本作"忱"。

驟拜二府，被命使虜，托夢寐以辭行，欽宗震怒，竄嶺外。父子南下，中途爲盜所害。寓字元忠。

61. 國初，每歲放榜，取士極少。如安德裕作魁日，九人而已。蓋天下未混一也。至太宗朝浸多，所得率江南之秀。其後又別立分數，考校五路舉子。以北人拙於詞令，故優取。熙寧三年廷試，罷三題，專以策取士，非雜犯不復黜。然五路舉人，尤爲疏略。黃道夫榜，傳臚至第四甲党鑄卷子，神宗大笑曰："此人何由過省？"知舉舒信道對以"五路人用分數取末名過省"。上命降作第五甲末。自後人益以廣。宣和七年沈元用榜，正奏名殿試至八百五人。蓋燕雲免省者既衆，天下赴南宮試者萬人，前後無逾此歲之盛。

62. 崇寧中，以王荊公配宣聖，亞兗公，而居鄒公之上，故遷鄒于兗之次。靖康初，詔黜荊公，但异塑像，不復移鄒公于舊位。至今天下庠序，悉兗、鄒並列而虛右。雖後來重建者，舉皆沿襲，而竟不能革也。沈文伯云。

63. 劉器之晚居南京，馬巨濟涓作少尹。巨濟廷試日，器之作詳定官所取也。而巨濟每見器之，未嘗修門生之敬，器之不平，因以語客。客以諷巨濟，巨濟曰："不然。凡省闈解送，則有主文，故所取士得以稱門生。殿試蓋天子自爲座主，豈可復稱門生於他人？幸此以謝劉公也。"客以告器之，器之嘆服其說，自是甚歡。陸務觀云。

64. 亡友薛叔器家有"關外侯"印，甚奇古。後考之，魏建安二十三年嘗置此名也。又友人家有"盪虜將軍"章，及明清有"橫武將軍"印，皆不可考。伯氏有"新遷長"印，後考《前漢書》，乃新室嘗以上蔡爲新遷也。又友人家"多睦子家丞"印，① 多睦，郡名，既亡，子之家丞秩甚卑。然篆文印樣皆出諸印右，嘗撫得之。或云亦王莽時印。畢少董家有"雍未央"，姓名見於《急就章》。

65. 明清少游外家，年十八九時，從舅氏曾宏父守台州。有筆吏楊滁者，能詩，亦可觀，言其外氏唐元相國之裔，一日持告身來，乃微之拜相綸軸也。② 銷金雲鳳綾，新若手未觸。白樂天行并書。後有畢文簡、夏文莊、元章簡諸公跋識甚多。尋聞爲秦熺所取，恨當時不能入石，至今往來于中也。又丹陽呂城閘北委巷竹林中有李格秀才者，自云唐宗室，系本大鄭王房。出其遠祖武德、正觀以來告命敕書凡百餘，③亦有薛少保、顏魯公書者，奇甚。明清每語親舊經縣，不惜一訪而閱之，李生亦不靳人之觀也。

66. 文中子王通，隋末大儒。歐陽文忠公、宋景文修《唐書》，房、杜傳中略不及其姓名。或云：其書阮逸所撰，未必有其人。然唐李習之嘗有《讀文中子》，而劉禹錫作《王華卿墓銘序》，載其家世行事甚詳，云"門多偉人"，則

---

① "又"，津逮本、四庫本作"及"。
② "微"，津逮本作"徵"，四庫本作"微"，中華本作"微"。
③ "正觀"，應爲"貞觀"，避宋仁宗趙禎諱。

與書所言合矣，何疑之有？又皮日休有《文中子碑》，見于《文粹》。

67. 歐陽文忠公父名觀，文多避之，如"《碧落碑》在絳州龍興宮"之類。蘇東坡祖名序，文多云"引"，或作"叙"。近爲文者或仿此，不知兩先生之意也。

68. 賜生辰器幣，起于唐，以寵藩鎮。五代至遣使命。周世宗眷遇魏宣懿，始以賜之，自是執政爲例。

69. 至和三年，宋元憲建言："慶曆郊祀赦書，許文武官立家廟，而有司終不能推述先典，明喻上指，因循顧望，遂踰十載，使王公薦紳，① 下同閭巷。昭穆雜用，家人緣媮習弊，甚可嗟也。臣近因進對，屢聞聖言，謂諸臣專殖第産，不立私廟，豈朝廷勸戒有所未孚，將風教頹齡，終不可復？反復至意，形于嘆息。臣每求諸臣所以未即建立者，誠亦有由。蓋古今異儀，封爵殊制，自疑成殫，遂格詔書。禮官既不講求，私家何由擅立？且未信而望誠者，上難必責；從善而設教者，下或有違。若欲必如三代，有家嫡世封之重，山川國邑之常，然後議之，則墜典無可復之期矣。夫建宗祐，序昭穆，別貴賤之等，所以爲孝。雖有過差，是過爲孝。殖産利，營居室，遺子孫之業，或與民爭利，顧不以爲恥，逮夫立廟，則曰不敢。寧所謂去小違古，而就大違古者？今諸

---

① "薦"，原作"鷹"，據津逮本、四庫本改。

儒之惑，不亦甚乎！”於是下兩制與禮官詳定制度，而王文安以下，定官一品平章事以上立四廟，知樞、參政、同知樞、簽樞以上，前任、見任宣徽、尚書、節度使、東宮三少以上皆立三廟，餘官祭於寢。凡得立廟者，許嫡子襲爵以主祭。其襲爵世降一世，死則不得別立祔廟，別祭於寢。自當立廟者即祔其主，其子孫承代，不許廟祭、寢祭，並以世數親疏遷祧。始得立廟者不祧，以始封有不祧者，通祭四廟、五廟。廟因眾子立，而長子在，則祭以嫡長子主之。嫡子死，則不傳其子，而傳立廟之長。凡立廟，聽於京師，或所居州縣。其在京師者，不得於裏城及南郊御路之側。既如奏，仍令別議襲爵之制。其後，終以有廟之子孫或官微不可以承祭，又朝廷難盡推襲恩之典，遂不果行。其略已見宋次道《退朝録》。至嘉祐中，文潞公爲相，乃上章引禮官詳定制度，平章事以上許立四廟，欲乞於河南府營創廟，詔從之。政和中，蔡元長賜宅京師，援潞公之請，既允所奏，且命禮制局鑄造家廟祭器，并余丞相深以下二府皆賜之。紹興中，秦會之表勳錫第，又舉二例，詔令討論，悉如政和之制云。

70. 錢宣靖、呂文靖知制誥，衣綠。張益之友直，鄧公子也，爲天章閣待制，勾當三班院，侍宴集英殿，猶衣緋，仁宗顧見，即賜金紫。呂文穆、李仲詢及、許沖元爲兩制，[①] 衣

---

① 百川本無“爲兩制”三字。

緋。蔡元長、王子發官制行後爲中書舍人，皆衣緋。賈季華琰爲樞密直學士、正諫大夫，衣綠。

71. 本朝父子狀元及第：張去華，子師德；梁顥，子固。兄弟：孫何、孫僅，陳堯佐、堯咨四家而已。後來沈文通、孫晦以祖孫相繼。近年許克昌實許安世之親侄孫；而王資深、子洋，俱爲榜眼。

72. 舊制，監司雖官甚卑，遇前執政宰藩，亦肩輿升廳事。宣和初，薛肇明自兩地出守淮南，有轉運判官年少新進，輕脱之甚，肇明每不堪之。到官未幾，肇明還舊廳，因與首台蔡元長語及之，且云：“乘轎直抵脚踏子始下。呵輿之聲驚耳，至今爲之重聽。其他可知也。”元長大不平，翊日，降旨諸路監司，遇前宰執帥守處，即入客位通謁。自是爲例。王孟玉云。

73. 熙寧中，神宗命館職張載往兩浙，劾知明州苗振。呂正獻與御史程伯淳俱言：“載，賢者，不當使鞫獄。”上曰：“鞫獄，豈賢者不可爲之事邪？”弗許。

74. 明清家有徐東湖所記太上皇帝聖語。① 其略曰：“大宗正行司將至行在，南班宗子所居當作屋百間。上曰：‘修營舍宇，② 固非今所急。然事有不得已者，故《春秋》於此事

---

① “明清家有徐東湖”，百川本作“國朝有東湖徐俯”。
② “修營舍宇”，百川本無“修營”二字。

得其時制則不書。不書者，聖人之所許也。近時營造之制一下，① 百姓輒受弊，蓋緣州縣便行科配矣。'又嘗語宰臣等曰：②'爲法不可過有輕重。惟是可以必行，則人不敢犯。太重則決不能行，太輕則不足禁奸。朕嘗語徐俯：異時宮中有所禁，初令之曰必行軍法，而犯者不止。朕深推其理，但以常法處之，後更無犯者。乃知立法貴在中制，所以決可行也。'"

75. 淳化三年，西夏李繼捧遣使獻鶻，號海東青。上賜詔曰："朕久罷畋遊，盡放鷹犬。卿地控邊塞，時出捕獵，今還以賜卿，可領之也。"宣和末，耶律禧繇此失國。烏乎，太宗聖矣哉。

76. 元祐名卿朱紱者，君子人也。嘗登禁從。紹聖初，不幸坐黨錮。崇寧間，亦有朱紱者，蘇州人，初登第，欲希晋用，上疏自陳與奸人同姓名，恐天下後世以爲疑，遂易名諤，字曰聖予。蔡元長果大喜，不次峻擢，位至右丞，未及正謝而卒，年方四十。薛叔器云。

77. 熙寧中，御史言徐德占奉祠太廟，嘗廣坐云"仁宗有遺行"。詔問狀坐客，客不敢對，以爲無。德占云："臣比行事至章懿太后室，因爲客言，章懿實生仁宗而不及

---

① "營造"，百川本作"營宇"。
② "嘗語宰臣"，百川本作"嘗詔宰相"。

養，後以帝女降后之侄瑋，主乃與瑋不協，使仁宗有遺恨。臣實洪州人，聲音之訛，遂至風聞。"上以其言有理，笑而薄罰之。

78. 宣和中，蔡居安提舉秘書省。夏日，會館職于道山，食瓜。居安令坐上徵瓜事，[①] 各疏所憶，每一條食一片。坐客不敢盡言，居安所徵爲優。欲畢，校書郎董彥遠連徵數事，皆所未聞，悉有據依，咸嘆服之。[②] 識者謂彥遠必不能安，後數日，果補外。蘇訓直云。[③]

79. 曾文蕭帥定，[④] 一日晨起，忽語諸子曰："吾必爲宰相，然須南遷。"啓其所以，[⑤] 公曰："吾昨夕夢衣十郎綠袍，北向謝恩，豈非它日貶司戶之徵乎？"後十年，果登庸，[⑥] 既爲蔡元長所擠，徙居衡陽，已而就降廉州司戶參軍，敕到，取幼子綵朝服以拜命，果符前夢。十郎，即綵排行也。

80. 韓似夫與先子言："頃使金國，見虜主所繫犀帶，倒透中正透，如圓鏡狀，光彩絢目。似夫注視久之。虜主云：'此石晋少主歸獻耶律氏者，唐世所寶日月帶也。'又命取磁盆一枚示似夫，云：'此亦石主所獻。中有畫雙鯉存焉，水滿

---

① "坐上"，百川本作"坐客"。"徵"，避宋仁宗趙禎諱，缺末筆。下同。
② "嘆服"，百川本作"嘆伏"。"咸"上，百川本有"坐客"二字。
③ "蘇訓直云"，百川本無此四字。
④ "定"下，百川本、學海本有"武"字。
⑤ "啓"，百川本作"請"。
⑥ "果"，百川本作"累"。

則跳躍如生，覆之無它矣。'二物誠絕代之珍也。"盆蓋見之范蜀公《記事》矣。

81.《建隆遺事》，世稱王元之所述，其間帥多誣謗之詞。至於稱趙普、盧多遜受遺昌陵，尤爲舛繆。案《國史》，韓王以開寶六年八月免相，至太平興國六年九月始再秉衡鈞。當太祖升遐時，政在外，何緣前一日與盧丞相同見于寢邪？稱太祖長子德昭爲南陽王，又誤矣。初未嘗有此封。元之當時近臣，又秉史筆，豈不詳知？且載《秦王傳》中云云，安有淳化三年而見《三朝國史・秦王傳》邪？可謂亂道。此特人托名爲之。又案，元之自有《小畜集》，《序》及《三黜賦》與《國史》本傳俱云：淳化二年自知制誥舍人貶商州。至道二年，自翰林學士黜守滁上。咸平二年，守本官知齊安郡。而此序年月次序悉皆顛錯，其僞也明矣。

82. 張賢良咸，① 漢陽人。② 應制舉，初出蜀，過夔州。郡將知名士也，一見，遇之甚厚，因問曰："四科優劣之差，見於何書？"張無以對。守曰："載《孟子注》中。"因檢示之，且曰："不可不牢攏之也。"③ 張道中漫思索，著論成篇。

---

① "張賢良咸"，百川本、學海本作"張咸"。
② "漢陽"，百川本、學海本作"漢州"。
③ "牢攏"，學海本作"牢記"。

至都，閣試六論，以此爲首題，① 張更不注思而就。② 主文錢穆父覽之大喜，③ 過閣第一。黃六丈叔愚能記守之姓名，④ 嘗以見告，今已忘之。張即魏公乃翁也。

83. 唐文皇聚一時名流于册府，始有十八學士之號。後來，凡居館殿者皆稱之。國朝以來，仕于外，非兩制，則雖帥守、監司，止呼寄禄官；惟通判多從館中帶職出補，如蔡君謨湖州，歐陽文忠公滑州，王荆公舒州，東坡先生杭州，如此之類甚多。劉贛父《赴泰倅詩》云："璧門金闕倚天開，五見宮花落早梅。明日扁舟滄海去，卻尋雲氣望蓬萊。"蓋在道山五載，然後得之。學士之稱施于外者，緣通判而然。今外廷過呼，大可笑矣。

84. 建炎己酉歲二月，⑤ 金人舉國南寇，時太上駐蹕維揚，⑥ 虜既次臨淮郡，相距甚邇。有招信尉以所部弓手百餘人拒敵，是日也，塵氛蔽日，虜初不測其多寡，遂相拒。逾半日，尉與衆竟死不退，於是探騎得疾走上聞，乘輿百寮，僅得南度。儻非尉悉力以扼其鋒，⑦ 俾探騎得上聞，則殆矣。

---

① "閣試六論以此爲首題"，百川本、學海本作"閣試第一似此爲首題"。
② "注思"，百川本、學海本作"佇思"。
③ "錢穆父"，百川本、學海本作"范淳夫"。
④ "黃六丈"，百川本、學海本作"黃元文"。
⑤ 百川本、學海本無"建炎"二字。
⑥ "維揚"，原作"維楊"，據百川本、學海本、四庫本改。
⑦ "扼"，原作"拒"，據津逮本、四庫本改。百川本作"拒"。

尉之姓名不傳於世，可恨。友人王彥國獻臣能道其詳，他日當問之，爲求大手筆作傳。近見程可久云：尉姓孫，亦嘗以白國史汪聖錫矣。後聞孫名榮。①

85.《三朝史·錢儼傳》云："儼能飲酒，百巵不醉，嘗患無敵。或言一軍校差可倫擬。問其狀，曰：'飲酒多，手益恭。'儼曰：'此亦變常，非善飲也。'"《東軒筆録》云："馮文簡在太原，以書妵王靈芝曰：'并門歌舞妙麗，吾閉目不窺，但日與和甫談禪耳。'平父答曰：'所謂禪者，只恐明公未達耳。蓋閉目不窺，已是一重公案。'馮深伏其言。"以二條觀之，萬事莫不安於自然也。

86. 本朝及五代以來，吏部給初出身官付身，不惟著歲數，兼説形貌，如云"長身品，紫棠色，有髭髯，大眼，面有若干痕記"，或云"短小，無髭，眼小，面瘢痕"之類，以防僞冒。至元豐改官制，始除之。靖康之亂，衣冠南渡，承襲僞冒，盜名字者多矣，不可稽考，乃知舊制不爲無意也。

87. 靖康間，欲追褒司馬溫公，輿論以謂惟范忠宣在元祐間尤爲厚德，可儷。而有司一時鹵莽，乃誤書文正之名，批旨行下，遂俱贈太師。蓋不知文正以忠宣、德孺爲宰執，已追贈至太師、中書令兼尚書令、魏國公久矣。適何文縝在中書，以鄉曲之故，乃以張天覺厠名其間，亦贈太保。而天

① 百川本、學海本無"尉姓孫亦嘗以白國史汪聖錫矣後聞孫名榮"十八字。

覺熙寧中自選人受章子厚知引爲察官，事見《邵氏辯誣》。爲舒信道發其私書，貶斥流落于外。紹聖初，子厚秉鈞，再薦登言路，攻擊元祐諸賢，不遺餘力，至欲發溫公、呂正獻公之墓，賴曾文肅公力啓于泰陵，始免。其爲慘酷甚矣。晚既免相，末年以校讎《道藏》復職，又有"二蘇狂率，三孔闊疏"之表，詩有"每聞同列進，不覺寸心忙"之句。常希古亦力言其奸。後來閩中書坊開《骨鯁集》，輒刊靖康詔書于首，繇此天下翕然推尊之。事有僥幸乃如此者，可發一嘆！張文老云。

88. 建炎末，贈黃魯直、秦少游及晁无咎、張文潛俱爲直龍圖閣。文潛生前，紹聖初自起居舍人出，帶此職蓋甚久，亦有司一時稽考之失也。

89. 李成，字咸熙，系出長安，唐之後裔。五代避地，徙家營丘。弱而聰敏，長而高邁。性嗜杯酒，善琴奕，妙畫山水，好爲歌詩。瑣屑細務，未嘗經意。周世宗時，樞密使王朴與之友善，特器重之，嘗召赴輦下。會朴之亡，因放誕酣飲，慷慨悲歌，遨游搢紳間。太府卿衞融守淮陽，遣幣延請，客家于陳。日肆觴咏，病酒而卒，壽四十九。子覺，仕太宗，兩歷國子博士。其後以覺贈至光禄寺丞云。此宋白撰《志文》大略如此。王著書，徐鉉篆。覺字仲明，列《三朝國史·儒學傳》，叙其世家又同。覺子宥，仕至諫議大夫，知制誥，有傳載《兩朝史》。傳云："祖成，五代末以詩酒游公卿間，善暮寫山水，至得意處，殆非筆墨所成。人欲求者，先爲置酒，酒酣落筆，烟雲萬狀，世傳以爲寶。"歐陽文忠公《歸田録》乃云"李成仕本朝尚書郎"，固已誤矣；而米元章《畫史》復云"贈銀青光禄大夫"，又甚誤也！

揮塵前録卷之四

90. 王絲，字敦素，^①越之蕭山人。景祐初爲縣令，會歲歉，絲每家支錢一千以濟之，期以明年夏輸絹壹匹，邑人大受其惠，稱爲德政。繇此當路薦之，蓋是時一縑售價不逾其數爾。仕止郎曹典州而已。范文正公爲作墓志，具載其事。王荆公當國，仿其法施之天下，號爲和買。久之，本錢既不復俵，且有折帛之害。世誤傳始於王儀仲素。儀仲，文正公之子，早即貴達，未嘗爲邑，官至八座没，謚懿敏，《國史》本傳可考。其子鞏，字定國，與東坡先生游。

李定，字仲求，洪州人，晏元獻公之甥，文亦奇，欲預賽神會，而蘇子美以其任子距之，致興大獄，梅聖俞謂"一客不得食，覆鼎傷衆賓"者也。其孫即商老彭，以詩名列江西派中。又李定，字資深，元豐御史中丞，其孫方叔正民兄

46

弟，皆顯名一時，揚州人。① 又李定，嘉祐、治平以來，以風采聞，嘗遍歷天下諸路計度轉運使。官制未行，老于正卿。乃敦老如岡之祖，蓋濟南人也。同姓名者凡三人，世亦多指而爲一，不可不辯。李豸，② 陽翟人，東坡先生門下士，亦字方叔。兩方叔俱以文鳴，詩章又多，互傳於世。

91. 郭積，字仲微，仕至龍圖閣學士，③ 權知開封府。幼孤，母邊更嫁王氏。既而母亡，積解官服喪。知禮院宋祁言積服喪爲過禮，請下有司博議，因馮元等奏，聽解官。申心喪始此。④

92. 太祖皇帝立極之初，西蜀未下，益州三泉縣令間道馳騎齎賀表，率先至闕下。上大喜。平蜀後，詔令三泉縣不隸州郡，遇賀慶，許發表章直達楊前。至今甲令，每於諸州軍監下注云“三泉縣同”是矣。元符末，龔言序爲縣尉，婦弟江端本子之薄游至邑。令簿素與龔不叶，相帥游山，經宿未回。龔攝縣事，忽赦書至，徽宗登寶位，龔即宣詔稱賀，偶未有子，亟令子之奉表詣都。令歸，已無及。銓曹以初品

① “揚州”，原作“楊州”，據津逮本、四庫本改。
② “李豸”，“豸”原作“豕”。《學津討原》本《揮塵錄》作“李鳶”。按宋蘇軾《東坡全集》（四庫全書本）卷八《答李昭玘》：“近有李豸者，陽翟人，雖狂氣未除，而筆墨瀾翻，已有漂沙走石之勢。”同書《東坡先生年譜》：“有與李方叔詩《序》云：僕與李鳶方叔相知久矣，僕領貢舉事，李不得第，愧甚，作詩謝之。”。“鳶”通“豸”，“李豸”即“李鳶”，據改。
③ “閣”下，百川本有“直”字。
④ “申心喪始此”，百川本作“申心喪申喪蓋始于積”。

官無奏、異姓無服親之文沮之。子之早負俊名，曾文肅當國，爲將上取旨特補河南府助教，今之上州文學也。後子之官與職俱至正郎，一時以爲異事。紹興初，四川制司建言升縣爲軍，失祖宗之指矣。

93. 張逸，字天隱，鄭州人，登進士。初嘗以樞密直學士知益州。蜀人諡其民風。華陽縣鄉長殺人，誣道旁者，縣吏受財，獄具，乃令殺人者守囚。逸曰："囚色冤，守者氣不直。豈守者殺人乎？"因始敢言，而守者果服，立誅之。蜀人以爲神。歲飢，民多殺耕牛食之，犯者皆配關中。逸奏："民殺牛以活，將廢稼事。今歲小稔，請一切放還，復其業。"報可。凡四守益州。逸子峋、嶸，亦有顯名于世。嶸諸孫，即端明殿學士澄也。

94. 《兩朝史》章文憲得象傳末云："初，閩人謠曰：①'南臺沙合出宰相。'至得象相時，沙涌可涉。"政和六年，沙復涌，已而余丞相深大拜。十餘年前，外舅方公務德帥福唐，南臺沙忽再涌，已而朱漢章、葉子昂相繼登庸。

95. 昔人最重契義。朋從年長，則以兄事之；齒少，以弟或友呼焉。父之交游，敬之爲丈，見之必拜，執子姪之禮甚恭。丈人行者，命與其諸郎游。子又有孫，各崇輩行，略

---

① "閩人"，原作"聞人"，據津逮本、毛鈔本、四庫本及《宋史》卷三一一《章得象傳》改。

不紊亂，如分守之嚴。舊例，書札止云啓或止，稍尊之則再拜，雖行高而位崇者，不過曰頓首、再拜而已。非父兄不施覆字，宰輔以上方曰台候，餘不敢也。前輩名卿尺牘中可考。今俱不然，誠可太息。

96. 太平興國六年五月，詔遣供奉官王延德、殿前承旨白勳使高昌。雍熙元年四月，延德等叙其行程來上，云："初自夏州，歷玉亭鎮，次歷黄羊平，其地平而産黄羊。度砂磧，無水，行人皆載水。凡二日，次都羅羅族，漢使過者，遺以財貨，謂之'打當'。次歷茅家喝子族，臨黄河，以羊皮爲囊，吹氣實之，浮於水，或以囊馳牽木筏而度。次歷茅女王子開道族，行入六窠砂，砂深三尺，馬不能行，行者皆乘囊馳。不育五穀，砂中生草名登相，收之以食。次歷樓子山，無居人，行砂磧中，以日爲占，旦則背日，暮則向日，日下則止；又行望月，①亦如之。次歷卧羊梁劲特族，地有都督山，唐回鶻之地。次歷太子大蟲族，接契丹界，人衣尚錦綿，器用金銀，馬乳釀酒，飲之亦醉。次歷屋地目族，蓋達干于

---

① "又"，《宋史》卷四九〇高昌國作"夕"。

越王子之子。① 次至達干于越王子族,② 此九族達靼中尤尊
者。次歷拽利王子族,有合羅川,唐回鶻公主所居之地,城
基尚在,有湯泉池。傳曰:契丹舊爲回紇牧羊,達靼舊爲回
紇牧牛,回紇徙甘州,契丹、達靼遂各爭長攻戰。次歷阿墩
族,③ 經馬鬃山望鄉嶺,嶺上石庵有李陵題字處。次歷格囉
美源,西方百川所會,極望無際,鷗鷺鳧雁之類甚衆。次至
托邊城,亦名李僕射城,城中首領號通天王。次歷小石州。
次歷伊州,州將陳氏,其先自唐開元二年領州,凡數十世,
唐時詔敕尚在。地有野蠶,生苦參上,可爲綿帛。有羊,尾
大而不能走,尾重者三斤,小者一斤,肉如熊,白而甚美。
又有勵石,剖之得賔鐵,謂之吃鐵石。又生胡桐樹,經雨即
生胡桐律。次歷益都。次歷納職城,在大患鬼魅磧之東南,
望玉門關甚近。地無水草,載粮以行,凡三日至鬼谷口避風
驛,④ 本俗法試出詔押御風,御風乃息。凡八日,至澤田寺。
高昌聞使至,遣人來迎。次歷寶莊,又歷六鍾,乃至高昌。

---

① "達干","干"原作"于"。"達干",突厥、回纥等族官名,《舊唐書·回紇
傳》:"上元元年九月己丑,回紇九姓可汗使大臣俱陸莫達干等入朝奉表起居。"此
指阻卜撻剌干,以首領名稱其部落。據前田直典《十世紀時代的九族達靼》(載
《元朝史研究》,東京大學出版會,1973 年)證九姓達怛的達干于越王子部即阻卜
撻剌干。
② "干",原作"千"。
③ "墩",避宋光宗趙惇諱,缺末筆。
④ "鬼",原作"思","口"原作"曰"。《宋史》卷四九〇高昌國、元馬端臨
《文獻通考》(四庫全書本)卷三三六皆作"凡三日至鬼谷口避風驛",據改。

"高昌即西州也，其地南距于闐，西南距大石、① 波斯，西距西天、步露沙、雪山、葱嶺，皆數千里。地無雨雪而極熱，每盛暑，人皆穿池爲穴以處。飛鳥群萃河濱，或起飛，即爲日氣所爍，墜而傷翼。屋室覆以白堊，開寶二年雨及五寸，即廬舍多壞。有水出金嶺，導之周繞國城，以溉田園，作水磑。地産五穀，惟無喬麥。貴人食馬，餘食牛及鳧雁。樂多箜篌。出貂鼠、白氎、綉文花蘂布。俗多騎射。婦人戴油帽，謂之蘇幕遮。用開元七年曆，以三月九日爲寒食，餘二社、冬至亦然。以銀或鍮爲筒，貯水激以相射，或以水交潑爲戲，謂之壓陽氣去病。好游賞，行者必抱樂器。佛寺五十餘區，皆唐朝所賜額，寺中有《大藏經》《唐韻》《玉篇》《經音》等，居民春月多游，群聚邀樂於其間，游者馬上持弓矢射諸物，謂之禳災。有敕書樓，藏唐太宗、明皇御扎詔敕，緘鎖甚謹。後有摩尼寺，波斯僧各持其法，佛經所謂外道者也。統有南突厥、北突厥、大衆熨、小衆熨、樣磨、割祿、黠戛司、末蠻、格哆族、預龍族之名甚衆。國中無貧民，絶食者共振之。人多壽考，率百餘歲，絶無夭死。

"時四月，獅子王避暑於北廷，以其舅阿多于越守國，先遣人致意於延德曰：'我王舅也，使者拜我乎？'延德曰：'持朝命而來，禮不當拜。'復問曰：'見王拜乎？'延德曰：

---

① "大石"，《宋史》卷四九〇高昌國作"大食"。

‘禮亦不當拜。’阿多于越復數日始出相見，然其禮頗恭。獅
子王邀延德至其北庭。歷交河州，凡六日，至金嶺口，寶貨
所出。又兩日，至漢家寨。又五日，上金嶺、温嶺，即多雨
雪，① 上有《龍王刻石記》云：②‘小雪山也。’嶺上有積雪，
行人皆服毛罽。度嶺一日，至北廷，憩高臺寺，其王烹羊馬
以具膳，尤豐潔。地多馬，王及王后、太子各養馬，牧放於
平川中，彌亘百餘里，以毛色分别爲群，莫知其數。北廷川
長廣數千里，鷹鶹雕鶻之所生，多美草，下生花砂鼠，③ 大
如鼵，鷙禽捕食之。其王遣人來言，擇日以見使者，願無訝
其淹久。至七日，見其王及王子、侍者，皆東向拜受賜。旁
有持磬者，擊以節拜，王聞磬聲乃拜。既而王之兒女、親屬
皆出，羅拜以受賜。遂張樂飲燕，爲優戲，至暮。明日，泛
舟於池中，池四面作鼓樂。又明日，游佛寺，曰應運泰寧之
寺，正觀十四年造。④

“北廷北山中出碙砂，山中常有烟氣涌起，而無雲霧，且
又光焰若炬，⑤ 照見禽鼠皆赤。采碙砂者，著木底鞋，若皮
爲底者即焦。下有穴，生清泥，出穴外即變爲砂石，土人取

---

① “上金嶺温嶺即多雨雪”，《宋史》卷四九〇高昌國作“上金嶺過嶺即多雨雪”。
② “龍王”，《宋史》卷四九〇高昌國作“龍堂”。
③ “下”，《宋史》卷四九〇高昌國作“不”。
④ “正觀”，應爲“貞觀”，避宋仁宗趙禎諱。
⑤ “焰”，原作“歛”，據津逮本、四庫本改。

以治皮。城中多樓臺草木。人白皙端正，惟工巧，① 善治金銀銅鐵爲器及攻玉。善馬直絹一匹；其駑馬充食者，纔直一丈。貧者皆食肉。西抵安西，即唐之西境。七月，令延德先還其國，其王始至。亦聞有契丹使來，唇缺，以銀葉蔽之，謂其王曰：'聞漢遣使入達靼而道出王境，誘王窺邊，宜早送至達靼，無使久留。'因云：'高敞本漢土，漢使來覘視封域，將有異圖，王當察之。'延德偵知其語，② 因謂王曰：'犬戎素不順中國，今乃反間，我欲殺之。'王固勸，乃止。自六年五月離京師，七年四月至高昌，所歷以詔賜諸蕃君長襲衣、金帶、贈帛。③ 八年春，與其謝恩使凡百餘人，復循舊路而還，雍熙元年四月至京師。延德初至達靼之境，頗見晉末陷虜者之子孫，④ 咸相率遮迎，獻飲食，問其鄉里親戚，意甚悽感，留旬日不得去。"延德之自叙云："此雖載于國史，而世莫熟知。用書于編，以俟通道九夷八蠻將使指者，或取諸此焉。"

97. 紹興丙辰，明清甫十歲，時朱三十五丈希真、徐五丈敦立俱爲正字，來過先人，先人命明清出拜，二公詢以國史中數事，隨即應之無遺，繇是受二公非常之知于弱齡。希真之

① "惟"，《宋史》卷四九〇高昌國作"性"。
② "偵"，避宋仁宗趙禎諱，缺末筆。下同。
③ "贈"，《宋史》卷四九〇高昌國作"繒"。
④ "陷"，原作"陷"，據四庫本改。下同。

相，予多見其詞翰中。後二十年，明清爲方婿，敦立守滁陽，以書與外舅云："聞近納某字之子爲婿，豈非字仲言者乎？"具道疇昔時事，且過相溢美。又數年，敦立爲貳卿，明清偶訪之，坐間忽發問曰："度今此居號侍郎橋，何邪？"明清即應以仁宗朝郎簡，杭州人，以工部侍郎致仕居此，里人德之，遂以名橋。又問郎表德謂何？明清云："《兩朝國史》本傳字簡之。《王荆公集》中有寄郎簡之詩，甚稱其賢。"少焉，司馬季思來，其去，復問明清云："温公兄弟何以不連名？"明清荅以温公之父天章公生于秋浦，故名池。從子校理公生于鄉中，名里。天章長子以三月一日生，名旦；後守宛陵，生仲子，名宣；晚守浮光，得温公，名光。承平時，光州學中有温公祠堂存焉。敦立大喜曰："皆是也。"且顧坐客云："卒然而酬，博聞如此，可謂俊人矣！"烏乎，敦立今墓木將栱，言之於邑。

98．郭熙畫山水名盛，昭陵時嘗爲翰林院待詔。熙寧初，其子思登進士第，至龍圖閣直學士，更帥三路。既貴，廣以金帛收贖熙之遺筆，以藏於家，繇是熙之畫人間絶少。思亦多材藝，有《笑談》《可用集》行於世。

99．元祐中，吕微仲當軸，其兄大忠自陝漕入朝，微仲虛正寢以待之，大忠辭以相第非便，微仲云："界以中霤，即私家也。"卒從微仲之請。時安厚卿亦在政府，父曰華尚康寧，且具慶焉，厚卿夫婦偃然居東序。時人以此別二公之賢否。

100. 姚寬令威，明清先友也，著《西溪殘語》，① 考古今事最爲詳備。其間一條云："舊於會稽得一石碑，論海潮依附陰陽時刻，極有理，不知其誰氏，復恐遺失，故載之。'觀古今諸家海潮之説多矣，或謂天河激涌，葛洪《潮説》。亦云地機翕張。見《洞真正一經》。盧肇以日激水而潮生，封演云月周天而潮應。挺空入漢，山涌而濤隨；施師謂僧隱之之言。析木、大梁，月行而水大。見竇叔蒙《濤志》。源殊派異，無所適從；索隱探微，宜伸確論。大中祥符九年冬，奉詔按察嶺外，嘗經合浦郡廉州，沿南溟而東，過海康雷州，歷陵水化州，涉恩平恩州，住南海廣州，迨由龍川惠州，抵潮陽潮州，洎出守會稽越州，移涖句章明州。是以上諸郡，皆沿海濱，朝夕觀望潮汐之候者有日矣，汐音夕，潮退也。得以求之刻漏，究之消息，消息，進退。十年用心，頗有準的。大率元氣噓吸，天隨氣而漲斂；溟渤往來，潮順天而進退者也。以日者重陽之母，陰生於陽，故潮附之於日也；月者太陰之精，水者陰，故潮依之於月也。是故隨日而應月，依陰而附陽，盈於朔望，消於朏朒尾切魄，

---

① 《西溪殘語》，《揮塵前録》卷二《翰林佩魚自蒲傳正始》條亦引此書，作《叢語》。王明清稱姚寬爲先友，姚寬卒於紹興三十二年，《揮塵前録》作於乾道二年，上距姚寬之死僅五年，所説應有根據，《西溪殘語》當爲此書之別稱。《直齋書録解題》亦作《姚氏殘語》。

虚於上下弦，^① 息於輝朒，女六切，朔而日見東方。故潮有大小焉。今起月朔夜半子時，潮平於地之子位四刻一十六分半，月離於日，在地之辰。次日移三刻七十二分，對月到之位，以日臨之次，潮必應之。過月望，復東行，潮附日而又西應之，至後朔子時四刻一十六分半，日月潮水亦俱復會於子位。於是知潮當附日而右旋。^② 以月臨子午，潮必平矣；月在卯酉，汐必盡矣。或遲速、消息又小異，而進退盈虚，終不失於時期矣。或問曰：四海潮平，來皆有漸，唯浙江，濤至則亘如山丘，奮如雷霆，水岸横飛，雪崖傍射，澎騰奔激，吁可畏也。其可怒之理，可得聞乎？曰：或云夾岸有山，南曰龕，北曰赭，二山相對，謂之海門，岸狹勢逼，涌而爲濤耳。若言狹逼，則東溟自定海縣名，屬四明郡。吞餘姚、奉化二江，江以縣爲名，一屬會稽，一隸四明。侔之浙江，尤甚狹逼，潮來不聞濤有聲耳。今觀浙江之口，起自纂風亭，地名，屬會稽。北望嘉興大山，屬秀州。水闊二百餘里，故海商舶船，怖於上潬，水中沙爲潬，徒旱切。惟泛餘姚小江，易舟而浮運河達于杭、越矣。蓋以下有沙潬，南北亘乏隔礙，洪波蹙過潮勢。夫月

---

① "虚於上下弦"，"於"前原脱"虚"字，清翟均廉《海塘録》録燕肅《海潮論》作"盈於朔望消於朏魄虚於上下弦息於朓朒"，據補。"弦"避宋聖祖趙玄朗諱，缺末筆。

② "是知"，原作"星知"。《海塘録》録燕肅《海潮論》作"是知潮常附日而右旋"，《西溪叢語》（四庫全書本）卷上文亦同，據改。

離震兌，他潮已生。惟浙江水未洎月徑潮，巽，潮來已半，[①]
濁浪推滯，後水益來，於是溢於沙潭，猛怒頓涌，聲勢激射，
故起而爲濤耳，非江山淺逼使之然也。'宜哉！"令威以該洽
聞于時，恨不能知其人。明清心謂必機博之人。後以《真宗實
錄》考之，大中祥符九年，以燕肅爲廣東提點刑獄，遂取
《兩朝史》燕公傳觀之，果嘗自知越州移明州。卷末又云
"嘗著《海潮論》《海潮圖》，並行于世"，則知爲燕無疑。

　　明清乾道丙戌冬奉親會稽，居多暇日，有親朋來過，
相與悟言，可紀者，歸考其實而筆錄之。隨手盈秩，不
忍棄去，遂名之曰《揮塵錄》，非所以爲書也。長至日，
明清識。

右《揮塵錄》一編，汝陰王仲言所作也。紹興辛丑，逈
侍叔父尉剡，叔父出仲言昆仲詩，詫曰："此皆小汝若干歲，
雪溪先生諸子也。"逈茫然自失。其後得與仲信、仲言游，雖
服其該洽，當時未知學問之有味也。越二十年，逈塵忝末科，
試吏于淮壖，得奉行政事之在民者，因讀《荀卿子》書曰：
"法不貳後王。"又讀宣王詩曰："周道粲然復興。"於是思熟

---

　　① "惟浙江水未洎月徑潮巽潮來已半"，"巽"前疑有脱文，清翟均廉《海塘
錄》引《西溪殘語》作"惟浙江潮水未至洎月經乾巽潮來已半"。

於本朝典故者，以講論學問，士夫間訪之未獲也。忽仲言出示此書，乃平昔之所期，不謂近出於朋舊之中，喜可知也。雖然，僕有疑焉。仲言富於春秋，宜以壯烈上佐時用，何遽留心於著述？若僕輩衰老不適用，乃可娛意於蕑册之間耳。仲言其懋哉！乾道己丑八月，左文林郎饒州德興縣丞沙隨程迥可久跋。

九惪素聞仲言多識前言往行，真好古博雅君子，願從下風，聽餘論，聞所未聞，爲有日矣。今幸同僚于此，謂可破此願也。而郡邑相距餘一舍，仲言入郭有時，不得朝夕見，斯心竟未能滿。間從清流王孟玉借《揮麈録》觀之，殆所謂窺豹一斑者，因手抄之。古人有云："不見異人，當得異書。"今也見其人，得其書，何喜如焉。因志于後。傾困倒廩，尚冀自此無靳也。迪功郎高郵軍教授臨汝郭九惪書。

李賢良簡

垕拜手。昨日辱下顧，殊恨不款經夕，伏惟台候客況萬福。宣、政從臣出處極爲詳備，受賜甚多，《揮麈録》昨晚與老人伏讀，共嘆該洽，如垕輩可知愧矣。鄭公之説甚善，切幸小留，以容乞靈龍山，俯就食其禄可也。一二同舍郎與兄厚善，皆以爲喜。老人亦約同白廟堂，且喻意京兆。來早幸過此共飯，已約叔度款宏論。不宣。垕上覆仲言簽判學士契兄。

王知府自跋

丘明、子長、班、范、陳壽之書，不經它手，故議論歸一。自唐太宗修《晉書》，置局設官，雖房元齡、①褚遂良受詔，而許敬宗、李義府之徒厠迹其間，文字交錯，約史自此失矣。劉煦之《唐書》、薛居正之《五代史》，號爲二氏，而職長監修，未始措辭。嘉祐重命大儒再新《唐史》，歐陽文忠、宋景文各析紀傳，故《直筆》《糾繆》之書出。國朝《三朝史》爲大典之冠，而進呈於天聖垂簾之際，名臣大節，無所叙録居多；或有一事見之數傳，褒貶異同。自建隆抵于元符，信史婁更。先人於是七《國朝史述》焉，②直欲追仿遷、固，鋪張揚厲，爲無窮之觀。雖前日宗工筆削，不敢更易，但益以遺落，損其重複。如一姓父子兄弟，附于本傳之次；增以宗室、宰執、世系與夫陟黜歲月三表，如《唐書》之制。紹興戊午中，執法常公聞其事，詔奉祠中，視史官之秩，尚方給扎。奏御及半，而一秦專柄，不盡以所著達于乙覽，獨存副本私室。先人棄世，野史之禁興，告訐之風熾，薦紳重足而立。明清兄弟居蓬衣白，亡所掩匿，手澤不復敢

① "元"，應爲"玄"，避宋聖祖趙玄朗諱。
② "七"，津逮本、四庫本同。清陸心源《皕宋樓藏書志》卷六三作"輯"。《建炎以來繫年要録》卷一二五："銓以國朝建隆至元符信史屢更，書多重複，乃以七朝國史自帝紀志傳外，益以《宰執宗室世表》《公卿百官年表》。"建隆至元符歷宋太祖、太宗、真宗、仁宗、英宗、神宗、哲宗七朝，"七"蓋指此。

59

留，悉化爲烟霧。又十五年，巨援没而公道開，再命會稽官以物辦訪遺書于家，但記憶殘缺，以補册府之闕而已。故舊文居多。此舉蓋自先祖早授學於六一翁之門，命意本于六一，其後先人承之。故先人遷官制云："汝好古博雅，自其先世。屬詞比事，度越輩流。"痛哉斯文，雖不傳於後代，而王言可訓于萬世也。明清弱齡過庭，前言往行，探尋舊事，黽夕剽聆，多歷年所。憂苦摧挫，萬事瓦解，不自意全莫能髡鈐以續先志。乾道之初，竊叢祠之祿，偏奉山陰，親朋相過，抵掌劇談，①偶及昔聞，間有可記，隨即考而筆之，口《揮塵録》。故人程迥可久，知名士也，覽而大喜，手録而識于後，繇是流傳。又嘗取司馬文正公《百官公卿表》與夫陳鮴叔及紹興《拜罷録》，參考弼臣進退，次第年月，列爲四圖表，置之坐隅，以便觀覽。今鏤板于閩、蜀、江、浙矣。丁酉春，覓官行都，獲登太史李公仁甫之門，命與其子仲信游。② 春容間隅出二編，③ 公一見，稱道再三，且以宣、政名卿出處下詢，如：黄寔，章子厚之甥，不麗其舅，而卒老于外；方軫，蔡元長之姻婭，引登言路，而首論其非，遂罷遠竄；潘兑，朱勔里人，不登其門而擯斥；李森爲中司，不肯觀望王

---

① "抵掌"，原作"抵嘗"，"抵"同"抵"。"嘗"，津逮本、毛鈔本、四庫本作"掌"，據改。
② "仲信"，原作"仲言"，據津逮本、四庫本改。
③ "隅出二編"，津逮本、毛鈔本、四庫本"隅"作"偶"。

黼，窮鄧之綱之獄而被逐；燕、雲之役，蓋成於陳堯臣；① 王
寀之枉，縣盛章父子欲害劉炳兄弟；世皆亡其事迹。明清不量
其愚，爲冥搜倫類，凡二十餘條，摭據依本末告之。公益喜，
大加敬嘆。又云：“僕兼攝天官，睹銓榜有臨安龍山監税見
次，君可俯就，但食其禄，而相與討論。徐請君于朝，以助
我。”明清力辭以名迹不正，且非其人而歸。未幾，公父子俱
去國，明清餞別于秀州之杉青閘下，舟中相持悵然。後數年，
仲信没于蜀。公後雖復召領史局，而明清適官遠外，參辰一
見，方欲造公，而公已下世。比焉試邑窮塞，公事無多，翻
篋復見舊稿，愴念父祖以來平生用心。嗟夫！師友之淪没，
言猶在耳，孰令聽之邪？投老殘年，感嘆之餘，姑以胸中所
存識左方。後之攬者，亦將太息于斯作。淳熙乙巳中元日，
朝請大夫主管台州崇道觀汝陰王明清書。

---

① “陳堯臣”，原脱，據清陸心源《皕宋樓藏書志》卷六三所引補。

揮麈後録卷之一

朝請大夫主管台州崇道觀汝陰王明清

1. 古之尊稱，曰皇、曰帝、曰王。自秦并天下，始兼皇帝之尊，窮寵極崇，度越前載，後雖有作，亦無加焉。漢哀帝建平二年，待詔夏賀良等言："赤精子之讖，漢家曆運中衰，當再受命。宜改元易號。"詔大赦天下，以建平二年爲太初元年，號曰陳聖劉太平皇帝。宇文周宣帝以大象元年禪位于皇太子衍，自稱天元皇帝。唐高宗上元元年，帝自稱曰天皇，皇后曰天后。武后垂拱三年五月，尊爲聖母神聖皇帝；天授元年九月，尊爲聖神皇帝；長壽二年九月，爲金輪聖神皇帝；證聖元年正月，爲慈氏越古金輪聖神皇帝；天册萬歲元年九月，爲天册金輪聖神皇帝。中宗反正後，神龍元年正月，尊爲則天大聖皇帝。中宗神龍元年十一月，尊號應天皇帝；三年八月，尊號應天神龍皇帝。玄宗先天二年十二月，尊號開元神武皇帝；二十七年二月，開元聖文神武皇帝；天寶元年二月，開元天寶聖文神武皇帝；七載五月，開元天寶

聖文神武應道皇帝；十三載二月，上開元天地大寶聖文神武
證道孝德皇帝；至德元載七月，傳位後，肅宗上上皇天帝；
三載正月，上太上至道聖皇天帝；乾元元年正月，改太上聖
皇天帝。肅宗至德三載正月，^① 尊號光天文武大聖孝感皇帝；
乾元元年正月，上乾元光天孝感皇帝；二年正月，上乾元大
聖光天文武孝感皇帝。代宗廣德元年七月，尊號寶應元聖文
武仁孝皇帝。德宗建中元年正月，尊號聖神文武皇帝；順宗
元和元年正月，傳位後，憲宗上應乾聖壽太上皇。憲宗元和
三年正月，尊號睿聖文武皇帝；十四年七月，加元和聖文神
武法天應道皇帝。穆宗長慶元年七月，尊號文武孝德皇帝。
敬宗寶曆元年四月，尊號仁聖文武至神大孝皇帝；五年正月，
加仁聖文武章天成功神德明道大孝皇帝。宣宗大中二年正月，
尊號聖敬文思神武光孝皇帝。懿宗咸通三年正月，尊號睿文
明聖孝德皇帝；十二年正月，加睿文英武明德至仁大聖廣孝
皇帝。僖宗乾符二年正月，尊號聖神聰睿仁哲明孝皇帝。昭
宗大順元年三月，尊號聖文睿德光武弘孝皇帝。梁太祖開平
三年正月，尊號睿文聖武廣孝皇帝。後唐莊宗同光二年四月，
尊號昭文睿武至德光孝皇帝。明宗長興元年四月，尊號聖明

---

① “至德”，原作“正德”。按唐肅宗年號“至德”，前文有“至德元載七月”，
又宋宋敏求編《唐大詔令集》(四庫全書本) 卷七《太上皇加光天文武大聖孝感皇
帝冊文》載“維至德三載歲次已亥正月甲戌朔五日戊寅……今加徽號於皇帝曰
‘光天文武大聖孝感皇帝’”，據改。

神武文德恭孝皇帝；四年八月，聖明神武廣道法天文德恭孝
皇帝。晋高祖天福三年，契丹遣使奉尊號英武明義皇帝。周
太祖聖明文武仁德皇帝。

　　國朝太祖乾德元年冬十一月，上尊號應天廣運仁聖文武
皇帝；開寶元年十一月，上應天廣運聖文神武明道至德仁孝
皇帝；四年九月，上應天廣運興化成功聖文神武明道至德仁
孝皇帝；九年正月，上應天廣運一統太平聖文神武明道至德
仁孝皇帝，帝以汾、晋未平，不欲號"一統"，詔罷之；至
三月，晋王群臣復上應大廣運立極居尊聖文神武明道至德仁
孝皇帝，卒不受。太宗太平興國三年十一月，上尊號應運統
天聖明文武皇帝；六年十一月，上應運統天睿文英武大聖至
明廣孝皇帝；九年八月，上應運統天睿文英武大聖至明仁德
廣孝皇帝。端拱二年十二月庚申，詔："自前所上尊號，並宜
省去。今後四方所上表，只稱皇帝。"宰相吕蒙正等固以爲不
可。上曰："皇帝二字，本難兼稱。朕欲稱王，但嫌與諸王同
耳。"宰相又上表，請改上尊號爲法天崇道文武皇帝，後詔省
去"文武"二字。淳化元年三月，上法天崇道文武皇帝；三
年九月，上法天崇道明聖仁孝文武皇帝；至道元年十二月，
改法天崇道上聖至仁皇帝。真宗咸平二年十一月，上尊號崇
文廣武聖明仁孝皇帝；五年八月，上崇文廣武應道章德聖明
仁孝皇帝；景德二年九月，上崇文廣武應乾尊道聖明仁孝皇
帝；大中祥符元年十二月，上崇文廣武儀天尊道寶應章感欽

明仁孝皇帝；三年七月，上崇文廣武儀天尊道寶應章感欽明上聖至德仁孝皇帝；天禧元年正月，上崇文廣武感天尊道應真佑德上聖欽明仁孝皇帝；三年正月，上體元御極感天尊道應真寶運文德武功上聖欽明仁孝皇帝；乾興元年二月，改應天尊道欽明仁孝皇帝。仁宗天聖二年十一月，上尊號聖文睿武仁明孝德皇帝；八年七月，上聖文睿武體天欽道仁明孝德皇帝；明道二年二月，上睿聖文武體天法道仁明孝德皇帝；景祐二年十一月，上景祐體天法道仁明孝德皇帝；寶元元年十一月，上寶元體天法道欽文聰武聖神英睿孝德皇帝；康定元年，帝以蝗雨之災，詔省去“睿聖文武”四字。英宗治平四年正月，上尊號曰體乾膺曆文武聖孝皇帝。神宗元豐三年七月十六日，詔曰：“朕惟皇以道，帝以德，王以業，因時制名，用配其實。何必加崇稱號以自飾哉！秦漢以來，尊天子曰皇帝，其亦至矣。朕承祖宗之休，托士民之上，凡虛文煩禮，盡已革去。而近者有司群辟猶咸以號稱見請，雖出於歸美報上之忠，然非朕所以稽考先王之意。今後大禮，百官拜表上尊號，並罷。”先是，百官上尊號，翰林學士司馬光當荅詔，因言：“治平二年，先帝當郊，不受尊號，天下莫不稱頌。末年有建言者，國家與契丹有往來書信，彼有尊號，而我獨無，足爲深恥，於是群臣復以非時上尊號。昔漢文帝時，單于自稱‘天地所生日月所置匈奴大單于’，不聞文帝復爲大名以加之也。願陛下追用先帝本意，不受此名。”上大悅，

手詔光曰："非卿，朕不聞此言。善爲苔詞，使中外曉然，知
朕至誠，非欺衆邀名者。"自是終身不受尊號。徽宗大觀元年
季秋，將行明堂禮，大臣議撿舉皇祐故事，上爲親降御筆云：
"粵在季秋，將行宗祀，輔臣有請，願舉尊稱。浮實之美，毋
重辭費，① 不須上表。今後更不撿舉。"政和七年四月己未，
群臣上表尊爲教主道君皇帝，詔止於教門章奏中稱，不可令
天下混用。宣和五年七月丁卯，太傅楚國公王黼等上皇帝尊
號曰繼天興道敷文成武睿明皇帝，御筆批苔曰："朕獲承至
尊，兼三王五帝，以臨九有之師，無有遠邇，罔不臣服。荷
天之鑑，四序時若，祥瑞洊至。薄言興師，燕朔歸附，大一
統于天下，蓋祖宗之靈，廟社之慶。惟我神考詒謀餘烈，顧
朕何德以堪之？而群公卿士，猶以炎黄唐虞之號爲未足稱，
循末世溢美之辭來上，朕甚愧焉。所請宜不允。"凡三上表，
皆不允。自是内外群臣、皇子鄆王楷以下、太學諸生、耆老
等上書以請者甚衆，皆不從。宣和七年十二月二十九日，上
尊號曰教主道君太上皇帝。欽宗建炎元年五月初二日，上尊
號曰孝慈淵聖皇帝。高宗皇帝紹興六年六月丁未，臣秦檜以
太母回鑾之久，和議已定，士民曹溥等一千三百人詣闕進表，
乞上尊號，上謙抑不受，令有司無得復收。二十一年三月戊
寅，上謂宰執曰："聞大金有詔上尊號。前此士庶婁嘗有請，

---

① "毋"原作"母"，據四庫本改。

既卻而不受。"秦檜曰："盛德之事，它國亦知師仰。"紹興三十二年六月，上尊號曰光堯壽聖太上皇帝；乾道六年十二月，加號光堯壽聖憲天體道太上皇帝；淳熙二年十月，加號光堯壽聖憲天體道性仁誠德經武緯文太上皇帝；淳熙十二年十月，加號光堯壽聖憲天體道性仁誠德經武緯文紹業興統明謨盛烈太上皇帝。孝宗皇帝淳熙十六年二月，上尊號曰至尊壽皇聖帝。太上慶元元年十一月，上尊號曰聖安壽仁太上皇帝。前代者見於宋元憲《尊號錄》，明清更以他書詳考之。國朝者，以史冊及前後詔旨續焉。

2. 太祖皇帝草昧日，客游睢陽，醉臥閼伯廟，夢中覺有異。既醒，焚香殿上，取木环珓以卜平生，自裨將至大帥，皆不應；遂以九五占之，珓盤旋空中，已而大契，太祖益以自負。後以歸德軍節度使建國，號大宋，升府曰應天。晏元獻爲留守，以詩題廟中云："炎宋肇英祖，初九方潛鱗。嘗用蓍蔡占，來決天地屯。庚契大橫兆，謦咳如有聞。"東坡先生作《張文定碑》云："熙寧中，公判應天府。新法既粥坊場河渡，又并祠廟粥之。官既得錢，聽民爲賈區，廟中慢侮穢踐，無所不至。公建言：'宋，王業所基也，而以火王。閼伯於商丘，以主大火；微子爲宋始封。二祠獨不免於粥乎？'裕陵震怒，批出曰：'慢神辱國，無甚於斯！'天下祠廟，皆得不粥。"其後高宗皇帝炎精復輝，中興斯地，灼見天命，猗歟休哉！晏元獻《五州集》載前段。

3. 滁州清流關，昔在五季，太祖皇帝以五千之兵敗江南李氏十五萬衆，執皇甫暉、姚鳳以獻周世宗，實爲本朝建國之根本。明清昨仕彼郡，考之《圖經》云："皇祐五年十月，因通判州事王靖建言，始創端命殿宇于天慶觀之西，奉安太祖御容。初以兵馬都監一員兼管，至元豐六年，專差内侍一名管勾香火。每月朔望，州官朝拜，知州事酌獻。歲朝、寒食、冬旦、至節，詔遣内侍酌獻。"今焉洊罹兵革，殿宇焚蕩之久，茂草荆棘，無片瓦尺椽存者，周視太息。還朝上言，以謂太祖皇帝歷試於周，應天順人，啓運立極，功業自此而成，王基自此而創，故號端命，誠我宋之咸鎬、豐沛，命名之意可見。乞再建殿宇，以永崇奉。得旨，下禮部討論。而有司以謂增置兵衛，重有浮費，遂寝所陳。蓋明清親嘗至其地，恭睹太祖入滁之偉績。當其始也，趙韓王教村童于山下，始與太祖交際，用其計畫，俾爲鄉導，提孤軍，乘月夜，指縱銜枚，取道于清流關側蘆子岇，浮西澗，入自北門，直搗郡治。皇甫暉方坐帳中燕勞將士，養鋭待戰，倉黃聞變，初不測我師之多寡，躍其愛馬號千里電奔東郊，太祖追及於河梁，以劍揮之，人馬俱墜橋下，暉遂擒。姚鳳即以其衆解甲請降。自此兵威如破竹，盡取淮南之地。鳳之投降，時正午刻，擊諸寺鍾以應之，至今不改。紹興壬戌，① 郡守趙時上

---

① "戌"，原作"戍"，據津逮本改。

殿陳其事，詔付史館。東渡猶有落馬橋存焉。如是，則端命
之殿，其可置而不問邪！

4. 太祖嘗令於瓦橋一帶南北分界之所，專植榆柳，中通
一徑，僅能容一騎。後至真宗朝，以爲使人每歲往來之路，
歲月浸久，日益繁茂，合抱之木，交絡蔽塞。宣和中，童貫
爲宣撫，統兵取燕、雲，悉命剪薙之。逮胡馬南騖，遂爲坦
途。使如前日有所蔽障，則未必能卷甲長驅如此，亦祖宗規
撫宏遠之一也。王嗣昌云。

5. 承平時，揚州郡治之東廡，扃鎖屋數間，上有建隆元
年朱漆金書牌云："非有緩急，不得輒開。"宣和元年，盜起
浙西，詔以童貫提師討之，道出淮南，見之，焚香再拜啓視
之，乃弓弩各千，愛護甚至，儼然如新。貫命弦以試之，其
力比之後來過倍，而製作精妙，不可跂及。士卒皆嘆伏，施
之於用，以致成功。此蓋太祖皇帝親征李重進時所留者。仰
知經武之略，明見於二百年之前。聖哉帝也！辛仲由爲先人言。

6. 太祖既廢藩鎮，命士人典州，天下忻便，於是置公使
庫，使遇過客，必館置供饋，欲使人無旅寓之嘆。此蓋古人傳
食諸侯之義。下至吏卒，批支口食之類，以濟其乏食。承平
時，士大夫造朝不齎糧，節用者猶有餘以還家。歸途禮數如
前，但少損。當時出京泛汴，有上下水船之譏。近人或以州郡
飾廚傳爲非者，不解祖宗之所以命意矣。然貪污之吏，倘有以
公帑任私意如互送卷懷者，又不可不痛懲治之也。劉季高云。

69

7. 太平興國中，諸降王死，其舊臣或宣怨言。太宗盡收用之，置之館閣，使修群書，如《册府元龜》《文苑英華》《太平廣記》之類，廣其卷帙，厚其廩祿贍給，以役其心。多卒老於文字之間云。朱希真先生云。

8. 太宗既得吳越版籍，繼下河東，天下一統，禮樂庶事，粲然大備。錢文僖惟演嘗纂書名《逢辰録》，排日盡書其父子承恩榮遇及朝廷盛典，極爲詳盡。明清家有是書，爲錢仲韶竿假去乾没。至今往來于中，安得再見，以補史之闕文！

9. 仁宗即位，方十歲，章獻明肅太后臨朝。章獻素多智謀，分命儒臣馮章靖元、孫宣公奭、宋宣獻綬等采摭歷代君臣事迹，爲《觀文覽古》一書；祖宗故事爲《三朝寶訓》十卷，每卷十事；又纂郊祀儀仗爲《鹵簿圖》三十卷，詔翰林待詔高克明等繪畫之，極爲精妙，叙事于左，令傅姆輩日夕侍上展玩之，① 解釋誘進，鏤板于禁中。元豐末，哲宗以九歲登極，或有以其事啓于宣仁聖烈皇后者，亦命取板摹印，仿此爲帝學之權輿，分錫近臣及館殿。時大父亦預其賜，明清家因有之。紹興中爲秦伯陽所取。先人云。

10. 天聖中，章獻明肅太后臨朝，詔修《三朝國史》。時巨璫羅崇勳、江德明用事，以爲史院承受，故官屬每遇進書，

---

① "傅"，原作"傳"，據津逮本、四庫本改。

推恩特厚，下至書史庖宰，亦沾醲賞。後來因之。徐敦立云。

11．章懿李后初在側微，事章獻明肅。章聖偶過閤中，欲盥手，后捧洗而前，上悦其膚色玉耀，與之言，后奏："昨夕忽夢一羽衣之士，跣足從空而下云：來爲汝子。"時上未有嗣，聞之大喜，云："當爲汝成之。"是夕召幸，有娠。明年，誕育昭陵。昭陵幼年，① 每穿履襪，即呕令脱去，常徒步禁掖，宮中皆呼爲赤脚仙人。赤脚仙人，蓋古之得道李君也。張昌詩嗣祖云，見其祖《鄧公家録》。

12．熙寧中，神宗問鄧綰云："西漢張良如何？"綰以班、馬所論對。上曰："體道。"綰以未喻聖訓，請于上，上又曰："不唱。"綰退，因取《子房傳》考之，自從沛公入秦宮闕，至召四皓侍太子，凡所運籌，未有一事自其唱之。始知天縱之學，非人所及。鄧雍語先人云。

13．神宗遵太祖遺意，聚積金帛成帑，自製四言詩一章云："五季失圖，獫狁孔熾。藝祖造邦，思有懲艾。爰設内府，基以募士。曾孫保之，敢忘厥志！"每庫以一字目之。又別置詩二十字分揭其上曰："每虔夕惕心，妄意遵遺業。顧予不武資，何以成戎捷？"後來所謂御前封樁庫者是也。上意用此以爲開拓西北境土之資。始命王韶克青唐，然後欲經理銀、

────────────

① "幼"，原作"刼"，"幼"之訛字，今改。下同。

夏，復取燕、雲。元豐五年徐禧永洛衄師之後，① 帝心弛矣。
林宓《裕陵遺事》云。

14. 神宗朝，詔修仁、英《兩朝國史》。開局日，詔史院
賜筵。時吳冲卿爲首相，提舉二府及修史官，就席上成詩賦。
冲卿唱首云："蘭台開史局，玉斝賜君餘。② 賓友求三事，規
摹本八書。汗青裁仿此，衰白盍歸歟？詔許從容會，何妨醉
上車！"王禹玉云："曉下金門路，君筵聽召餘。簪纓三壽
客，筆削兩朝書。身老雖逢此，恩深盡醉歟。傳聞訪餘事，
應走使臣車。"元厚之云："殿帷昕對罷，省户雨陰餘。詔賜
堯樽酒，人探禹穴書。夔、龍方客右，班、馬蓋徒歟！徑醉
俄歸弁，雲西見日車。"王君貺云："累聖千年統，編年四紀
餘。官歸柱史筆，經約魯麟書。班、馬才長矣，仁、英道偉
歟。恩招宴東觀，釃酒荷盈車。"馮當世云："天密叢雲曉，
風清一雨餘。三長太史筆，二典帝皇書。接武知何者，沾恩
匪幸歟？吐茵平日事，何憚污公車！"曾令綽云："御府盼醇
釀，君恩錫餕餘。賜筵遵故事，紬史重新書。燕飲難偕此，
風流不偉歟？素餐非所職，愧附相君車。"宋次道云："二聖
垂鴻烈，天臨四紀餘。元台來率屬，賜會寵刊書。世業叨榮
甚，君恩可報歟。袞衣相照爛，歸擁鹿鳴車。"王正仲云：

---

① "永洛"，《宋史》卷一六神宗本紀作"永樂"。
② "斝"，原作"斈"，四庫本作"斈"。據改。

“上聖思論著，前言摭緒餘。瓊筵初賜醴，石室載紬書。徽範貽來者，成功念昔歟。欲知開局盛，門擁相君車。”黄安中云：“禮倣三事宴，史發兩朝餘。偶綴金閨彦，來紬石室書。法良司馬否，辭措子游歟。盛事逢衰懶，重須讀五車。”林子中云：“調元台極貴，須宴帝恩餘。昔副名山録，今裁史觀書。天心憂作者，國論屬誰歟？寂寞懷鉛客，容瞻相府車。”可見一時人物之盛。真迹今藏禹玉孫曉處。嘗出以示明清。曉云：“史院賜燕唱和，國朝故事也。”

15. 乾道辛卯歲，明清因觀《元符詔旨》，《欽聖獻肅皇后傳》載元豐末命，其所引猶存紹聖謗語，即以白于外舅方務德，云：“今提衡史筆汪聖錫，吾所厚也，當録以似之。”繼而以書及焉。旬日得汪報云：“下喻昨日偶因奏事，即爲敷陳。天語甚稱所言爲當，即詔史院删去，以明是非之實矣。”汪書之親筆，今存外舅家。

16. 昭慈孟后，紹聖三年以使令爲襄檜之法。九月二十日，詔徙處道宮，已見《泰陵實録》。曾文肅《奏對録》述其復位本末爲備，今具載之。

元符三年五月癸酉，同三省批旨，令同議復瑤華。先是，首相韓忠彦遣其子跂來相見，云：“因曲謝，上諭以復瑤華，令與布等議，若布以爲可，即白李清臣。俟再留稟，乃白三省。且云恐有異議者。”布荅之云：“此事固無前比。上亦嘗問及布，但荅以：故事，止有追策，未有生復位號者。況有元符，恐難並處。今聖意如此，自我作古，亦無可違之理。若於元符無所議，即但有將順而已。三省自來凡有德音及御批，未聞有逆鱗者，此無足慮。但白邦直不妨。"跂云："若此中議定，即須更於上前及簾前再稟定，乃敢宣言。"至四日，再留，不易前議。師朴云："已約三省。"因相率至都堂。行次，師朴云："惇言從初議瑤華法時，公欲就重法，官不敢違。"及至都堂，惇又云："當初是做厭法，斷不得。唯造雷公式等，皆不如法，自是未成。"布云："公既知如此，當初何以不言，今卻如此議論？當時議法論罪，莫須是宰相否？布當時曾議依郭后故事，且以淨妃處之。三省有人於上前猶以為不須如此。其後又欲貶董敦逸，布獨力爭得不貶。此事莫皆不虛否？今日公卻以謂議法不當，是誰之罪？"惇默然。布云："此事且置之。今日上及簾中欲復瑤華，正以元符建立不正。元符之立，用皇太后手詔。近因有旨，令蔣之奇進入所降手詔，乃云是劉友端書。外面有人進文字，皇太后並不知，亦不曾見，是如何？"惇遽云："是惇進入，先帝云已得兩宮旨，令撰此手詔大意進入。"布云："手詔云：'非此人其誰可當？'皆公之語，莫不止大意否？"惇云："是。"衆莫不駭之。卞云："且不知有此也。"布云："潁叔以謂太后手詔中語，故著之麻詞，乃不知出自公。"之奇亦云："當時只道是太后語，故不敢著。今進入文字，卻看驗得劉友端書，皇太后誠未嘗見也。"惇頑然無怍色，衆皆駭嘆。是日，布又言：“此事只是師朴親聞，布等皆未曾面稟。來日當共稟知，聖意無易，即當擬定聖旨進呈。”遂令師朴草定，云：“瑶華廢后，近經登極大赦及累降赦宥，其位號禮數，令三省、密院同詳議聞奏。”遂退。晚見師朴等，皆云：“一勘便招，可怪可怪！”六日，遂以簡白師朴云：“前日所批旨未安，當如今日所改定進擬。”師朴荅云：“甚善。”然尚猶豫。七日，布云：“所擬批旨未安，有再改定文字在師朴所。”衆皆稱善。今所降旨，乃布所改定也。是日，上面諭，簾中欲廢元符而復瑶華。布力陳以爲不可，如此則彰先帝之短，而陛下以叔廢嫂，恐未順。上亦深然之，令於簾前且堅執此議。衆皆議兩存之爲便。上又丁寧，令固執。卞云：“韓忠彦乃簾中所信，須令忠彦開陳，必聽納。”忠彦默然。及簾前，果云：“自古一帝一后，此事蓋萬世議論。相公已下，讀書不淺，須議論得穩當，乃可行。兼是垂簾時事，不敢不審慎。”語甚多，不一一記省，衆皆無以奪。惇卻云：“臣思之，亦是未穩當。”衆皆目之。師朴遂出所擬批旨進呈，云：“且乞依已降指揮，容臣等講議同奏。”許之。然殊未有定論。再對，布遂云：“適論瑶華事，聖諭以謂一帝一后，此乃常理，固無可議。臣亦具曉聖意，蓋以元符建立未正，故有所疑。然此事出於無可奈何，須兩存之。乃使章惇誤曉皇太后意旨，①

---

① “使”，《曾公遺録》(藕香零拾本)卷九作“便”。

卻以復瑤華爲未穩當。此事本末悞先帝者，皆惇也。前者皇
太后諭蔣之奇以立元符手詔，皇太后不知，亦不曾見，及進
入，乃是劉友端書寫。臣兩日對衆詰惇云：①'昨以皇太后手
詔立元符爲后，皇太后云不知亦不曾見。及令蔣之奇進入，
乃是友端所書，莫是外面有人撰進此文字否？'惇遽云：'是
惇撰造。先帝云已得兩宮許可，遂令草定大意。'臣云：'莫
非止大意否？詔云非斯人其誰可當？乃公語也。'之奇亦云：
'當時將謂是太后語，故著之制詞。'惇云：'是惇語。'衆皆
駭之。惇定策之罪固已大，此事亦不小。然不可暴揚者，以
爲先帝爾。今若以此廢元符，固有因，然上則彰先帝之短，
次則在主上以叔廢嫂未順。故臣等議皆以兩存之爲便，如此
雖未盡典禮，然無可奈何，須如此。"太母遂云："是無可奈
何。兼他元符又目下別無罪過，②如此甚便。"布云："望皇
太后更堅持此論。若稍動着元符，則於理未便。"亦荅云：
"只可如此。"上又嘗諭密院云："欲於瑤華未復位號前，先
宣召入禁中，卻當日或次日降制，免張皇。"令以此諭三省，
衆亦稱善。布云："如此極便。若已復位號，即須用皇后儀衛
召入，誠似張皇。"上仍戒云："執元符之議，及如此宣召，
只作卿等意，勿云出自朕語。"及至簾前，三省以箚中語未

---

① "兩日"，《曾公遺録》卷九作"兩日前"。
② "他"，原作"化"，據《曾公遺録》卷九改。

定，亦不記陳此一節。布遂與頴叔陳之，太后亦稱善。退以諭三省云：“適敷陳如此，論已定矣。”遂赴都堂，同前定奏議，乃布與元度所同草定。師朴先以邦直草定文字示衆人，衆皆以爲詞繁不可用，遂已。師朴先封以示布，布荅之云：“瑤華之廢，豈可云‘主上不知其端，太后不知其詳’？又下比於盜臣墨卒皆被恩，恐皆未安爾。”是日，太后聞自認造手詔事，乃嘆云：“當初將謂友端稍知文字，恐友端所爲，卻是他做。”布云：“皇太后知古今，自古曾有似此宰相否？”之奇亦云：“惇更不成人，無可議者。”是日，瑤華以犢車四還禁中。至内東門，太母遣人以冠服，令易去道衣，乃入。中外聞者，莫不歡呼。是夕，鎖院降制，但以中書熟狀付學士院，不宣召。初，議復瑤華，布首白上：“不知處之何地？”上云：“西宮可處。”布云：“如此甚便。外議初云：‘東宮增創八十間，疑欲以處二后。’衆以爲未安。緣既復位，則於太母有婦姑之禮，豈可處之於外？”上亦云：“然。太母有婦姑之理，豈慮之於外？”上亦云然，太母仍云：“須令元符先拜，元祐荅拜乃順。”又云：“將來須令元祐從靈駕，元符只令迎虞主可也。患無人迎虞主，今得此甚便。”又諭密院云：“先帝既立元符，尋便悔，但云：‘不直！不直！’”又云：“郝隨嘗取宣仁所衣后服以披元符，先帝見之甚駭，卻笑云：‘不知稱否？’”又云：“元祐本出士族，不同。”又稱其母亦曉事。二府皆云：“王廣淵之女也。神宗嘗以爲參知政事，命下而卒。"又云:"初聘納時,常教他婦禮。以至倒行、側行,皆親指教。其他舉措,非元符比也。"布云:"當日亦不得無過。"布云:"皇太后以爲如何?"太母云:"自家左右人做不是事,自家卻不能執定得,是不爲無過也。"布云:"皇太后自正位號,更不曾生子。神宗嬪御非不多,未聞有爭競之意。在尊位,豈可與下爭寵?"太母云:"自家那裏更惹他煩惱,然是他神宗亦會做得,於夫婦間極周旋,二十年夫婦不曾面赤。"布云:"以此較之,則誠不爲無過。"潁叔亦云:"憂在進賢,豈可與嬪御爭寵?"太母又對二府云:"元符、元祐俱有性氣,今猶恐其不相下。"布云:"皇太后更當訓敕,使不至於有過,乃爲盡善。皇太后在上,度亦不敢如此。"太母云:"亦深恐他更各有言語。兼下面人多,此輩尤不識好惡。"三省亦云:"若皇太后戒飭,必不敢爾。"太后又云:"他兩人與今上叔嫂,亦難數相見。今後除大禮、聖節宴會可赴,餘皆不須預。他又與今皇后不同也。"三省亦皆稱善。其他語多,所記止此爾。

已上皆曾《錄》中語。制詞略云:"惟東朝慈訓,念久處於別宮;且永泰上賓,顧何嫌於並后?"至崇寧元年,蔡元長當國。十二月壬申,用御史中丞錢遹、殿中侍御史石豫、右司諫左膚疏,詔后復居瑶華,制有云:"臺臣論奏,引義固爭;宰輔全同,抗章繼上。"逾二十年,靖康末,金人犯闕,六宮皆北,后獨不預,逃匿于其家。張邦昌知之,遣人迎后垂簾，儀從忽突入第中，后惶恐不知所以，避之不免。及思陵中興，尊爲隆祐太后，蓋后之祖名元，易“元”爲“隆”字。建炎間，皇輿小駐會稽，后微覺風疢，本閣有宮人，自言善用符水咒疾可瘳，或以啓后。后吐舌曰：“又是此語，吾其敢復聞也？此等人豈可留禁中邪？”立命出之。王嗣昌云。

17. 徽宗初踐祚，曾文肅公當國。禁中放紙鳶落人間，有以爲公言者。公翌日奏其事。上曰：“初無之，傳者之妄也。當令詰治所從來。”公從容進曰：“陛下即位之初，春秋方壯，罷朝餘暇，偶以爲戲，未爲深失。然恐一從詰問，有司觀望，使臣下誣服，則恐天下向風而靡，實將有損於聖德。”上深憚服，然失眷始於此也。舅氏曾紘父云。

18. 徽宗居藩邸，已潛心詞藝。即位之初，知南京曾肇上所奉敕撰《東岳碑》，得旨送京東立石。上稱其文，且云：“兄弟皆有文名，又一人尤著。”左相韓師朴云：“鞏也。”子宣云：“臣兄遭遇神宗，擢中書舍人，修《五朝史》，不幸早世。其文章與歐陽脩、王安石皆名重一時。”上領之。① 繇是而知上之好學問非一日也。

19. 建中靖國，徽宗初郊，亦見曾文肅《奏事録》，言之甚詳。在於當日，爲一時之慶事。

十一月戊寅，凌晨，導駕官立班大慶殿前，導步輦至宣

① “領”，四庫本作“頷”。

德門外，升玉輅，登馬，導至景靈宮，行禮畢，赴太廟。平
旦，雪意甚暴，既入太廟，即大雪。出巡仗至朱雀門，其勢
未已，衛士皆沾濕。上顧語云："雪甚好，但不及時。"及赴
太廟，雪益甚，二鼓未已。上遣御藥黃經臣至二相所，傳宣
問："雪不止，來日若大風雪，何以出郊？"布云："今二十
一日，郊禮尚在後日，無不晴之理。"經臣云："只恐風雪難
行。"布云："雪雖大，有司掃除道路，必無妨阻。但稍沖
冒，無如之何。兼雪勢暴，必不久。況乘輿順動，理無不晴。
若更大雪，亦須出郊。必不可升壇，則須於端誠殿望祭。此
不易之理，已降御札頒告天下，何可中輟？"經臣亦稱善，乃
云："左相韓忠彥欲於大慶殿望祭。"布云："必不可。但以
此回奏。"經臣退，遂約執政會左相齋室，仍草一札子以往。
左相猶有大慶之議。左轄陸佃云："右相之言不可易。兼恐無
不晴之理。若還就大慶，是日卻晴霽，奈何？"布遂手寫札
子，與二府簽書訖進入，議遂定。上聞之甚喜。有識者亦云：
"臨大事當如此。"中夜，雪果止。五更，上朝享九室，布以
禮儀使贊引就罍洗之際，已見月色。上喜云："月色皎然。"
布不敢對。再詣罍洗，上云："已見月色。"布云："無不晴
之理。"上奠瓚至神宗室，流涕被面；至再入室酌酒，又泣不
已。左右皆爲之感泣。是日，聞上卻常膳，蔬食以禱。己卯
黎明，自太廟齋殿步出廟門，升玉輅，然景色已開霽，時見
日色。巳午間至青城，晚遂晴，見日。五使巡仗至玉津園，

夕陽滿野，人情莫不欣悅。庚辰四鼓，赴郊壇幕次，少頃，乘輿至大次，布跪奏於簾前，請皇帝行禮，景靈、太廟皆然。遂導至小次前，升壇奠幣，再詣罍洗，又升壇酌獻。天色晴明，星斗燦然，無復纖雲。上屢顧云：“星斗燦然。”至小次前，又宣諭，布云：“聖心誠敬，天意感格，固須如此。”又升壇飲福。行過半，蔣之奇屢仆於地。既而當中，妨上行，布以手約之，遂挽布衣不肯捨。而力引之，行數級，復僵仆。上問爲誰？布云：“蔣之奇。”上令禮生掖之登壇，坐於樂架下。至上行禮畢，還至其所，尚未能起。上令人扶掖，出就外舍，先還府，又令遣醫者往視之。及亞獻升，有司請上就小次，而終不許，東向端立。至望燎，布跪奏禮畢，導還大次。故事，禮儀使立於簾外，俟禮部奏解嚴乃退。上諭都知閤守懃、①閤安中，②令照管布出壇門，恐馬隊至難出，恩非常也，衆皆嘆息，以爲眷厚。五鼓，二府稱賀於端誠殿。黎明，升輦還內。先是，禮畢，又遣中使傳宣布以車駕還內，一行儀衛，並令償行，不得壅閼。布遂闗鹵簿司及告報三帥，令依聖旨。及登輦，一行儀仗無復阻滯，比未及巳時，已至端門。左相乃大禮使，傳宣乃以屬布，衆皆怪之。少選，登樓肆赦。又明日，詣會聖宮。宮門之兩廡下所畫人馬，皆有

---

① “閤”，原作“閣”，據津逮本、四庫本改。
② “閤”，原作“閣”，據津逮本、四庫本改。

流汗之迹。云慶曆西事時，一夕人馬有聲，至明觀之，有汗流，至今不滅。又有一小女塑像，齒髮爪甲皆真物，身長三尺許，云太祖微時所見，嘗言太祖當有天下。然無文字可考。像龕於殿之側坐殿內。蓋殿門也。

20. 又云："是月，奉職程若英，乃文臣程博文之子，上書言：'皇子名亶，及御名，皆犯唐明宗名，宜防夷狄之亂。'詔改皇子名。至是，又上書乞換文資，從之。"時亦建中靖國元年，後來果驗，亦異事也，因著之。

21. 神宗更定官制，獨選人官稱未正。崇寧初，吏部侍郎鄧洵武上疏曰："神宗稽古創法，釐正官名，使省、臺、寺、監之官實典職事，領空名者一切罷去，而易之以階，因而制祿。命出之日，官號法制，鼎新於上，而彝倫庶政，攸敘於下。今吏部選人，自節察判官至簿、尉凡七等，先帝嘗欲以階寄祿而未暇，願造為新名，因而寄祿使一代條法，粲然大備。"徽宗從其言，詔有司討論。於是置選人七階。蔡元道《官制舊典》乃失引之。

22. 政和四年六月戊寅，御筆："取會到入內內侍省所轄苑東門藥庫。見置庫在皇城內北隅，拱宸門東。所藏鴆鳥、蛇頭、葫蔓藤、鈎吻草、毒汗之類，品數尚多，皆屬川、廣所貢。典掌官吏三十餘人。契勘元無支遣，顯屬虛設。蓋自五季亂離，紀綱頹靡，多用此物以剗不臣者。沿襲至于本朝，自藝祖以來，好生之德洽于人心。若干憲網，莫不明置典刑，誅殛市朝，何嘗用此？自今可悉罷貢額，並行停進。仍廢此庫，放散官吏，比附安排。應毒藥並盛貯器皿，並交付軍器所，仰於新城門外曠闊迴野處焚棄。其灰燼於官地埋瘞，分明封堠摽識，無使人畜近犯。疾速措置施行。”仰見祐陵仁厚之心，德及豚魚。敬錄于編，以詔無極。

23. 靖康元年正月戊辰，金賊犯濬州。徽考微服出通津門，御小舟，將次雍丘，命宦官鄧善詢召縣令至津亭計事。善詢乃以它事召之，令前驅至近岸，善詢從稠人中躍出，呼令下馬，厲聲斥之。令曰：“某出宰畿邑，宜示威望，安有臨民而行者乎？”善詢曰：“太上皇帝幸亳社，聊此駐蹕。”令大驚，捨車疾趨舟前，山呼拜蹈，自劾其罪。徽宗笑曰：“中官與卿戲耳。”遂召入舟中。是夕阻淺，船不得進，徽宗患之，夜出堤上，御駿騾名鵓鴿青，望睢陽而奔。聞雞啼，濱河有小市，民皆酣寢，獨一老姥家張燈，竹扉半掩。上排户而入，嫗問上姓氏，曰：“姓趙，居東京。已致仕，舉長子自代。”衛士皆笑，上徐顧衛士亦笑。嫗進酒，上起受嫗酒，復傳爵與衛士。嫗延上至臥內擁爐，又爇勞薪，與上釋襪烘趾。久之，上語衛士，令記嫗家地名。及龍舟還京，嫗没久矣，乃以白金賜其諸孫。蜀僧祖秀云。

24. 元祐八年九月三日，崇慶撤簾，泰陵親政。時事鼎新，首逐呂正愍、蘇文定。明年，改元紹聖。四月，自外拜章子厚爲左僕射。時東坡先生已責英州。子厚既至，蔡元度、鄧溫伯迎合，以謂《神宗實録》詆誣之甚，乞行重修。繇是立元祐黨籍，凡當時位於朝者，次第竄斥，初止七十三人。劉器之亦嘗以語胡德輝珵，見之《元城道護録》。其間亦自相矛盾，如川、洛二黨之類，未始同心也。徽宗登極，復皆召用，有意調一而平之。蔡元長相矣，使其徒再行編類黨人，刊之于石，名之云元祐奸黨，播告天下。但與元長異意者，人無賢否，官無大小，悉列其中，屏而棄之，殆三百餘人。有前日力闘元祐之政者，亦饕厠名，愚智混淆，莫可分別。元長意欲連根固本牢甚，然而無益也，徒使其子孫有榮耀焉，識者恨之。如近日揚州重刻《元祐黨人碑》，至以蘇迥爲蘇過。叔黨在元祐年猶未裹頭，豈非字畫之誤乎？尤爲無謂。迥字彥遠，東坡先生之族子，登進士第，爲瀘川令，元符末應日食上言，尤爲切直。蔡元長既使其徒編類上書邪等，彥遠爲邪上尤甚，又入元祐黨籍之石，坐削籍編管華州，遇赦量移潼川，牽復爲普州岳安尉，卒于官。紹興初，特贈宣教郎。事見王望之賞所作彥遠妻《史夫人墓志》及《重修瀘川靈濟廟碑》。

25. 明清頃訪徐五丈敦立于雪川，徐詢以創置右府與揆路議政分合因革，明清即爲考證以對，徐甚以擊節，即手録于其所編，今列于後。

案，唐代宗永泰中，始置内樞密使二員，以宦者爲之。初不置司局，但以屋三楹貯文書，其職惟掌承受表奏於内進呈，若人主有所處分，則宣付中書、門下施行而已。昭宗光化二年九月，崔胤爲宰相，[①] 與上密謀，欲盡誅宦官；中尉劉季述、王仲元，樞密使王彥範、薛齊偓陰謀廢上，請太子監國。已而太子改名縝，即位。十二月，孫德昭、董彥弼、周承誨三人，除夜伏兵誅季述等。翌日，昭宗復位。三人賜姓李，除使相，加號三功臣，寵遇無比。崔胤與陸扆乞盡除宦者，上與三人謀之，皆曰：“臣等累世在軍中，未聞書生爲軍主者。若屬南司，必多更變，不若仍歸之北司爲便。”上喻胤等曰：“將士意不欲屬文臣，卿等勿堅求。”於是復以袁易簡、周敬容爲樞密使。然唐自此亂矣。朱梁建國，深革唐世宦官之弊，乃改爲崇政院，而更用士人敬翔、李振爲使。二人官雖崇，然止於承進文書、宣傳命令，如唐宦者之職。今士大夫家猶有《梁宣底》四卷，其間所載，大抵中書奏請，則具記事，與崇政使令於内中進呈；所得進止，卻宣付中書施行。其任止於如此。至後唐莊宗入汴，復改爲樞密院，以郭崇韜爲使，始分掌朝政，與中書抗衡。宰相豆盧革爲弘文館學士，以崇韜父名弘正，請改弘文爲昭文，其畏之如此。明宗即位，以安重誨、范延光爲樞密使，二人尤爲跋扈。晉高祖即位，思有以懲戒，遂廢之。至開運元年，復置。末帝以其后之兄馮玉爲之。自是相承不改。國朝因之，首命趙韓王普爲之，號稱二府，礼遇無間。每朝奏事，

---

① “胤”，避宋太祖趙匡胤諱，寫作“𦙍”，下同。

與中書先後上，所言兩不相知，以故多成疑貳。祖宗亦賴此以聞異同，用分宰相之權。端拱三年，置簽書院事，以資淺者爲之，張遜是也。《官制舊典》誤以爲鄧公。慶曆二年，二邊用兵，富文忠公爲知制誥，建言：“邊事繫國安危，不當專委樞密院。周宰相魏仁浦兼樞密使，國初范質、王溥以宰相兼參知樞密事。今兵興，宜使宰相兼領。”仁宗然之，即降旨令中書同議樞密院事，且書其檢。呂許公時爲首相，以内降納上前曰：“恐樞密院謂臣奪權。”富公方力爭，會西夏首領乞砂等稱僞將相來降，各補借職，羈置湖南。富公復言：“二人之降，其家已族矣，當厚賞以勸來者。”仁宗命以所言送中書，而宰相初不知也。富公曰：“此豈小事，而宰相不知邪？”更極論之。時張文定爲諫官，亦論中書宜知兵事。遂降制以宰相呂夷簡兼判樞密院事，章得象兼樞密院事。未幾，或曰：“二府體例，判字太重。”於是復改呂公亦爲樞密使。五年，賈文元、陳恭公同爲宰相，乞罷兼樞密使，以邊事寧故也。有旨，從之。仍詔樞密院：“凡軍國機要，依舊同議施行。”而樞密院亦自請進退管軍臣僚、極邊長吏、路分鈐轄以上，並與宰臣同議。從之。張文定復言：“宰相既罷兼樞密院，則更不聚廳。萬一邊界忽有小虞，兩地即須聚廳，每事同議。”自是，常事則密院專行；至涉邊事而後聚議，謂之開南廳。然二府行遣，終不相照。熙寧初，滕達道爲御史中丞，上言：“中書、密院議邊事多不合。趙明與西人戰，中書賞功，而密院降約束；郭遣修保柵，密院方詰之，而中書已下褒詔矣。夫戰守，大事也，安危所寄，今中書欲戰，密院欲守，何以令天下？願敕大臣，凡戰守、除帥，議同而後下。"神宗善之。其後，竟使樞密院，事之大者，與中書同奏，稟訖先下，俟中書退後，進呈本院常程公事。凡稱三省、密院同奉聖旨者是也。建炎初，置御營使，本以車駕行幸，總齊軍中之政，而以宰相兼領之，故遂專兵柄，樞密院幾無所干預。吕元直在相位，自以謂有復辟之功，專恣尤甚。臺諫以爲言，元直既罷政，遂廢御營司。而宰相復兼知樞密院事，自范覺民爲始，爾後悉兼右府矣。秦會之獨相十五年，帶樞密使。至紹興乙亥，會之殂。次年，沈守約、万俟元忠拜相，遂除去兼帶，中書與樞府又始分矣。

26. 徐敦立語明清云："凡史官記事，所因者有四：一曰時政記，則宰執朝夕議政，君臣之間奏對之語也；二曰起居注，則左右史所記言動也；三曰日曆，則因時政記、起居注潤色而爲之者也，舊屬史館，元豐官制屬秘書省國史案，著作郎、佐主之；四曰臣僚墓碑行狀，則其家之所上也。四者惟時政，執政之所日録，於一時政事最爲詳備。左右史雖二員，然輪日侍立，榻前之語既遠不可聞，所賴者臣僚所申，而又多務省事；凡經上殿，止稱別無所得聖語，則可得而記録者，百司關報而已。日曆非二者所有，不敢有所附益。臣僚行狀，於士大夫行事爲詳，而人多以其出於門生子弟之類，以爲虛辭溢美，不足取信。雖然，其所泛稱德行功業，不以

爲信可也；所載事迹，以同時之人考之，自不可誣，亦何可
盡廢云。度在館中時，見《重修哲宗實録》。其舊書，崇寧
間帥多貴游子弟以預討論，於一時名臣行事，既多所略；而
新書復因之。于時急於成書，不復廣加搜訪，有一傳而僅載
歷官先後者；且據逐人碑志，有傳中合書名猶云‘公’者，
讀之使人不能無恨。《新唐書》載事，倍於《舊書》，皆取小
說。本朝小說尤少，士夫縱有私家所記，多不肯輕出之。度
謂史官欲廣異聞者，當擇人叙録所聞見，如《段太尉逸事
狀》《鄆侯家傳》之類，①上之史官，則庶幾無所遺矣。歐陽
公《歸田録》初成未出，而序先傳，神宗見之，遽命中使宣
取。時公已致仕在潁州，②以其間所記述有未欲廣者，因盡
删去之。又惡其太少，則雜記戲笑不急之事，以充滿其卷秩。
既繕寫進入，而舊本亦不敢存。今世之所有皆進本，而元書
蓋未嘗出之也。”

27. 敦立又語明清云：“自高宗建炎航海之後，如日曆、
起居注、時政記之類，初甚圓備。③秦會之再相，繼登維垣，
始任意自專。取其紹興壬子歲初罷右相，凡一時施行，如訓
誥、詔旨與夫斥逐其門人臣僚章疏、奏對之語，稍及於己者，
悉皆更易焚棄。繇是亡失極多，不復可以稽考。逮其擅政以

---

① “段”，原作“叚”，四庫本作“段”，據改。
② “潁”，原作“穎”，依《宋史》卷三一九歐陽修傳改。
③ “圓備”，四庫本作“完備”。疑避宋欽宗趙桓諱改“完”爲“圓”。

88

來，十五年間，凡所紀録，莫非其黨奸諛諂佞之詞，[1] 不足以傳信天下後世。度比在朝中，嘗取觀之，太息而已。”

28. 明清嘗謂，本朝法令寬明，臣下所犯，輕重有等，未嘗妄加誅戮。恭聞太祖有約，藏之太廟，誓不殺大臣、言官，違者不祥。此誠前代不可跂及。雖盧多遜、丁謂罪大如此，僅止流竄，亦復北歸。自晋公之後數十年，蔡持正始以吳處厚訐其詩有譏訕語，貶新州。又數年，章子厚黨論乃興，一時賢者皆投炎荒，而子厚迄不能自免，爰其再啓此門。元祐間，治持正事，二三公不無千慮之一失。使如前代，則奸臣藉口，當渫血無窮也。明清嘗以此説語朱三十五丈希真，大以爲然。太祖誓言，得之曹勛，云從徽宗在燕山，面喻云爾。勛南歸，奏知思陵。

29. 明清嘗得英宗批可進狀一紙于梁才甫家，治平元年，宰執書臣而不姓，且花押而不書名。以歲月考之，則韓魏公、曾魯公、歐陽文忠公、趙康靖作相、參時也。但不曉不名之義。後閲沈存中《筆談》云：“本朝要事對禀，常事擬進入，畫可然後施行，謂之熟狀；事速不及待報，[2] 則先行下，具制草奏知，謂之進草。熟狀白紙書，宰相押字。”始悟其理。不知今又如何耳。

---

① “諂”，原作“諂”，俗誤，據四庫本改。
② “待報”，“待”原作“侍”，據津逮本、四庫本改。《夢溪筆談》（四庫全書本）卷一作“待報”。

揮塵後録卷之二

30. 宣和中，燕諸王于禁中。高宗以困於酒，倦甚，小憩幄次。徽宗忽詢："康王何往乎？"左右告以故，徽宗幸其所視之，甫入即返，驚鄂默然。內侍請于上，上云："適揭簾之次，但見金龍丈餘，蜿蜒榻上，不欲呼之，所以亟出。"嘆息久之，云："此天命也。"繇是異待焉。趙士篯彭老云。

31. 高宗嘗語呂頤浩云："朕在宮中，每天下奏案至，莫不熟閱再三，求其生路，有至夜分。卿可以此意戒刑寺官，凡於治獄，切當留心，勿草草。"頤浩再拜贊，即以上旨喻之。姜安礼處恭云。

32. 曹功顯勛語明清云："昨從徽宗北狩至燕山逃歸，顯仁令奏高宗曰：'上爲康王再使虜中，欲就鞍時，二后泊宮人送至廳前，有小婢招兒者，見四金甲人，狀貌雄偉，各執弓劍，擁衛上體。婢指示衆，雖不見，然莫不畏肅。'后即悟曰：'我事四聖，香火甚謹，必其陰助。今陷虜中，^①愈當虔事。自後夜深必四十拜止。更令奏上，宜嚴崇奉，以荅景貺。'高宗後趾蹀臨安，即詔於西湖建觀像，設以祀，甚爲壯麗。"又云："后未知上即位，嘗用象戲局子，裹以黃羅，書康王字，貼於將上，焚香禱曰：'今三十二子俱擲於局，若康王字入九宫者，必得天位。'一擲，其將子果入九宫，他子皆不近。后以手加額，喜甚，即具奏。徽廟大喜，復謂后曰：'瑞卜昭應異常，可無慮矣。'"

33. 元符末，掖庭訛言崇出。有茅山道士劉混康者，以法錄符水爲人祈禳，且善捕逐鬼物。上聞，得出入禁中，頗有驗。崇恩尤敬事之，寵遇無比。至於即其鄉里建置道宫，甲于宇内。祐陵登極之初，皇嗣未廣，混康言京城東北隅地叶堪輿，倘形勢加以少高，當有多男之祥。始命爲數仞崗阜，已而後宫占熊不絶。上甚以爲喜，繇是崇信道教，土木之工興矣。一時佞幸，因而逢迎，遂竭國力而經營之，是爲艮嶽。宣和壬寅歲始告成，御製爲記云：

京師，天下之本。昔之王者，申畫畿疆，相方視址，考山川之所會，占陰陽之所和，據天下之上游，以會同六合，臨觀八極。故周人胥宇於岐山之陽，而又卜澗水之西；秦臨函谷、二淆之關，有百二之嶮；漢人因之，又表以太華、終

南之山，帶以黃河、清渭之川，宰制四海。然周以龍興，卜
年八百；秦以虎視，失於二世；漢德弗嗣，中分二京。何則？
在德不在嶮也。昔我藝祖，撥亂造邦，削平五季。方是時，
周京市邑，千門萬肆不改，棄之而弗顧；漢室提封五方，阻
山浮渭，屹然尚在也，捨之而弗都。于胥斯原，在浚之郊，
通達大川，平皋千里，此維輿宅。故今都邑廣野平陸，當八
達之沖，無崇山峻嶺襟帶於左右，又無洪流巨浸浩蕩洶涌經
緯於四疆。因舊貫之居，不以襲嶮為屏，且使後世子孫，世
世修德，為萬世不拔之基，垂二百年于茲。祖功宗德，民心
固於泰、華；社稷流長，過於三江、五湖之遠。足以跨周軼
漢，蓋所恃者德，而非嶮也。然文王之囿，方七十里，其作
靈臺，則庶民子來；其作靈沼，則於牣魚躍。高上金闕，則
玉京之山，神霄大帝亦下游廣愛。而海上有蓬萊三島，則帝
王所都，仙聖所宅，非形勝不居也。傳曰：「為山九牣，功虧
一簣。」是山可為，功不可書。於是太尉梁師成董其事。師成
博雅忠藎，思精志巧，多才可屬，乃分官列職，曰雍、曰琮、
曰琳，各任其事，遂以圖材付之。按圖度地，庀徒僝工，累
土積石，畚插之役不勞，斧斤之聲不鳴。設洞庭、湖口、絲
谿、仇池之深淵，與泗濱、林慮、靈壁、芙蓉之諸山，取瑰
奇特異瑤琨之石。即姑蘇、武林、明越之壤，荊楚、江湘、
南粵之野，移枇杷、橙柚、橘柑、椰栝、荔枝之木，金蛾、
玉羞、虎耳、鳳尾、素馨、渠郍、末利、含笑之草，不以土

地之殊，風氣之異，悉生成長養於雕欄曲檻。而穿石出罅，岡連阜屬，東西相望，前後相續，左山而右水，後溪而旁隴，連綿彌滿，吞山懷谷。其東則高峰峙立，其下則植梅以萬數，綠萼承趺，① 芬芳馥郁。結高宗廟諱山根，② 號萼綠華堂。又旁有承嵐、崑雲之亭。有屋，外方內圓，如半月，是名書舘。又有八仙舘，屋圓如規。又有紫石之巖，祈真之磴，攬秀之軒，龍吟之堂。清林秀出其南，則壽山嵯峨，兩峰並峙，列嶂如屏。瀑布下入雁池，池水清泚漣漪，鳧雁浮泳水面，栖息石間，不可勝計。其上亭曰噰噰。北直絳霄樓，峰巒崛起，千叠萬複，不知其幾千里，而方廣無數十里。其西則參、术、杞、菊、黃精、芎藭，被山彌塢，中號藥寮。又禾、麻、菽、麥、黍、豆、杭、秫，築室若農家，故名西庄。③ 上有亭曰巢雲，高出峰岫，下視群嶺，若在掌上。自南徂北，行岡脊兩石間，綿亘數里，與東山相望，水出石口，噴薄飛注如獸面，名之曰白龍沜、濯龍峽、蟠秀、練光、跨雲亭、羅漢岩。又西，半山間樓曰倚翠。青松蔽密，布于前後，號萬松嶺。上下設兩關，出關，下平地，有大方沼，中有兩洲，東爲蘆渚，亭曰浮陽；西爲梅渚，亭曰雲浪。沼水西流爲鳳池，東出爲研池。中分二舘，東曰流碧，西曰環山。舘有閣，曰巢

---

① "趺"，原作"跌"，據毛鈔本、津逮本、四庫本改。
② "高宗廟諱"，指"構"，避宋高宗趙構諱。四庫本作"構"。
③ "庄"原作"庒"，據四庫本改。

鳳；堂曰三秀，以奉九華玉真安妃聖像。東池後，結棟山下，曰揮雲廳。復由嶝道，盤行縈曲，捫石而上，既而山絶路隔，繼之以木棧。木倚石排空，周環曲折，有蜀道之難，躋攀至介亭。最高諸山，前列巨石，凡三丈許，號排衙，巧怪嶄巖，藤蘿蔓衍，若龍若鳳，不可殫窮。麓雲半山居右，極目蕭森居左。北俯景龍江，長波遠岸，彌十餘里。其上流注山間，西行潺湲，爲漱玉軒。又行石間，爲煉丹亭、凝觀、圖山亭。①下視水際，見高陽酒肆、清斯閣。北岸萬竹蒼翠蓊鬱，仰不見明。有勝筠庵、躡雲臺、蕭閑舘、飛岑亭。無雜花異木，四面皆竹也。又支流爲山莊、爲回溪。自山蹊石罅塞條下平陸，中立而四顧，則巖峽洞穴，亭閣樓觀，喬木茂草，或高或下，或遠或近，一出一入，一榮一彫，四向周匝。徘徊而仰顧，若在重山大壑，幽谷深巖之底，而不知京邑空曠，坦蕩而平夷也；又不知郛郭寰會，紛華而填委也。真天造地設，神謀化力，非人所能爲者。此舉其梗概焉。及夫時序之景物，朝昏之變態也，若夫土膏起脈，農祥晨正，萬類昏動，和風在條，宿凍分沾，泳淥水之新波，被石際之宿草。紅苞翠萼，爭笑並開於烟暝；新鶯歸燕，呢喃百轉於木末。攀柯弄蕊，藉石臨流，使人情舒體墮，而忘料峭之味。及雲峰四

---

① “煉丹亭凝觀圖山亭”，原作“煉丹凝亭觀圖山亭”。按下文李質賦有“聳凝觀而北列”，《艮嶽百咏詩》詩題有“煉丹亭”“圖山亭”，“亭凝”應屬誤倒，據以乙正。

起，列日照耀，紅桃綠李，半垂間出於密葉；芙蕖菡萏，[①]
菁蓼芳苓，搖莖弄芳，倚靡於川湄。蒲菰荇藻，茭菱葦蘆，
沿岸而溯流；青苔綠蘚，落英墜實，飄巖而鋪砌。披清風之
廣莫，蔭繁木之餘陰，清虛爽塏，使人有物外之興，而忘扇
箑之勞。及一葉初驚，蓐收調辛，燕翩翩而辭巢，蟬寂寞而
無聲。白露既下，草木搖落，天高氣清，霞散雲薄，逍遙徜
徉，坐堂伏檻，曠然自怡，無蕭瑟沈寥之悲。[②] 及朔風凜冽，
寒雲闇幕，萬物凋疏，[③] 禽鳥縮漂。層冰峨峨，飛雪飄舞，而
青松獨秀於高巔，香梅含華於凍霧。離榭擁幕，體道復命，
無歲律云暮之嘆。此四時朝昏之景殊，而所樂之趣無窮也。
朕萬機之餘，徐步一到，不知崇高貴富之榮；而騰山赴壑，
窮深探嶮，綠葉朱苞，華閣飛升，玩心愜志，與神合契，遂
忘塵俗之繽紛，而飄然有凌雲之志，終可樂也。及陳清夜之
醮，奏梵唄之音，而烟雲起於巖竇，火炬煥於半空。環珮雜
遝，下臨於修塗狹徑；迅雷掣電，震動於庭軒戶牖。既而車
輿冠冕，往來交錯，嘗甘味酸，覽香酌醴，而遺瀝墜核，紛
積牀下。俄頃揮霍，騰飛乘雲，沉然無聲。夫天不人不因，
人不天不成，信矣。朕履萬乘之尊，居九重之奧，而有山間

---

① "萏"，原作"菩"，據四庫本改。

② "沈"，原作"沉"，據津逮本、四庫本改。《楚辭·九辯》："沈寥兮天高而
氣清。"

③ "凋"，原作"調"，據四庫本改。

林下之逸，澡漑肺腑，發明耳目，恍然如見玉京、①廣愛之
舊。而東南萬里，天台、雁蕩、鳳凰、廬阜之奇偉，二川、
三峽、雲夢之曠蕩，四方之遠且異，徒各擅其一美；未若此
山并包羅列，又兼其絕勝，颯爽溟涬，參諸造化，若開闢之
素有，雖人爲之山，顧豈小哉？山在國之艮，故名之曰艮嶽。
則是山與泰、華、嵩、衡等同，固作配無極。壬寅歲正月朔
日記。

又命睿思殿應制李質、曹組各爲賦以進。質云：宣和四
年，歲在壬寅夏五月朔，艮嶽告成，命小臣質恭詣作古賦以
進。臣俯伏惴慄，懼學術荒陋，不足以奉詔。正衣冠，屏息
竊誦宸製，如日月照映。至於經營終始，與其命名之意義，
備載奎文。使執筆之臣，徒震汗縮伏，辭其不能。雖然，臣
之榮遇，千載一時，敢不祗若休命？於是虛心滌慮，再拜稽
首而獻賦焉。其詞曰：

"偉茲岳之宏厚兮，固磐基於坤軸。跨穹隆之高標兮，俯
萬象于林麓。一氣肇其吐吞兮，割陰陽於晦昱。信天造而地
設兮，行聖心之神欲。相美利於艮維兮，膺億載之假福。允
定命以匹休兮，同澗瀍之乃卜。惟重熙兮累洽，固帝祚之無
疆。緊浚都之是宅，陋周原之匪臧。誠體國之有制，擬形勢
而辨方。伊岡聯與阜屬，翼慶瑞兮綿長。仰黃屋之非心，融

---

① "玉"，原作"王"，據毛鈔本、津逮本、四庫本改。

至道以垂裳。即崇山之奧區，翳薈鬱其蒼蒼。紛川澤之沮洳，限江湖之渺茫。類曾城與丹丘，仍飈馭之求翔。① 鳴遼鶴於晝寂，嘯巴猿於夜央。② 靄烟霞之超絕，殆未逾乎康莊。時萬機之餘暇，頓六轡以高驤。逸天步之轍迹，怡聖情而弗忘。俾飛雲以川泳，均草木之有光。軒重闉之敞敞，植梅桃以時崗。挺八仙之桂檜，漲潤氣以疏香。屹舞手之奇石，導風袂以前鄁。仰奎文之聖述，如震慄乎春雷。兼虞商之渾灝，類雲漢之昭回。蠛蠓之臣不敢久以伏讀兮，一再誦而心開。燦八龍之神藻，覺虎卧之煤埃。惟明光之絢練，永作鎮於鈞臺。俄北行而少進，驚泛雪之虛闥。屏分翠綠以雙抗兮，沃泉中湛而凝碧。伊留雲與宿霧，佐清致於瑤席。飲甌面之瓊腴，③ 貯風生於兩腋。登和容於射圃，慄弧矢之神威。流芳馨於素華，且舒笑而忘歸。撫跨雲之欄楯，驚倚翠之鞏飛。陟半山而前矚，虛廡亘其繩直。耸凝觀而北列，視鑑湖之湜湜。忽崢嶸而環合，想圖山之嘉色。敞玉霄之閎洞，仙真過而寓息。冀煉丹以服餌，生身體之羽翼。闢瓊津與清斯，望龍江而西東。何茂修之夾植，中演漾而溶溶。覘山莊之派別，引回嵠而曲通。把飛岑於秀發，倚躡雲之崇崇。虛蕭閑之邃宇，貯

① "求翔"，津逮本、四庫本作"來翔"。
② "央"，原作"决"，據津逮本、四庫本改。
③ "腴"，原作"腹"，據津逮本、四庫本改。梅堯臣《尹子漸歸華產茯苓若人形者賦以贈行》詩"外凝石稜紫，內蘊瓊腴白"。

毫楮於厥中。延勝筠之宿潤，發五蓋之游蒙。無雜卉以周布，端此君之迎逢。委檜陰之修徑，出高陽之酒亭。奉千鍾之湛露，傾葵藿於堯齡。欲洗練其神宅，耳漱瓊之泠泠。度金霞而矯首，介亭屹其上征。險羊腸於九折，升雲棧而心驚。有排衙之巨石，間珍木之敷榮。爲巉妙之絕巘，類簫臺之玉京。宜帝真之下墮，後電掣而雷鳴。繼神光之燭壇，響環珮之琮琤。何天人之無間，本皇上之精誠。路迤逶而東轉，經極目之蕭森。下來禽之茂嶺，披合歡之華林。始祈真於磴杪，終攬秀於軒陰。啓龍吟之虛堂，面紫石之高壁。分竹齋於向背，沸不老之泉液。愛揮雲之翔鱗，若騰躍於天地。逾萬松之峻嶺，設兩關而嶔崎。垂濯龍之瀑布，與蟠秀而東馳。憩練光以容與，仰奇峰而登躋。矧梅蘆之二渚，結雲浪與浮陽。俄就夷而絕巘，復淵澄而沼方。池名鳳以號硯，乃餘波之洋洋。既流碧之霞錯，又環山之翼張。嚴宏堂之三秀，奉九華之玉真。悵白雲之已遠，追音徽之尚存。壯阿閣以巢鳳，擁萬木之巖春。何漣漪之颯爽，仰拱霄之是鄰。覿書舘之幽致，擅著古之佳名。極驚蛇而走虺，知草聖之縱橫。臨清流而喜賦，鄙秋風之淫聲。[①] 揭昆雲兮承嵐，相岝崿而抗衡。彼會真之高舘，總群玉之邃清。儼疏梅之盈萬，常沐雨而披烟。儷冰姿於萼綠，非取媚而爭妍。駭白龍之噴激，落銀漢於九天。

方巢雲之入望，亘黃果之綿連。登絳霄以游目，聳萬壽之南山。瀉烏龍之垂霤，注雁池於石間。企囒囒之峻亭，諒絕塵而可攀。欣藥寮之西闢，蘊丹華之秀巖。羅玉芝與雲桂，產南燭之非凡。下丁香之密徑，有間植之松杉。嗟禾麻兮菽麥，蓻黍稷兮惟艱。開西莊以務本，信農事之匪閒。俯明秀之傑閣，晞梅岩及春華。偃霜風之老檜，跂鳳翼之欹斜。蔭檀欒之芸舘，豁凝思之雅堂。備上臺之珍文，若星燦而霞章。臣蓋聞赤縣神州之說，方壺、員嶠之言，既不周之具載，亦同紀於昆侖。定洪荒之無考，宜姑置而勿論。窮山川於疇昔，效子長之飛騫。① 登岱宗而佇眙，嘗歷井於天門。瞻巍然之日觀，視鳧繹之駿奔。維祝融之巨鎮，鬱紫蓋之奇峰。摽赤城而霞起，滴九疑之翠濃。觀羅浮與雁蕩，望廬阜之橫空。陟嵩高之峻極，有二室之重巒。森峨峨之太華，若秀色之可餐。聳天平於林慮，睇王屋之仙壇。何諸山之瓌異，② 均賦美於一端。豈若茲岳，神模聖作，揔眾德而大備，富千巖兮萬壑。何小臣之榮觀，忽承詔而駭愕。捨蓽門之圭竇，詣鈞天之廣樂。驚蓬心與蒿目，蕩胸次之煩濁。欲粗窮其勝概，③ 徒喙息乎林薄。蜂房櫛比，視閭閻也。④ 垤蟻往來，觀市人

---

① "騫"，原作"寋"，據津逮本、四庫本改。
② "瓌"，原作"環"，據四庫本改。
③ "粗"，津逮本、四庫本作"麤"。
④ "閻"，原作"閩"，據四庫本改。

也。縈紆如綫，貫汲流也。布箅縱橫，俯阡陌也。累塊積蘇，羅層臺也。翻飛蚊聚，聽輪迹也。其體穹崇，旁日月也。其用浩博，行變化也。塵翳翳以電掃兮，雲溶溶而承宇。既崛起以崔崒兮，又盤互而深阻。遠而望之，則或抗戾以分睽，或附從而黨伍，或企然而仰，或偃然而俯，或相蹲踞，或相旁午。迫而視之，則或如躍龍，或如虓虎；或若會同之冠冕，或若隱翳之環堵；或引援而維持，或參差而齟齬；或名三奇，或號太古，萬形千狀，不可得而備舉也。而又瑕石詭暉，嶙峋巉巖。① 靈壁之秀，發於淮之北；太湖之異，來自江之南。伏犀抱犢，紫金之峰；凌雲透月，瓊玉之巖。遂根拿而固結，成聳翠之烟嵐。植湘水之丹橘，列洞庭之黃柑。盈待鳳之梧桐，聳負霜之梗楠。篔簹篁篠，櫹蔧以森萃；青綸紫熒，曄曄而髣髴。遂凌岑而跨谷，仰締構於其間。虹梁並亘，旅楹有閒。嘉玉舄之輝潤，睇雲楣之爛班。臨飛陛之揭孽，森平波之汪灣。艤青翰，投文竿，卻龍舟而弗御，規就橋而處安。得元珠於赤水，② 仰神聖之在宥。推無爲於象先，擴堯仁之天覆。③ 且帝澤之旁流，復上昭而下漏。宜乎絶珠殊祥，駢至迭輳。潛生沼之丹魚，萃育藪之皓獸。神爵栖其林，麒麟臻其囿。屈軼茂而蓂莢滋，紫脱華而朱英秀。何動植之休嘉，

---

① “巉”，原作“巑”，據四庫本改。
② “元”，應作“玄”，避宋聖祖趙玄朗諱。
③ “擴”，避宋寧宗趙擴諱，缺末筆。下同。

表自天之多祐。臣又聞，積水成淵而蛟龍生，積土成山而風雨興，皆物理之自然，豈人力之所能？蓋嘗觀雲氣之靄靄，時出沒而相仍。作寰區之潤澤，肇五穀之豐登。霈爲霖而復斂，抱虛壁之層層。舉茲山之盡美，渠可得而誦稱？爾乃或遐矚以寄情，或周覽以托興。衆彩迭耀，臣目迷而不能得視；群籟互鳴，臣耳惑而不能得聽。何神用之莫測，使凡氣之無定。品物流形，各正厥命。如文王之在靈臺，民樂其有德；武王之居鎬京，物不失其性。豈若左太華而右褒斜，爲《長楊》之誇；南丹水而北紫淵，爲《上林》之盛而已哉。夫昔唐堯訪四子於藐姑射之山，周穆賓西王母於瑤池之上，是皆篤要妙而有輕天下之心，務逸舉而有和雲謠之唱。蓋翠華之遠游，徒赤子之在望。惟吾皇之至神，擴廣愛之遐想。曾何遠於九重，邁蓬瀛之清賞。得忠嘉之信臣，協規制於明兩。馨丹款以爰謀，念賢勞之鞅掌。迄成功於九仞，說見知於天獎。凡經營於六載之間，而爲萬世無窮之休，豈不廣哉？"

曹組云：臣伏蒙聖慈，宣示李質所進《艮嶽賦》，特命臣繼作。顧臣才短學疏，豈能仰副睿旨？進退皇懼，不知所裁。謹齋心百拜以賦，其辭曰：

"客有游輦轂之下，以問京師之主人曰：'東北之隅，地勢綿連，岡嶺秀深，氣象萬千，不知何所而乃如此焉？'主人曰：'國家壽山，子孫福地，名曰艮嶽。'客曰：'蓋聞五星在天，五岳在地。東有泰山，甲於區宇，下臨滄溟，旁跨齊、

魯。南有衡山，祝融、紫蓋，湘潭爲址，九向九背。西有太
華，三峰插天，枕瞰函谷，横斜渭川。北則常山，以限天驕，
太河朔漢，仰其岧嶤。中則嵩高，與天峻極，襟帶河、洛，
屏翰京國。復見茲於中都，何前此而未識？且山岳之大，天
造地設，開闢之初，元氣凝結，是豈人爲？願聞其説。'主人
曰：'清濁既分，爰其陰陽；播之大鈞，孰爲主張？是必造
物，區處維綱。今以一人之尊，大統華夏，宰制萬物，而役
使群衆，阜成兆民，而道濟天下。夫惟不爲動心，侔於造化，
則茲岳之興，固其所也。而況水浮陸走，天助神相，凡動之
沓來，① 萬物之享上，故適再閏而歲六周星，萬壑千巖，芳
菲丹青之寫圖障也。'客曰：'岳有五焉，今益其一，在於五
行，數則差失。'主人曰：'客不聞五行在天乃六氣，君火以
名，相火以位，寒暑運行，曾無越次。矧此有形，創於神智，
生生不窮，悠遠之義。然則五岳視三公之官，艮岳爲多男之
地，乃其宜也。夫何擬議？'客首肯久之，曰：'吾見乎岳之
外矣，吾聞乎岳之説矣。獨有未詳，孰知其中？蓋禁鑰十二，
皇居九重，深嚴秘奥，内外莫通，願子陳其次弟，庶幾因以
形容。'主人唯唯，曰：'其大則可以概舉，其細則莫能縷
數。唯乘輿有時臨幸，雖山岳亦類於庭廡。請先陳其巖谷岡
巒之體勢，後狀其樓觀池臺之處所，皆聖作而神述，盡宏規

---

① "沓"，原作"杳"，據津逮本、四庫本改。

而傑矩。夫艮者，八卦之列位；岳者，衆山之惣名。高爲峰則秀拔，拱爲岫則崢嶸。霽色晚靜，風光曉凝。陟崔嵬而直上，俯蹬道以寬平。雜花異香，莫知其名；佳木繁陰，欣欣其榮。唯特立於諸峰之右者，乃主乎壽，照之以南極之星。所謂山者如此。淺若龍龕，深若雲竇，鎖烟霞於杳冥，留風雨於昏晝。或秉炬而可入，或捫扃而可叩。石磊磊以巉巖，^①木森森而聳秀。間則流潤雲蒸，可卜以陰晴之候。所謂洞者如此。爲山之屏，爲洞之扃，承乎上則安若槤栖，茈於下則覆若檐楹。珍叢幽芳，古木長藤，蘢絡蔽虧，高低相層。鳥啼花發，則春容淡蕩；霜降木脱，則石角峻嶒。所謂巖者如此。兩山之間，氣聚其中，衆木斯茂，泉流暗通。或重羅以瞑晝，或偃草而進風。裊長春之翠莖，挺堅節之霜松。每晨曦之照耀，靄朝霧以空濛。所謂谷者如此。又有岡則隱然而起，勢連山谷，殊萃岋之峰巒，類縈紆之林麓。白雪照夜，則寒梅盛開；紅雲嬌春，則仙桃極目。恍如望千畝之鋭，非巖之秀。橫石壁壘，亘若岡阜。既草木以敷榮，復地形之延袤。迢迢大庾，隔絶遐荒；落落萬松，得名錢塘。今移根於南北，亦不限於炎涼。至若溶溶大波，瀦爲巨派，其流則小，其合則大。瑩上下之天光，溉淺深之湍瀨。有巨魚以潛波，屓龍舟而夾載。岸容萬柳，春風柔柯。飛花滿空，長條拂波。

---

① "巉"，原作"嶢"，據四庫本改。

或趁景而移棹，或鳴榔而笑歌。此謂之江者。回環山根，縈
帶奇石，淺以蕩谷，深以凝碧，潺湲不窮，流衍漱激。泛桃
花之露紅，浮洞天之春色。輕鷗文禽，栖息其側；荷花不斷，
雲錦舒張。或聚而爲曲沼，或漲而爲橫塘。烟梢露蒔，交翠
低昂。此之謂溪者。夫山洞巖谷，岡嶺江溪，既略陳矣。子
獨不見樓有絳霄，朱欄倚空，跨晴雲之縹渺，挂瑞日之瞳曨。
綺疏凝霧，天香散風。覺星辰之逼近，如霄漢之穹隆。招飛
仙於蓬壺，揖素娥於蟾宮。霓旌鶴馭，稅駕其中。又不見閣
有巢鳳，異乎高崗，豈丹穴之瑞應，[①] 無雄高宗廟諱以翶翔。[②]
即其軒楹，架以傑閣。芘五彩之鴛雛，下九霄之鸑鷟。因太
平之象，會廊廟之人，置酒大嚼，歸美逢辰，續夏日之句，
頌南風之薰。其北也，諸山之上，衆木之杪，俯雲壑之沉沉，
視烟霄之杳杳。西瞻太行於晴霽，東望海霞於清曉。山巃嵷，
石嶙岣；挹長風之回玉宇，導明月之涌冰輪。齋心嘗比於崆
峒，精禱每延乎上真。見飄飄之仙馭，隨裊裊之青芬。視其
榜曰介亭，有排衙蒼碧之前陳者也。因山高下，周以回廊，
如璧月之環坐，復晴曦之騰光。玩牙籤之甲乙，發寶書之秘
藏。徐繞砌而散步，間挾策而寓興。花雖芳而晝寂，鳥雖啼
而人靜。效隱士之山堂，取逸人之三徑。其榜曰書舘，豈蓬

---

① "瑞"，原作"瑞"，據津逮本、四庫本改。
② "高宗廟諱"，指"構"，避宋高宗趙構諱。

户陳編之可並者也？亭有勝筠，周以美竹。何禁籞之寶檻，迸藍田之叢玉。已交夏而近砌，復扶疏而出屋。分月影之瑣碎，聽風聲之斷續。游塵不到，清意自生。目蒼雲之翳翳，面霜節之亭亭。挺然不屈，四時長青。宸襟對爽，固以貺名。且館曰蕭閑，深庭邃宇；來萬籟之清風，無九夏之劇暑。栖寓懷之寶玩，備宸章之毫楮。前橫江練，傍列山莊。或遣乘槎而上漢，或笑喝石而爲羊。超然燕處，真逍遥自適之鄉。雜花爭妍，紅紫相鮮。或引繩而爲徑，或彌望而成川。錦綉照空而明煥，風露散曉而香傳。肅然行列，若羽林之萬騎；粲然艷妝，如宮女之三千。四時之候，參差不齊。異塵埃之桃李，雜紛蹂以成蹊。斯號林華之苑，見鏤玉之珍題。至若山莊竹籬，蘿蔓蓊鬱。晛綠筠之共茂，夾修徑而高出。俯以愛蒼苔之承步，仰以見雲梢之蔽日。軒亭欄檻，各相方而榜名。故扶晨散綺，洞煥秀瀾，隨所寓而不一。晴波融怡，是爲雁池。望風中之飛練，接雲際之虹霓。南山巍然而蒼翠，北渚湛若而漣漪。聽離離之下集，觀肅肅以高飛。朝離乎雪霜之野，暮宿乎葭葦之湄。唯恩波之可泳，豈墮陽之恨遲？練以幽芳，葶綠華堂。何玉顔之澹佇，見奇姿之異常。鄙江梅之尚紅，陋臘梅之太黃。得天上碧桃之露，掩薰爐清遠之香。恍聖情而異稟，蒙天笑以增光。故賜神仙之號，闢珠户而敞文窗。然而如此之類，安能悉紀？若夢游仙，仿佛而已。'客曰：'子之所陳，心存意識。或欲周知，何從皆得？'

主人曰：'人間天下，飛潛動植，率在其中，不可殫極。姑陳述乎二三而已，奚累言於千百？非若《子虛》《上林》之夸大，《兩京》《三都》之緣飾，顧難狀於言辭，徒充塞于胸臆。'客曰：'姑置是事，請質所疑。何一隅之形勢，若千里之封圻？'主人笑曰：'嘻！夫耳目之不際，何可以意測？思慮不至，孰可以強知？望壺中者，初不察其天地；游武陵者，亦豈意其有桃溪？矧都邑紛華之地，藏十洲、三岱之奇？'客又曰：'蓋聞橘不逾淮，貉不逾汶。今茲草木，來自四方，原莫知夫遠近。物理地宜，請得而論。'主人曰：'天子神聖，明堂頒制，視四海為一家，通天下為一氣。考其迹則車書混同，究其理則南北無異。故草木之至微，不變根荄於易地，是豈資於人力？蓋已默然運於天意。故五岳之設也，天臨宇宙；五岳之望也，列於百神；茲岳之崇也，作配萬壽。彼以滋庶物之蕃昌，此以壯天支之擢秀。是知真人膺運，非特役巨靈而驅五丁，自生民以來，蓋未之有。'客恍然聞所未聞，於是鼓舞歡忻，頌咏太平，等乾坤之永久。"

又詔二臣共作《艮嶽百咏詩》以進。

艮嶽

勢連坤軸近乾崗，地首東維鎮八方。江不風波山不險，子孫千億壽無彊。

介亭

雲棧橫空入翠烟，躋攀端可躡飛仙。介然獨出諸山上，磊磊排衙石滿前。

極目亭

千里飛鴻坐上看，山川風月在憑欄。不知地占最高處，
但覺恢恢天宇寬。

圖山亭

軒楹正在翠微中，欲雪雲生四面峰。璀璨地鋪紅瑪瑙，
巑岏山聳碧芙蓉。

跨雲亭

地高天近怯憑欄，下視浮雲咫尺間。只怪輕雷起巖際，
不知飛雨過山前。

半山亭

憑高玉輦每從容，中路嘗聞憩六龍。塵外有人如到此，
便須行徹最高峰。

蕭森亭

曉日玲瓏宿霧開，① 四檐時有好風來。不應班竹林中見，
卻似松根琥珀堆。

麓雲亭

山下深林起白雲，白雲飛處斷紅塵。伴行直到高峰上，
舒卷縱橫不礙人。

---

① "玲"，原作"珍"，據津逮本、四庫本改。

清賦亭

四海熙熙萬物和，太平廊廟只賡歌。欲追林下騷人意，卻是臨流得句多。

散綺亭

斷虹飛雨過天涯，碧落浮雲不復遮。明日陰晴真可卜，倚欄來此看餘霞。

清斯亭

天波萬斛瀉熔銀，跨水橫橋麗高宗廟諱新。① 但取真堪濯纓意，玉階金闕本無塵。

煉丹亭

藥爐龍虎正交馳，五色雲生固濟泥。凡骨欲逃三萬日，君王曾賜一刀圭。

璿波亭

水影搖暉動碧虛，日華凌亂上金鋪。安知不是鮫人寶，往往淵中得美珠。

小隱亭

古木回環石路橫，居山初不在崢嶸。聖人天下藏天下，小隱聊爲戲事名。

飛岑亭

微雲將雨洗層巒，石磴莓苔路屈盤。正是江南最佳處，

① "高宗廟諱"，指"構"，避宋高宗趙構諱。

仰看蒼翠俯澄瀾。

草聖亭

落筆縱橫走電光，近臣時得賜雲章。龍盤鳳翥皆天縱，渴驥驚蛇不足方。

書隱亭

吾皇聖學自天衷，載籍源流一一通。宵旰萬機營四海，更將心醉六經中。

高陽亭

仙舟時倚碧溪灣，花外青旗映淺山。不醉閬風緣底事，要看豪飲似人間。

嚨嚨亭

聖主從來不射生，池邊群雁恣飛鳴。成行卻入雲霄去，全似人間好弟兄。

忘歸亭

玉景金霞長不夜，松篁泉石更留人。廣寒宮殿秋偏好，待看林梢月色新。

八仙舘

蟠桃初熟玉京春，圓屋如規戶牖新。盡是瑤池高會客，豈容塵世飲中人。

環山舘

峰巒回合聳雲屏，巖靄溪光面面橫。開戶忽驚千仞翠，憑高方見九重城。

芸舘

玉堂金馬盡名儒，黃本牙籤付石渠。向此別藏三萬卷，不憂中有蠹書魚。

書舘

蓮燭詞臣在外庭，青錢學士已登瀛。回廊屈曲隨巖皐，挾策何妨取次行。

蕭閑舘

書草吹來種種香，好風移韻入松篁。丹臺紫府無塵事，倚覺壺中日月長。

漱瓊軒

淺碧分江入衆山，山深無處不潺潺。① 開軒最近寒溪口，噴薄松風向珮環。

書林軒

甲乙森然盡寶書，校讎曾授魯中儒。萬機多暇時來此，玉軸牙籤自卷舒。

雲岫軒

山上飛雲片片輕，雲山相似倚空明。從龍本合封中去，觸石光從望處生。

梅池

玉鈿勻點鑑新磨，香逐風來水上多。應爲橫斜詩句好，

---

① "山深無處不潺潺"，原脱一"潺"字，據津逮本、四庫本補。

故教疏影瀉平波。

雁池

暮天飛下一行行，淺渚平沙足稻粱。① 有此恩波好游泳，
何須辛苦去衡陽。

硯池

黑雲凌亂曉光凝，氣接昆侖冷不冰。龍餅麝元皆御墨，
游魚吞卻化鯤鵬。

林華苑

連雲複道映樓臺，茂苑奇花日日開。但得如春天一笑，
芳菲何必曉風吹。

絳霄樓

翼瓦飛甍跨閶風，② 捲簾滄海日曈曨。佳時自有群仙到，
笑語雲霞縹緲中。

倚翠樓

梯空窗戶半山間，滴滴嵐光照畫欄。六月火雲揮汗日，
雲來唯覺石屏寒。③

奎文樓

龍蟠鰲負出風雲，鏤玉填金聖製新。自與六經垂日月，
更令群目仰星辰。

---

① “粱”，原作“梁”，據津逮本、四庫本改。
② “甍”，原作“薨”，據津逮本、四庫本改。
③ “來”，原脫，據津逮本、四庫本補。

巢鳳閣

朝陽鳴處有亭梧，爭似珠簾映綺疏。丹穴來儀聽九奏，不妨於此長鵷鶵。

竹崗

蒼雲蒙密竹森森，[1] 無數新篁出妨林。[2] 已有鳳山調玉律，正隨天籟作龍吟。

梅崗

闊連峰嶺玉崔嵬，春逐陽和動地來。不似前村深雪裏，夜寒唯有一枝開。

萬松嶺

蒼蒼森列萬株松，終日無風亦自風。白鶴來時清露下，月明天籟滿秋空。

蟠桃嶺

不到瑶臺白玉京，[3] 海中仙果但聞名。何人爲報西王母，嶺上如今種已成。

梅嶺

雪林横夜月交光，萬壑風來處處香。聖主乾坤爲度量，包藏曾不限遐荒。

---

① “蒼雲蒙密竹森森”，原脱一“森”字，據津逮本、四庫本補。

② “妨林”，津逮本、四庫本作“翠林”。

③ “白”，原作“曰”，據津逮本、四庫本改。李白詩：“天上白玉京，十二樓五城。”

三秀堂

窗户深沉晝不開，鳳凰時下九層臺。月明夜靜聞環珮，[①]
知有霓旌羽扇來。

蕚緑華堂

緑蕚承跌玉蕊輕，清香續續度檐楹。天教不雜開桃李，
賜與神仙物外名。

崇春堂

桂影亭亭漾碧溪，尋芳曾被暗香迷。碧桃開後晴風暖，
花外幽禽自在啼。

躡雲臺

萬本琅玕密不開，林深明碧瑣高臺。[②] 更無一點游塵到，
但覺雲隨步步來。

玉霄洞

披香尋徑百花中，蝶引蜂隨路不窮。但見凌霄纏古木，
洞天應與碧虛通。

清虚洞天

玉關金鎖一重重，只見桃源路暗通。行到水雲空洞處，
恍如身世在壺中。

和容廳

白羽流星一點明，上林飛雁幾回驚。弓開月到天心滿，

---

① "珮"，原作"珮"，據津逮本、四庫本改。
② "瑣"，津逮本、四庫本作"鎖"。

風外唯聞中的聲。

泉石廳

縈迂流碧與環山，月地雲階在兩間。有此清泠居物外，方知塵土屬人寰。①

揮雲亭

天風吹作海濤聲，揮斥浮雲日更明。波上石鯨時吼雨，只知樓閣是蓬瀛。

泛雪廳

月團携下九重天，來試人間第一泉。正在水聲山色裏，六花浮動紫甌圓。

虛妙齋

武王屈己尊箕子，黃帝齋心問廣成。惟道集虛觀衆妙，超然將見不能名。

壽山

太上御名大崇高秀氣連，② 清風不老月長圓。春游玉座時相對，花發鶯啼億萬年。

杏岫

山上晴霞興彩雲，芳菲時節避花繁。分明自有神仙種，不是青旗賣酒村。

---

① "寰"，原作"環"，據四庫本改。
② "太上御名"，指"惇"，避宋光宗趙惇諱。

景龍江

潤通河漢碧涵空，影倒光山曉翠重。聞説巨魚時駭浪，只應風雨是神龍。

鑑湖

水天澄澈瑩寒光，一片平波六月涼。移得會稽三百里，不教全屬賀知章。

桃溪

霏霏紅雨落清潯，流出山中直至今。休道仙源在平地，空教人向武陵尋。

回溪

穿雲透石落潺潺，戀浦餘波尚繞山。只怪嵐光迷向背，不知流水正回環。

滴滴巖

蒼苔青潤石嶙皴，泉脈涓涓濕白雲。疑有天仙深夜過，丁當環珮月中聞。

榴花嵓

絶域移根上苑栽，又分紅綠向巖隈。纍纍子已枝間滿，灼灼花猶葉底開。

枇杷嵓

結根常得近林巒，晚翠誰憐卻歲寒。不見龍文橫杆面，方知垂實作金丸。

日觀崑

朝陽初上海霞紅，五色雲生碧洞中。回首爛柯人自老，棋聲猶在石門東。

雨花崑

紛紛泊泊弄晴暉，曾逐春風上繡衣。不爲胡僧翻貝葉，仙家長有碧桃飛。

蘆渚

萬葉梢梢秋意初，斜風細雨憶江湖。誰知雪壓波澄後，更與宮中作畫圖。

梅渚

只借晴波爲曉鑑，不隨花島作江雲。未須吹笛風中去，多得清香水際聞。

槙查谷

折花宜與酒相薰，結子難隨酒入脣。① 一陣暗香無處覓，不知幽谷巧藏春。

秋香谷

玉屑花繁淡淡黄，碧巖曾伴紫欄芳。月明露洗三秋葉，② 山迴風傳七里香。

---

① "子"，原脱，據津逮本、四庫本補。
② "三"，原作"玉"，據津逮本、四庫本改。

松谷

雲藏烟鎖晝蒼蒼，得地何須作棟梁。聞道九龍扶輦過，一山風又作笙簧。

長春谷

洞天風物幾人知，暗得陰陽造化機。不似寒鄉待鄒律，四時巖際有芳菲。

桐徑

不嫌春老花飛濕，要聽秋來雨打聲。一自移根來禁籞，朝陽常有鳳凰鳴。

松徑

夾路成行一樣清，吟風篩月自亭亭。雲章正寫人間瑞，坐待雲根長茯苓。

百花徑

紅紫交加一徑通，翠條柔蔓浴玲瓏。日晴烟暖微風度，百和香薰錦綉中。

合歡徑

彩絲拂拂機中錦，綉縷茸茸馬項纓。卻似漢宮三十六，黃昏時節掩羅屏。

竹徑

翠葉吟風長淅瀝，① 寒梢擎露忽高低。有時杳杳穿雲去，

---

① "淅"，原作"浙"，據津逮本、四庫本改。

碧玉交加四望迷。

雪香徑

夾徑梨花玉作英，年年寒食半陰晴。要看雪色無邊際，十二樓前月正明。

海棠屏

清明微雨欲開時，收什狂香付整齊。但得浣花春在眼，不須枝上杜鵑啼。

百花屏

眾香芬馥著人衣，雲母光寒露未晞。圍得春風勝繡幕，紛紛紅紫鬥芳菲。

蠟梅屏

冶葉倡條不受羈，翠筠輕束最繁枝。未能隔絕蜂相見，一一花房似蜜脾。

飛來峯

突兀初驚倚碧空，翠嵐仍與瑞烟重。吳儂莫作西來認，真是蓬萊第一峰。

留雲石

白雲何事苦留連，中有嵌空小洞天。卻恐商巖要霖雨，因風時到日華邊。

宿霧石

飛烟自繞龍樓駐，瑞氣長隨海日開。獨有春風花上露，夜深多伴月明來。

辛夷塢

山中常厭早梅開，不待暄風暖景催。似與東君書造化，筆頭春色最先來。

橙塢

磊磊金丸畫不如，空濛香霧幾千株。應憐綠橘秋江上，卻被人間喚木奴。

海棠川

清明時候暖風吹，葉暗花明滿目開。石在劍門猶北向，錦江春色亦須來。

仙李園

亳社靈踪亘古存，混元龍蛻出風塵。移根更接蟠桃嶺，結子開花萬萬春。

紫石璧①

沒水攀蘿琢馬肝，齋持堅潤出風湍。潛藩每恨端溪遠，叠作山中峭絕看。

椒崖

團枝紅實見秋成，曾按方書合五行。不遺漢宮塗屋壁，②此間吞餌得長生。

---

① "璧"，津逮本、四庫本作"壁"。
② "不遺"，津逮本作"不遣"。"塗屋壁"，津逮本、四庫本作"塗屋壁"。

濯龍峽

山束蒼烟細路通，噴泉飛雨洒晴空。真龍豈許尋常見，故作雲間飲澗虹。

不老泉

來從雲竇不知遠，涌出碧巖無暫停。花落鶯啼春自晚，潺湲長得坐中聽。

柳岸

牽風拂水弄春柔，三月花飛滿御樓。不似津亭供悵望，一生長得繫龍舟。

棧路

六丁開處只通秦，此地天臨萬國春。駐蹕有時思叱馭，服勞王事愛忠臣。

藥寮

已聞頒朔向明堂，百草猶思一一嘗。天意應怜民疾苦，欲躋仁壽佐平康。

太素庵

結草鋪茅不用華，白雲深處列仙家。蕭騷風玉千竿竹，①翠葉濃陰襯碧霞。

祈真磴

臺上爐香裊翠烟，雲間風馭已翩翩。吾皇奉道明靈降，

---

① “蕭騷風玉”，津逮本、四庫本作“蕭騷風雨”。

惟德從來可動天。

蹢躅巋

春風曉日亂晴霞，艷艷初開一巋花。疑是仙琴紅玉軫，醉歸遺在紫皇家。

山庄①

重崖置屋亦常關，下法龍眠小隱山。縱有青牛不耕稼，但聞犬吠白雲間。

西庄

低作柴扉短作籬，日晴雞犬自熙熙。躬耕每以農爲本，稼穡艱難舊亦知。

東西關

天上人間自不同，故留關鑰限西東。姓名若在黃金籍，日日朝元路自通。

敷春門

帝力無私萬國通，尚思寒谷待春風。欲將和氣均天下，都在熙熙造化中。

又詔翰林學士王安中，令登豐樂樓望而賦詩，云："日邊高擁瑞雲深，萬井喧闐正下臨。金碧樓臺雖禁籞，烟霞巖洞卻山林。巍然適高宗廟諱千齡運，②仰止常傾四海心。此地去

---

① "庄"，原作"荘"，據四庫本改。下"西庄"同。
② "高宗廟諱"，指"構"，避宋高宗趙構諱。

天真尺五，九霄岐路不容尋。"質字文伯，熙陵時參知政事昌齡之曾孫。組字元寵，潁昌陽翟人。① 俱有才思，晚始際遇，悉授右列，侍祐陵。時寵臣皆內侍梁師成所引，遂得愛幸。質少不檢，文其身，賜號錦體謫仙，後隨從北狩。組逢辰未久而沒，官止副使，有子即勛也，頗能文，祐陵即以其父官補之，後獲幸高宗，位至使相。錄之于秩，以紀當時之盛。近王稱作《東都事略》，載蜀僧祖秀所述《游華陽宮記》，②不若是之備也。是時，獨有太學生鄧肅上十詩，備述花石之擾，其末句云："但願君王安萬姓，圃中何日不東風？"詔屏逐之。靖康初，李伯紀啓其事，薦其才，召對，賜進士出身，後為右正言，著亮直之名于當日。肅字志宏，南劍人，有文集，號《栟櫚遺文》，三十卷，詩印集中。

34. 祖宗以來，除拜二府，必遷六曹侍郎或諫大夫，當時為寄祿官，在今皆太中大夫以上，是以從官入參機務也。登兩制，必左右正言、前行郎中為之，今承議郎以上，是以朝臣而論思獻納也。元豐官制行，裕陵考《唐六典》太宗用魏鄭公為秘書監參知機務故事，易執政為中大夫，王和父、蒲傳正是矣。而從臣易為通直郎，猶曰朝官，舒亶、徐禧是也。已為殺矣。近日錢師魏登政府，坐謬舉降三官，明清即

① "潁"，原作"穎"，據津逮本、四庫本改。
② "僧"，原作"曾"，據津逮本、四庫本改。

122

以啓之，以謂自昔以來，未有朝請大夫而參知政事者，且大臣有過，當去位，不當降罰。不報。

35. 明清嘗觀歐陽文忠與劉凝父書，問答入閣儀詞甚諄，複見兩賢文集中。近閱田宣簡《儒林公議》，語簡而詳，今載于左："國家承五代大亂之餘，每朔望起居及常朝，並無仗衛，或數年始一立冬正仗，當世人士或不識朝廷容衛，迄至缺然。太宗朝，常詔史館修撰楊徽之等校定《入閣舊圖》，時江南張泊獻狀，述朝會之制，得失明著且要，云：'今之乾元殿，即唐之含元殿也，在周爲外朝，在唐爲大朝，冬至、元日，立全仗，朝百國，在此殿也。今之文德殿，即唐之宣政殿，在周爲中朝，在漢爲前殿，在唐爲正衙。凡朔望起居，册拜后妃、皇太子、王公大臣，對四夷君長，試制策科舉人，在此殿也。昔東晋太極殿有東西閣，唐置紫宸上閣，法此制也。且人君恭己南面，向明而理，紫微黄屋，至尊至重，故巡幸則有大駕法從之盛，御殿則有勾陳羽衛之嚴，故雖隻日常朝，亦猶立仗。前代謂之入閣儀者，蓋隻日御紫宸上閣之時，先於宣政殿前立黄麾金吾仗，候勘契畢，喚仗即自東西閣門入，故謂之入閣。今朝廷且以文德正衙權宜爲上閣，甚非憲度。況國家繼百王之後，天下隆平，凡曰憲章，咸從損益，惟視朝之禮，尚自因循。竊見長春殿正與文德殿南北相對，殿前地位，連橫街亦甚廣博，伏請改創此殿作上閣，爲隻日立仗視朝之所。其崇政殿，即唐之延英是也，爲雙日常

123

時聽斷之所。庶乎臨御之式，允協前經。今論以入閣儀注爲
朝廷非常之禮，甚無謂也。臣竊按舊史，中書、門下、御史
臺謂之三署，爲侍從供奉之官。今常朝之日，侍從官先次入
殿庭，東西立定，俟正班入，一時起居；其侍從官則東西對
拜，甚失北面朝謁之禮。今請准舊儀，侍從官先次入，起居
畢，在左右分行侍立於丹墀之下，故謂之蛾眉班；然後宰相
率執政班入起居，庶免侍從官有東西對拜之文，得遵正禮。'
至慶曆三年，予知制誥時，始詔臺省侍從官隨宰相正班北面
起居，其他則無所更焉。"

36. 嘉祐中，詔宋景文、歐陽文忠諸公重修《唐書》。時
有蜀人吳縝者，初登弟，因范景仁而請于文忠，願預官屬之
末，上書文忠，言甚懇切。文忠以其年少輕佻，距之。縝怏
怏而去。逮夫《新書》之成，乃從其間指摘瑕疵，爲《糾
繆》一書。至元祐中，縝游宦蹉跎，老爲郡守，與《五代史
纂誤》俱刊行之。紹興中，福唐吳仲實元美爲湖州教授，復
刻于郡庠，且作後序，以謂針膏肓、① 起廢疾。杜預實爲左
氏之忠臣，然不知縝著書之本意也。張仲宗云。

37. 明清家有《續皇王寶運錄》一書，凡十卷，王景彝
家所藏，印識存焉。多敘唐中葉以後事，至於詔令、文檄悉
備。唐史《新》《舊》二書之闕文也，但殊乏文華。所恨宋

---

① "肓"，原作"盲"，據毛鈔本、津逮本、四庫本改。

景文、歐陽文忠諸公未曾見之。其載黃巢王氣一事，盡存舊詞，姑綴于編："中和三年夏，太白先生，自號太白山人，不拘禮則。又云姓王，竟不知何許人也。金州耆宿云：'每三年見入州市一度。自見此先生賣藥，已僅三四十年，顏兒不改不老。'其年夏六月三日，太白山人修謁金州刺史、檢校尚書左僕射兼御史大夫崔堯封云：'本州直北有牛山，傍有黃巢谷、金桶水。且大寇之帥黃巢凌劫州縣，盜據上京，近已六年；又僞國大齊，年號金統。必慮王氣在北牛山。伏請聞奏蜀京，掘破牛山，則此賊自敗散。'堯封聽之大喜，且具茶果，與之言話。移時，太白山人禮揖而去。堯封遂與州官商量，點諸縣義丁男，日使萬工，掘牛山一個月餘，其山後崖崩十丈以來，有一石桶，桶深三尺，徑三尺，桶中有一頭黃腰獸，桶上有一劍，長三尺，黃腰見之，乃呦然數聲，自撲而死。堯封遂封劍及畫所掘地圖、所見石桶事件聞奏，僖宗大悅，尋加堯封檢校司徒，封博陵侯。黃巢至秋果衰，是歲中原剋平。"如昭洗王涯等七家之詔，亦見是書也。

38. 舊制，京官造朝，不許步行。每自外任代還朝參日，步軍司即差兵士三人、馬一匹隨從。得差遣，朝辭畢，所屬徑關排岸司應副回綱船乘座以歸。如在蘇、杭間居止，即差浙西綱船。選人改官，授告有日，閤門關步軍司差人馬，如五人改官，即五騎、十五人伺候。內前授告了，各乘馬。以故一時戲語云："宜徐行，照管踏了選人。"①

39. 祖宗開國以來，西北兵革既定，故寬其賦役，民間生業，每三畝之地，止收一畝之稅，②緣此公私富庶，人不思亂。政和間，謀利之臣建議，以爲彼處減匿稅賦，乃創置一司，號西城所，命内侍李彦主治之，盡行根刷拘催，專供御前支用。州縣官吏無卹顧之心，竭澤而漁，急如星火。其推行爲尤者，京東漕臣王宓、劉寄是也。人不堪命，遂皆去而爲盜。胡馬未南牧，河北蜂起。游宦商賈，已不可行。至靖康初，智勇俱困。有啓于欽宗者，命斬彦，竄斥宓、寄以徇，下寬恤之詔，然無鄉從之心矣。其後散爲巨寇于江、淮間，如張遇、曹成、鍾相、李成之徒，皆其人也。外舅云。

40. 沈義倫、盧多遜爲相，其子起家即授水部員外郎，後遂以爲常，今之朝奉郎也。呂文穆爲相，當任子，奏曰："臣忝甲科及第，釋褐止授九品京官。況天下才能，老於巖穴，不能沾寸祿者多矣。今臣男始離襁褓，膺此寵命，恐罹譴責。乞以臣釋褐時所授官補之。"自是止授九品京秩，因以爲定制，以至今日。

41. 太平興國五年，詔通判得舉選人充京官。運判所舉人數，與提刑等。至熙寧三年，置諸路提舉常平、廣惠倉，

---

① "踏"，原作"踏"，據津逮本、四庫本改。
② "收"，津逮本、四庫本作"取"。

各添舉員。有旨：今後通判更不舉選人充京官，運判比提刑減人數之半。

42. 唐制，郊祀行慶，止進勛階。五代肆赦，例遷官秩。本朝因之，未暇革也。章聖時，左司諫孫何與起居郎耿望言其非制，上嘉納之，遂定三年磨勘進秩之法。《孫鄰幾家傳》云。

43. 官制未改時，知制誥，今之中書舍人，但演詞而已，不聞繳駁也。康定二年，富文忠爲知制誥。先是，昭陵聘后，蜀中有王氏女，姿色冠世，入京備選。章獻一見，以爲妖艷太甚，恐不利於少主，乃以嫁其侄從德，而擇郭后位中宮。上終不樂之。王氏之父蒙正，由劉氏姻黨，屢典名藩。未幾，從德卒。至是，中批王氏封遂國夫人，許入禁中。文忠適當草制，封還，抗章甚力，遂併寢其旨。外制繳詞頭，蓋自此始。崇、觀奸佞用事，賄略關節，干祈恩澤，多以御筆行下，朱書其旁云："稽留時刻者，以大不恭論，流三千里。"三省無所干預，大啓倖門，爲宦途之捷徑。① 宣和五年，有黃冠丁希元者，得幸爲侍晨、② 道録，自云晋公之孫。忽降御筆："丁謂輔相真宗，逮仁宗即位，有定策之功。未經褒贈，可特贈少保。官其後五人。"時盧襄贊元爲吏部尚書，袖其牘請對，啓于上云："使謂過可湔洗，則累朝叙恤久矣，③ 獨至今

---

① "途"，津逮本、四庫本作"徒"。

② "侍晨"，四庫本作"侍宸"。

③ "叙恤"，"恤"原作"邺"，"卹"字之訛，今改。下同。

乎？倘罪惡顯然，一旦褒錄，豈不駭四方之聽？"於是命格不下。自是，御筆遂有執奏不行者矣。二者皆甚盛之舉也。

44. 張唐英，字次功，西蜀人，與天覺為同包兄也。熙寧中，仕至殿中侍御史。嘗述《仁宗政要》上于朝，又盡作昭陵朝宰執、近臣知名之賢諸傳於其中，今世所謂《嘉祐名臣傳》者是也，特《政要》中一門耳，然印本亦未盡焉。明清家有《政要》全書可考。次功父文蔚，范蜀公作墓碑。

45. 韓魏公嘉祐末以翊戴功輔英宗。既為永昭山陵使，使事畢而上不豫矣，不敢辭位。四載而永厚鼎成，以元宰復護葬于洛。魏公先自上疏云："自有唐至于五代，山陵使事訖求去。今先帝已祔廟，而臣兩為山陵使，恬然不能援故事去位，則是不知典故，何以勝天下之責？雖陛下欲以私恩留臣，顧中外公議且謂臣何？"神宗再三留之。臥家不出。遂以司徒、兩鎮節度使判鄉郡相州。元符末，章子厚為永泰山陵使。子厚專權之久，人情鬱陶。有曾誕敷文者，作詞略云："草草山陵職事，厭厭罷相情懷。"謂故事也。紹興間，會稽因山，秦會之為固位之計，乃除孟仁仲為樞密使，以代其行。仁仲不悟其機，事竣猶入國門。會之怒，諷言路引以論列，出典金陵。

46. 熙寧初，韓魏公力辭機政，以司徒、侍中判相州。已命未辭，忽報西邊有警，曾宣靖乞召公同議廷中，神宗從之。公辭云："已去相位，今帥臣也。但當奉行詔書，豈敢預聞國論？"時人以為得體。元豐末，呂吉父以前兩地守延安過闕，乞與樞密院同奏事。上親批云："弼臣議政，自請造前。輕躁矯誣，深駭朕聽。免朝辭，疾速之任。"已而落職知單州。其後吉父貶建州安置，東坡先生行制辭云："輕躁矯誣，德音猶在。"謂此也。

47. 孫叔易近爲先人言："大觀中，自南京教授差作試官，回次朱僊鎮，① 閲邸報，吳倖兄弟以左道伏誅。坐中監鎮使臣云：'某少日作吳冲卿丞相直省官，親見元豐中交趾李乾德陷邕、廉州，詔郭逵討之。神宗問所以平交趾者，逵曰：兵難預度，願馳至邕管上方略。師往，遂復邕州。進次富良江，又破之，獲賊將洪真太子者，於是乾德議降。而逵以重兵壓富良江，與交人止一水之隔。冲卿忌其成功，堂帖令班師。逵逗遛不進，交人大入，全軍皆覆，逵坐貶秩。倖、儲，冲卿孫也。此蓋天報之云。'當時詩人陳傳作《佐郎將》云：'林中生致左郎將，名王頭顱十四五。乾德可禽嗟不謀，同惡相濟能包羞？降書冉冉過中洲，中軍傳呼笑點頭。蠻首算成勿藥喜，君臣稱觴弭多壘。元戎凱旋隔天水，夜經柣榔趂決里。驅將十萬人性命，換得交州數張紙。'"

48. 明清《前録》載和買起于王絲。後閲范蜀公《東齋記事》云："太宗時，馬元方爲三司判官，建言方春民乏絶時，預給官錢貸之，至夏秋令輸絹於官。和買綢絹，蓋始於

____
① "朱僊鎮"，原作"朱遷鎮"，據四庫本改。

此。"然在昔止是一時權宜，措置於一歲之間，或行於一郡邑而已。至熙寧新法，乃施之天下，示爲準則。是時越州會稽縣民繁而貪，所貸最多，舊額不除，至今爲害而不能革。惟婺州永康縣有一桀黠老農，鼓帥鄉民，不令稱貸，且云："官中豈可打交道邪？"衆不敢請。獨此一邑，遂無是患。聞今不然。

49. 紹聖初，孟后廢處道宮。偶遼國遣使來，詔命邢和叔館之。邢白時宰章子厚曰："北使萬一問及瑤華事，何以爲詞？"子厚曰："當云罪如詔書。"已而北人不及之，忽問曰："南朝近日行遣元祐人，何邪？"邢即以子厚語荅之。歸奏，泰陵大喜，以謂善於專對。劉季高云。

50. 五代時，有姓呂爲侍郎者三人，皆名族，① 俱有後仕本朝爲相。呂琦，晉天福爲兵部侍郎，曾孫文惠端相太宗。呂夢奇，後唐長興中爲兵部侍郎，孫文穆蒙正相太宗，曾孫文靖夷簡相仁宗，衣冠最盛，已具《前録》。呂咸休，周顯德中爲戶部侍郎，七世孫正愍大防，相哲宗。異哉！

51. 富鄭公晚居西都，嘗會客于第中，邵康節與焉。因食羊肉，鄭公顧康節云："煮羊惟堂中爲勝，堯夫所未知也。"康節云："野人豈識堂食之味？但林下蔬筍，則常吃耳。"鄭公赧然曰："弼失言。"邵公濟云。

---

① "名族"，"名"原作"各"，據津逮本、四庫本改。

52. 治平初，詔改諸路馬步軍部署爲總管，[①] 避厚陵名也。考之前史，"總"字皆從"手"，合作"揔"字，非從"絲"無疑。出於一時稽考不審，沿襲至今，不可更矣。

53. 李成季昭玘，元祐左史，自號樂靜居士，五代宰相李濤五世孫。濤至本朝，以兵部尚書莒國公致仕。尚書，當時階官也。其家自洛徙齊。成季猶子，漢老郴也，中興初，位政府，一時大詔令多出其手。秦少游作《李公擇常行狀》云："遠祖濤，五代時號稱名臣，仕皇朝爲兵部尚書，封莒國公。莒公少時仕於湖南，有一子留江南，公其裔孫也。所以今爲南康建昌人，世號山房李氏。"成季與公擇，鄉里雖各南北，要是本出一族，子孫皆鼎盛，不知後來兩家曾叙昭穆否耳。

54. 儂賊犯交、廣，毒流數州，諸將久無成功。狄武襄既受命顓征，首責崇儀使陳曙，[②] 斬之。余襄公皇恐，降階祈求，武襄尉藉遣之。於是軍聲大振，竟破賊。而桂人爲崇儀建廟兒，祀事至今唯謹。東坡先生以書抵廣西憲曹子方云："閒居偶念一事，非吾子方莫可告者。故崇儀陳侯，忠勇絶世，死非其罪。廟食西路，威靈肅然。願公與程之邵議，或同一削，乞載祀典，使此侯英魄，少信眉於地中。如何如

---

① "署"，避宋英宗趙曙諱，缺末筆。下同。
② "曙"，避宋英宗趙曙諱，缺末筆。下同。

何。"武襄必無濫誅，而廣人奉事之益嚴，又有東坡之説如此，不可曉也。隆興初，帥臣張維奏，詔賜其廟額曰忠愍。曙，高郵人，進士及第，後換右列。靈芝王平甫撰其碑志甚詳。其婿許光疑，始以布衣自嶺外護其喪以歸，人皆多之。後登第，終吏部尚書。

55.《唐書》特立《宗室傳》，① 贊乃云："宰相以宗室進者九人。林甫奸諛，幾亡天下。程、知柔，② 在位無所發明。"林甫在《奸臣傳》。知柔相昭宗，附《惠宣太子業傳》後，③ 第五卷。④ 止叙七人。適之、峴、勉、夷簡、程、石、回。然李麟乃懿祖後，李逢吉、李蔚俱隴西同系，李宗閔出鄭王房，李揆亦出隴西。宰相共十三人也，不同作一傳，何耶？

---

① 《新唐書》卷一三一"宗室"後有"宰相"二字。

② "程知柔"，《新唐書》卷一三一作"李程知柔"。

③ "惠宣"，原作"宣惠"，據《新唐書》卷八一、《舊唐書》卷九五改。

④ "第五卷"，《新唐書》卷八一"惠宣太子業"後附"嗣薛王知柔"，爲《列傳》第六，"五"疑爲"六"之誤。

揮麈後録卷之三

56. 宋興已來，宰輔封國公者，已見宋次道《春明退朝録》。自熙寧以後者，今列于後：

陳丞相秀

王文公舒、荆

王文恭郇、岐

韓獻肅康

章子厚申

韓文定儀

蔡元長嘉、衛、魏、楚、陳、魯

童貫涇、成、益、楚、徐、豫[①]

何正憲榮

鄭文正崇、宿、燕

余源仲豐、衛

---

① “豫”，原作“豫”，據津逮本、四庫本改。

劉文憲_康

鄧子常_莘

王黼_{崇、慶、楚}

蔡攸_{英、燕}

白丞相_崇

呂忠穆_成

張忠獻_{和、魏}

秦忠獻_{莘、慶、冀、秦、魏、益}

張循王_{濟、廣、益}

韓蘄王_{英、福、潭}

秦熺_嘉

陳文恭_{信、福、魯}

湯進之_{榮、慶、岐}

虞忠肅_{濟、華、雍}

史文惠_{永、衛、魯、魏}

陳正獻_{申、福、魏}

梁文靖_{儀、鄭}

趙丞相_{沂、衛}①

---

① "衛",原漫漶不清。宋徐自明《宋宰輔編年録》(四庫全書本)卷一八:"雄自淳熙五年十一月拜右丞相……始封沂,後封衛。"又《宋史》卷三九六趙雄傳:"光宗將受禪,召雄,雄上萬言書,陳脩身齊家以正朝廷之道,言甚剴切。詔授寧武軍節度使、開府儀同三司,進衛國公。"據補。中華本作"衛"。

王丞相信、福、冀、魯

周丞相濟、益

留丞相申

京丞相魏

謝丞相申、岐、魯①

57. 蔡元道作《官制舊典》，極其用心，甚爲詳縝。但事有抵牾，或出於穿鑿者，有所未免。明清嘗略引舊文以證數項，于印本上僉貼，呈似遂初尤丈延之，深以嘆賞。其帙尚存尤丈處，不復悉紀，姑以一條言之：“熙寧三年，許將以磨勘當遷，宰相王安石方欲抑三人之進取，遂轉太常博士。初下筆，方成‘大’字，堂後官以手約定，具陳祖宗舊制，當遷右正言，安石乃改‘大’字右筆作‘口’字。因知前輩堂後官猶能執祖宗之法耳。時先公掌外制，乃見而知之者。”明清以謂，磨勘，吏部成法，非宰相所得而專。縱使有之，王荆公之文過執拗，世所共知，當新法之行，雖韓、富、歐、范、司馬諸公與之爭，悉不能回其意，豈一堂吏能轉其筆耶？元道云先公，即延慶。王荆公薦李資深時，蘇子容、李才元、宋次道繳其改官除監察御史之命，荆公改授延慶，即爲書行。延慶字仲遠，文忠齊之子也。別命書讀始此。

---

① “申岐魯”，原漫漶不清。《宋史》卷三九四謝深甫傳：“慶元元年……進金紫光祿大夫，拜右丞相，封中國公，進岐國公。光宗山陵，爲總護使。還，拜少保，力辭，改封魯國公。”據補。中華本作“申岐魯”。

58. 方通，興化人，與蔡元長鄉曲姻婭之舊，元長薦之以登要路。其子軫，宏放有文采，元長復欲用之。軫聞之，即上書訟元長之過。既達乙覽，元長取其疏自辯云：“大觀元年九月十九日，敕中書省送到司空左僕射兼門下侍郎魏國公蔡京札子。奏伏蒙宣示方軫章疏一項，論列臣睥睨社稷，內懷不道，效王莽自立為司空，效曹操自立為魏國公，視祖宗神靈為無物，玩陛下不啻若嬰兒，專以紹述熙、豐之說，為自媒之計，上以不孝劫持人主，下以謗訕詆誣恐赫天下。威震人主，禍移生靈，風聲氣焰，①中外畏之。大臣保家族不敢議，小臣保寸禄不敢言。顛倒紀綱，肆意妄作，自古為臣之奸，未有如京今日為甚。爰自崇寧已來，交通閹寺，通謁宮禁，蠹國用則若糞土，輕名器以市私恩。內自執政侍從，外至帥臣監司，無非京之親戚門人。政事上不合於天心，下悉結於民怨。若設九鼎，鑄大錢，置三衛，興三舍，祭天地於西郊，如此之類，非獨無益，又且無補，其意安在？京凡妄作，必持說劫持上下，曰‘此先帝之法也’‘此三代之法也’，或曰‘熙、豐遺意，未及施行’。仰惟神考十九年間，典章文物，粲然大備，豈蔡京不得馳騁於當年，必欲妄施於今日，以罔在天之神靈？凡欲奏請，盡乞作御筆指揮行出，語士大夫曰：‘此上意也。’明日，或降指揮更不施行，則又

---

① “焰”，原作“熖”，據津逮本改。

語人曰：'京實啓之也。'善則稱己，過則稱君，必欲陛下斂天下怨而後已，是豈宗社之福乎？天下之事無常是，亦無常非，可則因之，否則革之。惟其當之爲貴，何必三代之爲哉？李唐三百年間，所傳者二十一君，所可稱者，太宗一人而已。當時如房、杜、王、魏，智慮才識，必不在蔡京之下。竊觀正觀間，①未嘗一言以及三代，後世論太宗之治者，則曰除隋之亂，比迹湯、武；致治之美，庶幾成、康。自古功德兼隆，由漢以來，未之有也。京不學無術，妄以三代之説欺陛下，豈不爲有識者之所笑也？元豐三年，廢殿前廡宇二千四百六十間，造尚書省，分六曹，設二十四司，以揔天下機務。落成之日，車駕親幸，命有司立法：諸門牆窗壁，輒增修改易者，徒貳年。京惡白虎地不利宰相，盡命毀坼，收置禁中，是欲利陛下乎？是謂之紹述乎？括地數千里，屯兵數十萬，建置四輔郡，遣親信門人爲四輔州總管，又以宋喬年爲京畿轉運使。密諷兗州父老詣闕下，請車駕登封，意在爲東京留守，是欲乘輿一動，投間竊發，呼吸群助。不知宗廟社稷何所依倚？陛下將措聖躬於何地？臣嘗中夜思之，不覺涕泗橫流也。臣聞京建議立方田法，欲擾安業百姓。借使行之，豈不召亂乎？又況數年間行鹽鈔法，朝行夕改，昔是今非，以此脱賺客旅財物。道途行旅謂朝廷法令，信如寒暑，未行旬

---

① "正觀"，應爲"貞觀"，避宋仁宗趙禎諱。

浹，又報鹽法變矣。鈔爲故紙，爲棄物，家財蕩盡，赴水自縊，客死異鄉，孤兒寡婦，號泣籲天者，不知其幾千萬人。聞者爲之傷心，見者爲之流涕，生靈怨嘆，皆歸咎於陛下。然京自謂暴虐無傷，奈皇天后土之有靈乎？所幸者祖宗不馳一騎以得天下，仁厚之德，涵養生靈幾二百年矣，四方之民，不忍生事。萬一有壟上之耕夫，等死之亭長，嘯聚亡命於一方，天下嚮應，不約而從，陛下何以枝梧其禍乎？內外臣僚，皆京親戚門人，將誰爲陛下使乎？京乘此時，談笑可得陛下之天下也。元符末年，陛下嗣服之初，忠臣義士，明目張膽，思見太平，投匭以陳己見者，無日無之。京鉗天下之口，欲塞陛下耳目，分爲邪等，賊虐忠良。天下之士，皆以忠義爲羞，方且全身遠害之不暇，何暇救陛下之失乎？奈何陛下以京爲忠貫星日，以忠臣義士爲謗訕詆誣，或流配遠方，或除名編置，或不許齒仕籍。以言得罪者，無慮萬人矣，誰肯爲陛下言哉！蔡攸者，垂髫一頑童耳，京遣攸日與陛下游從嬉戲，必無文、武、堯、舜之道啓沃陛下，惟以花栽怪石、籠禽檻獸，舟車相銜，不絕道路。今日所獻者，則曰臣攸上進；明日所獻者，則又曰臣攸上進。故欲愚陛下，使之不知天下治亂也。久虛諫院不差人，自除門人爲御史，京有反狀，陛下何從而知？臣是以知京必反也。臣與京皆壺山人也，案讖云：‘水繞壺公山，此時方好看。’京諷部使者鑿渠以繞山。日者星文謫見西方，日蝕正陽之月，天意所以啓陛下聰明者，可謂極也。柰何陛下略不省悔默悟？帝意止於肆恩赦，開寺觀，避正殿，減常膳，舉常儀，以荅天戒而已。然國賊尚全首領，未聞梟首以謝天下百姓，此則神民共憤，祖宗含怒在天之日久矣。陛下勿謂雉鳴乎鼎，穀生于朝，不害高宗、太戊之德；九年之水，七年之旱，不害堯、湯之聖。古人之事，出於適然；今日之事，禍發不測。天象人情，危慄如是。伏惟陛下留神聽覽，念藝祖創業之難，思履霜堅冰之戒。今日冰已堅矣，非獨履霜之漸。願陛下早圖之，後悔之何及！臣批肝爲紙，瀝血書辭，忘萬死，叩天閽，區區爲陛下力言者，非慕陛下爵禄而言也；所可重者，祖宗之廟社，所可惜者，天下之生靈，而自忘其言之迫切。陛下殺之可也，赦之可也，竄之可也，臣一死生，不繫於重輕。陛下上體天戒，下顧人言，安可愛一國賊而忘廟社生靈之重乎！冒瀆天威，無任戰慄之至。謹備録如右。① 臣讀之駭汗，若無所容。臣以愚陋，備位宰司，不能鎮伏紀綱，訖無毫髮報稱，徒致奸言，干浼聖聽。且人臣有將，必誅之刑；告言不實，有反坐之法。臣若有是事，死不敢辭。臣若無是事，方軫之言不可不辯。伏望聖慈，付之有司，推究事實，不可不問。取進止。”

詔軫削籍流嶺外，後竟殂于貶所。元長猶用其兄會爲待制。家間偶存此疏，録以呈太史李公仁甫，載之《長編》。

---

① “右”，原作“后”，據四庫本改。

當是時也，元長領天下事，誰敢言者！軫獨能奮不顧身，無所回避如此。使九重信其言，逐元長；元長悟其説，急流勇退，則國家無後來之患，元長與軫得禍俱輕，三者備矣。

59. 宣和元年八月丁丑，皇帝詔大晟作景鐘。是月二十五日鐘成，皇帝以身爲度，以度起律；以律審聲，以聲制鐘；以鐘出樂，而樂宗焉。于以祀天地，享鬼神，朝萬國，罔不用乂。在廷之臣，再拜稽首上頌："明明天子，以身爲度。有景者鐘，衆樂所怙。於昭于天，乃眷斯顧。揚于大庭，罔不時序。億萬斯年，受天之祜。"此翰林學士承旨強淵明之文也。偶獲斯本，謹録于右。

60. 王寀輔道，樞密韶之子，少豪邁，有父風。早中甲科，善議論，工詞翰，曾文蕭、蔡元長薦入館爲郎，後以直秘閣知汝州。考滿守陝。年未三十，輕財喜士，賓客多歸之。坐不覺察盜鑄免官，自負其材，受辱不羞。是時羽流林靈素以善役鬼神得幸，而輔道之客冀其復用，乘時所好，昌言輔道有術，可致天神出。靈素上柲不得施。蓋其客亦能請紫姑作詩詞，而已非林之比。輔道固所不解，然實不知客有此語也。輔道嘗對別客謂："靈素太誕妄，安得爲上言之？"其言適與前客語偶合。工部尚書劉炳子蒙者，輔道母夫人之侄孫也，及其弟焕子宣，俱長從班，歆艷一時。時開封尹盛章新用事，忌炳兄弟進，思有以害其寵，未得也。初，炳視輔道雖中表，然炳性謹厚，每以輔道擇交不慎疏之。會炳姑適王

氏，於輔道爲嫂。一日，輔道語其嫂曰："某久欲謁子蒙兄弟
奉從容，然不得其門而入，奈何？"嫂曰："俟我至其家，可
往候之。"輔道於是如其教，候炳於賓舍，久之始得通，炳逡
巡猶不欲見，迫於其姑，勉強接之。既就坐，談論風生，亹
亹不倦，炳大嘆服，入告其姑曰："久不與王叔言，其進乃
爾，自恨不及也。"因遣持馬人歸，止宿其家，自是始相親
洽。殆至興獄，未及歲也。前客語既達靈素，靈素忿怒，泣
請于上，且增加以白之曰："臣以羈旅，荷陛下寵靈，而奸人
造言，累及君父。乞放還山以避之。不然，願置對與之理。"
上令逮捕輔道與所言客姚坦之、王大年，以其事下開封。使
者至，輔道自謂無它，亦不以介意，語家人曰："辯數乃置，
無以爲念也。"至獄中，刻木皆出紙求書，且謂輔道曰："昔
蘇學士坐繫烏臺時，衛獄吏實某等之父祖。蘇學士既出後，
每恨不從其乞翰墨也。"輔道喜，作歌行以贈之，處之甚怡
然。而盛章以炳之故，得以甘心矣。因上言詞語有連及炳者，
乞併治之。上曰："炳從臣也，有罪未宜草草。"炳既聞上
語，不疑其他。一日，上幸寶籙，駐蹕齋宮，從官皆在焉。
炳越班面奏簾外曰："臣猥以無狀，待罪邇列。適有中傷者，
非陛下保全，已齏粉矣。"再拜而退。炳既謝已，舉首始見章
在側注目睥視，惶駭失措，深以爲悔。翌日，章以急速請對，
因言："寀與炳腹心，誹謗事驗明白，今對衆越次，上以欺罔
陛下，下以營惑群臣，禍將有不勝言者。幸陛下裁之。"上始

怒，是日有旨，内侍省不得收接劉炳文字。炳猶未知之，以謂事平矣，故不復閑防。① 章既歸，遣開封府司録孟彦弼携捕吏竇鑒等數人，即訊炳於家。炳囚服出見，分賓主而坐，詞氣慷慨，無服辭。彦弼既見其不屈，欲歸。而竇鑒者語彦弼曰："尚書几間得寀一紙字，足以成案矣。"遂亂抽架上書，適有炳著撰稿草，翻之至底，見炳和輔道詩，尚未成，首云："白水之年大道盛，掃除荆棘奉高真。"詩意謂輔道嘗有嫉惡之意，時尚道，目上爲高真爾。鑒得之，以爲奇貨，歸以授章。章命其子并釋以進云："白水謂來年庚子寀舉事之時。炳指寀爲高真，不知以何人爲荆棘？將置陛下於何地？豈非所謂大逆不道乎！"但以此坐輔道與客，皆極刑。炳以官高，得弗誅，削籍竄海外。焕責授團練副使，黄州安置。凡王、劉親屬等，第斥謫之。② 并擢爲秘書省正字，數日而死，出現其父，已爲蛇矣。華陽張德遠文老，子蒙之婿也，又并娶德遠之妹，目睹其事。且當時亦以有連坐，送吏部與監當，故知之爲詳。嘗謂明清曰："德遠死，無人言之者矣。子其因筆無惜識之。"文老嘗爲四川茶馬。東坡先生賦張熙明《萬卷堂》詩，即其父也。文老博極群書，尤長史學，發言可孚，故盡列其語。又益知世所傳輔道遇宿冤之事，爲不然云。

---

① "閑防"，四庫本作"防閑"。
② "謫"，原作"讁"，據津逮本、四庫本改。

61. 王景彝故弟在京師太子巷。[①] 初，開寶間，江南李後主遣其弟從善入貢，留不遣，建宅以賜，故都人猶以太子目之也。從善死後，歸王氏。宣和初，崔貴妃者得幸祐陵，未育子。有劉康孫者，卜祝之流，以術蒙恩甚厚，爲遙郡觀察使，言之於崔之兄曰：「王氏所居，巷名既佳，而宅中有福氣，宜請於上。」崔遣人告於妃，妃以致懇上，上喻京尹王革，令善圖之。[②] 革即呼王氏子弟，導指意。王諸子愚駿，不知時變，遲遲未許。崔欲速得之。會舍旁有造磬者，時都下初行當十錢，崔誅人誣告王諸子與鄰人盜鑄，革即爲掩捕，鍛煉黥竄，而没其宅，遂以賜崔。崔氏既得之，上幸其居，設醼三日，榮冠一時。未幾，崔命康孫禱於宅中樹下，適有爭寵者譖於上及中宮云：[③]「崔氏姊弟夜祠祭，與巫覡祝詛叵測。」會上嘗夢明節劉妃泣訴，以爲人猒勝致死，上因以語妃，妃抗上語，頗不遜。上怒，付有司，捕康孫等窮治。康孫款承，實嘗以上及崔妃所生年月禱神求嗣，且祈固寵，咒詛則無之。猶坐指斥，詔斮康孫於宅前，國醫曹孝忠併坐流竄。孝忠亦倖進，爲廉車，二子濟、渙俱冒館職，至是皆斥之。孝忠嘗侍明節藥故也。仍命懸康孫首于所祝樹上。制云：「貴妃崔氏，乏柔順進賢之志，溺奸淫罔上之私。惑于奇邪，

① "弟"，四庫本作"第"。
② "善"，原作"箸"，據津逮本、四庫本改。
③ "譖"，原作"譖"，據津逮本、四庫本改。

陰行媚道。散資産以掠衆譽，招術者以彰虛聲。祝詛同列，以及於死生；指斥中宮，而刑於切害。談命術以徼後福，挾猒勝以及乘輿。可降充庶人，移居別院。崔兄除名，嫂姊妹並遠外編管。"距王氏之籍，不及一歲云。陳成季迪云："時任大理卿，親鞫其事。"

62. 承平時，宰相入省，必先以秤秤印匣而後開。蔡元長秉政，一日，秤匣頗輕，疑之，搖撼無聲。吏以白元長，元長曰："不須啓封，今日不用印。"復携以歸私第。翌日入省，秤之如常日，開匣則印在焉。或以詢元長，元長曰："是必省吏有私用者，偶倉猝不能入。倘失措急索，則不可復得，徒張皇耳。"

63. 蔡元長晚年語其猶子耕道曰："吾欲得一好士人以教諸孫，汝爲我訪之。"耕道云："有新進士張鷚者，① 其人游太學，有聲學問，正當有立作，② 可備其選。"元長領之，③ 涓辰延致入館。數日之後，忽語蔡諸孫云："可且學走，其它不必。"諸生請其故。云："君家父祖奸憍以敗天下，指日喪亂。惟有奔竄，或可脱死，它何必解耶？"諸孫泣以訴于元長，元長愀然不樂，命置酒以謝之，且詢以救弊之策。鷚曰："事勢到此，無可言者。目下姑且收拾人材，改往修來，以補

---

① "鷚"，原作"鷚"，據津逮本、四庫本、《宋史》卷三七九《張鷚傳》改。下同。
② "作"，四庫本作"似"。
③ "領"，四庫本作"頷"。

萬一。然無及矣。"元長爲之垂涕。所以叙劉元城之官,召張
才叔、楊中立之徒用之,蓋繇此也。耕道名佃,君謨之孫。
鼐字柔直,南劍人,後亦顯名于時。已上二事,尤丈延之云。

64. 靖康中,有解習者,東州人。爲郎于朝,未嘗與人
接談。虜騎南寇,擇西北帥守,時相以其謹厚不泄,謂沈鷙
有謀,遂除直龍圖,知河中府。習別時相云:"某實以訥於
言,故尋常不敢妄措辭於朝列。今一旦付委也如此,習之一
死,固不足惜,切恐朝廷以此擇人,① 廟謀誤矣。"解竟没於
難。世人以饒舌掇禍者多,而習乃以箝口喪軀,昔所未聞也。
外舅云。

65. 薛紹彭既易定武《蘭亭》石歸于家,政和中,祐陵
取入禁中,龕置睿思東閣。靖康之亂,金人盡取御府珍玩以
北,而此刻非虜所識,獨得留焉。宗汝霖爲留守,② 見之,
并取内帑所掠不盡之物,馳進于高宗。時駐蹕維揚,上每置
左右。逾月之後,虜騎忽至,大駕倉猝渡江,竟復失之。向
叔堅子固爲揚帥,高宗嘗密令冥搜之,竟不獲。向端叔云。

66. 靖康初,童貫既以誤國竄海外,已而下詔誅之。欽
宗喻宰執云:"貫素奸狡,須得熟識其面目者銜命追路,即所
在而行刑,庶免差誤。"唐欽叟時爲首相,云:"朝臣中有張

---

① "切",津逮本、四庫本作"竊"。
② "宗",原作"宋",據津逮本、四庫本改。

澂字達明者，與貫往還，宜令其往。”詔除澂監察御史以行。澂字達明，有一小女，十餘歲，玉雪可憐，素所愛。時天寒，欲卯飲，忽聞有此役，駭愕戰掉，袖拂湯酒碗，① 沃其女，立死。達明號慟引道，怨欽叟切骨。至南雄州而貫就戮。明年，欽叟免相留京，二聖北遷，虜人立張邦昌爲主，且驅廷臣連銜列狀，欽叟僉名畢，仰藥而殂。建炎中，達明爲中司，適欽叟家陳乞恤典，達明言欽叟不能抗虜之命，雖死不足褒贈。繇是恩數盡寢，至今不能理也。俞彦時云。

67. 馮檝濟川、雷觀公達，靖康中俱爲學官于京師，皆蜀士也。而觀以上書得之，檝實先達焉。一日，檝出策題問諸生經旨，觀摘其疵計之於稠人中曰：② “自王安石曲學邪説之行，蔡京挾之以濟其奸，遂亂天下。今日豈可尚習其餘論耶！”檝曰：“子去歲爲學生，嘗以書屬我求爲蔡氏館客，豈忘之耶？前牘尚存，譸張爲幻乃爾，是繇同浴而譏裸裎也！”二人大忿，坐是論列，皆絀爲監當。邵公濟云。

68. 賀子忱允中，靖康中爲郎。或有薦其持節河北者，子忱微聞之，忽就省户作中風狀，顛仆於地，呼之不醒。同舍郎急命舁之以歸，即牒開封府乞致仕。得敕，買舟南下，初無所苦也。李邈彦思以武官爲樞密都承旨，③ 朝論亦將有

---

① “袖”，原作“柚”，據津逮本、四庫本改。

② “疵”，原作“疪”，據津逮本、四庫本改。

③ “邈”，四庫本作“邈”。下“以謂邈”“詔邈”同。

所委任，亦效子忱之舉。時聶山尹都，以謂此風不可長，翌日啓上，以謂遽詐疾退避，後來何以使人？詔遽降兩官，除河北提點刑獄，兼攝真定府。日下出門，竟死於難。子忱紹興初以李泰發薦落致仕，又三十年爲參知政事。晚節末路，持祿固位而已。向荊父云。

69. 秦會之嘗對外舅自言："靖康末，與莫儔俱在虜寨。粘罕二太子者謂：'搜尋宗室，有所未盡。'儔陳計於二賊，乞下宗正寺取玉牒，其中有名者盡行根刷，無能逃矣。會之在傍曰：'尚書之言誤矣。譬如吾曹人家，宗族不少，有服屬雖近而情好極疏者；有雖號同姓，而恩義反不及異姓者多矣。平時富貴，既不與共，一旦禍患，乃欲與之均，以人情揆之，恐無此理。'粘罕者曰：'中丞之言是。'由此異待之。"①

70. 王、劉既誅竄，適鄭達夫與蔡元長交惡，鄭知蔡之嘗薦二人也，忽降旨，應劉炳所薦並令吏部具姓名以聞，當議降黜。宰執既對，左丞薛昂進曰："劉炳，臣嘗薦之矣。今炳所薦尚當坐，而臣薦炳，何以逃罪？"京即進曰："劉炳、王寀，臣俱曾薦之。今大臣造爲此謀，實欲傾臣。臣當時所薦者，材也，固不保其往。今在庭之臣，如鄭居中等，皆臣所引，以至於此。今悉叛臣矣，臣亦不保其往。願陛下深察。"上笑而止，由是不直達夫。即再降旨：劉炳所薦，並不

---

① "待"，原作"時"，據四庫本改。

問。亦文老云。

71. 明清《前録》記靖康中贈范"文正"，恐是誤書。近日李文授孟傳云："當時乃是進擬'忠宣'，欽宗改'文正'之名，付出身。[1] 仍於其'矜其'旁批云：[2]'不欲專崇元祐。'"文授云："得之於曾文清。"文清，吳元中妻兄，宜知其詳。

72. 温益，字禹弼。徽考以端邸舊僚，即位未久，擢尹開府。欽聖因山，曾文肅爲山陵使，益爲頓遞使。梓宮次板橋，以人衆，柱折幾陷。時外祖空青公侍文肅爲山陵所主管文字，偶問左右曰："頓遞使何在？"不虞益之在旁，忽應曰："益在斯。"由是怨外祖入骨髓。時蔡元長已有中禁之授，使運力爲引重，至於斥文肅于上前。元長大感之，遂以爲中書侍郎，興大獄，欲擠文肅父子於死地，賴上保全之，得免。未幾，益卒於位。後元長復用其子萬石爲閣學士以報之。曾玉隆云。

73. 東坡先生平生爲人碑志絕少，蓋不妄語可故也。[3]其作陳公弼希亮傳，叙其剛方明敏之業，殆數千言，至比之

---

① "身"，四庫本作"告身"。
② 四庫本無"矜其"二字。
③ "語"，四庫本作"許"。

口長孺。① 非有以心，② 未易得之。然其後無聞，心竊疑焉。
比閲孫叔易《外制集》，載其所行陳簡齋去非爲參知政事封
贈三代告詞，始知乃公弼之孫。取張巨山所作去非墓碑視之，
又知爲公弼仲子忱之孫焉。簡齋出處氣節、翰墨文章，爲中
興大臣之冠。③ 善惡之報，時有後先，其可謂無乎！

---

① "口"，"比之"與"長孺"間，原空一字。津逮本、四庫本皆不空。按，蘇軾
《陳公弼傳》，長孺指汲黯，故空字或爲"汲"。
② "非有以心"，四庫本作"非出心服"。
③ "冠"，原作"冠"，津逮本亦同。據四庫本改。

揮麈後録卷之四

汝陰王明清

74. 徽宗宣和七年十二月二十一日，就睿謨殿張燈，預賞元宵，曲燕近臣。命左丞王安中、中書侍郎馮熙載爲詩以進。安中云："上帝通明闕，神霄廣愛天。九光環日月，五色麗雲烟。紫袖開三極，① 瓊琁列萬仙。希夷塵境斷，仿佛玉經傳。妙道逢昌運，真王撫契賢。龜圖規大壯，龍位正純乾。穹昊親無間，皇居掇自然。剛風同變化，祥氣共陶甄。層觀星潢上，重闈斗柄邊。摩空七雉峻，冠嶠六鰲連。夢想何嘗到，階升信有緣。昕朝初放仗，② 密宴忽聞宣。清禁來鳴珮，修廊入並肩。獸鋪金半闔，鸞障繡微褰。霽景留庭砌，雷文繪桷梴。宮簾波錦漾，殿榜字金填。花擁巍巍座，香浮秩秩筵。高呼稱萬億，③ 韶奏侍三千。華歲推堯曆，元璣候舜璿。

---

① "袖"，宋王安中《初寮集》（四庫全書本）卷一《睿謨殿曲宴詩》作"宙"。

② "昕"，原作"昕"，據津逮本、毛鈔本、四庫本改。

③ "高"，宋王安中《初寮集》卷一《睿謨殿曲宴詩》作"嵩"。

冰霜知臘後，梅柳認春前。造化應呈巧，芳菲已鬥妍。樛枝
雕檻小，多葉露桃鮮。錯落飛杯斝，鏘洋雜管弦。承雲歌歷
歷，回雪舞翩翩。黼帷祥氛合，銅壺永漏延。鎬京方置醴，
羲馭自停鞭。乃聖情深渥，諸臣意更虔。宗藩親魯衛，相芾
拱閎顛。側弁恩光浹，中觴詔蹕旋。寶薰携滿袖，御果得加
籩。要賞嬉游盛，俄追步武遄。騰身複道表，送日夾城畽。
仰挹蒼龍象，旁臨艮嶽巔。謳歌紛廣陌，簫鼓樂豐年。赫奕
攢輕幰，① 珍奇集市㕓。博盧多袓跣，飲肆競蹁躚。蕃衍開
朱邸，崔嵬照彩椽。橋虹彎蠱蠱，江練泮濺濺。擊柝周盧晚，
張燈別院先。餘霞搖綺暈，列宿舍珠躔。浩蕩三山島，稜層
十丈蓮。再趨天北極，卻立榻東偏。既用家人禮，仍占聖製
篇。兕觥從酩酊，蟾魄待嬋娟。轉盼隨親指，環觀得縱穿。
曲屏江浪蹙，巨柱赤虯纏。光透垂枝井，晶銜帶壁錢。蕭臺
千級峻，重屋八窗全。就席花墩匝，② 行樽紫袖揎。交輝方
爍爍，起立復闐闐。邃宇會寧過，中宵勝賞專。鋪陳尤有韻，
清雅不相沿。戶箔明珠串，欄釭水碧捲。規模商瓻鑄，③ 款
識魯壺鐫。秦曲移箏柱，唐妝儼鬢蟬。窄襟珠綴領，高朵翠
爲鈿。喜氣排寒冱，輕颸洗靜便。層琳藉璣組，方鼎炷龍涎。
瑪瑙供盤大，玻璃琢盞圓。暖金傾小榼，屑玉釀新泉。帝子

---

① "幰"，原作"憓"，據津逮本、毛鈔本、四庫本改。
② "墩"，避宋光宗趙惇諱，缺末筆。
③ "瓻"，津逮本、四庫本作"甀"。

天才異，英姿棣萼聯。頻看揮斗碗，端是吸鯨川。推食俱均逮，攘餐及墜捐。海螯初破殼，江柱乍離淵。寧數披綿雀，休論縮頸鯿。南珍誇飣餞，北饌厭烹煎。賜橘懷頹卵，酡顏醲寶船。言歸荷慈惠，末節笑拘攣。放鑰嚴扃啓，籠紗逸足牽。冰輪挂銀漢，夜色映華輲。人識重熙象，功參獨斷權。五辰今不忒，六氣永無愆。天紀承三古，時雍變八埏。比閭增板籍，疆埸罷戈鋋。文軌包夷夏，弦歌遍幅員。恢儒榮藻薦，作士極魚鳶。慶胄貽謀顯，多男景福綿。迓衡常穆穆，遵路益平平。亭障今逾隴，耕耘久際燕。信通鵬海漲，威憺犬戎膻。東擬封雲岱，西將款澗灛。琳科宣蕊笈，玉府下雲軒。帝籍勤初播，宮蠶長自眠。繭絲登六寢，稑米秀中田。廟鶴垂昭格，壇光監吉蠲。靈芝滋菌蘂，甘醴涌潺湲。合教龙風革，頒經衆疾瘳。雨隨親禱降，河避上流遷。執契皇猷洽，披圖福物駢。太和輸橐籥，妙用絶蹄筌。此際君臣悦，應先簡册編。《雅》稱魚罩罩，《頌》述鼓咽咽。詎比千齡遇，猶聞四始篇。羈臣起韋布，陋質愧駑鉛。驟俾陪機政，由來出眷憐。恩方拜綸綍，報未效塵涓。密席叨臨勸，凡踪窵曲拳。① 雖無三峽水，曾步八花磚。渝望知難稱，才慳合勉旃。鈞天思盡賦，賡續白雲牋。”

---

① “窵”，宋王安中《初寮集》卷一《睿謨殿曲宴詩》作“第”。

熙載云：“化工欲放陽春到，① 先教元冥戮衰草。疑冰封
地萬木僵，② 誰向雪中探天巧。璿璣星回斗指寅，群芳未知
時已春。人心蕩漾趁佳節，燈夕獨冠年華新。升平萬里同文
軌，井邑相連通四裔。蘭膏競吐夜烘春，和叔回車避羲彎。
巍巍九禁倚天開，温風更覺先春來。試燈不用雨花俗，迎陽
爲卻寒崔嵬。宣和初載元冬尾，瑞白纔消塵不起。穆清光賞
屬欽鄰，錦綉雲龍頒宴喜。初聞傳詔開睿謨，步障幾里承金
鋪。調音度曲三千女，正似廣樂陳清都。遏雲妙唱韓娥侶，
回雪飛花稱獨步。③ 千春蟠木效紅英，獻壽當筵豈金母。上
林晚色烟藹輕，景龍游人歡笑聲。霞裾月珮擁仙仗，翠鳳挾
輦趨平成。銅華金掌散晶彩，翠碧重重簇珠琲。先從前殿望
修廊，日出綺霞紅滿海。神光通透雲母屏，驪龍出舞波濤驚。
煌煌黼座承天命，座下錯浴如明星。榻前玉案真核旅，獸炭
銀爐夜初鼓。憲天重屋訝雲屯，崇道簫臺疑蜃吐。前楹火柱
回萬牛，藺卿璧碎色光浮。周圍照耀眼界徹，冰壺漾月生珠
流。點點金錢盡銜璧，豹髓騰輝粲銀礫。絲篁人籟有機緘，
繳繹清音傳屋壁。須臾隨蹕登會寧，如驂鸞鶴游紫清。彩蟾

---

① “放”，原作“於”，據津逮本、毛鈔本、四庫本改。宋阮閲《詩話總龜》（四庫本，下同）後集卷二六作“放”。
② “冰”，原作“水”，據四庫本改。宋阮閲《詩話總龜》後集卷二六作“冰”。
③ “雪”，原作“雲”，據津逮本、毛鈔本、四庫本改。宋阮閲《詩話總龜》後集卷二六作“雪”。

倒影上浮空，纖雲不點惟光明。四壁垂簾玉非玉，銀釭吐艷
相連屬。棼楣橫帶碧玻璃，一朵翠雲承日轂。萬光閃爍爭吐
吞，燭龍銜耀輝四昆。又如電母神鞭馳，金蛇著壁不可捫。端
信奇工通造化，豈比胡人能幻假。丹青漫數顧虎頭，盤礴解衣
未容寫。此時帝御鈞天臺，紫垣兩兩明三台。尚方飲器萬金
寶，古玉未足誇雲雷。帝傍侍女雲華品，玉立仙標及時韻。四
音促柱泛笙簫，應有翔鷺落千仞。龍瓶瀉酒如流泉，御廚絡繹
紛珍鮮。榻邊爭欲供天笑，快倒頗類虹吸川。厭厭夜飲方歡
浹，玉漏頻催鼓三叠。金門初下醉歸時，正見冰輪上城堞。微
臣去歲陪清班，惡詩誤辱重瞳觀。[①] 小才易窮真鼠技，再賦愈
覺相如慳。”履道、彥爲二集中，今不復印行，故録於此。

75. 宣和初，徽宗有意征遼，蔡元長、鄭達夫不以爲然，
童貫初亦不敢領略，惟王黼、蔡攸將順贊成之。有諜者云：
“天祚兒有亡國之相。”班列中或言陳堯臣者，婺州人，[②] 善
丹青，精人倫，登科爲畫學正。黼聞之甚喜，薦其人于上，
令銜命以視之，擢水部員外郎，假尚書，以將使事。堯臣即
挾畫學生二員俱行，盡以道中所歷形勢向背，同繪天祚像以
歸。入對，即云：“虜主望之不似人君，臣謹寫其容以進。若
以相法言之，亡在旦夕。幸速進兵。兼弱攻昧，此其時也。”

并圖其山川險易以上。上大喜，即擢堯臣右司諫，賜予巨萬。燕、雲之役遂決。時堯臣方三十三歲，遷至侍御史。會蔡元長復將起預政事，黼諷堯臣望風上疏，① 以元長前日不合人情狀攻之。初榜朝堂，然上猶眷元長，黜堯臣爲萬州監稅。而元長竟不告廷，堯臣繼寢是行。黼敗，堯臣亦遭斥。建炎中，監察御史李寀疏其爲黼鷹犬，誤國之罪，始詔除。其初，② 秦會之主泮高密，堯臣以滄州掾曹同爲京東漕同試官，因以厚甚。會之擅國，遂盡復故官。雖不敢用，招至武林，每延致相府，款密叙舊。堯臣以前所錫萬金，築園亭于西湖之上，極其雄麗，今所謂陳侍御花園是也。會之殂，湯致遠爲御史，欲露臺評，而周爲高方崇，堯臣之妻兄，致遠之腹心，力回護之，遂免，先以壽終。李仁父《長編》載胡交修繳其祠命之章，尤摘其奸。其嗣懇爲高作行狀，以蓋前迹，爲高後亦悔之。會之炎炎時，前御史敢於國門外建第，③ 以此可見。爲高之子樂云。

76. 靖康之變，士大夫紀録，排日編綴者多矣。其間蓋亦有逸事焉。近從親舊家得是時進士黃時偁、徐揆、段光遠三人所上虜酋書云：

大宋進士黃時偁謹齋沐裁書于大金二帥曰：嘗謂良藥苦

---

① "訕"，原作"誅"，據四庫本改。
② "其"後，津逮本、四庫本有"職"字。
③ "第"，原作"弟"，據津逮本、四庫本改。

口利於病，[①] 忠言逆耳利於行。若夫樂軟熟而憎鯁切，取諛美而捨忠良，雖堯、舜無以致治。時儞淮右寒生，家襲儒業，老父每訓曰："不在其位，不謀其政，罔可輕言，自取戮辱。"由是鉗口結舌，守分固窮，未曾敢以片言辯時是非。方今國家艱難，苟有見聞，寧忍甘蹈盲聾之域？非不知身爲宋民，不當以狂妄之辭干冒元帥聰德也；非不知一言忤意，死未塞責也。直欲内報吾君之德，外光二元帥之名，一身九死，又何憾焉！時儞切觀我宋自崇寧以來，奸臣誤國，竊升威柄者有之，[②] 妨公害民者有之，大啓倖門、壅遏言路者有之，所以元帥因之，遂有此舉。道君太上皇帝親降詔書，反己痛責，斷出宸心，乃傳大寶。今皇帝即位未久，適丁國難，以孝行夙彰，天人咸服。今元帥斂城下，蓋爲此也。時儞伏睹去年十二月二十三日國書，正爲催督金銀表段，有云："須索之外，必不重取，禮數優異，保無它虞。"奈何都民朝夕思念，燃頂煉臂，延頸跂踵，以望御車之塵也？元帥豈不念天生萬民，而立之君，以主治之。乃復須索他物，絡繹不絶，參酌以情，雖不足以報再生之萬一，然方册所載，自古及今，未聞有大事既決，反緣細故而延萬乘之君者。證以國書，似非初意，愚切惑之。念我國家曩昔傷財害民之事，結怨連禍

---

① "病"，原作"痛"，據毛鈔本、津逮本、四庫本改。
② "竊升威柄"，四庫本作"竊弄威柄"。

之人，尚可目也。曰內侍、伶倫、美女是已，曰宮室、衣服、聲樂是已。今軍前一一須索，唯復謂此悉皆國害，堅欲爲我痛鋤其根株耶？亦欲驅挈歸境以爲自奉之樂耶？軍機深密，非愚陋可得而知也。法曰："上賢下不肖。取誠信，去詐僞，禁暴亂，止奢侈。"又曰："爲雕文刻鏤技巧華飾而傷農事者，必禁之。"願元帥詳覽此章，熟思正論。殺人以梃與刃，[1] 無以異也。儻使宿奸復被新寵，是猶禾莠相雜，而耕者未耘；膏肓之疾，[2] 而醫者未悟。則將日漸月稽，習以成風，不害此而害彼，何時已矣？時偁懵不知書，愚不練事，言切而其意甚忠，事雖小而所繫甚大。方議修書鋪陳管見，未及形言，衆乃自禍。嗚呼！天網恢恢，疏而不漏；老蠹巨惡，難於逃覆載之中也。且如內侍藍訴、醫官周道隆、樂官孟子書，俱爲平昔僥濫渠魁。今取過軍前，坐席未暖，乃忘我宋日前恩寵之優，不思兩國修講和好之始，尚循故態，妄興間諜，稱有金銀在本家窖藏，遂煩元帥怪問。考諸人用心，雖粉骨碎軀，難塞滔天之罪。請試陳之。今焉明降御筆，根括金銀，以報大金活生靈之恩，切須盡力，不可惜人情。苟可以報大金者，雖髮膚不惜。只是要有，盡取於是。有司累行勸諭，及指爲禁物，稍有隱藏，以軍法從事。其措置根括，

---

① "梃"，原作"挺"，據四庫本改。
② "肓"，原作"盲"，據津逮本、四庫本改。

非不盡心。上至宗廟器皿，下至細民首飾，罄其所有，欲酬再
造。而天子且曰："朕可以報金國者，雖髮膚不惜。"凡爲臣
子，固當體國愛君，匹兩以上，盡合送納。藍訴等不務濟朝廷
之急，報元帥之仁，輒抵冒典憲，埋窖金銀，慳吝庸逆，無如
此之甚者。若使未過軍前，則人人蓄爲私寳，論當時根括指
揮，已合誅戮。切恐逐人昨緣有司根取犒賞，亦嘗囚禁，挾此
爲仇，意要生事，厥罪尤不可赦。愚謂正當擾攘之際，猶敢懷
奸罔上，取佞一時，異日安居，爲國患也必矣。亮元帥智周萬
物，不待斯言，察見罪狀。文王問太公主聽如何，太公荅曰：
"勿妄而許，勿逆而拒。"聖人垂教，良有以也。伏望元帥擴乾
坤之度，垂日月之明，毋納諛情，① 以玷大德。將藍訴等先賜
行遣，徇首京城。不惟掃蕩宿孽，又可以懲戒後人。仍願元帥
務全兩國之歡，以慰生靈之心。請我鑾輿，早還禁籞。軍前或
有所闕，朝廷亦必不違。書之青史，傳爲盛事，豈不韙歟！

　　太學生徐揆等謹獻書于大金國相元帥、太子元帥：揆等
聞，昔春秋魯宣公十一年，伐陳，欲以爲縣。申叔時諫曰：
"諸侯之從者，曰討有罪也。今縣陳，是貪其富。以討召諸
侯，而以貪歸之，無乃不可乎?"王曰："善哉，吾未之聞
也。"乃復封陳。後之君子，莫不多申叔時之善諫，楚子之從
諫。千百歲之下，猶且想其風采爲不可及。昔上皇任用非人，

---

① "毋"，原作"母"，據津逮本、四庫本改。

政失厥中，背盟致討，元帥之職也；大肆縱兵，都城失守，社稷幾亡而復存，元帥之德也；兵不血刃，市不易廛，生靈幾死而幸免，元帥之仁也。雖楚子入陳之功，未能遠過。我宋皇帝以萬乘之尊，兩造轅門，議賞軍之資，加徽號之請。越在草莽，信宿逾邁。國中喁喁企望，屬車塵者屢矣。今生民無主，境內騷然，忠義之士食不下咽。又聞道路之言，以金銀未足，天子未還。揆等切惑之。蓋金銀之產，不在中國，而在深山窮谷之間，四方職貢，歲有常賦。邦財既盡，海內蕭然，帑藏爲之一空，此元帥之所明知也。重以去歲之役，增請和之幣，獻犒賞之資，官吏征求，及於編戶。都城之內，雖一妾婦之飾，一器用之微，無不輸之於上，以酬退師之恩也。又自兵興以來，邦國未寧，道路不通，富商大賈，絶迹而不造境。京師豪民，蓄積素厚者，悉散而之四方矣。間有從宦王畿，仰給於俸禄者，饘粥之外，儲無長資，豈復有金銀之多乎？今雖天子爲質，猶無益於事也。元帥體大金皇帝好生之德，每以赤子塗炭爲念，大兵長驅，直抵中原，未嘗以屠戮爲事，所以愛民者至矣。凡元帥有存社稷之德，活生靈之仁，而乃以金銀之故質君，是猶愛人子弟而辱及其父祖，與不愛奚擇？元帥必不爲也。昔楚子圍鄭，三月克之，[①] 鄭

---

① "三月"，原作"三日"，《春秋左傳注疏·宣公十二年》："楚子退師。鄭人修城。進復圍之，三月，克之。"據改。

公肉袒牽羊以迎。左右曰："不可許。"王曰："其君能下人，必能信用其民矣。"退三十里，而許之平。《春秋》書之，後世以爲美談。揆等願元帥推惻隱之心，存終始之惠，反其君父，損其元數，班師振旅，緩以時月，使求之四方，然後遣使人獻，則楚子封陳之功，不足道也。國中之人，德元帥之仁，豈敢弭忘？《傳》曰："主憂臣辱，主辱臣死。"揆等雖卑賤，輒敢浼死以紓君父之難，唯元帥矜之。

大宋進士段光遠謹齋沐裁書，百拜獻于大金元帥軍前。僕嘗讀《春秋左傳》，有曰："親仁善鄰，國之寶也。"又嘗讀《禮記·聘義》，有曰："輕財重禮，則民遜矣。"讀至於斯，未嘗不三復斯言，掩卷長嘆，切謂非賢聖之人，疇能如此？仰而思之，在昔太祖皇帝膺天明命，以揖遜受禪，奄有神器，爲天下君。創業垂統，重熙累洽，垂二百年，東漸西被，南洽北暢，薄海內外，悉爲郡縣，殊方絕域，悉爲鄰國，聘問交通，絡繹道路。其間義重禮隆，恩深德渥，方之他國，唯大金皇帝爲然。比年以來，本朝不幸，奸臣用事，宦官橈權，罔知陳善閉邪而格其非，罔知獻可替否而引之當道。欺君誤上，蠹國害民，靡所不至。奸臣可罪，庶民可弔，事一至此。則弔民問罪之師，有不得已而舉也。共惟大金元帥舉問罪之師，施好生之德，念今聖之有道，憫斯民之無辜，斂兵不下，崇社再安，^① 生靈獲全。深厚之惠，若海涵而春育；
生成之賜，若天覆而地載。兩國永和，萬姓悦服。夫如是，
則親仁善鄰，曷以加於此哉！特枉鑾輿，爲民請命；重蒙金
諾，與國通和。帝謂"髮膚亦所不惜"，況於金帛，豈復有
辭！宵旰焦勞，^② 不遑寢食，官户根括，急於星火。竭帑藏
之所積，罄貧下之所有，甘心獻納，莫或敢違。雖曠蕩之恩，
難以論報；而有限之財，恐或不敷。久留聖駕，痛切民心。
夙夜匪懈，而事君之禮廢於朝；號泣旻天，痛君之民滿於道。
仰望恩慈，再垂矜念，冀聖駕之早還，慰下民之痛切。夫如
是，則輕財重禮，曷以加于此哉！伏念光遠草茅寒士，沐浴
膏澤，涵泳聖涯，陰受其賜，于茲有年，才疏命薄，報德無
階。今茲聖駕蒙塵于外，僕雖至愚，噫嗚泣涕，疾首痛心，
其於庶民，尚幸仰賴元帥再生之恩，若天地無不覆載，於人
無所不容。僕是以敢輸忠義激切之誠，干冒威嚴，仰祈垂聽，
俯賜矜怜。無任戰懼皇恐哀懇之至。不宣。

　　倥傯之際，排難解紛，伏節死誼，有如此者。嘉其忠義
慨慷，^③ 歲久慮不復傳，所以録之。

　　77. 張邦昌爲虜人所立，反正之功，蓋出于吕舜徒。吕
氏自叙甚詳，不復重紀。啓其端者，堂吏張思聰也。應天中

① "崇社"，四庫本作"宗社"。
② "旰"，原作"旴"，據津逮本、四庫本改。
③ "慨慷"，四庫本作"慷慨"。

興，思聰已死，詔特贈宣教郎。思聰字謀道，知書能文，嘗
從先人學。今其子孫尚有事刀筆于省中者，然亦不振。虜人
立張僞詔與其謝牘，併錄于後。

"維天會五年歲次丁未二月辛亥朔二十一日辛巳。皇帝若
曰：先皇帝肇造區夏，務安元元。肆朕纂承，不敢荒怠，夙
夜兢兢，思與方國，措于治平。粵惟有宋，爰乃通鄰，貢歲
幣以交歡，馳星軺而講好。斯於萬世，永保無窮。蓋我大造
于宋也。指斥不錄。今者國既乏主，民宜混同，然念厥功，誠
非貪土，遂致帥府，與衆推賢，僉曰太宰張邦昌天毓疏通，
神咨睿哲；在位著忠良之譽，居家聞孝友之名，實天命之有
歸，乃人情之所係。擇其賢者，非子其誰？是用遣使諸部宮
都署尚書左僕射權簽書樞密事韓昉持節，備禮儀，以璽綬册
命爾爲皇帝，以授斯民，國號大楚，都于金陵。自黃河以外，
除西夏，對新疆場，① 仍世輔王室，永作藩臣。貢禮時修，
汝勿疲于述職；聘問歲致，汝無緩於忱誠。於戲！天生蒸民，
不能自治，故立君而臨之；君不能獨理，故樹官以教之。乃
知民非后不治，非賢不守。其于有位，可不慎歟？子懋乃德，
嘉乃丕休。日慎一日，雖休勿休。欽哉，其聽朕命！"

"天會五年三月日，大楚皇帝邦昌謹致書于國相元帥、皇

---

① "對新"，宋李心傳《建炎以來繫年要錄》卷三、宋徐夢莘《三朝北盟會編》
卷八四所引皆作"封坼"。

子元帥：今月初七日，依奉聖旨，特降樞臣俯加封冊。退省庸陋之資，何堪對揚之賜？尋因還使，附致感悰。願亟拜於光儀，庶少伸於謝禮。未聞台令，殊震危衷。遂遣從官，具敷誠懇。重蒙敦諭，仰戴眷存。然而掩目未前，撫躬無措。恐浸成於稽緩，實深積於兢惶。伏望恩慈早容趨詣，俟取報示，逕伏軍門。拳拳之誠，併留面敘。不宣。謹白。"

建炎元年詔云："九月二十五日，三省同奉聖旨：張邦昌初聞以權宜攝國事，嘉其用心，寵以高位。雖知建號肆赦，度越常格，支優賞賜錢數百萬緡，猶以迫於金人之勢，其示外者或不得已。比因鞫治他獄，始知在內中衣赭衣，履黃袱，宿福寧殿，使宮人侍寢。心迹如此，甚負國家，遂將盜有神器。雖欲容貸，懼祖宗在天之靈。尚加惻隱，不忍顯肆市朝。今遣奉議郎試殿中侍御史馬伸問狀，止令自裁。全其家屬，仍令潭州日給口券，常切拘管。"先是，祐陵在端邸，有妾彭者，稍惠黠，上憐之。小故出，嫁為都人聶氏婦。上即位，頗思焉，復召入禁中。以其嘗為民妻，無所稱，但以彭婆目之，或呼為聶婆婆，其實未有年也。恩倖一時，舉無與比。父黨夫族，頗招權，顧金錢，士大夫亦有登其門而進者。逮二聖北狩，彭以無名位，獨得留內庭。虜人強立邦昌僭位之後，[1]雖竊處宸居，多不敢當至尊之儀。服御之屬，未始易

---

[1] "僭"，原作"借"，據津逮本、四庫本改。

也；寢殿之邃，不敢履也。一夕，偶置酒，彭生乘邦昌之醉，擁之曰："官家，事已至此，它復何言？"即衣之赭色半臂。邦昌醉中猶能卻。彭呼二三宮人力挽而穿之，益之以酒，掖邦昌入福寧殿，使宮人之有色者侍邦昌寢。邦昌既醒，皇恐而趨，就它室急解其衣，固已無及矣。邦昌卒坐此以死，蓋詔中及之者也。姑叙邦昌初終于秩焉。烏乎，彭生者誠可誅矣。然當時在庭之臣，被二聖寵榮者，尚奉賊稱臣，賣降恐後，彼小人也，又何足道哉！彭事，陸務觀云。

78. 粘罕相金國，[①] 取大遼，繼擾我朝。既歸，乃欲伐夏國。夏人陰爲之備久矣。忽求釁於夏，言欲馬萬匹。夏人從其請，先以所練精兵，每一馬以二人御之，紿言于金人曰："萬馬雖有，然本國乏人牽攏，今以五千人押送，請遣人交之。"粘罕遣人往取，皆善騎射者，其實欲以窺之也。至境，未及交馬，夏人群起，金國之兵悉斃。夏人復持馬歸國。粘罕氣沮，自此不敢西向發一矢。玉隆外祖云。

---

① "粘罕"，四庫本作"尼堪"。段內下"粘罕遣人往取""粘罕氣沮"同。

揮塵後録卷之五

79. 謚以節惠。《孟子》謂："名之幽、厲，孝子慈孫，百世不能易。"三代以來，君臣務取美稱，遂至失實。國朝諸謚，宋常山《退朝録》備載之，止於熙寧三年。明清謹續之于後，然聞見未廣，姑存所記憶。遺落尚多，當嗣益之。

后謚

慈聖光獻

宣仁聖烈

昭慈聖獻　昭懷

欽聖獻肅　欽成　欽慈

顯恭　顯肅　顯仁　明節

憲節　憲聖慈烈

成穆　成恭

妃謚

昭靜沈貴妃。　明達懿文後追册爲明達皇后。

明節和文_{後追册爲明節皇后}。　靖淑_{王賢妃}。

太子謚

冲憲_茂。　元懿_敷。　莊文_愭。

諸王謚

端獻_{吳王顥}。　端懿_{益王頵}。　冲僖_樫。　悼敏_栖。　冲穆_材。
哀獻_俊。　冲厚_倜。　惠_价。　冲惠_倜。

公主謚

賢惠_{蜀國公主，王晋卿室}。　賢穆_{韓嘉彦室}。
賢德懿行_{王師約室}。　賢穆明懿_{錢景臻室}。
賢惠_{張端礼室}。　賢靜_{柔志公主}。
淑和_{端福公主}。　冲懿_{賢福公主}。
悼穆_{徽福公主}。　順穆_{介福公主}。

宗室謚

恭憲_{世雄}。　恭孝_{宣旦、仲湜、士緘、克寬}。　榮穆_{宗暉}。
僖簡_{宗景}。

康孝_{仲御}。　僖靖_{承裕}。　僖安_{仲汾}。　恭僖_{宗博}。　僖穆_{宗樸}。

和恭_{承顯}。　康僖_{克戒}。　勤孝_{宗惠}。　敦和_{克和}。　僖惠_{宗隱、宗勉}。

修安_{克敦}。　孝靖_{宗綽}。　簡獻_{仲忽}。　安憲_{宗悌、士□}。
孝恪_{仲芮}。

敦恪_{仲操}。　良僖_{仲嬰、世恩、叔嶠}。　孝僖_{宗袞、仲癸}。

僖惠仲隗。

　　榮思宗謣。　孝良仲皋、令蘧。　修簡仲苑。　和僖仲防。
欽修仲碩。

　　榮孝仲嗟、仲革。　孝穆世颭。　惠孝仲佺。　孝修世獎、
令穆。

　　孝恪世膺、全稼。　安恪仲玌。　孝簡世輝。　順思仲憪。
孝恪仲摻。

　　孝恭世恪、世恬。　敦孝仲越。　孝敦仲僕。　恭惠叔絾。
純僖仲麗。

　　惠和檢之。　忠孝世表、叔武、叔充。　榮惠世設。　良恪克
章、叔玩、令瓘。

　　安良世括。　容孝叔亞。　惠恭世采。　榮恪叔雅、叔黔。①
　恭宜世鳴。

　　榮敏叔縱。　良恭世亨。　良憲叔敖。　益世逢。　孝敏
士㑹。

　　思裕叔安。　莊靖叔苗。　莊節叔炤。　温獻令圖。　良裕
士空。　忠敏令穰。

　　孝榮令鐸。　良懿令珤。②　安惠世顒　安僖秀王。　温靖
士㑋。

　　恭靖士懷、不微、士樽。　襄靖令廩。　文獻令衻。　忠靖士

————————————

① “黔”，原作“黚”，據四庫本改。
② “珤”，津逮本、四庫本作“瑶”。

167

珸。　康宗旦。

宰相諡

宣靖曾魯公公亮。　忠獻韓魏王琦。　文忠富韓公弼、張天覺商英。

忠烈文潞公彥博。　正獻呂申公公著。　忠肅劉同老摯、虞并武允文。

正愍呂汲公大防。　忠宣范堯夫純仁。　忠懷蔡持正確。

文恭王禹玉珪。　正憲吳沖卿充。　莊敏韓玉汝縝。

文定韓儀公忠彥。　文王荊公安石。　獻肅陳秀公升之。

文憲劉德初正夫、何清源執中。　文正司馬溫公、鄭達夫居中。

清憲趙正夫挺之。　文肅曾魯公布。　忠穆呂成公頤浩。

文和李士美邦彥。　忠定李伯紀綱、汪廷俊伯彥。[1]　文恭陳魯公康伯。

正獻陳福公俊卿。　文惠洪景伯适、史直翁浩。　文靖梁叔于克家。[2]

文忠京丞相鏜。

執政諡

文憲蘇公易簡。　文定張太保方平、許公將。　文忠歐陽太師脩。

清獻趙少保抃。　康靖趙叔平槩。　章簡元厚之絳、蘇黃門轍、

① “伯彥”，原誤倒，據《宋史》卷四七三汪伯彥傳改。
② “叔于”，《宋史》卷三八四梁克家傳作“梁克家，字叔子”。

張于公燾。①

簡翼張公璪。　脩簡胡公宗愈。　莊定王正仲存。　恭敏蒲傳正宗孟。

定簡温虞弼益。　忠定孫傅。　忠穆郭公逵、張公愨。②　安簡邵公亢。

襄敏王公韶。　康懿任中正。③　康節張公昪。④　忠肅陳公過庭。

文敏呂吉父惠卿、李漢老邴。　恭愍聶昌。　恭敏薛公向。獻簡傅公堯俞。

敏肅蔡公挺。　懿簡趙天觀瞻。⑤　温靖孫公固。　莊敏章公楶。

文節林子中希。　文簡張康國、鄧洵武。　文正蔡元度卞。忠憲种公師道。

忠肅劉立道大中。　忠文張嵆仲叔夜、李彥穎。　文懿管歸善師仁。

───────────

①　"元厚之絳"原雙行小字單排於"蘇黃門轍張于公燾"前,寫作元厚之絳　蘇黃門轍張于公燾,津逮本誤作"元厚蘇黃門轍之絳張于公燾"。"于公",《宋史》卷三八二張燾傳作"子公"。

②　"愨",原作"懿",據《宋史》卷三六三《張愨傳》改。

③　"任",原作"何",據《宋史》卷二八八《任中正》傳、《東都事略》卷四四《任中正傳》改。

④　"昪",原作"昇",《宋史》卷三一八《張昪本傳》、《東都事略》卷七一《張昪本傳》皆作"張昪",據改。

⑤　"天觀",《宋史》卷三四一《趙瞻傳》、《東都事略》卷九〇皆作"趙瞻,字大觀"。

安惠鄧聖求溫伯。　忠武韓蘄王世忠。　忠烈張循王俊。　忠獻胡成公世將。

敏肅魏道弼良臣。　武穆岳公飛。　敏節王子尚庶。

章簡張彦正綱、程元籲克俊。① 　忠敏沈必克與求。② 　莊定劉共父珙。

莊簡李泰發光。　簡穆辛起季次膺。③ 　簡惠周敦義葵。　莊敏汪明遠澈。

文安洪景嚴遵。　安簡王公剛中。　榮敏謝開之廓然。　愍節王正道倫。

文臣謚

文穆范成大。　忠文范蜀公鎮、宋尹喬年。　文恪王中丞陶。

章敏滕元發甫。　懿恪王宣徽拱辰。　文憲強翰林淵明、洪尚書擬。

文簡蔡絛、程大昌。　宣簡李浦邦彦父。　忠愍徐給事禧、李侍郎若水。

忠憲耿傳。　忠毅向子韶。　忠簡張克戩、趙令幾、胡邦衡銓、張大猷闡。

忠顯劉公翰。　文昭曾翰林肇。　莊節王復。　恭愍錢歸善、

---

① “張彦正綱、程元籲克俊”，原以雙行小字先後單排，寫作張彦正綱 程元籲克俊，津逮本誤作“張彦程元籲正綱克俊”。

② “必克”，《宋史》卷三七二《沈與求傳》作“沈與求，字必先”。

③ “辛起季”，“季”原誤作“李”，據《宋史》卷三八三《辛次膺傳》改。

唐重。

定愍胡唐老。 　威愍鄭驟、① 宗汝霖澤。 　剛愍曾逢原孝序。

文靖楊侍郎時。

文定胡待制安國。 　忠襄楊邦乂。 　勇節郭永。

莊敏藺中謹、韓彥直子溫、林栗黃中。 　忠壯章宜叟誼。② 　康節邵先生雍。

節孝徐仲車積。 　忠定劉元城安世。 　文康葛銀青勝仲。 　忠惠蔡君謨襄。

文忠東坡先生。 　忠宣洪光弼皓。 　獻簡陳邦彥良翰。

獻蕭胡周伯沂、張大經彥文。 　康蕭吳明可帝。 　文清曾吉父幾。

忠蕭陳瑩中瓘、傅公晦察。 　忠介王子飛雲。 　清敏豐相之稷。

清孝葛君書思。 　僖敏張如瑩澄。 　賢節王庠。 　忠鄒志完浩。③

忠確張公克戩。 　僖簡莊公徽。 　蕭愍宇文虛中。 　節蕭龔彥

① “驟”，應作“驤”。《三朝北盟會編》卷一〇四記鄭驤“寵榮後，又請諡曰威愍”，又宋李幼武《宋名臣言行錄》（四庫全書本）續集卷六載：“鄭驤，威愍公。字潛翁，信州玉山人，登進士第，歷仕州縣。建炎元年除直秘閣，知同州，金兵陷城，死之。事聞，贈官。與張忠文公並立廟本州，廟額曰‘旌忠愍節’。”

② “宜叟”，原作“且叟”。《宋史》卷三七九章誼傳作“章誼，字宜叟”。本書下文《時君卿稱王荊公於上前》條亦有“爲章宜叟誼斥退者”“宜叟縣此大用”之言，據改。

③ “忠鄒志完浩”，原作“忠鄒志完浩”，據四庫本改。“完”，避宋欽宗趙桓諱，缺末筆。下同。

和決。

文惠韓公粹彥。　文僖姚祐壽祖。　忠敏任德翁伯雨。　惠懿楊子寬偰。

武臣謚

忠愍高永年。　武莊郝質。　武恪賈逵。　忠敏姚麟。　武愍劉法。

忠節李彥仙。　忠壯徐徽言、李邈、馬彥博。　穆武高繼勳。恭勇楊惟忠。

勤惠王德恭。　勤毅宋守約。　康理楊應詢。　康簡高敦復。威肅劉仲武。

勇節郭永。　忠勇蘇緘。　武安吳玠。　武順吳璘。　莊愍种師中。

毅肅劉公昌祚。　忠介楊宗閔。　恭毅楊震。　武恭楊存中。剛烈劉位。

忠朱沖。　勤威馮守信。　武僖劉光世。　武穆劉錡。　忠烈趙立。

義節王忠植。　莊敏王厚。　毅勇關師古。　壯愍曲端。襄毅楊政。

外戚謚

恭敏李端愿、王師約。　壯恪劉永年。　惠節向傳範。　康懿向經。

良僖劉安民。　榮穆劉從愿。　良顯王憲。　榮縱向宗回。

榮僖高公繪。　榮穆陳守貴。　榮毅張緼。　榮安王說。

端節韓嘉彦。　僖靖鄭紳。　恭榮鄭翼之。　恭簡邢煥。

安毅郭崇乂。　忠節高世則。　榮懷高公圯。　忠定曹誘。

恭靖韓同卿。　端靖郭師禹。

内臣謚

忠靖劉有方。　忠良賈詳。　忠簡劉瑗。　僖儉張茂則。

忠愍李舜舉。　僖敏宋用臣。　忠敏李憲。　安恪盧守勤。

忠憲梁和。　榮恪郝隨。　恭僖王中正。　恭敏裴詵。

恭節馮世寧。　勤惠王仲。　榮節康履。

80. 大中祥符間，章聖祀汾陰，至泰山下，聚觀者幾數萬人，闐擁道路，① 警蹕不能進。上以詢左右，或云：“村民所畏者，尉曹也。俾彈壓之。”即命亟召之。少焉，一綠衣少年躍馬疾馳而前，群氓大呼：“官人來矣！”奔走辟易而散。上笑云：“我不是官人邪？”王嶠季夷云。

81. 樊若水夜釣采石，世多知之。宋咸《笑談録》云：“李煜有國日，樊若水與江氏子共謀。江年少而黠。時李主重佛法，即削髪投法眼禪師爲弟子，隨逐出入禁苑，因遂得幸。佛眼示寂，② 代其住持建康清涼寺，號曰小長老，眷渥無間。凡國中虛實盡得之，先令若水走闕下，獻下江南之策，江爲

① “擁”，原作“欀”，據津逮本、四庫本改。
② “佛眼”，津逮本、四庫本作“法眼”。

173

内應。其後李主既俘，各命以官。江後累典名州，家于安陸，子孫亦無聞。"鄭毅夫爲《江氏書目記》，載文集中，云："舊藏江氏書數百卷，缺落不甚完。予凡三歸安陸，大爲搜訪，殘秩墜編，往往得之閭巷間，無遺矣，僅獲五百十卷。通舊藏凡千一百卷，江氏遺書具此矣。江氏名正，字元叔，江南人。太祖時，同樊若水獻策取李氏，仕至比部郎中。嘗爲越州刺史，越有錢氏時書，正借本謄寫，遂并其本有之。及破江南，又得其逸書。兼吳、越所得，殆數萬卷。老爲安陸刺史，遂家焉，盡輦其書，築室貯之。正既歿，子孫不能守，悉散落於民間，火燔水溺，鼠蟲齧棄，并奴僕盜去市人，裂之以藉物。有張氏者，所購最多。① 其貧，乃用以爲爨，② 凡一篋書爲一炊飯。江氏書至此窮矣。然余家之所有，幸而僅存者，蓋自吾祖田曹始畜之，至予三世矣。於余則固能保有之，於其後則非余所知也。然物亦有數，或存或亡，安知異日終不亡哉？故記盛衰之迹，俾子孫知其所自，則庶乎或有能保之者矣。書多用油拳紙，方册如笏頭，青縑爲標，字體工拙不一。《史記》《晋書》或爲行書，筆墨尤勁。其末用越州觀察使印，亦有江氏所題。余在杭州，命善書者補其缺未具也。"明清案，馬令作《南唐書》，及龍衮作《江南野史》

---

① "購"，避宋高宗趙構諱，作"購"。
② "爨"，原誤寫作"爨"，津逮本作"釁"，亦誤。據四庫本改。

云："北朝聞李後主崇奉釋氏，陰選少年有經業口辯者往化之，謂之一佛出世，號爲小長老，朝夕與論六根四諦、天堂地獄、循環果報，又説令廣施梵刹，營造塔像，身被紅羅銷金三事。後主因讓其太奢，[①] 乃曰：'陛下不讀《華嚴經》，爭知佛富貴？'自是襟懷縱恍，兵機守禦之謀，慌然而弛，帑廩漸虛，財用且竭。又使後主於牛頭山大起蘭若千間，聚徒千衆，旦暮設齋食，無非異方珍饌。一日食之不盡，明旦再具，謂之'折倒'。時議謂'折倒'爲煜之讖。及大兵至，獲爲營署。北朝又俾僧於采石磯下卓庵，[②] 自云少而草衣木食，後主遣使齋供獻以往，佯爲不受，乃陰作通穴，及累石爲塔，闊數圍，高迫數丈，而夜量水面。及王師剋池州，而浮梁遂至，繫于塔穴，以渡南北，不差毫釐，師徒合圍。召小長老議其拒守，對曰：'臣僧當揖退之。'於是登城大呼而旨麾，兵乃小卻。後主喜，令僧俗兵士誦救苦觀音菩薩，滿城沸涌。未幾，四面矢石雨下，士民傷死者衆。後主復使呼之，托疾不起。及誅皇甫繼勳之後，方疑無驗，乃鴆而殺之。"觀宋、鄭所記，則知李氏國破之際，所鴆者非真。又以計免而歸本朝，遂饗岳牧之任也。

82.《三朝史·孟昶傳》云："其在蜀日，改元廣政。周

① "讓"，避宋英宗趙曙父濮安懿王趙允讓諱，缺末二筆。
② "卓庵"，《江南野史》（四庫本）卷三作"草庵"。

世宗既取秦、鳳，昶懼，致書世宗，自稱大蜀皇帝，世宗怒
其抗禮，不荅。"其書真迹，今藏樓大防所，用錄于左："七
月一日，大蜀皇帝謹致書于大周皇帝闕下。竊念自承先訓，恭
守舊邦，匪敢荒寧，于茲二紀。頃者晋朝覆滅，何建來歸。
不因背水之戰爭，遂有仇池之土地。洎審遼君歸北，① 中國
且空，暫興敝邑之師，更復武都之境。② 下闕數字。實爲下國
之邊陲。其後漢主徑自并、汾，來都汴、浚，聞征車之未息，
尋神器之有歸。伏審貴朝先皇帝，應天順人，繼統即位。奉
玉帛而未克，承弓劍之空遺。但傷嘉運之難諧，適嘆新歡之
且隔。以至前載，忽勞睿德，遠舉全師。土疆尋隸於大朝，
將卒亦拘於貴國。幸蒙皇帝惠其首領，頒以衣裘，偏裨盡補
其職員，士伍遍加於糧賜，則在彼無殊於在此，敝都寧比於
雄都。方懷全活之恩，非有放還之望。今則指揮使蕭知遠、
馮從讜等押領將士子弟共計八百九十三人，已到當國。具審
皇帝迴開仁愍，深念支離，厚給衣裝，兼加巾屨，給沿程之
驛料，散逐分之緡錢。仍以員僚之迴還，安知所報？此則皇
帝念疆場則已經革幾代，舉干戈則不在盛朝，特軫優容，曲
全情好。永懷厚義，常貯微衷。載念前在鳳州，支敵虎旅，
偶於行陣，曾有拘擒，其排陣使胡立已下，尋在諸州安排，

---

① "洎"，原作"泊"，據四庫本改。
② "武都"，津逮本、四庫本作"成都"。

及令軍幕收管，自來各支廩食，並給衣裝。卻緣比者不測宸襟，未敢放還鄉國。今既先蒙開釋，已認冲融，歸朝雖愧於後時，報德未稽於此日。其胡立已下，今各給鞍馬、衣裝、錢帛等，專差御衣庫使李彥昭部領送至貴境，望垂宣旨收管。矧以昶昔在韶齔，即離并都，亦承皇帝鳳起晉陽，龍興汾水，合叙鄉關之分，以陳玉帛之歡。儻蒙惠以嘉音，即佇專馳信使。謹因胡立行次，聊陳感謝。詞莫披述，伏惟仁明洞垂鑑念。不宣。"明清嘗跋其後云："歐陽文忠公《五代史》世家序云'蜀嶮而富'，故其典章粲然，此書文亦奇。尤先生所謂：'豈非出於世修降表李昊?' 斯言信歟！"頃歲姚令威注《五代史》，惜乎不見是卷也。

83. 國朝以來，父子、兄弟、叔侄以名望顯著薦紳間，稱之於一時者，如二呂：正獻端、左丞餘慶。二竇：可象儀、望之儼。二孫：次公何、鄰幾僅。二宋：元憲庠、景文祁。二錢：子高彥遠、子飛明逸。二蘇：才翁舜元、子美舜欽。二吳：正肅育、正憲充。二程：明道先生顥、伊川先生頤。二章：莊敏粢、申公惇。二張：橫渠先生載、天祺戩。二邵：安簡亢、不疑必。二蔡：元長京、元度卞。二鄭：德夫久中、達夫居中。二鄧：子能洵仁、子常洵武。三陳：文忠堯叟、文惠堯佐、康肅堯咨。三蘇：文安先生洵、文忠軾、文定轍。三沈：存中括、文通遘、① 睿達遶。三王：荆公安石、平父安國、和父安禮。② 三孔：經父文仲、常甫武仲、毅甫平仲。三曾：南豐先生鞏、文肅布、文昭肇。三韓：康肅絳、持國維、莊敏縝。三范：蜀公鎮、子功百禄、淳夫祖禹。三劉：邠父敞、赣父攽、仲馮奉世是也。

84. 《太宗實録》："淳化五年五月，李順之平，帶御器械張舜卿奏事言：'臣聞順已遁去，諸將所獲非也。'太宗云：'平賊纔數日，汝何從知之？徒欲害人功爾！'上怒叱出，將斬之，徐曰：'前代帝王暴怒殺人，正爲此輩。然其父戍邊以死。'遂貰之，但罷近職。舜卿父訓爲定遠軍節度使，卒於鎮，故上念之。"明清後觀沈存中《筆談》云："蜀中劇賊李順陷劍南兩川，關右震動，朝廷以爲憂。後王師破賊，梟李順，收復兩川，書功行賞，了無間言。至景祐中，有人告李順尚在廣州，巡檢使臣陳文璉捕得之，乃真李順也，年已七十餘。推驗明白，囚赴闕，覆按皆實。朝廷以平蜀將士功賞已行，不欲暴其事，但斬順，賞文璉二官，仍除閤門祗候。文璉家有《李順案款》，本末甚詳。順本蜀江王小波之妻弟，始王小波反於蜀中，不能撫其徒衆，乃共推順爲主。順初起，悉召鄉里富人大姓，令具其家所有財粟，據其生齒足用之外，一切調發，大賑貧乏，録用材能，存撫良善，號

---

① "遘"，原作"溝"，避宋高宗趙構諱，據《宋史》卷三三一《沈遘傳》改。
② "禮"，原作"礼"，據津逮本、四庫本及《宋史》卷三二七《王安禮傳》改。

令嚴明，所至一無所犯。時兩蜀大饑，旬日之間，歸之者數萬人。所向州縣，開門延納。傳檄所至，無復完壘。及敗，人常懷之，故順得脫去。三十餘年，乃始就戮。”如此，則當平蜀時逃去，無可疑矣。信知盜亦有道焉。然舜卿非太宗之全宥，則刑歸於濫矣。頃見王仁裕《洛城漫録》云：“張全義爲西京留守，識黄巢于群僧中。”而陶穀《五代亂紀》云：“巢既遁免，祝髮爲浮屠。有詩云：‘三十年前草上飛，鐵衣着盡着僧衣。天津橋上無人問，獨倚危欄看落暉。’”又《僧史》言：“巢有塔，在西京龍門，號翠微禪師。”而世傳巢後住雪竇，所謂雪竇禪師即巢也。然明州雪竇山有黄巢墓，歲時邑官遣人祀之至今。而《太平廣記》載：“則天時，宋之問謫官過杭州，遇駱賓王于靈隱寺，披緇在大衆中，與之問詩有‘樓觀滄海日，門枕浙江潮’之句。”① 唐《夷堅集》言：“南岳寺僧見姚泓。”《五季泛聞録》云：“太祖仕周，受命北伐，以杜太后而下寄于封禪寺。抵陳橋，推戴。韓通聞亂，亟走寺中訪尋，欲加害焉，主僧守能者，以身蔽之，遂免。太祖德之，即位後，極眷寵。年八十餘，臨終，語其弟子曰：‘吾即澤州明馬兒也。’馬兒，五代之巨寇也。”贊寧《續傳載》云：“開寶末，江州圓通寺旦過寮中，有客僧

---

① “門枕浙江潮”，“枕”，原作“扰”，據毛鈔本改。津逮本、四庫本作“對”。“潮”，原作“朝”，據津逮本、四庫本改。

將寂滅，袒其背以示其徒，有雕青'李重進'三字，云：
'我即其人。脫身烟焰，^①至于今日。'"而近日陸務觀《清尊
録》言："老內侍見林靈素于蜀道。"季次仲季自云：嘗遇姚
平仲于廬山，授其八段錦之術。未知果否？要是桀黠之徒，
多能逃命於一時，皆此類。文璉，洪進之子也。

　　85.《真宗實録》：召試神童，蔡伯俙授官。之後，寂無
所傳。明清因於故書中得其奏狀一紙，今録于此："司農少卿
管勾江州太平觀蔡伯俙奏：臣輒陳愚懇，仰瀆睿聰。退省愆
尤，甘俟竄殛。臣見係知州資任，乞管勾宮觀，奉敕授前件
差遣於舒州居住，自熙寧八年八月三日到任。伏念臣先於大
中祥符八年真宗皇帝遣內臣毛昌達宣召賜對，試誦真宗皇帝
御制歌詩，即日蒙恩，釋褐授守秘書省正字。臣遭遇之年，
方始三歲。及賜臣御詩云：'七閩山水多才俊，三歲奇童出盛
時。'終篇後批：'閏六月十五日敕賜。'見刊刻在本家收秘。
續蒙宣赴東宮，侍仁宗皇帝讀書，朝夕親近，頗歷歲年。以
臣父龜從進士及第，臣幼小難以住京，因乞將帶出外，又蒙
恩賚優渥。其後臣年一十七歲，以家貧陳乞差遣，仁宗皇帝
聖念矜怜，特依所乞，仍有旨，餘人不得援例。自茲累歷任
使。今來本任，至來年二月當滿。切念臣幼稚幸會，效官從
事，勉勵愚拙，今已白首。重念臣生事蕭條，累族重大，又

無得力兒男可以供侍，一日捨祿，無以爲生。幸遇皇帝陛下，至仁至治，無一物失所，其於老者，惠恤尤深。臣以祥符八年三歲，甲子庚申節，未至衰老。欲望聖慈特賜，許臣再任管勾江州太平觀一任，[①]覬仍廩稍，得養單貧。祗飭閨門，相傳忠孝，庶幾補報，以盡餘齡。候敕旨。"蓋元豐初，計其年尚未七十。司農少卿，今之朝議大夫也。碌碌無所聞，豈非聰明不及於前時邪？御詩明清偶記其全篇："七閩山水多才俊，三歲奇童出盛時。家世應傳清白訓，嬰兒自得老成姿。初當移步來朝謁，方及能言便誦詩。更勵孜孜圖進益，青雲千里看前期。"

後閱朱興仲《續歸田錄》云："伯俙，字景蕃，與晏元獻俱五六歲以神童侍仁宗於東宮。元獻自初梗介，蔡最柔媚，每太子過門闌高者，蔡伏地令太子履其背而登。既踐祚，元獻被知遇，至宰相。蔡竟不大用，以舊恩常領郡，頗不循法令，或被劾取旨，上識其姓名，必曰'藩邸舊臣，且令轉官'。凡更四朝，元符初致仕，已八十歲矣。監司薦之，乞落致仕，與宮祠，其辭略云：'蔡伯俙年八十歲，食祿七十五年。'余謂人生名位固可得，罕得綿長如此者。"以上朱《錄》中語，因併載之。

86. 張耆既貴顯，嘗啓章聖，欲私第置酒，以邀禁從諸

---

① "勾"，避宋高宗趙構諱，缺末兩筆。

公，上許之。既晝集盡歡，曰："更願畢今夕之樂，幸毋辭也。"① 於是羅幃翠幕，稠叠圍繞，繼之以燭。列屋蛾眉，極其殷勤，豪侈不可狀。每數杯，則賓主各少憩，如是者凡三數。諸公但訝夜漏如是之永，暨至徹席，出户詢之，則云已再晝夜矣。朱新仲言。

87. 韓忠憲億景祐中參仁宗政事，天下稱爲長者。四子：仲文綜、子華絳、持國維、玉汝縝，俱禮部奏名。忠憲啓上曰："臣子叨陛下科第，雖非有司觀望，然臣既備位政府，豈當受而有之？天下將以謂由臣故致此，② 臣雖不足道，使聖明之政，人或以議之，非臣所安也。臣教子既已有成，③ 又何必昭示四方，以爲榮觀哉？乞盡免殿試唱第，幸甚。"誠懇再三，上嘉嘆而允所請。忠憲既薨，仲文、子華、玉汝相繼再中科甲。獨持國曰："吾前已奏名矣，當遵家君之言，何必布之遠方耶？"不復更就有司之求。故文潞薦持國疏云："曾預南宮高薦，④ 從不出仕宦。"⑤ 其後仲文知制誥；⑥ 子華、玉汝皆登宰席；持國賜出身，至門下侍郎；爲本朝之甲族云。玉隆外祖云："韓元吉著《桐陰舊話》，卻不及此。"

---

① "毋"，原作"母"，據津逮本、四庫本改。
② "謂"，津逮本、四庫本作"爲"。
③ "已"，津逮本、四庫本作"以"。
④ "南宮"，津逮本、四庫本作"南中"。
⑤ "宦"，原作"官"，據津逮本、四庫本改。
⑥ "仲文"，原作"子文"，據四庫本改。

揮塵後録卷之六

汝陰王明清

88. 韓持國既以忠憲任爲將作監主簿，少年清修，不復以軒冕爲意。將四十矣，猶未出仕。宋元憲欲薦孔寧極旼，偶觀其詩卷，乃得持國所和篇，誦之大喜，遂捨寧極而薦持國，繇是賜第入館。嘉祐中，與司馬文正、呂正獻、王荊公號爲四友。元祐初，登政府。後坐棄地，入黨籍，謫居均州。遇赦復官，以朝議大夫致仕，年八十四以卒。嘗語其婿王仲弓寔曰："以昔日受命覃恩上課，計以歲月寄禄，恰及是官，復何憾邪！"元龍、元吉，即其後也。楊如晦云。

89. 仁宗朝，侍御史王平，字保衡，候官人。① 章聖時，初爲許州司理參軍。里中女乘驢單行，盜殺諸田間，褫其衣而去。驢逸，田旁家收繫之。吏捕得驢，指爲殺女子者，訊之四旬。田旁家認收繫其驢，實不殺女子。保衡意疑甚，以

狀白府。州將老吏素強了，不之聽，趣令具獄。保衡持益堅，① 老守怒曰："㨾懦耶？"保衡曰："坐懦而奏，不過一免耳。與其阿旨以殺無辜，又陷公於不義，校其輕重，孰爲愈邪？"州將因不能奪。後數日，河南移逃卒至許，劾之，② 乃實殺女子者。田旁家得活。後因衆見，州將謝曰："微司理，向幾誤殺平人。"此與夫錢淡成何異，位雖不顯。保衡娶曾氏宣靖之妹，生三子：回字深父，冏字于直，向字容季，俱列《兩朝史·儒學傳》。所著書傳于薦紳爲多。深父子汶，字道原，詩文尤奇。③ 有集，先人作序行於世。陰德之報，有從來矣。

90. 李邯鄲命諸子名，世人難曉。後見孫長文云："邯鄲之長子壽朋，取'三壽作朋'之義；次子復圭，本'三復白圭'；幼子德芻，以'三德苾芻'。"其指如此，宜乎人所不解也。

91. 司馬溫公元豐末來京師，都人疊足聚觀，即以相公目之，馬至於不能行。謁時相於私苐，市人登樹騎屋窺覤，人或止之，曰："吾非望而君。所願識者，司馬相公之風采耳。"呵叱不退，屋瓦爲之碎，樹枝爲之折。一時得人之心如

---

① "持"，原作"特"，據毛鈔本、四庫本改。
② "劾"，四庫本作"勘"。
③ "文"，原作大，據毛鈔本、津逮本、四庫本改。

此。晁武子云。[1]

92. 温公在相位，韓持國爲門下侍郎。二公舊交相厚，温公避父之諱，每呼持國爲秉國。有武人陳狀省中，詞色頗厲，持國叱之曰：“大臣在此，不得無禮！”温公作皇恐狀曰：“吾曹叨居重位，覆餗是虞，詎可以大臣自居邪？秉國此言失矣，非所望也。”持國愧嘆久之。於此亦見公之不自矜也。李粹伯云。

93. 王荆公在金陵，有僧清曉，於鍾山道上見有童子數人，持幡幢羽蓋之屬，僧問之，曰：“往迎王相公。”幡上書云：“中含法性，[2] 外習塵氛。”[3] 到寺未久，聞荆公薨。薛大受叔器云：“其婦翁蔡文饒目睹。”

94. 晏元獻父名固。在相位，有朝士乃固始人，往謁元獻，問其鄉里，朝士曰：“本貫固縣。”元獻怒曰：“豈有人而諱‘始’字乎？”蓋其始欲避之，生獰誤以應也。前人亦嘗記之。又元厚之作參知政事日，有下狀陳乞恩例者啓曰：“爲部中不肯依元降旨揮。”厚之亦怒曰：“止爲汝不依元降旨揮耳。”粹伯云。

95. 治平中，有時君卿者，鄭州人，與王才叔廣淵爲中

---

① “晁武子”，“子”，原作“于”，據四庫本改。本卷“夏人寇慶州老卒保其無他”條亦作“晁武子”。

② “性”，原作“姓”，據津逮本、四庫本改。

③ “習”，四庫本作“息”。

表，游學郡庠，坐法被笞，以善筆札，去爲潁邸書史。① 裕
陵以其有士風，每與之言。時王荆公賢譽翕然，君卿數稱道
于上前，宸心緣是注意。踐祚之後，驟加信任。然初非荆公
結之，而才叔是時亦光顯矣。君卿後至正任團練使，卒于元
祐間，《哲宗實録》有傳存焉。其子希孟，以醫學及第，南
渡後，康志升允之帥浙西，辟爲機幕。明受之變，樓上乃有
從逆之言，爲章宜叟詆斥退者。復辟之初，流于嶺外。宜叟
緣此大用。

96. 蔡持正之父黄裳，任陳州録事參軍，年逾七十。陳
恭公自元台出爲郡守，見其老不任職，揮之令去。黄裳猶豫
間，② 恭公云：“倘不自列，當具奏牘竄斥。”黄裳即上挂冠
之請，以太子右贊善大夫致仕，今之通直郎也。卜居于陳，
力教二子持正與碩，苦貧困，饘粥不繼。久之，持正登第。
黄裳臨終，戒以必報陳氏。其後持正登政路。恭公之子世儒，
以群婢殺其所生坐獄，而世儒知而不發，持正請并坐。神宗
云：“執中止一子，留以存祭祀，如何？”持正云：“五刑之
屬三千，其罪莫大於不孝，其可赦邪！”竟置極典。世儒子後
以娶宗女補武官。或云：大將陳思恭即其孫。思恭子龜年，
嘗爲東宫春坊。孫長文云。

---

① “潁”，原作“頴”，《宋史》卷一四《神宗本紀》“治平元年六月，進封潁
王”，據改。

② “豫”，原作“豫”，據毛鈔本、津逮本、四庫本改。

97. 熙寧中，王和父尹開封，忽内降付下文字一紙云："武德卒獲之于宮牆上，陳首有欲謀亂者姓名凡數十人。"和父令密究其徒，皆無蹤迹；獨有一薛六郎者，居甜水巷，以典庫爲業。和父令以禮呼來，至廷下，問之云："汝平日與何人爲冤?"薛云："老矣，未嘗妄出門，初無仇怨。"再三詢之，云："有族妹之子，淪落在外。旬日前忽來見投，貸貲不從，怒罵而去，初亦無他。"和父云："即此是也。"令釋薛而追其甥，方在瓦市觀傀儡戲，才十八九矣。捕吏以手從後拽其衣帶，回頭失聲曰："豈非那事疏脱邪?"既至，不訊而服。和父曰："小鬼頭，没三思至此！何必窮治?"杖而遣之。一府嘆伏。劉季高云。

98. 汪輔之，宣州人，少年有俊聲。皇祐中，覓舉開封，以"周以宗强"爲賦題，場中大得意。既出，宣言于衆，必爲解魁。偶與數客飲于都城所謂壽州王氏酒樓，聞鄰閣有吳音士人，亦同場試者，誦其所作。輔之方舉酒，失措墜杯，即就約共坐，詢其姓氏，乃云湖州進士沈初也。輔之云："適聞公程文，必奪我首薦。然我亦須作第二人。"後數日榜出，果然是。汪輔之登第，熙寧中，爲職方郎中、廣南轉運使。蔡持正爲御史知雜，摭其謝上表有"清時有味，白首無能"，以謂言涉譏訕，坐降知虔州以卒。有《文集》三十卷行於世。後數年，興東坡之獄，蓋始於此。而持正竟以詩譴死嶺外。韓德全云。

99. 元豐中，先祖訪滕章敏公元發於池陽，時楊元素過郡。二公同年生，款留甚歡。一日，元素忽問公曰："令弟賊漢在否？"先祖坐間，甚訝其語，伺小間，因啓公。公曰："熙寧初，甫與元素俱受主上柬知非常，並居臺諫。偶同上殿，陳于上曰：'曾公亮久在相位，有妨賢路。'上曰：'然。卿等何故都未有文字來？'明日相約再對。草疏已畢，舍弟申見之，夜馳密以告曾。暨至榻前，未出奏牘，上怒曰：'豈非欲言某人耶？其中事悉先來辯析文字，見留此。卿等爲朕耳目之官，不慎密乃爾！'言遂不行。吾二人緣此失眷，元素所以深恨之。"東坡先生作滕公挽詩云："先帝知公早，虛懷第一人。"謂受裕陵眷簡最先也。又云："高平風烈在，威敏典刑存。"滕蓋范文正之外孫，而授兵法于孫元規。滕公奮身寒苦，兄弟三人，誓不異居，而有象傲之弟，即申焉，恃其愛，無所不至，公一切置之。元祐中，公自高陽易鎮維揚，道卒。喪次國門，先祖自陳留來會哭，朝士皆集舟次。秦少游時在館中，少游辱公之知最早，弔畢，來見先祖于舟，因爲少游言其弟凌轢諸孤狀，[①] 少游不平，策馬而去。翌日，方欲解維，開封府遣人尋滕光禄舟甚急。乃御史中丞蘇轍札子，言元發昔事先帝，早蒙知遇，有弟申，從來無行，今元發既死，或恐從此凌暴諸孤，不得安居。緣元發出自孤貧，兄弟別無

---

① "轢"，四庫本作"嶬"。

合分財産，欲乞特降旨揮，在京及沿路至蘇州已來官司，不得申干預家事及奏薦恩澤，仍常覺察。奉聖旨，令開封府備坐榜舟次。詢之，乃少游昨日徑往見子由，爲言其事，所以然耳。昔人篤於風誼乃爾。今蘇黃門章疏中，備載其札子。

100. 先祖從滕章敏幕府逾十年，每語先祖曰："公不但僕之交游，實師友焉。"平日代公表啓，世多傳誦。今載東坡公文集中者，實先祖之文也。章敏死，先祖爲作行狀。東坡公取以爲銘詩，其序中易去舊語，裁十數字而已。章敏初名甫，字元發。元祐初，以避高魯王諱，以字爲名。

101. 曾密公諱易占，字不疑。歐陽文忠識其碑曰："少有大志，知名江南。"爲文忠所稱如此，則其人固可想矣。既以豪俠自任，□信州玉山令，① 有過客楊南仲，文采可喜，氣概頗相投，公厚賻其行。會與郡將錢仙芝不叶，捃摭公以客所受爲賄，公引伏受垢，不復自辯，竟除名，徙英州。以赦自便，將訴其事於朝，行次南都而卒。時公子南豐先生子固，已名重於世，適留京師，而杜祁公以故相居宋，自來逆旅，爲辨後事。② 公既不偶以卒，再娶朱夫人，年未三十，無以自存，領諸孤歸里中。南豐昆弟六人，久益潦落，與長弟曅應舉，每不利於春官。里人有不相悅者，爲詩以嘲之曰：

---

① "□"，原空一字。
② "辨"，四庫本作"辦"。

"三年一度舉場開，落殺曾家兩秀才。有似簷間雙燕子，一雙飛去一雙來。"南豐不以介意，力教諸弟不怠。嘉祐初，與長弟及次弟牟、文肅公、妹婿王補之無咎、王彥深幾一門六人，俱列鄉薦。既將入都赴省試，子、婿拜別朱夫人於堂下，夫人嘆曰："是中得一人登名，吾無憾矣。"榜出唱第，皆在上列，無有遺者。楚俗，遇元夕第三夜，多以更闌時微行聽人語言，以卜一歲之通塞。子固兄弟被薦時，有鄉士黃其姓者，亦預同升。黃面有瘢，俚人呼爲黃痘子。諸曾俱往赴省試，朱夫人亦以收燈夕往閭巷聽之，聞婦人酬酢造醬法云："都得，都得，黃豆子也得。"已而捷音至，果然入兩榜，文昭中弟。兄弟三人，數年之間，並躋華貫。曾氏繇此遂興。公永外祖云。

102. 張芸叟治平初以英宗諒闇榜赴春試，時馮當世主文柄。以"公生明"爲賦題，芸叟誤叠壓"明"字，試罷，自分黜矣。及榜出，乃居第四，芸叟每竊自念，省場中鹵莽乃爾，然未嘗輒以語人也。當世後不相聞。至元祐中，芸叟以秘書監使契丹，當世留守北門，經由，始修門生之敬，置酒甚歡。酒半，當世謂芸叟曰："京頃作知舉時，秘監賦中重叠用韻，以論策甚佳，因自爲改去，擢置優等，尚記憶否？"芸叟方飲，不覺杯覆懷中，於是再三愧謝而去。前輩成人之美，有如此者。然得人材如芸叟者，雖重叠用韻，亦何愧哉？朱希真先生云。

103. 曾文蕭爲相，王明清祖王兵部作郎。一日，文蕭曰："主上令薦臺諫，當以公應詔。"先祖辭曰："某辱知非常，一旦使居言路，儻廟堂有所不當，言之則有負恩地，① 不言則實辜任使。願受始終之賜，幸甚。"文蕭嘆息而寢其議。故外祖祭先祖文曰："昔我先公，知公最久。引公諫垣，公辭不就。進退之際，益堅素守。"謂此也。

104. 曾文蕭元符末以定策功爰立作相，壹意信任，建言改元建中靖國，收召元祐諸賢而用之。首逐二蔡，而元長先已交結中禁，膠固久矣，雖云去國，而眷柬方濃，自是屢欲召用，而文蕭輒尼之。一日，徽宗忽顧首相韓文定云："北方帥藩有闕人處否？"文定對以大名府未除人。少刻，批出蔡京除端明殿學士，知大名府，仍過闕朝見。文蕭在朝堂，一覽愕然，忽字呼文定云："師朴可謂鬼劈口矣。"翌日，白上，以爲不可。上乾笑曰："朕嘗夢見蔡京作宰相，卿焉能遏邪？"數日後，臺諫王能甫、吳材希旨攻文蕭，上爲罷二人，文蕭自恃以安。然元長來意甚銳，如蔡澤之欲代范睢也。甫次國門，除尚書右丞。逾月之後，文蕭擬陳祐甫守南都，元長以謂祐甫文蕭姻家，訐之于上前，因遂忿爭。次日，入都堂，方下馬，則一頂帽之卒喏于庭云："錢殿院有狀申。"啓視之，乃殿中侍御史錢遹論文蕭章疏副本。文蕭即上馬，徑

---

① "地"，四庫本作"施"。

出城外觀音院，蓋承平時執政丐外待罪之地也。是晚鎖院，宣翰林學士郭知章草免文肅相制，知章啓上，未審詞意褒貶如何？上云："當用美詞，以全體皃。"詰旦告廷，以觀文殿學士知潤州，尋即元長爲相，時崇寧元年六月也。陛辭之際，尉藉甚渥，云秋晚相見。抵潤未久，而詔獄興矣。臺諫納副本，始於此。竑父舅云。

105．錢穆父與蔡元度俱在禁林，二公雅相好。元祐末，穆父先坐命詞，以本官知池州。元度送之郊外，促膝劇談，戀戀不忍捨。忽群吏來謁元度云："已降旨，內翰除右丞。中使將來宣押矣。"穆父起慶之，元度喜甚，卒然而應曰："卞也何人，不謂禮絕之敬，生於坐上。"雖穆父亦爲色動。蔡子因云。

106．范德孺帥慶州日，忽夏人入寇，圍城甚急。郡人惶駭，未知爲計。疇諸將士，無有以應敵其鋒者。麾下有老指揮使，獨來前曰："願勒軍令狀，保無它。"范信之。已而師果退去，德孺大喜，厚賜以賞之，且詢其逆料之策。老卒曰："實無它術。吾但大言以安衆耳。儻城破，各自逃竄，何暇更尋一老兵行軍法邪！"晁武子云。

107．趙正夫丞相，元祐中與黃太史魯直俱在館閣，魯直以其魯人，意常輕之。每庖吏來問食次，正夫必曰："來日吃蒸餅。"一日，聚飯行令，魯直云："欲五字，從首至尾各一字，復合成一字。"正夫沈吟久之，曰："禾女委鬼魏。"魯直應聲曰："來力敕正整"，叶正夫之音，闔坐大笑。正夫又嘗曰："鄉中最重潤筆，每一志文成，則太平車中載以贈之。"魯直曰："想俱是蘿蔔與瓜齏爾。"正夫銜之切骨，其後排擠不遺餘力，卒致宜州之貶。一時戲劇，貽禍如此，可不戒哉！陸務觀云。

108. 林仲平槩，仁宗朝耆儒也。二子希旦、邵顏，早擅克家之業。仲平没，有二幼子尚在繦褓，未名。既長，兩兄乃析其名，示不忘父訓，曰希、曰旦、曰邵、曰顏。後皆爲聞人，衣冠指爲名族。陳齊之云。

109. 范景仁嘗爲司馬文正作墓志，其中有曰："在昔熙寧，陽九數終。謂天不足畏，謂民不足從，謂祖宗不足法，乃哀頑鞠凶。"托東坡先生書之，公曰："二丈之文，軾不當辭。但恐一寫之後，三家俱受禍耳。"卒不爲之書。東坡可謂先見明矣。當時刊之，紹聖之間，治黨求疵，其罪可勝道哉！陸務觀云。

110. "歐陽觀，本廬陵人，家世冠冕，一祖兄弟，自江南至今，凡擢進士第者六七人。觀少有辭學，應數舉，屢階魁薦。咸平三年登第，授道州軍州推官。考滿，以前官遷于泗州，當淮、汴之口，天下舟航漕運鱗萃之所。因運使至，觀傲睨不即見；郡守設食，召之不赴，因爲所彈奏殆于職務，遂移西渠州，迨成資而卒于任所。觀有目疾，不能遠視，苟矚讀行句，去牘不遠寸。其爲人義行頗腆。先出其婦，有子

隨母所育。及登科，其子詣之，待以庶人，常致之于外，寒
燠之服，每苦于單弊。而親信僕隸，至死曾不得侍宴語。然
其骨殖，卒賴其子而收葬焉。"右龍袞字君章所著《江南野
録》載歐陽觀傳。觀乃文忠父。文忠自識其父墓云："太僕
府君長子諱觀，字仲賓。咸平三年進士及第，以文行稱於鄉
里。少孤，事母至孝。丁潘原太君憂時，尚貧，其後終身非
賓客食不重肉，歲時祭祀，涕泗嗚咽，至老猶如平生。喜待
上，戒家人俸勿留餘，而居官以廉恕爲本。官至泰州軍州判
官，① 卒年五十九，大中祥符三年三月二十四日終于官。葬吉水縣
沙溪保之瀧崗，累贈兵部郎中。夫人彭城郡太君鄭氏，年二
十九而公卒，居貧子幼，守節自誓。家無紙筆，以荻畫地，
教其子脩學書，卒年七十二，皇祐四年三月十七日卒于南京留守廨
舍。祔葬瀧崗。墓志起居舍人知制誥吕臻撰，工部郎中知制誥王洙篆蓋，
大理平事陸經書石。有子曰，② 早卒；曰脩。"觀文忠所述，則
觀初無出婦之玷。文忠又叙其考妣之賢如此。袞，螺江人，
與文忠爲鄉曲。豈非平時有宿憾，與夫祈望不至云爾？信夫！
毀譽不可深信，不獨《碧雲騢》二書而已。不可不爲之辯。
文忠公親筆，今藏其孫伋家，明清親見之。

①　"泰州軍州判官"，《文忠集》(四庫全書本)附錄卷三載韓琦撰《文忠歐陽
公墓誌銘》作"泰州軍事判官"。蘇轍《欒城後集》(四庫全書本)卷二三《歐陽文
忠公神道碑》作"泰州軍事推官"。
②　按，"有子曰"後，審其文義，當有空字。

111．元豐中，太原府推官郭時亮首教授余行之有文字結連外界。神宗語宰相王岐公曰：“小人妄作，固不足慮，行之士人，爲此恐有謀非便。”時陸農師爲學官，岐公素不相知，欲乘此擠之，奏曰：“學官陸佃與之厚善，乞召問之。”翌日，上令以佗事召直講陸佃對事，未宣也。上徐問曰：“卿識余行之否?”佃曰：“臣與之有故，初亦甚厚。臣昨歸鄉里越州，行之來作山陰尉，携其妻而捨其母，臣以此少之，自是往來甚疏。”上曰：“儻如此，不足以成事矣。”然農師由此遂受知神宗，不次拔擢。乃知窮達有命，雖當國者不能巧抑其進焉。行之既腰斬，時亮改京秩，辭不受。時人有詩云：“行之三截斷，時亮一生休。”行之，靖之族孫也。陸務觀云。

112．李端叔之儀，趙郡人，以才學聞於世。弟之純，亦以政事顯名，爲中司八座，終以“老龍”帥成都。兄弟頡頏于元祐間。[1] 端叔於尺牘尤工，東坡先生稱之，以爲得發遣三昧。東坡帥定武，辟爲簽判以從，朝夕酬唱，賓主甚歡。建中靖國初，爲樞密院編修官。曾文肅薦于祐陵，擬賜出身，擢右史。成命未頒，而爲御史錢遹論列報罷。去國之後，蹔泊潁昌。[2] 值范忠宣公疾篤，口授其指，令作《遺表》。上讀之，悲愴之餘，稱賞不已，欲召用之。而蔡元長入相，時事

---

① “頡”，原誤作“頑”，據津逮本、四庫本改。
② “潁昌”，原作“穎昌”，據津逮本、四庫本改。

大變。祐陵裂去御書"世濟忠直"之碑，及降旨御書院書碑旨揮，更不施行。且興獄治《遺表》中語，端叔坐除名，編管太平州。會赦復官，因卜居當塗，奉祠著書，不復出仕。適郭功父祥正亦寓郡下，文人相輕，遂成仇敵。郡娼楊姝者，色藝見稱于黃山谷詩詞中。端叔喪偶無嗣，老益無憚，因遂畜楊于家，已而生子，遇郊禋受延賞。會蔡元長再相，功父知元長之惡端叔也，乃誘豪民吉生者訟于朝，謂冒以其子受蔭，置鞫受誣，又坐削籍。亦略見《徽宗實錄》。楊姝者亦被決。功父作俚語以快之云："七十餘歲老朝郎，曾向元祐説文章。如今白首歸田後，卻與楊姝洗杖瘡。"其不樂可知也。初，端叔嘗爲郡人羅朝議作墓志，首云："姑熟之溪，其流有二，一清而一濁。"清者，謂羅公也。蓋指濁者爲功父，功父益以怨深刺骨焉。久之，其甥林彥振攄執政，門人吳可思道用事。于時相予訟其冤，① 方獲昭雪，盡還其官與子。端叔終朝議大夫，年八十而卒。

　　代忠宣之《表》，今載于此："生則有涯，難逃定數；死之將至，願畢餘忠。輒將垂盡之期，仰瀆蓋高之聽。臣中謝。伏念臣賦性拙直，稟生艱危，忠義雖得之家傳，利害率同於人欲。未始苟作以干譽，不敢患失以營私。蓋常先天下而憂，期不負聖人之學。此先臣所以教子，而微臣資以事君。粵自

---

① "予"，原作"子"，據津逮本、四庫本改。

治平擢爲御史，繼逢神考，進列諫垣，茌苒五十二年，首尾
四十六任，分符擁節，持橐守邊。晚叨宥密之司，再席鈞衡
之任。遇事輒發，更不顧身；因時有爲，止欲及物。故知盈
滿之當戒，弗思禍釁之陰乘。萬里風濤，僅脫江魚之葬；四
年瘴癘，幾從山鬼之游。忽遭睿聖之臨朝，首圖纖介之舊物，
復官易地，遣使宣恩。而臣目已不明，無復仰瞻於舜日；身
猶可勉，或能親奉於堯言。① 豈事理之能諧，冀神明之見嗇。
未復九重之入覲，卒然四體之不隨。空慚田畝之還，上負乾
坤之造。猶且強親藥石，貪戀歲時。儻粗釋於沉迷，或稍紓
於報效。今則膏肓已逼，② 氣息僅存，泉路非遥，聖時永隔。
恐叩閽之靡及，雖結草以何爲？是以假漏偷生，刳心瀝懇，
庶皇慈之俯覽，亮愚意之無他。臣若不言，死有餘恨。伏望
皇帝陛下仁心寡欲，約己便民，達孝道於精微，擴仁心於廣
遠。深絶朋黨之論，詳察邪正之歸。搜抉幽隱，以盡人材；
屏斥奇巧，以厚風俗。愛惜生靈，而無輕議邊事；包容狂直，
而無遽逐言官。若宣仁之誣謗未明，致保祐之憂勤不顯。③
本權臣務快其私忿，非泰陵實謂之當然。以至未究流人之往
愆，悉以聖恩而特叙。尚使存歿，猶汙瑕疵。又復未解疆場
之嚴，幾空帑藏之積，有城必守，得地難耕。凡此數端，願

---

① "於"，原脫，據津逮本、四庫本補。
② "肓"，原作"盲"，據津逮本改。
③ "保祐之憂勤"，"之"，原漫漶不清，據毛鈔本、津逮本、四庫本補。

留聖念，無令後患，常軫淵衷。臣所重者，陛下上聖之資；臣所愛者，宗社無疆之業。苟斯言之可采，則雖死而猶生。淚盡詞窮，形留神逝。”

紹興中，趙元鎮作相，提舉重修《太陵實録》，① 書成加恩，呂居仁在玉堂，取其中一對云“惟宣仁之誣謗未明，致哲廟之陰靈不顯”于麻制中，時人以爲用語親切，不以蹈襲爲非也。端叔自號姑溪老農，文有集六十卷，與先人往還者爲多，今尚有其親筆藏于家。楊生之子名堯光，墜其家風，止于選調，家今猶在宛陵、姑熟之間村落中。明清前年在宣幕，亦嘗令訪問，則狼狽之甚，至有不可言者。蓋緣端叔正始之失，使人惋嘆。王稱《東都事略》云，端叔姑熟人，非也。

113. 姚舜明庭輝知杭州，有老姥自言故娼也，及事東坡先生。云公春時每遇休暇，必約客湖上，早食于山水佳處。飯畢，每客一舟，令隊長一人，各領數妓，任其所適。晡後鳴鑼以集之，復會望湖樓或竹閣之類，極歡而罷。至一二鼓，夜市猶未散，列燭以歸。城中士女雲集，夾道以觀千騎之還，實一時之勝事也。姚令云。

114. “昭靈侯南陽張公，諱路斯。隋之初家潁上縣百社

---

① “太陵”，指哲宗。哲宗陵寢爲永泰陵。

村。① 年十六，中明經第。唐景龍中，爲宣城令，以才能稱。夫人石氏，生九子。自宣城罷歸，常釣于焦氏臺之陰。一日，顧見釣處有宮室樓殿，遂入居之。自是夜出旦歸，歸輒體寒而濕。夫人驚問之，公曰：'我龍也。蓼人鄭祥遠者，亦龍也，與我爭此居，明日當戰，使九子助我。領有絳綃者，我也；青綃者，鄭也。'明日，九子以弓矢射青綃者，中之，怒而去。公亦逐之，所過爲溪谷，以達于淮，而青綃者投于合淝之西山以死，爲龍穴山。九子皆化爲龍，而石氏葬關洲。公之兄爲馬步使者，子孫散居潁上，其墓皆存焉。事見于唐布衣趙耕之文，而傳于淮、潁間父老之口，載于歐陽文忠之《集古録》云。"以上東坡先生所撰潁州《昭靈侯廟碑》。②

米元章作《辯名志》刻于後，云："豈有人而名路斯者乎？蓋蘇翰林憑舊碑，'公名路'當是句斷，'斯潁上人也'，唐人文贅多如此。"米刻略云爾。明清比仕寧國，因民訟，度地四至，有宣城令張路斯祠堂基者。坡碑言侯嘗任宣城令，則知名"路斯"無疑，元章辯之誤矣。明清向入壽春幕，嘗以職事走沿淮，有昭靈行祠，而六安縣有鄭公山，山下有龍穴，今涸矣，乃與公所戰者鄭祥遠也。因併記之。

115. 曾文肅自高陽帥易青社，道出相臺，馮文簡作守，

---

① "潁"，原作"穎"，據津逮本、四庫本改。下"散居潁上""淮潁間""潁州"同。

② "廟"，原作"廣"。《東坡全集》卷八六有《昭靈侯廟碑》文，據改。

相見云："本郡有一寄居王大卿，名尚恭，年高不出仕，有鄉曲之譽。願一見公，露少懇款，使其自言，相予共飯可乎？"文肅頷之。翌日，俾之同坐，即之甚溫。請間云："某有一子，頗知宦學趣向，不幸早死。啓手足際，自云初任荆南掾曹，① 秩滿，賃舟泛江而下，偶與一嫠婦共載，② 因而野合，有娠。既抵京師，分首。聞婦人免身得雄，後售與曾尚書家作妾。今計其子，亦十餘歲矣，不知果否？"文肅云："某向任三司使日，置一獲，云本貴種，失身自售，携一小兒來見，俱隨行，某以兒子畜之。"坐上因令呼來。大卿公一見，抱持大慟，云面兒與亡兒無少異者，今願以見予。文肅云："雖如此，然事不可料。聞公今歲當任子，願爲内舉畢，齋補牒來，當遣人送歸。"王且悲且喜，彼此後皆如文約。文肅諸子兄弟名連"絲"字，表德上以"公"字，此子取名約，字公詳，示不忘曾氏。而公詳之異母弟，亦連名綯，字公敏，後易敏功。公詳仕至郡守，終奉直大夫。敏功子炎，以公詳蔭入仕，嘗爲樞密使。嫠婦在文肅家生二子。③ 至今兩族如一家焉。婦亦姓王，果名族。從弟乃信孺革與其子鼎相繼尹京云。外祖手記。

---

① "掾"，原作"椽"，據津逮本、四庫本改。
② "嫠"，原作"嫛"，津逮本同，四庫本作"嫠"，皆誤。改之。
③ "嫠"，原作"嫛"，津逮本、四庫本作"嫠"，誤。改之。

揮麈後録卷之七

汝陰王明清

116. 國朝以來，自執政徑登元台，不歷次揆而升者：薛文惠、呂正惠、畢文簡、丁晉公、王文惠、龐莊敏、韓獻肅、司馬文正、呂正愍、章申公、何清源、鄭華原、白蒙亨、徐擇之、沈守約、葉子昂。獨相而久者，章子厚是也。故其罷相制云："爲之不置次輔，所以責其成功。"後來秦師垣豈止倍其數邪？前此如王文公、蔡師垣，雖信任之篤，古今所無，見之訓詞，然中書、右府，各皆官備，而未始專持柄權，歲月之深如是。秦得志之後，有名望士大夫，悉屏之遠方；凡齷齪委靡不振之徒，一言契合，自小官一二年即登政府，仍止除一廳，循故事伴拜之制，伴食充位而已。蓋循舊制，二府一員伴拜，不可闕也。稍出一語，斥而去之，不異奴隸。皆褫其職名，恩數奏薦俱不放行，猶庶官云。

117. 御書碑額，其始見之宋次道《退朝録》。御書閣名，或傳蔡元度爲請祐陵書以賜王荊公家，未詳也。次道所紀碑名之後，韓忠獻曰"兩朝顧命定策元勳"，曾宣靖曰"兩朝顧命定策亞勳"，富文忠曰"顯忠尚德"，司馬文正曰"清忠粹德"，趙清獻曰"愛直"，高武烈曰"決策定難顯忠基慶"，高康王曰"克勤敏功鍾慶"，韓獻肅曰"忠弼"，孫温靖曰"純亮"，范忠宣曰"世濟忠直"，韓文定曰"世濟厚德"，姚兕曰"世濟忠武"，趙隆曰"旌忠"，馮文簡曰"吉德"，王文恭曰"元豐治定弼亮功成"，蔡持正曰"元豐受遺定策勳臣"，折可適曰"旌武"，劉仲偃曰"旌忠褒節"，陳長卿曰"褒功顯德"，秦敏學曰"清德啓慶"。御書閣名，王文公曰"文謨丕承"，蔡元長曰"君臣慶會"，元度曰"元儒亨會"，吳敦老曰"勳賢"，梁才父曰"耆英"，劉德初曰"儒賢亨會"，楊正父曰"安民定功翊運興德"，① 史直翁曰"清忠亮直"，秦會之曰"決策和戎精忠全德"，鄭達夫云"勳賢承訓"，② 何伯通云"嘉會成功"，蔡攸曰"濟美象賢"，余源仲曰"賢弼亮功"，鄧子常曰"世濟忠嘉"白蒙亨曰"醇儒"，③ 王黼曰"得賢治定"，蔡持正曰"褒忠顯功"，蔡攸

---

① "翊"，原空一字，據四庫本補。《宋會要輯稿·崇儒六》作"安民定功翊運忠德"。

② "夫"，原作"天"，毛鈔本、津逮本、四庫本同。《宋史》卷三五一《鄭居中傳》："鄭居中，字達夫，開封人。"據改。

③ "白蒙亨"，"白"原作"曰"。《宋史》卷三七一《白時中傳》："白時中，字蒙亨，壽春人。登進士第，累官爲吏部侍郎。坐事，降秩知鄆州，已而復召用。政和六年，拜尚書右丞、中書門下侍郎。宣和六年，除特進、太宰兼門下，封崇國公，進慶國。"據改。

曰"緇衣美慶"，朱勔曰"顯忠"，① 童貫曰"褒功"，高俅曰"風雲慶會"，秦會之曰"一德格天"，楊正父曰"風雲慶會"，史直翁曰"明良亨會"。其他尚多，未能盡紀，當俟續考。

118. 元豐中，先祖同滕章敏、王荊公于鍾山。臨別贈言云："立德、廣量、行惠，非特爲兩公別後之戒，安石亦終身所行之者也。"先祖云："以某所見，前二語則相公誠允蹈之。② 但末後之言，相公在位時，行青苗免役之法于天下，未審如何？"公默然不應。

119. 東坡先生爲韓魏公作《醉白堂記》，王荊公讀之云："此韓、白優劣論爾。"元祐中，東坡知貢舉，以《光武何如高帝》爲論題，張文潛作參詳官，以一卷子携呈東坡云："此文甚佳，蓋以先生《醉白堂記》爲法。"東坡一覽，喜曰："誠哉，是言！"擢置魁等。後拆封，乃劉燾無言也。

120. "東坡先生爲兵部尚書時，爲說之言黃州時陳慥相戲曰：'公只不能作佛經。'曰：'何以知我不能？'曰：'佛經是三昧流出，公未免思慮出耳。'曰：'君知予不出思慮者，胡不以一物試之？'陳不肯，曰：'公何物不曾作題目，今何可相煩者？'復強之，乃指其首魚枕冠曰：'頌之。'曰：

---

① "勔"，原作"劻"，津逮本、四庫本作"覿"，誤。據《宋史》卷四七○《朱勔傳》改。

② "蹈"，原作"蹈"。

'假君子手爲予書焉可也。'陳於是筆不及並墨，苶且笑曰：'便作佛經語耶！'説之請公書是頌，曰：'不揆輒欲著其作頌始初本末如此，以視後之學者。'而留落頽墮，負其初志三十有三年矣。今年以其頌歸謝甥伋，伋聞而有請，所不得辭，遂亟識之，并以當時所書李潭《馬贊》歸伋。宣和七年乙巳二月十六日丁巳，朝請大夫致仕晁説之題。"右晁四丈以道跋東坡書，著之于編，欲使後人知作文之所因。真迹今藏謝景思家。

121. 李撰，字子約，毗陵人。曾文肅在真定，李爲教授，家素窮約。夫人嘗招其母、妻燕集，時有武官提刑宋者，妻亦預席。宋妻盛飾而至，珠翠耀目。李之姑婦所服浣衣不潔清。各携其子俱來：宋之子眉目如畫，衣裝華煥；李之子蠢甚，然悉皆弦誦如流。左右共哂之，夫人笑曰："教授今雖貧，諸郎俱令器，它時未易量。提刑之子雖楚楚其服，但趨走之才耳。"子約五子，四登科，三人至侍從，二人爲郎，彌綸、彌大、彌性、彌遜、彌正也。宋之子浚，止於閣門祗候，果如夫人之言。老親云。

122. 陳珹虛中，瑩中之弟也，以名家典郡。知吉州日，徐師川通判郡事。師川恃才傲世，不肯居人下，嘗取虛中所判抹而改之，然非所長也。虛中語師川曰："足下塗抹珹之批判，雖不足道，然公所改抹未當，奈何？況夫佐官妄改長官已判，於法不輕。"即呼通判廳人吏，將坐以罪。師川知己之屈也，祈原之。虛中曰：“此亦甚易。君可使珹之前判如故，即便釋吏矣。”師川於是以粉筆塗去己之改字，以呈虛中。虛中遂貰之。虛中能以理服，師川不復飾非，皆可喜也。

123. 蔡元度爲樞密，與其兄內相搏，力祈解政，遷出于郊外觀音院，去留未定也。平時門下士悉集焉，是時所厚客已有叛元度者，元度心不能平。飯已，與諸君步廊廡，觀壁間所畫熾盛光佛降九曜變相，方羣神逞威之際，而其下趨走有稽首默敬者。元度笑以指示羣公，曰：“此小鬼最叵耐！上面勝負未分，他底下早已合掌矣。”客有慚者。

124. 元祐初，揚康功使高麗，別禁從諸公，問以所委，皆不荅，獨蔡元度曰：“高麗磬甚佳，歸日煩爲置一口。”不久，康功言還，遂以磬及外國奇巧之物，遺元度甚豐，它人不及也。或有問之者，康功笑曰：“當僕之度海也，諸公悉以謂没於巨浸，不復以見屬。獨元度之心，猶冀我之生還，吾聊以報其意耳。”韓簡伯云。

125. 汴水湍急，失足者隨流而下，不可復活。舊有短垣，以限往來，久而傾圮，民佃以爲浮屋。元祐中，方達源爲御史，建言乞重修短垣，護其堤岸。疏入報可，遂免淪溺之患。達源名蒙，桐廬人，陳述古壻，多與蘇、黃游。奏疏見其家集中，用載於此：“臣聞爲治先務，在於求民疾苦，與之防患去害。至於一夫不獲，若己推而納於溝中。① 昔者子産用車以濟涉，未若大禹思溺者之由己溺之心，如此，故能有仁民之實，形於政令，而下被上施，欣戴無斁。今汴堤修築堅全，且無車牛灣淖，故途人樂行於其上。然而汴流迅急，墜者不救。頃年並流築短牆爲之限隔，以防行人足跌、乘馬驚逸之患，每數丈輒開小缺，以通舟人維纜之便，然後無殞溺之虞。比來短牆多隳，② 而依岸民廬，皆蓋浮棚，月侵歲展，岸路益狹，固已疑防患之具不周矣。近軍巡院禁囚有馳馬逼墜河者，果於短牆隳圮之處也。又聞城内續有殞溺者。蓋由短牆但係河清兵士依例修築，而未有著，③ 故官司不常舉行。欲望降指揮，京城沿汴南北兩岸，下至泗州，應係人馬所行汴岸，令河清兵士並流修牆，以防人跌馬驚之患。每數丈聽小留缺，不得過二尺。或有圮毀，④ 即時循補。其因裝卸官物權暫拆動者，候畢，即日完築。或有浮棚侵路，亦令徹去。委都水監及提舉河岸官司常切檢察，令天下皆知朝廷惜一民之命，若保赤子，聖時之仁術也。"達源生三子：元脩字時敏，元若允迪，元槊道縱，皆有才名于宣、政間。允

---

① "溝"，避宋高宗趙構諱，缺"冉"字中間"丨"筆。
② "比"，原作"此"，據津逮本、四庫本改。
③ "著"下疑脱"令"字。宋沈括《夢溪筆談·故事一》（元大德九年陳仁子東山書院刻本）："衣冠故事多無著令，但相承爲例。"
④ "圮毀"，津逮本、四庫本作"圮壞"。

迪嘗爲少蓬，世以爲陰德之感。時敏之子，即務德也。

126. 東坡先生自黄州移汝州，中道起守文登，舟次泗上，偶作詞云："何人無事，燕坐空山。望長橋上，燈火鬧，使君還。"① 太守劉士彥，本出法家，山東木強人也，聞之，亟謁東坡，云："知有新詞，學士名滿天下，京師便傳。在法，泗州夜過長橋者，徒二年。況知州邪！切告收起，勿以示人。"東坡笑曰："軾一生罪過，開口常是，不在徒二年以下。"張唐佐云。

127. 建中初，曾文肅秉軸，與蔡元長兄弟爲敵。有當時文士與文肅啓，略云："扁舟去國，頌聲惟在於曾門；策杖還朝，足迹不登於蔡氏。"明年，文肅南遷，元度當國，即更其語以獻曰："幅巾還朝，輿頌咸歸於蔡氏；扁舟去國，片言不及於曾門。"士大夫不足養如此。老親云："米元章。"

128. 紹興中，章子厚在相位，曾文肅居西府。文肅忽苦腹疾，子厚來視病。坐間，文肅忽思縢沙粥，② 時外祖空青先生曾公卷在侍側，咄嗟而辦，文肅食之甚美。子厚猶未去也，詢其速致之術。空青云："適令於市中貨縢沙餡檐中買來，③ 取其穰入粥中，故耳。"子厚賞嘆云："它日轉運使才也。"其後空青仕宦，果數歷輪輓。

---

① "使君"，原作"史君"，據四庫本改。
② "縢沙粥"及本段内下"縢沙餡""縢沙"，四庫本作"沙棠"。
③ "餡"，原作"韜"，據津逮本、四庫本改。

129. 石豫者，寧陵人。外蠢而中狡。崇寧初，以交通閹寺，姓名遂達于崇恩，繇是至位中司。首言鄒志完，再窜昭州；昭慈復從瑤華降；復元祐人立黨籍碑，皆其疏也。當時士大夫莫不憤其奸凶。後五十年，其子敦義爲廣東提刑，坐贓，黥隸柳州。

130. 毛澤民受知曾文肅，① 擢置館閣。文肅南遷，坐黨與得罪，流落久之。蔡元度鎮潤州，與澤民俱臨川王氏婿，澤民傾心事之惟謹。一日家集，觀池中鴛鴦，元度席上賦詩，末句云：“莫學飢鷹飽便飛。”澤民即席和以呈元度，曰：“貪戀恩波未肯飛。”元度夫人笑曰：“豈非適從曾相公池中飛過來者邪？”澤民慚，② 不能舉首。③ 吳傅朋云。

131. 錢昂治郡有聲，以材能稱於崇、觀間，嘗帥秦州。時童貫初得幸，爲熙、河措置邊事，恃寵驕倨，將迎不暇，獨昂未嘗加禮。昂短小精悍，老而矍鑠。一日，赴天寧開啓，待貫之來。久之方至，昂問之曰：“太尉何來暮邪？”貫曰：“偶以所乘騾小而難騎，動必跳躍。適方欲據鞍，忽盤旋庭中甚久，以此遲遲。”昂曰：“太尉之騾雄也雌耶？”貫對曰：

---

① “知”，原作“和”，據津逮本、四庫本改。
② “慚”，原作“漸”，據津逮本、四庫本改。
③ “舉首”，津逮本、四庫本作“舉手”。

"雄者也。"① 昂曰："既爾難奈何，不若闔之。"貫雖一時愧
怒，而莫能報。其後貫大用事，卒致遷責。陸務觀云。

132. 崇寧三年，黃太史魯直竄宜州，携家南行，泊于零
陵，獨赴貶所。是時外祖曾空青坐鈎黨，先徙是郡。太史留
連逾月，極其歡洽，相予酬唱，如《江樾書事》之類是也。
帥游浯溪，觀《中興碑》。太史賦詩，書姓名于詩左。外祖
急止之云："公詩文一出，即日傳播。某方爲流人，豈可出
郊？公又遠徙，蔡元長當軸，豈可不過爲之防邪？"太史從
之。但詩中云："亦有文士相追隨"，蓋爲外祖而設。

133. 元祐中，有郭槩者，東平人，法家者流，遍歷諸路
提點刑獄，善於擇婿。趙清憲、陳無己、高昌庸、謝良弼，
名位皆優，而謝獨不甚顯。其子乃任伯，後爲參知政事，無
己集中首篇《送外舅郭大夫》詩是也。趙、高子孫甥婿，皆
聲華籍甚，數十年間，爲薦紳之榮耀焉。良弼，顯道之弟也。

134. 曾國老弼，崇寧中爲湖北提舉學事。時王慶曾作學
事司幹當公事，按行諸郡，與之偕行。次漢陽，欲絶江之鄂
渚，國老約慶曾晨炊，相與同渡。慶曾辭以茹素，自於客館
飯畢，而後追路。國老怏怏，亟登舟。慶曾食未竟，忽聞國
老中流不濟，船中無一人免者。慶曾後四十年爲參知政事。

國老弟即文清，用其恤典補官，身貴而後有聞。仲躬云。

135．錢忱伯誠妻瀛國夫人唐氏，① 正肅公介之孫。② 既歸錢氏，隨其姑長公主入謝欽聖向后于禁中，時紹聖初也。先有戚里婦數人在焉，俱從后步過受釐殿。同行者皆仰視，讀"釐"爲"離"。夫人笑于旁曰："'受禧'也。蓋取'宣室受釐'之義耳。"后喜，回顧主曰："好人家男女，終是別。"蓋后亦以自謂也。陸子逸云。

136．明清於王岐公孫曉浚明處，③ 見岐公在翰苑時令門生輩供經史對偶全句十餘册。限當時不曾傳之也。④

137．先祖初任安州應城尉，有村民爲人所殺，往驗其尸，而未得賊。先祖注觀之次，有弓手持蓋于後，先祖即令縛之，云："此人兩日前差出是處，面有爪痕，而尸手爪有血，以是驗之，當爾。"訊治果然。

138．米元章崇寧初爲江淮制置發運司勾當直達綱運，⑤置司真州。大漕張勵深道見其滑稽玩世，不能俯仰順時，深不樂之，每加形迹，元章甚不能堪。會蔡元長拜相，元章知

---

① "瀛"，原作"瀛"，據津逮本、四庫本改。
② "正肅"，《宋史》卷三一六《唐介傳》作"諡曰質肅"。
③ "岐公"，原作"歧公"，標題"王岐公在翰苑"及下句"岐公"同，據津逮本、四庫本改。
④ "限"，津逮本、四庫本作"恨"。按，限，《康熙字典》："《韻會小補》胡艮切。音恨。"
⑤ "勾"，避宋高宗趙構諱，作"勹"。據津逮本、四庫本改。

己也，走私僕訴于元長，① 乞於銜位中削去所帶"制置發運司"五字，仍降旨請給序位人從並同監司。元長悉從之，遣僕持人敕命以來。元章既得之，閉戶自書新刺，凌晨拜命畢，呵殿徑入謁，直抵張之廳事。張驚愕莫測，及展刺，即講鈞敵之禮，始知所以。既退，憤然語坐客云："米元章一生證候，今日乃使着矣。"後元章以能書得幸祐陵，擢列星曹。國朝以任子爲南宮舍人者，惟龐懋賢元英與元章二人。元章晚益豪放，不拘繩檢。故蔡天啓作其墓碑云："君與西蜀劉涇巨濟、長安薛紹彭道祖友善。三公風神蕭散，蓋一流人也。"又云："冠服用唐規制，所至人聚觀之，視其眉宇軒然，進趨襜如，② 音吐鴻暢，雖不識者，知其爲米元章也。"

139. 李良輔者，憸人也。元符末，在永州主祁陽簿。③有教授李師晿祖道，④ 蜀中老儒，黃太史魯直之姻家，善士也。范忠宣遷是郡，祖道作詩慶其生，初有"江邊閑艤濟川舟"之句。良輔與之有隙，遂上其本，祖道坐此削籍，流九江。良輔用賞改秩，浸至郡守。建炎初，呂元直當軸，良輔造朝求差遣，元直舊知其事，詢所以然。良輔猶以爲績效，歷歷具陳之。元直笑曰："初未知本末之詳，正欲公自言之

---

① "走"，原作"徒"，據津逮本、四庫本改。
② "襜"，原作"襜"，誤，據津逮本、四庫本改。
③ "祁"，原作"歧"，津逮本、四庫本作"岐"。按永州有祁陽縣。據改。
④ "李師晿"，四庫本作"李師聃"。

爾。"即命直省吏拘于客次，奏于上，除其名，人皆快之。余晉仲云。

140. 鄒志完元符三年自右正言上疏論中宮事，除名竄新州。鍾正甫將漕廣東。次年上元，廣帥朱行中約正甫觀燈，已就坐矣，忽得密旨，令往新州制勘公事。正甫不待杯行，連夜星馳以往。抵新興，追逮志完赴司理院，荷校囚之。正甫即院中治事，極其暴虐，志完甘爲机上肉矣。詰旦，忽令推吏去其杻械，請至簾下，勞問甚勤，云："初無其他。正言可安心置慮，歸休愒處。某亦便還司矣。"志完出，正甫果去，且遣騎致饋極腆，志完惘然不知所以。又明日，郡中宣徽宗登極赦書，蓋正甫先已知矣。未幾，志完被召，遂登禁路。紹興二年，秦會之罷右僕射制略云："自詭得權而舉事，當聳動於四方；逮茲居位以陳謀，首建明於二策。罔燭厥理，殊乖素期。"又云："予奪在我，豈云去朋黨之難；終始待卿，斯無負君臣之義。"此綦叔厚之文。褫職告詞云："聳動四方之聽，朕志爲移；建明二策之謀，爾材可見。"謝任伯之文。綦，謝姻家也。秦大憾之。先是，高宗有親批云："秦檜不知治體，信任非人，人心大搖，怨讟載路。"丁卯歲，啓上詔毀《宰執拜罷錄》，謂載訓詞也。至乙亥歲，秦復知御札在任伯之子伋景思處，作札子自陳大概云："陛下是時尚未深知臣，所以有此，乞行抽取。"得旨，下台州從伋所追索得之。是秋，又令其姻黨曹泳爲擇酷吏劉景者，擢守天台，專欲鞫勘。景思寓居外邑黃巖山間。景視事之次日，遣捕吏追逮景思，直以姓名傳檄縣令，差人防護甚峻。景思自分必死，將抵郡城外，渡舟中望見景備郊迎之儀，一見執禮甚恭。至館舍，則美其帷帳，厚其飲食。景思叵測。是晚置酒延佇，座間笑語極歡而罷。始聞早已得會之訃音矣。又逾旬，景思拜處牧之命。二事絕相類，然終不知所興之獄謂何也。

141. 先祖早歲登科，游宦四方，留心典籍，經營收拾，所藏書逮數萬卷，皆手自校讎，貯之于鄉里，汝陰士大夫多從而借傳。元符末，坐黨籍謫官湖外，乃於安陸卜築，爲久居計，輦置其半于新居。建炎初，寇盜蜂起，惟德安以邑令陳規元則帥衆堅守，秋豪無犯。[①] 事聞，擢守本郡。先祖之遺書留空宅中，悉爲元則載之而去。後十年，元則以閣學士來守順昌，亦保城無虞，先祖汝陰舊藏書猶存，又爲元則所掩有。二處之書，悉歸陳氏。先人每以太息，然無理從而索之。先人南渡後，所至窮力抄録，亦有書幾萬卷。明清憂患之初，年幼力弱，秦伯陽遣浙漕吳彥猷渡江，攘取太半。丁卯歲，秦會之擅國，言者論會稽士大夫家藏野史以謗時政，初未知爲李泰發家設也。是時明清從舅氏曾宏父守京口，老母懼焉，凡前人所記本朝典故與夫先人所述史稿雜記之類，悉付

---

① "豪"，津逮本、四庫本作"毫"。

之回禄。① 每一思之，痛心疾首。後來明清多寓浙西婦家，煨爐之餘，所存不多。諸伲輩不能謹守，又爲親戚盜去，或它人久假不歸。今遺書十不一存，每一歸展省舊篋，不忍復啓，但流涕而已。

142. 唐著作郎杜寶《大業幸江都記》云："隋煬帝聚書至三十七萬卷，皆焚于廣陵。其目中蓋無一帙傳於後代。"靖康俶擾，中秘所藏與士大夫家者，悉爲烏有。南度以來，惟葉少蘊少年貴盛，② 平生好收書，逾十萬卷，置之雪川弁山山居，建書樓以貯之，極爲華焕。丁卯冬，其宅與書俱蕩一燎。李泰發家舊有萬餘卷，亦以是歲火於秦。豈厄會自有時邪？

143. 徐得之君猷，陽翟人，韓康公婿也。知黄州日，東坡先生遷謫于郡，君猷周旋之不遺餘力。其後君猷死於黄，東坡作祭文挽詞甚哀。又與其弟書云："軾始謫黄州，舉眼無親。君猷一見，相待如骨肉，此意豈可忘哉！"君猷後房甚盛，東坡常聞堂上絲竹，詞中謂"表德元來字勝之"者，所最寵也。東坡北歸，過南都，則其人已歸張樂全之子厚之恕矣。厚之開燕，東坡復見之，不覺掩面號慟，妾乃顧其徒而大笑。東坡每以語人，爲蓄婢之戒。君猷子端益，字輔之，

---

① "禄"，原作"禄"，據津逮本、四庫本改。
② "蘊"，原作"緼"，據四庫本改。

娶燕王元儼孫女，爲右階，粗有文采。建炎中，富季申登樞
府，以其故家，處以永嘉路分都監。時曾覿爲雙穗鹽場官，
與其子本中厚善。曾既用事，薦本中于孝宗，遂得密侍禁中。
韓氏子弟，亦有攀緣而進者。本中娶趙氏從聖野之孫，即磻
老家女也。蘇訓直云。

144. 故事，兩制以上方乘狨座，餘不預也。大觀中，童
貫新得幸，以泰寧軍承宣使副禮部尚書鄭允中使遼國，[①]遂
俱乘狨座，繇是爲例。韓勉夫云。

145. 隆興改元歲，明清在會稽，因爲友人言："先人初爲
曾氏婿，嘗於外家手節《曾文蕭公日錄》。有'庚辰歲在相
位日'一帙真迹，外家後來失去，見於外祖曾空青《三朝正
論後序》矣，先人節本偶存焉。其中一則記趙諗事：諗弟詠，
於渝州所居柱上題云：'隆興二年天章閣待制荆湖南北等路安
撫使。'再題云：'隆興三年隨軍機宜李時雍從行。'諗不軌
事發，[②]鑿取其柱，赴制勘所，并具奏其所題之意，詠坐此
亦死。如此，則隆興之號，豈可犯耶？"友人云："願借一
觀。"遂以假之。亟馳元本送似當軸者，繼即開陳，遂改乾道
之號。友人繇此乃晉用。然先人手澤，不可復取，而此書不
傳于世矣。友人後登從班，交往既厚，不欲書其姓名。初，

① "允"，原作"久"，據《宋史》卷二〇《徽宗紀》、卷四六八《童貫傳》改。
② "軌"，原作"軏"，據津逮本、四庫本改。

諗以甲科爲太常博士，謁告省其父庭臣于蜀道中，夢神人授以詩云："天錫雄材孰與儔，征西纔罷又征南。冕旒端拱披龍袞，天子今年二十三。"繇此有猖狂之志，伏誅時適及歲。刑部郎中王吉甫獨引律中文，以謂"口陳欲反之言，心無真實之狀"。吉甫坐絀，詔改渝州爲恭州。諗初登第時，太常少卿李積中女有國色，即以妻之，成婚未久而敗。或云，馮時可者，諗遺腹子也。

146. 高俅者，本東坡先生小史，筆扎頗工。東坡自翰苑出帥中山，留以予曾文肅，文肅以史令已多辭之，東坡以屬王晉卿。元符末，晉卿爲樞密都承旨，時祐陵爲端王，在潛邸日，已自好文，故與晉卿善。在殿廬待班，解后。王云："今日偶忘記帶篦刀子來。欲假以掠鬢，可乎？"晉卿從腰間取之。王云："此樣甚新可愛。"晉卿言："近創造二副，一猶未用，少刻當以馳內。"至晚，遣俅齎往。值王在園中蹴鞠，俅候報之際，睥睨不已。王呼來前詢曰："汝亦解此技邪？"俅曰："能之。"漫令對蹴，遂愜王之意，大喜，呼隸輩云："可往傳語都尉，既謝篦刀之況，并所送人皆輟留矣。"由是日見親信。逾月，王登寶位。上優寵之，眷渥甚厚，不次遷拜。其儕類援以祈恩，上云："汝曹爭如彼好脚迹邪！"數年間建節，循至使相，遍歷三衙者二十年，領殿前司職事，自俅始也。父敦復，復爲節度使。兄伸，自言業進士，直赴殿試，後登八坐。子侄皆爲郎潛延閣，恩倖無比，極其富貴。然不忘蘇氏，每其子弟入都，則給養問恤甚勤。靖康初，祐陵南下，俅從駕至臨淮，以疾爲解，辭歸京師。當時侍行如童貫、梁師成輩皆坐誅，而俅獨死於牖下。胡元功云。

揮麈後録卷之八

汝陰王明清

147. 黃太史魯直本傳及文集序云：太史罷守當塗，奉玉隆之祠，[①] 寓居江夏，嘗作《荆南承天寺塔記》。湖北轉運判官陳舉承風指，采摘其間數語，以爲幸災謗國，遂除名，編隸宜州，時崇寧三年正月也。明清後閱徽宗詔旨云："大觀二年二月壬午，淮南轉運副使陳舉奏：'臣巡按至泗州臨淮縣東門外，忽見一小蛇，長八寸許，在臣船上。尋以燭照之，已長四尺有餘，知是龍神，以箱複金紙迎之，遂入箱中，並箱複送至廟中。知縣黃鞏差人報稱：所有箱內揭起金紙錢，已失小蛇，止有開通元寶錢一文，小青虫一個。次日早，差人齎送臣船。臣切思之，神龍之示人以事，必以其類。以臣承乏漕事，實主財賦，不示以別物，而示以錢者，以其如泉之流行於天下而無窮也。不示以別錢，而示以開通元寶，以其

---

① "祠"，原作"詞"，據津逮本、四庫本改。

218

有開必有通而無壅也。示之以青虫一者，其虫至微，背首皆青，腹與足皆金色。青，東方色也，示其有生意；金，西方物也，示其有成意也。臣切以謂神龍伏見陛下復修神考漕運與鹽法，使内外財賦豐羨流通，不滯一方而無有壅塞，公私通行，靡有窮竭，故見斯異。臣不敢隱默，謹述事由，并開通元寶錢一文及小青虫一個，盛以塗金銀合子，謹專人詣闕進呈。'奉聖旨：'陳舉特罰銅二十斤。其進開通錢并青虫兒，塗金銀合封全，並於東水門外投之河中，以戒詭誕。'"敬綴于編，仰見祐陵聖聰，明察奸欺。繇是而知所謂陳舉者，誠無忌憚之小人，所爲若是，不獨宜州之一事也。遺臭千載，可不戒哉！

148. 伯祖彥輔，以文學政事揚歷中外甚久。① 元符中，爲司農卿，哲宗欲擢貳版曹，已有定論。有賣卜瞽者過門，呼而問之云："何日可以有喜？"術者云："目下當動，殊不如意。壽數卻未艾，更五年後，作村里從官。"是時伯祖已爲朝議大夫，② 偶白事相府，言忤章子厚，遂挂冠去國。明年，徽廟登極，已而遇八寶恩，轉中大夫，又以其子升朝遷太中大夫。又數年，年八十一乃終。伯祖名得臣，自號鳳臺子，有注和杜少陵詩、《麈史》行於世。

149. 大觀中，有妖人張懷素，以左道游公卿家。其説以

① "揚"，原作"楊"，據津逮本、四庫本改。
② "夫"，原脱，據津逮本、四庫本補。

謂金陵有王氣，欲謀非常，分遣其徒游說士大夫之負名望者。有范寥信中，成都人，蜀公之族孫，始名祖石，能詩，避事出川，以從懷素。懷素令寥入廣，以詿黃太史魯直。時魯直在宜州，危疑中聞其説，亟掩耳而走。已而魯直死，寥益困，遂詣闕陳其事，朝廷興大獄，坐死者十數人。寥以無學籍，授左藏庫副使，賜予甚厚。寥又言潤州進士湯東野德廣實資助其垂橐，而趣其行。德廣自布衣授宣義郎司農寺簿，賜緋衣。寥每對客言其告變，實魯直縱臾之。使魯直在，奈何。舅氏曾宏父云。

150. 張懷素，本舒州僧也。元豐末，客畿邑之陳留，常插花滿頭，佯狂縣中，自稱戴花和尚。言人休咎頗驗，群小從之如市。知縣事畢仲游怒其惑衆，禽至廷下，[①] 索其度牒，江南李氏所給也。仲游不問，抹之，從杖一百，斷治還俗，遞逐出境。自是長髮，從衣冠游，號落托野人。初以占風水爲生，又以淫巧之術走士大夫門，因遂猖獗。既敗，捕獲于真州城西儀真觀，室中有美婦人十餘。獄中供出踪迹本末。時仲游死已久，詔特贈太中大夫，官其二孫。史册不載，畢氏干照存焉。

151. 蔡文饒嶷帥維揚，郡庠有士子李者，不拘細行，以豪自任。文饒聞其名，呼與之言，遂延致書室，以教諸子，

---

① “廷”，津逮本、四庫本作“庭”。

且不責以課程。已而文饒易鎮青社，携與俱行。邦人疑之。經歲辭歸，文饒贈遺甚厚，又惠槐簡一，云："此蕘釋褐所賜。足下不晚亦當魁天下，官職壽數，與蕘悉相埒。"後皆如其言。李即順之易，建炎龍飛第一人也。廉宣仲云。

152. 五代李濤與弟澣俱負才望。澣仕晋爲内相，耶律德光犯京師，虜之以歸，仕契丹，亦顯。有《應歷集》十卷。濤後相漢，猶及見本朝，有傳載《三朝史》中。濤五世孫，即漢老邴也。漢老之弟唐老鄴，建炎初守越州，隨虜北去，亦爲之用。事有可笑如此者。

153. 道家者流，謂蟾蜍萬歲，背生芝草，出爲世之嘉祥。政和初，黃冠用事，符瑞翔集。李譓以待制守河南，有民以爲獻者，譓即以上進。祐陵大喜，布告天下，百官稱賀于廷，上表云："九天睿澤，溥及含靈。萬歲蟾蜍，聿生神草。本實二物，名各一芝。或善辟兵，或能延壽。乃合爲於一體，允特異於百祥。"命以金盆儲水，養之殿中。浸漬數日，漆絮敗潰，贗迹盡露。[①] 上怒，黜譓爲單州團練副使。謝表云："芹獻以爲美，野人之愛則深；輿乘而可欺，子産之志焉在?"[②] 譓，至之孫也。[③]

154. 政和中，將作監賈讜明仲奉詔爲童貫治賜第于都

---

① "贗"，原作"鴈"，據四庫本改。
② "子産之志"，"志"，四庫本作"智"。
③ "至之孫也"後，津逮本、四庫本有小字注"輿乘疑作魚烹"六字。

城，既落成，賈往謝之，貫云："久勞神觀，而匆匆竟未能小款。翌早朝退無它，幸見過點心而已。"明仲領其意。詰朝既見，賓主不交一談。頃之，一卒持二物，若寶蓋瓔珞狀，張於貫及己之上，視之，皆真珠也。各命二雙鬟捧桌子一隻至所座前，又令庖人持銀鐐竈，即廳之側燎火造包子。以酒食行，凡三，每一行易一桌。凡果楪、酒杯之屬，初以銀，次金，又次以玉，其製作奇絶，目所未睹。三杯即徹，賈亦辭出，① 暫至局中，然後歸舍。見數人立于門云："太傅致意，適來大監坐間受用一分器皿及雙鬟，悉令持納。"計其直，逾數萬緡，賈繇此雄豪，至今以富聞湘中。譚，② 達之孫也。賈虞仲云。

155. 宣和庚子，蔡元長當軸，外祖曾空青守山陽。時方臘據二浙，甚熾。初，元長怨陳瑩中，以陳嘗上書詆文蕭，編置郡中，欲外祖甘心焉。既至，外祖極力照瞩之。適瑩中告病，外祖即令醫者朝夕診視，具疾之進退，與夫所供藥餌申官。已而不起，亦令作佛事僧衆，下至凶肆之徒，悉入狀用印係案。僚吏以爲何至是，外祖曰："數日之後當知之。"已而朝廷遣淮南轉運使陸長民體究云："盜賊方作，未審陳瓘之死虛實。"外祖即以案牘繳奏以聞，人始服先見之明。中父

---

① "辭"，原作"詞"，據津逮本、四庫本改。
② "譚"，四庫本作"讜"。

舅云。

156. 劉斯立跂，忠肅同老之子。克家能文，自號學易老人，有集行於世。政和中，以忠肅在黨籍，屏居東平，杜門卻掃，息交絶游，人罕識其面。有戚里子王宣贊者，來爲州鈐轄，家饒財，多聲妓，重義好客。廨舍適同里巷，聞斯立之賢，有願交之意，托人寄聲，欲致一飯之款。斯立從之。且併招斯立所厚善者預席，從郡中假侑觴之人，極其歡洽。有李延年者，嘗坐法失官，亦居是邦，願厠其間。王君距之，延年大不平。適往京師理雪，時王黼爲中司，延年與之有舊，因往謁之。黼問東平近有何事？延年即以王君開燕爲言。黼又詢席間有何説？延年云：“廣坐中及宮闈二月九日之事。”客退，黼遣吏以紙授延年，令筆其語。延年出於不虞，宛轉其詞。黼見之，怒云：“當先送大理寺。”延年皇恐，迎合以遷就之，且引坐客李禔爲證。黼即以上聞，詔付廷尉鞫治，遣吏捕斯立于郓。方以忠肅諱日，飯僧佛寺，就齋所禽赴天獄，鍛煉訊掠，極其苦楚。惟禔抵讕不承。方欲移理間，斯立之猶子長言聞斯立之困辱，年少氣鋭，遂自陳言從己出。獄具，長言真刑，①竄海島；斯立編管壽春府；席間主賓既皆坐罪，下至奔走執事、倡優侍姬，悉皆決杖。延年詔復元官。此亦一客不得食而然。然比之奏邸獄冤，則尤爲酷焉。

---

① “實”，原作“真”，據四庫本改。

褆，清臣子。斯立，王定國婿也。趙子通及忠肅孫董云。

157. 王倫，字正道，三槐王氏之裔。祖端，父毅，俱以
材顯。母晁氏，昭德族女。家貧無行，不能治生，爲商賈，
好椎牛酤酒，往來京、洛，放意自恣，浮沉俗間，亦以俠自
任，賙人之急。數犯法，幸免。聞士大夫之賢者，傾心事之。
先人在京師，正道間亦款門。先人以其倜儻，待頗加禮。一
日，從先人乞詩送行，云天下將亂，欲入廬山爲道士。宣和
末，先人去國，不復相聞。正道少與孫仲益有布衣舊，仲益
官中都，每周旋之。靖康末，李士美罷相就弟，正道忽直造
拜於堂下，士美問其所以，自言“願隨相公一至禁中，有欲
白于上”。士美曰：“方退閒，薦士非所預也。”正道自此日
掃其門。會有旨，令前宰執赴殿廷議事。正道又拜而懇曰：
“此倫效鳴之時也。”士美不得已，因携之而入。倫自陳於殿
下曰：“臣真宗故相王旦之孫也。有致君澤民之術，無路而不
得進。宣和中嘗上書，言大遼不可滅，女真不可盟。果如臣
言。今圍城既急，它無計策。臣謹當募死士數萬，願陛下侍
上皇，挾諸王，奪萬勝門，決圍南幸。”欽宗忠之，慰勞甚
厚，解所佩夏國寶劍以賜。且以片紙批曰：“王倫事成日，可
除尚書兵部侍郎。”倫既拜賜，翌日再對，自言：“已得豪俠
萬餘，悉願效死，幸陛下勿疑即行。”時宰相何文縝已主和
議，正道怒髮上沖冠。文縝斥曰：“若何人，敢至此耶！”正
道曰：“爾何人，乃至此耶！”又曰：“萬一天子蒙塵，雖誅

相公數百輩何益！”文縝怒，以謂狂生，言既不用，恐爲亂，請上誅之，且乞就令衛士執之。上意未決。正道懼無以自脫，時仲益在禁中，因求計仲益。仲益曰：“昨日所拜小戎文字在否？”正道腰間取御批以示之。仲益曰：“得此足矣。子但立於從班中，誰敢呵子？豈有無故就殿上擒一侍郎之理乎？”倫從其言，入厠侍臣之列，人果不敢前。翌日，文縝始畫旨送御史府，倫已得間出都矣。二聖北去，高宗即位於宋，倫走行在所，上書自伸前志，乞使沙漠，問二聖起居。自布衣拜五品，借侍從以往。制詞略云：“胄出公侯，資兼智勇。朕方俯同晉國，命魏絳以和戎；汝其遠慕侯生，御太公而歸漢。”經年始還，不用。久之，徽宗凶問至，[①] 起拜龍圖閣學士，爲梓宮奉迎使，浸登二府。凡三四往返，竟留虜中。倫雖無大過人，然膽大敢爲。既貴之後，凡往日故舊，與夫屠販之友，悉以自隨而任以官。既拘于虜，虜人欲用爲留守，不從而殺之。褒恤甚厚。李平仲、孫長文玄言如此。[②] 先人爲之作《御劍銘》，今載家集中。

158. 靖康中，東坡先生追復元職。時汪彥章在掖垣，偶不當制。舍人不學而思澀，彥章戲曰：“公無草草渠‘家焚黄’二字？”慚而怨之。又一日，當草一制，將畢矣，偶思

---

① “凶”，原作“㐫”，據津逮本改。下同。
② “玄”津逮本、四庫本作“互”。

結尾不來，省中來催促，不容緩，愈牽窘。搜思甚久，院吏倉猝啟曰："弟云'服我休命，往其欽哉'可矣。"舍人然而用之。

159. 宣和中，有鄭良者，本茶商，交結閹寺以進，至秘閣修撰、廣南轉運使，恃恩自恣。部內有巨室，蓄一瑪瑙盆，每盛水，則有二魚躍其中。良聞之，厚酬其價，不售，乃為一番舶曾訥者所得。良遣人經營，云已進御矣，初未嘗也。良即奏以謂訥厚藏寶貨，服用僭擬乘輿。得旨令究實。良即以兵圍其家，捕其妻孥，械繫而搜索之。訥之弟誼方醉臥，初不知其繇，仗劍而出，遂至紛敵。良即以誼拒命殺人聞奏，奏下，誼伏誅，訥配沙門島。靖康初元，訥以赦得自便，至京師，知時事之變，擊鼓訟冤。初，蔡攸竄海外，繼遣監察御史陳述明作追路誅之。述度嶺而攸授首，就以述為廣漕代良，併往鞫治之。述入境，良往迓之，就坐擒下枷訊，施以慘酷，良即承罪，錮押往英州聽敕，敕未下而良死，旅殯僧寺。述復奸利不法，為人所訟，制勘得情，詔述除名，英州編管。至郡，寓僧舍，縱步廊間，睹良旅櫬在焉，[①] 驚悸得疾而卒。攢室相並，至今猶在。貪暴吞噬，何異酷吏之索鐵籠耶？趙子通濟云。

160. 江子我端友，知經明道，馳譽中外。後盡棄舊業，

鰥居子然。年亦遲暮，惟留心內典，苦身自約，不復有世間之意。結廬都城之外，惟先人時時過之，每春容畢景也。乙巳歲春，與之俱至相藍，訪卜肆。子我云："吾既無功名之心，何所問也？"先人強之。瞽者布八字畢，曰："官人來年狀元及第矣。"子我顧先人云："術者之妄，有如此者。"相予一笑而去。次年，值欽宗登極，下詔搜訪遺逸，吳元中作上台，以子我名聞，賜對便殿，有言動聽，自布衣拜承事郎尚書兵部員外郎。可謂奇中矣。子我，休復孫也。

161．朱新仲少仕江寧，在王彥昭幕中。有代彥昭《春日留客致語》云："寒食止數日間，才晴又雨；牡丹蓋十數種，欲拆又芳。"皆《魯公帖》與《牡丹譜》中全語也。彥昭好令人歌柳三變樂府新聲，又嘗作樂語曰："正好歡娛，歌葉樹數聲啼鳥；不妨沉醉，挤畫堂一枕春醒。"又皆柳詞中語。

162．蘇過，字叔黨，東坡先生季子也。翰墨文章，能世其家。士大夫以小坡目之。靖康中，得倅真定。赴官次河北，道遇綠林，脅使相從。叔黨曰："若曹知世有蘇內翰乎？吾即其子，肯隨爾輩求活草間邪？"通夕痛飲。翌日視之，卒矣。惜乎世不知其此節也。趙表之云。

163．蘇叔黨以黨禁屏處潁昌，①極無憀。有泗州招信士人李稙元秀者，鄉風慕義，歲一過之，必邏徊以師資焉，且

---

① "潁"，原作"穎"，據津逮本、四庫本改。

致饋餉甚腆，叔黨懷之。宣和末，向伯恭出爲淮漕，自京師
枉道以訪叔黨，留連請委，叔黨道李之義風，而屬其左顧之。
伯恭入境，首令訪問，加禮以待。未幾，金虜南寇，高宗以
元帥在河北，伯恭即命李齎金帛往，訪問行府犒師，并上表
勸進。行數程而與前驅遇。已而飛龍御天，補承務郎，繇是
遂被眷知。後來官職俱至列卿。王獻臣云。

164. 蔡元長既南遷，中路有旨，取所寵姬慕容、邢、武
者三人，以金人指名來索也。元長作詩以別云："爲愛桃花三
樹紅，年年歲歲惹東風。如今去逐它人手，誰復尊前念老
翁。"初，元長之竄也，道中市食飲之類，問知蔡氏，皆不肯
售；至於詬罵，無所不道。州縣吏爲驅逐之，稍息。元長轎
中獨嘆曰："京失人心，一至於此。"至潭州，作詞曰："八
十一年住世，四千里外無家。如今流落向天涯。夢到瑤池闕
下。玉殿五回命相，彤庭幾度宣麻。止因貪此戀榮華。便有
如今事也。"後數日卒。門人呂川卞老醵錢葬之，爲作墓志，
乃曰"天寶之末，姚、宋何罪"云。馮于容云。

165. 明清嘗於呂元直丞相家睹高宗御扎一幅云：[1]"朕比
觀黃庭堅集，見稱道其甥徐俯師川者。聞其人在靖康中立節
可嘉，今致仕已久，想不復存，可贈左諫議大夫。或尚在，
即以此官召之。"其後，乃知師川避地廣中，即落致仕，以右

---

① "扎"，津逮本、四庫本作"札"。

奉直大夫試左諫議大夫赴行在所，門蔭者以爲榮觀。師川既
至闕，入對，益契上意，賜出身，入禁林，不旋踵遂登政府。
初，師川仕欽宗爲郎，二聖北去，張邦昌僭位，師川獨不拜
庭下，持其用事之臣，大呼號慟，卒不自污，挂冠以去，故
上有“立節可嘉”之語。圍城中，嘗置一婢子，名之曰昌
奴，遇朝士來，即呼至前驅使之。既登宥密，頗驕傲自滿。
朱藏一、趙元鎮並居中書，師川蔑視之。每除一登第者，則
曰“又一經義之士”。嘗與元鎮論兵，視元鎮曰：“公何足以
知此！”元鎮曰：“鼎固不足以知之，豈若師川之讀父書邪！”
師川大不堪，而無以酬之，卒不安位而去。後終於知信州。
師川，德占禧之子也。德占以吉甫薦命官，後爲給事中，計
議邊事，永洛之敗，死之。事具國史。東坡先生行吉甫謫詞，
有云“力引狂生之謀，馴致永洛之禍”是也。① 德占一子，
裕陵憐之，襁褓中補通直郎，後來一向以詩酒自娛，放浪江
南山川間，食祠禄者四十年，始調通判吉州。平生釐務者三，
數考，宣和末方入朝，後來登用甚驟焉。既没，而眷寵終不
少衰。其子瑀嘗出示高宗所賜御書《光武紀》，後復親批云：
“卿近進言，使朕熟看《世祖紀》，以益中興之治。因思讀之

① “禍”，原作“㫜”，據津逮本、四庫本改。“永洛”，宋徐自明《宋宰輔編年
録》卷八、宋李燾《續資治通鑑長編》卷三八〇所引皆作“永樂”。上文“永洛之
敗”，“永洛”亦應作“永樂”。

229

十過，未若書一編之爲愈也。先以一卷賜卿，雖字扎惡甚，①無足觀者，但欲知朕不廢卿言耳。"師川没後十年，瑀貧不能家，上表繳進此書，乞任使，托明清爲表。既干乙覽，上爲之愴然，面諭執政，令即日除瑀官云。

166. 建炎初，高宗駐蹕維揚，虜騎忽至，六飛即日南渡。百僚竄身揚子江津，②舟人乘時射利，停橈水中，每渡一人，必須金一兩，然後登船。是時葉宗諤爲將作監，逃難至江滸，而實不携一錢，彷徨無措。忽睹婦人于其側，美而艷，語葉云："事有適可者。妾亦欲凌江，有金釵二隻，各重一兩，宜濟二人。而涉水非女子所習，公幸負我以趂。"葉從之，且舉二釵以示，③篙師肯首令前。婦人伏于葉之背而行，甫扣船舷，失手，婦人墜水而没。葉獨得逃生，悵然以登南岸。葉後以直龍圖閣帥建康。其家影堂中設位，云"揚子江頭無姓名婦人"。豈鬼神托此以全其命乎？許彦周云。

167. 李釜，字元量，淮水人，家世業儒。其母懷娠誕彌之日，晨起，庖下釜鳴，甚可畏，聲絶，免身育男，其父即名之曰釜。既長，乃負才名于未第時。建中靖國龍飛，遂魁天下。政和末，自省郎出牧真州。向伯恭爲判官，忤漕意，

---

① "扎"，四庫本作"札"。
② "揚"，原作"楊"，津逮本、四庫本同，改之。段内下"揚子江頭無姓名婦人"，同。
③ "釵"，原作"梭"，據四庫本改。

對移六合尉，伯恭但書舊銜。時蔡元長之甥陳求道爲通判郡事，釜席間戲語云：“此所謂終不去帝號者也。”是時語禁正嚴，求道告訐于朝，興大獄，釜坐免官，就攫求道守儀真。“死則死矣，終不去帝號。”① 事見《晋書·載記》，小寇王始之語。② 向仲德云。

揮塵後録卷之九

168. 王廷秀，字潁彦，[①] 四明人。靖康初，以李泰薦爲臺屬。高宗即位，擢登言路。著書號《閱世録》，其中一條載明受之變甚備，蓋其所目擊。是時宰輔如朱、呂、二張，俱有記録，矜夸復辟之功，悉皆不同，有如聚訟，不若潁彦之明白無偏。今録于左：

建炎己酉三月一日宣麻，以朱勝非爲相，罷葉夢得。左丞王淵自平江來，上殿對畢，除簽書樞密院。既受命之次日，有旨，只依兩府恩例，不預省事。四日，廷秀入對，以初除察官，未經上殿故也。五日，入起居畢，復宣麻殿門。即聞外變，宮門已閉。廷秀與察官林之平同宿，留於翰林院前。翰林院以臨安府使院爲之。久之，入學士直舍。李邴爲内翰從官，王絢、孫覿、都司葉份亦在。少次，聞宣宰執云："苗、劉兵

---

① "潁彦"，津逮本、四庫本作"穎彦"，本條内下同。

232

殺内侍，且欲必得康履、曾擇、藍珪。"有一閹走入學士院，自到不死，卧前厠。聞駕御樓，軍士山呼。康履走入內中，步軍太尉吳湛尋捕，得於小亭仰塵上，擒以付苗、劉，即時斬首摽之。宣諭以"内侍有過，當爲治之。二將與轉官"。其下對："我等若欲轉官，只用牽兩匹馬與内官，何必來此？"已而，復召侍從百官。廷秀從諸公上樓，見上座金漆椅子，宰執、從官並三衙衛士百官，皆侍立左右。樓下兵幾千數，苗、劉與數人甲胄居前，出不遜語，謂上不當即大位，將來淵聖皇帝歸來，不知何以處？此語乃陳東應天上書中有之，故二凶挾以脅制，①欲上爲内禪之事。宰相從百官出門下，委曲喻之使退，不從。左右請言太后出處分，於是上遣人請太后。久之，太后乘黑竹輿從四老宮監至樓上，命儀鸞司設帷幄，垂簾置坐，不能具，止坐輿中傳旨下諭，亦不肯從。又肩輿至門下，太后在輿中親宣諭；且以上仁孝，曉夕思念二聖，勵兵選將，欲復讎雪恥，太尉等皆名家，不須如此。二凶抗言，必欲太后輔太子聽政。太后曰："以太平時，此事猶不易，況今強敵在外，太子幼小，決不可行。不得已，當與皇帝同聽政。"委喻久之，堅不從。太后復上樓。上白事於竹輿前，言事無可柰何，須禪位。太后未允。又令與百官同議。自朱勝非以下，皆不敢出言。獨有一着緋官員進前曰："陛下當從三軍之言。"衆甚駭之。時有杭州

---

① "凶"，原作"兇"，本條內下"二凶""凶焰"同。改之。下同。

通判章誼面折之曰：“如何從三軍之言！”其人逡巡無語。上亦怪而問其姓名，自陳云：“朝散郎主管浙西安撫司機宜文字時希孟。”上顧翰林學士李邴，令草詔。邴乞上御扎，^①取紙筆就椅子上寫詔，以金人強橫，當退避云云。寫畢，令持詔下，宣示二凶，兵退。上亦徒步歸内中，時已未刻。百官方出，見道傍卧尸枕籍，皆内侍也。是日，凡宦者非入直在内，皆爲其所殺，而財物盡劫取。

明日，太后垂簾，朱勝非辭疾不出，太后使人宣召，又命執政親往府中召致之。太后復遣老宫監宣喻，乃出。自是二凶更至朝堂，道間傳呼都統太尉，從以強虜，凶焰可畏，^②行者開道避之。迫脅要索，惟意所欲。初一札子凡十事，如改元、請上徙外宫之類。宰執委曲調護，其中有甚不可行者。八日，遂改元明受。張浚自平江遣士人馮輈來議，欲以上爲元帥領兵，移書痛責二凶。二凶諷朝廷以尚書召張浚，不從。又拜韓世忠節度使，除張俊秦鳳路總管，使領兵歸，不從。復降麻建節度，使知秦州，遣人齎麻制授二人。二人械其使送平江獄。又欲起兩浙新舊弓手之半赴行在，廷秀入疏止之。時吕頤浩、張浚、韓世忠、劉光世、張俊同議引兵問罪復辟。又加康允之待制、劉蒙直閣、吳説金部郎中兼提舉市舶，小

---

① “扎”，四庫本作“札”。
② “焰”，原作“熖”，據津逮本、四庫本改。

人鼓動，乘時求差遣，而得之者甚多。有范仲熊者，轉運判官沖之子，祖禹之孫也，嘗陷虜逃歸，日與二凶交游，其賓客王世修、張遶、王鈞甫、馬柔吉皆締暱。五日之事，仲熊實與聞。至是，二凶諷顏岐薦上殿，除省郎，言凡臺諫章疏，乞露姓名行下。其意蓋欲言者懼二凶，不敢斥言其罪。十六日，上出睿聖宮，以顯忠寺爲之也。內人六十四人，肩輿過。二凶遣人偵伺，恐匿內侍故也。擒到內官曾擇，太后降旨貶嶺外，既行一程，復追回斬之，亦二凶意也。又欲以其親兵代禁衛守睿聖宮，挾天子幸徽、宣并浙東，宰相曲折諭以禍福，且以忠義歸之，以安其反側。頤浩等領兵次嘉禾。二十五日，召百官聽詔書，大意云：狄人以睿聖不當即位，兵禍連年，今當降位爲皇太弟兵馬大元帥，嗣君爲皇太侄，皇太后臨朝聽政，退避大位，務在息兵。在庭愕然。廷秀與中司欲留班論列，以臺諫唯廷秀與鄭轂二人，遂不果。就退睿聖宮，立班久之。上御坐，起居罷，宰執上殿奏事，議論幾數刻，傳宣令百官先退。仍云“已會得”。復聞上語宰執云：“若此傳之後世，豈不貽笑哉？”次日早，鄭轂入對，且言：“既降位號，則乘輿服御，亦皆降殺，豈將易赭服紫耶？”當夜歸，亦作奏狀，令吏寫，亭午方畢，即進入。未後，太后宣召，同中丞對簾前，宰執皆在，鄭轂對乞，次召廷秀。太后云：“今日之事，且因臣下有文字。宰執商量，且欲睿聖皇帝總領兵馬耳。”廷秀對曰：“臣不知其佗。但人君位號，豈容降改？聞之天下，孰不懷疑？雖前世衰亂分裂之時，固未有旬日之間易二君，[①] 一朝降兩朝位號也。”太后乃云：“必是殿院不曾見諸人文字。相公可同殿院往都堂看前後文字，便見本末。”既退，即隨兩府至都堂，朱勝非、顏岐、王孝迪、路允迪、張澂皆在坐。朱相自青囊取文字數紙，次弟以示，最上乃持服人、奉議郎宋邴書，次即張浚奏言睿聖皇帝當為天下兵馬大元帥。下數紙不暇詳觀。其間亦有士人上書者，意皆略同。廷秀語朱相云：“此事朝廷當有善後計。但天子位號欲降，於理未安。廷秀既當言責，不敢嘿嘿。章疏言語狂直。”朱曰：“公為言官，自當言責。”蓋章疏中有及大臣者。復語諸公曰：“昨日之詔，不可布于外，必召變。”而張澂云：“若以五日時事勢，豈爭此名位耶！”張欲行詔出，廷秀請少緩。明日，鄭彀入章，引舜禪禹而親征有苗，唐睿宗上畏天戒禪位太子而大事自決。用其議，遂寢二十五日詔書。鄭彀遂迁西樞，以中書舍人張守為中丞。頤浩等會兵，剋日將至，凶徒氣挫，乃使王世修與宰執議天子復正。往來數日。四月一日辰時，降旨召百官睿聖宮起居。門外侍班次，見宰執遣吏來問戶部尚書孫覿借金帶。至立班次，忽有戎裝紫衫帶子也。官員綴從官班，問之，乃是王世修，方除工部侍郎，賜袍帶未至，先令綴班，方悟假帶之繇。蓋自渡江後，

---

① “間”，原作“聞”，據毛鈔本、津逮本、四庫本改。

宰執從官並繫犀帶，今此異數，用安反側。世修，① 王能甫
之侄，前此選人，知鄭州滎澤縣，虜兵偶不曾到，而是邑全，
李綱特與改官，遂爲苗傅幕賓。午後，上出，百官起居畢，
即上馬。百官掩班先行，迎於内東門外。_{杭州太守常視事在大廳}
_{之北。}至是，世修具袍帶。明日，有旨正朝。以苗傅爲淮西制
置使，劉正彦副之，使其避張、韓之兵，别路而往。又頒制
賜鐵券帶礪之誓。三日，聞韓將前軍至臨平，爲二凶設伏掩
殺。四日夜，二凶拔寨，道餘杭門出，轉龍山，繇富陽而去。
明日，韓將、劉兵皆入，以張浚簽書樞密，頤浩右僕射，朱
勝非知洪州，張澂知江州。韓將遣人擒王世修，鞫始謀，並
拘其妻子。有旨令劉光世處斷。晚有文字至臺，申差察官就
審實，朝廷亦恐諸將鍛煉非實情也。是時察官唯陳戩獨員，
將臺吏并司獄至光世寨，取王世修實款。其初，王世修嘗與
二凶語閹官恣横，而劉尤嫉之。上自揚州奔播過浙西，道吴
江，左右宦者以射鴨爲樂。至杭州日，群閹游湖山。世修以
札子具陳其事，張澂不納，世修懊懅而退。以其札子示正彦，
憤然曰：“公甚忠義，要須與公協力，同去此輩。”俄又聞王
淵爲樞密，愈不平。苗、劉乃與世修等謀，先斬王淵，然後
殺内侍。議已定，初四日，部分兵馬，且使人語淵云：“臨安
縣界有强盗，欲出擒捕。”五日早，令世修伏兵於域西橋下，

俟淵過，即捽下馬斬之。繼遣人圍康履家，分兵捕内官，凡
無鬚者皆殺。然後領兵伏闕請罪，脅天子禪位。此皆始謀實
情，依所招具奏，明日戮之於市。吴湛以輔二凶領中軍寨，
於宫門前申請除宰執侍從，餘人悉於中軍寨門下馬，使悍卒
持挺誰何，至歐擊從人，損壞輿轎。廷秀兩章引皇城司格令
并律文闌入法理會，僅以章行，而悍將復匿之而不出。廷秀
以臺中被受榜於皇城司前，軍士方少戢。至是，湛亦戮焉。
并貶王元、左言，皆殿帥，以當日坐視二凶之悖，不略誰何
故也。六日，廷秀對疏，言錢塘非可居，當圖建康爲暫都計。
上亦知此非處。一章言王世修等及康允之、劉蒙、吴説、范
仲熊。讀至論仲熊事，上甚怪之，乃曰：“范仲熊莫不如
是？”對曰：“臣不知其它。但在宣和末進用，實出梁師成門
下。”又入文字言希孟，上初怒甚，便欲梟首。宰執言此當自
有論列，故廷秀章上，乃貸希孟死，流嶺南，而賞誼兩官。

169. 穎彦又記高宗六龍幸海事云：[①] “己酉十一月，駕
幸會稽。覘者報虜人分兵渡江，一自采石入建康，[②] 一自黄
州過興國軍。度采石者，杜充兵要擊於中流，小捷，奏乞上
親征。二十五日，駕起會稽，至錢清，聞虜人十九日已度大
江。二十六日，駕自錢清回明州避虜。十二月七日，至明，

---

① “穎彦”，津逮本、四庫本作“穎彦”，本條内下同。
② “采石”，地名，“采”原作“採”，誤，改之。下“度采石者”，同。

侍從百官皆散，唯宰執從行。留張俊軍于越。辛企宗領中軍、李質領禁衛護從，士卒不滿數千。泉、福州海船皆至，廟堂即爲航海計。衛兵不欲行，九日，遂群噪，欲狙擊宰執。十一日，以張思正兵索城中，捕亂者，戮其爲首數人，餘分隸五軍。以御營使司參議官劉洪道知明州，與張汝舟兩易。十六日早，上自府衙出東渡門登舟。十八日，御舟泊定海縣。二十日，參政范宗尹入城探報，十六日已陷杭州，大肆焚戮。宗尹即回從駕。張俊以所領軍自越來明。知越州李鄴遣兵邀虜於浙江，三捷，既而衆寡不敵，鄴遂遣人齎書投拜虜人，按兵入越。俊兵在明，乘賊先而恣掠鹵。時城中人家少，遂出城，以清野爲名，環城三十里居民皆遭其焚劫。或以金帛牛酒餉之，幸免；與紛爭，殺之。有城南湯家子，先歐其卒走，歐衆來，痛擊垂死，積稻杆蔽之。兵去，人或救之者，尚活，而膚體已焦裂，少刻而死。二十七日，虜引兵自餘姚道藍溪入黃𩐭、車厩，直抵湖塘，分屯於湖中田舍。二十八日，俊引兵禦之，小卻。於是虜人自城下呼請遣人來寨中議事。明日，俊遣姓徐人抵虜寨，虜酋釋甲與語，① 欲如越官吏投拜，拒之。自後相持不敢動。正月二日午間，西風，虜兵乘之叩西門，時俊與劉洪道坐城樓上，遣兵掩擊，擒獲二酋。虜奔北，墮田間，或墜水。勢當追而鏖敗之，而俊亟令

———————

① “酋”，原作“囚”，據津逮本、四庫本改。

收兵。要之，得失略相當，僅能卻之而已。且張皇奏愷，而
策勳其後。肆眚文云‘鄞水剿絶其太半’，蓋謂是也。其夜，
虜兵拔寨西去。俊遣人候伺，知虜人駐餘姚治攻具，請於臨
安之大酋，益兵將復來。俊托以上旨，召扈從，八日，① 盡
起其衆，入台，行甚速，而李質亦以班直繼行。思正千餘徒
屯江東。而質、思正、洪道猶過從，夜飲城中。居民出者，
已十七八。有士人率衆叩洪道馬首，願留以禦賊。洪道紿曰：
‘予當數剋敵而勝。若等事無慮。’復下令民迁城外者，得取
其家之什物儲峙。於是舟入城者數千隻。洪道擇其人者留，
使官屬取公使、高麗兩庫金銀器皿轊壓之，而實於籃輿帑藏
儲糧，載之海舶。而洪道所將精卒僅千人，橫肆乘亂剽掠，
州人怨之。十三夜，洪道微服出城，既過東岸，恐人迫襲，
乃使盡揭浮橋之版。居人扶攜，沿縆索而渡，卒復邀奪其所
齎，擁排遏抑，墜水者數千，哀號震天地。城中惟崇節作院
厢軍與無賴惡少僅千人，以監甲仗使臣并監酒務李木者將之。
凡此皆欲僥倖賊不至，掠取公私之物者。十四日，虜果復至，
營廣德湖舊寨前，遣老弱婦女運瓦礫填塹。② 十五夜，植炮
架十餘，對西門。十六日，以数炮碎城樓，守者奔散，奏東
南縋城而出，③ 或浮木渡江，生死相半。而奔逃村落者，與

---

① “日”，原作“月”，據津逮本、四庫本改。
② “礫”，津逮本、四庫本作“礰”。
③ “奏”，四庫本作“走”。

賊遇。由是遍州之境，深山窮谷，平時人迹不到處，皆虜人。搜剔叢箐，如探巢取卵，殺掠不可勝數。既而破定海，以舟絕洋，劫昌國縣，復欲攻象山縣。至磏頭，風雹大作，俗謂轉磏，海道最險處也。遂回。大率自正月十六日陷明州，至二月三日方去。其酋長請於臨安之大酋，大酋乃四太子。云搜山檢海已畢。其明州，取指揮。報云：依揚州例。① 故自二月初遣人四面放火，城中惟東南角數佛寺與僻巷居民偶得存者。虜人既去，城外群小以船盜取公私錢物，而村落凶頑，殺人攘劫，毒甚於虜。州縣官逃避未還。有蔣安義、張鼐者，受虜人偽命，蔣爲安撫，張爲通判，且授安義以兩浙運司印一紐，安義遂領州事，繫銜出榜，自命其子知鄞縣，歟不逞以攘取。十二日，慈溪縣令林叔豹領鄉兵入城，見安義，奪其印。遺虜人十二人在開元寺病不前者，叔豹誅之。十六日，通判蔣廙自象山歸，郡官稍稍繼至。洪道亦自台回至奉化縣，言已受命制置浙東，且椿糧料兵，遂之越，不知傅崧卿前此已收復也。洪道留奉化縣，比向日誅求益甚，而所將精卒，暴橫市肆。邑人蔣璉，凶悍人也，前此群聚防守，幸虜兵不至，自以爲功，方肆強梁，會洪道卒有毆其黨者，一夕，歟引數千人圍岳林寺，欲縱火而殺洪道，縣丞白彥奎哀祈泣懇以和解之，必使洪道殺毆人之卒，不得已取其卒杖流之，乃定。

---

① "揚州"，原作"楊州"，據四庫本改。

洪道既入城，與張思正縱其麾下廬民居窖藏。逃遁之家，偶脫死，餒餓甚矣，歸故址取所藏給朝夕，則群卒強奪之。雖焚餘椽楹、藩籬可爲薪者，人不得有。公遣數百輩持長竿大鈎，撈摝河陂池井間，謂之闞遺錢物，輸公十不一二。洪道復苛配強斂，并得四萬緡，獻之行朝，欲蒙失守之罪。三月十二日，乘輿自温航海至明，時井邑已焚蕩，舟由城外徑之越。因言者罷洪道，以向子忞知明州。"潁彥家居四明之海濱，宜知其詳。

170. 建炎庚戌，[①] 先人任樞密院編修，十月，淮南宣撫司奏楚州城陷，鎮撫使趙立死之，高宗命先人撰其傳以進乙覽，嘉嘆久之。今載于後：

"趙立，徐州張益村人。政和初，隸州之武衛軍中，出戍江南，值方臘亂，從軍往。言習知山川人情向背，累歷戰功，聲名隱然。又戍大名府，[②] 以捕賊功，補本軍都虞候。資政殿學士王復守徐州，立在帳下。是時金賊已盡得河北，兵勢彌熾。轉戰京東，所至官吏望風避去。建炎三年三月，犯徐州，重圍既合，復率軍民登城力戰，命立專往來守禦。外援不至，孤城益危。立六中飛矢，三中兵刃，猶拔矢裹瘡，[③]

---

① "戌"，原作"戍"，據津逮本、四庫本改。
② "戍"，原作"戌"，據津逮本、四庫本改。
③ "裹"，原作"裴"，據津逮本、四庫本改。

灑血以戰。復忠之，自持巵酒，揮涕以賞立。賊帥粘罕在城下，①憤其難拔，大益攻具，城破。復堅坐廳事，不肯逃，遣人謂賊曰：‘死守者，我也。監郡而次，無預焉。願殺我而捨僚吏與百姓。’賊猶喻復投降，復不從，罵賊求死。由是與盡室百口俱被害。立巷戰，奪門以出，爲賊所得。夜殺守者，入城潛求復尸，撫之慟哭，親爲掩藏。立知賊兵乘勝貪得，城中弛備，鼓率殘兵，邀擊於外，斷賊歸路，盡焚營壘，奪舟船金帛數千計，擾擊紛散四出，軍聲復振。盡團鄉民爲兵，歃血相誓，戮力平賊，退者必斬。立之叔宸後期而至，立謂曰：‘叔以我故亂法，何以臨衆？’促命斬之，威震諸軍，一鼓破賊。遁去，迫躡，殺獲甚多。遂推立爲長，乘瘡痍之後，拊循其民，恩意户至，召使復業，井邑一新。朝廷授忠翊郎，權知徐州事。立奏爲復置廟城中，賜名忠烈。每出師與遇歲時，必率衆泣禱曰：‘公爲朝廷守節以死，必能陰佑遺民也。’齊人聞之，歸心焉。杜充守建康軍兼淮南、京東宣撫使，命會兵楚州，立提忠義山寨鄉兵數萬人赴。是時賊號托落郎君者，②圍楚益急。往來艱梗，立斬刈道路，乃能行。至淮陰，與賊遇，自昕至夕，且行且戰，出没賊中，凡七破賊，無有當其鋒者，遂抵城下。楚人被圍久，聞立來，歡迎

---

① “粘罕”，四庫本作“尼堪”。
② “托落郎君”，四庫本做“托諾郎君”。

鼓舞。是時立中箭鏃，入舌下，堅不可取，命醫以鐵箝破齒，鑿骨鈕去，移時乃出，流血盈襟。左右毛髮皆聳，而立顏色屹然不變。建康失守，就命立權楚州事，時四年正月也。然賊騎未退，益兵不已。用鵝車對樓飛炮架數百事攻州南門，半月間，登城者數十，立皆率兵捍戰。後分四門出師掩殺，賊大敗解圍，驅殘兵去。渡淮六十里，駐孫村浦，立又敗之。至五月，賊號四太子軍者，自二浙歸，又寨於州之九里涇，欲斷楚糧道，立又大破之。會朝廷分置諸鎮，嘉立殊勳，超轉徐州觀察使，承、楚州漣水軍鎮撫使，兼知楚州。初，劉豫竊據鄆州，[①] 聞立在徐州，遣立故人葛進等三人齎書，誘令供稅賦，立大怒，不撤封，斬之。至是，又遣沂州進士劉偲自鄆挾兩黥兵持旗榜誘立降，且言金人大兵將臨，必屠一城生聚。立令拽出就戮。偲呼曰：‘我非公故人乎？願公聞一言而就死。’立曰：‘吾知忠義為國，豈恤故人耶！’速令纏以油布，焚死市中，且表其旗榜於朝廷。於是立忠義之聲傾天下，遠邇向風下之。賊又益以太子兵，留天長諸兵，皆會孫村浦。立念敵以眾抗孤軍，非麈戰不能成功，提師襲之，賊大敗，奪器甲數千計，諸小寨皆潰。立私謂僚屬曰：‘今賊自山東濟師不已，城中糧且盡，則無以善其後。將先取京東已陷沒諸郡，窒賊路及求糧旁邑，則吾事濟矣。且京東諸州，

---

① “豫”，原作“豫”，據津逮本、四庫本改。

本吾民也，聞我之來，必解甲相迎。'是時鹽城縣水賊張榮
者，乘亂鴟張，立親往禽之，併是糧食。將經營京東，行至
寶應縣，而承州報賊復聚揚州。① 立遂歸，而賊再傅城。立
慨然曰：'賊終不捨去，惟有竭節死守此州而已。'出北門，
臨城濠外誓眾曰：'不進而退者，必遭溺死，我且併族爾家
矣。'於是又大捷，生致首領三百人。賊以數十艘循潮河觀
城，立取火箭射船，賊趣往救，則出兵劫之，焚溺死者淨盡
無餘，擒渤海千户李藥師等五十人。立每劫賊寨，必殺獲不
貲。或命偶於城頭張樂宴飲，賊疑立在座，立乃縋城潛入賊
寨殺戮矣。立念賊傾國而至，憤懣激烈，致三書於賊酋龍虎
大王等曰：'爾擁金帛萬艘，我以楚州全師，能各見大陣較勝
負，亦英雄也！'賊不答。至九月初，城守百餘日矣，賊併兵
列大寨城下。立擁六騎出呼曰：'我鎮撫也！首領驍賊，其來
接戰。'南寨有二騎襲其背，立跋馬回顧左右，手奮兩槍，賊
俱墜地，奪雙騎將還，俄北寨中發五十餘騎追立，立怒目大
呼，人馬俱辟易。明日，列三陣邀戰，立以三隊應之。賊旁
鐵騎數百，橫分其陣而圍之。又中飛矢，立奮身突出重圍，
持挺左右大呼，賊落馬者不知數。是月十六日，賊大進攻，
具鵝車洞炮架以千計，薄東門。又明日，填濠將進。立率進
備木寨臥龍，穿火濠，築月城，靡不備。忽報賊將分布兵馬

---

① "揚"，原作"楊"，據四庫本改。

近城矣，立笑曰：'將士不用相隨，吾將觀其詭計淺深，且令此賊匹馬隻輪不返。'上城東門，未半，忽自外飛炮中其首，左右馳救之，猶曰：'我終不能與國滅賊矣。'令舁致三聖廟中，聲言疾病祈禱，使賊不悟。言絕而終。然人聞其死，知城必陷，失聲巷哭不可止。眾以參議官程括權鎮撫使，猶守旬日。至二十九日，賊聞哭聲，知立死，百計攻城，烈火亘天，然抑痛扶傷巷戰，雖婦人女子，亦挽賊俱溺於水。事聞，天子震悼。御史謂立之功，近世一人，雖張巡、許遠不能過。詔輟朝一日，特贈奉國節度使、①開府儀同三司，賜諡忠烈，與十資恩澤。俟復楚，用監護葬事，②建立廟宇，以旌其忠。時駐蹕越州，令寺觀作仙佛齋醮，為立及戰没將士資冥福。所以致厚於其終者，靡有不及。

　　"觀立自起小校，至為將帥，忠義之氣挺然，鐵石其心，雖手攬虎兕，足蹈河海，不少變渝。與士卒同甘苦，一飯必上下均濟，故人固其志以死。每挾奏，必言：'賊行滅矣，無足憂者。願上寬宵旰之念。'方主上以文武之略，啓中興之運，擢立於卑晦隱微，授以淮南一道，其知之深矣。右僕射兼知樞密院范宗尹當軸處中，與廊廟大臣，皆嘉立忠義，每於勸賞應酬於內者，惟恐後也。而立亦不負君相之知又如此。

---

① "奉國"下，原衍"焉"字，據四庫本、《宋史》卷四四八《趙立傳》刪。
② "俟復楚用監護葬事"，四庫本作"後復命官監護葬事"。

是時，王復之子佾爲樞府官屬，朝廷命專主楚州奏報。聞立被圍，又命浙西安撫大使劉光世、大將陳思恭會諸道兵，水陸並進，質責將帥，促令渡江，以援楚州。故賊聞救兵且至，乘之益急。使立而無死，將盡殄群醜，少刷人神之憤。然觀其所建立，足以震耀於世。雖未能酬其滅賊之心，而氣亦伸矣。

"贊曰：'身與義不兩立，義存而身可亡，此古烈丈夫專於報國忠孝之心，托以死而無悔也。觀立天挺英勇，風節凜烈，豈彭城從昔名將帥所出，其山川氣俗，性習所鍾然耶！先是，詔州縣遇寇至，許攜其民退保山谷，而立不爲也。意其不忍與城俱亡，使少假之，肯與賊俱存哉？所以立死至城破，天爲沉陰晝晦，而褒贈隱恤，照爛竹帛。其心明著，天與聖主知之矣。智力雖躓於一時，而名譽慷動萬世也。張巡、許遠，皆出縉紳卿相之族，聞見習熟，臨難行其所知，易矣。立起自行伍，奮不謀身，較其時與勢，比巡、遠爲尤難也。'"

列其終始大節，與攻戰百數特詳焉，庶幾爲後世忠臣義士之勸。

揮麈後録卷之十

汝陰王明清

171. 吴傅朋説知信州，朝辭上殿。高宗云："朕有一事，每以自慊。卿書九里松牌甚佳。向來朕自書易之，終不逮卿所書，當令仍舊。"説皇恐稱謝。是日降旨，令根尋舊牌，尚在天竺寺庫堂中，即復令張挂，取宸奎榜入禁中。説所書至今揭于松門。仰見聖德謙仁之不伐也。傅朋自云。

172. 靖康末，駙馬都尉王師約之子殊爲龍德宫都監。祐陵北狩，御府器玩服御不能盡從者，悉爲其掩有，携以南度。事露，下廷尉，伏罪，高宗欲戮之。時叔祖子裳爲棘卿，啓于上曰："殊誠可殺。但倘非其隱匿，則諸物悉爲虜得，無從復歸天上矣。"上於是貸而不誅。先人摹得其古口玉印數十，[①] 今假于楊伯虎文昺未歸。

173. 建炎己酉，高宗暫駐蹕于建康。閩中禽苗傅、劉正

---

① "口",原空一字。

彦，獻俘于朝，檻車幾百兩。先付之大理獄，將盡尸諸市。子裳請對以陳云：“在律俱當誅死。然其中婦女，有雇買及鹵掠以從者，倘殺之，未免無辜。願賜哀矜。”上矍然曰：“卿言極是。朕思慮之所不到。”即詔除二凶妻子之外，餘皆釋放，歡呼而出。

174. 周望，字仲弼，蔡州人，有口材，好談兵，嘗爲康邸記室。建炎初，呂元直從而引用之，驟拜二府。高宗幸明、越，命其經略淮、浙，付委甚重。而昧於戎機，駕馭無術，遂至紛亂。平江一城，最爲荼毒。責昭化軍節度副使連州安置以死。紹興己卯，其家自理，詔復故官，澤及其子。時凌明甫哲爲右正言，明甫，平江人也，親見其鄉里被害之酷，遂上疏疏其罪，命乃寢。吳越錢穆作《收復平江記》，悉從紀實，不能采其文華之要。雖有浮冗之詞，不欲易之：

“建炎四年庚戌春二月，①金人首領四太子者，自明、越還師，由臨安府襲秀州，二十五日犯平江府，午漏未盡四刻，兵自盤門入，劫踐官府民居，廥廩積聚，虜掠子女金帛，乃縱火延燒，烟焰見二百里，②凡五晝夜。三月初一日，出閶西，寇常、潤，於是平江府燒之既，士民前後遷避得脱者，十之二三；遷避不及或殺者，十之六七。謹案，靖康之亂，金人再犯闕，太上皇帝、淵聖皇帝北狩，今上皇帝即位于睢

---

① “戌”，原作“戍”，據津逮本、四庫本改。
② “焰”，原作“燄”，據津逮本、四庫本改。

陽，改元建炎。是年秋，移幸江都。三年己酉春，金人南牧淮甸。二月初三日，大駕渡揚子江，① 幸杭州。金人叩江而不濟，已乃歸國。四月，大駕西還，駐蹕于金陵，寵其府號，易江寧爲建康。議者謂金陵六朝建國，襟帶大江，崗嶺迴合，北貫淮、汴，西引川、峽，南洞襄、漢，東壓吳、越，甄閩、荊、廣之區，四達之國也。資其富饒，基本王業，以經理中原，收復京、洛，實爲勝筭。開封尹杜充久司留鑰，天下屬望，至是召赴行在，命爲淮南、京東西宣撫處置使，俾提重兵保諸路。又請隆祐太后領皇太子，帥六宮及宗室近屬前往江表。百司庶府，非與軍興之事者，悉從焉。上獨與宰相呂頤浩暨三數大臣以次侍從官留金陵治兵。詔書有'誓堅一死，以保群生'之語，士民讀詔，感泣奮厲，以爲中興之期，可指日而慶矣。杜公既有成命，淹迴未遣，人心稍惑之。閏八月一日詔云：'朕嗣位累年，寅奉基緒，② 愛育生靈，凡可以和戎息兵者，卑辭降禮，無所不至，而敵人猖獗，追逐凌犯，未有休息之期，朕甚憚之。比命杜充提兵防淮，然大江之北，左右應接，我所守者一，由荊、襄至通、泰，敵之可來者五六，兵家勝負，難可預言，所議衆多，未易偏廢。軫念旬月，莫適決擇。朕將定居建業，不復移蹕。與夫右趣鄂、岳，左

---

① "揚"，原作"楊"，今改。
② "緒"，津逮本、四庫本作"紹"。

駐吳、越，山川形勢，地利人情，孰安孰危，孰利孰害，以
至彼我之所長，步騎之所宜，何巇可守，何地可戰，甚地之
錢物可運，甚郡之粟穀可漕，其各悉心致思，以告于朕。昔
漢高帝謀臣良將多矣，都雒之計已定，及聞婁欽一言，① 而
用之之意立決。吾士大夫之確論，朕豈不能虛懷而樂從哉？
三省可示行在職事官，共條具以聞。’於是群臣爭進避敵之
計。拜杜公尚書右僕射，留鎮金陵，不復北渡矣。二十五日，
大駕乃復南巡。九月初四日，駐蹕于平江府。二十五日，詔：
休兵已兼旬，可涓日進發。詞臣引《孟子》‘巡狩’‘補助’
爲説。始，平江人猶幸於駐蹕，倚以爲安，至是惶遽失望。
蓋前此駕後諸軍，多阻亂不靜，人既畏之，又慮胡騎乘冬深
入，於是遠有散之浙東、閩部者，而近者亦自匿於山巔水涯
之際。詔以工部侍郎湯東野爲守臣，又命同知樞密院周望爲
淮、浙宣撫使，宿兵府城，將官陳思恭、巨師古、張俊、魯
珏、李貴俗號李閻羅者。② 等悉隸望節制。又詔駕後諸軍，盡命
先啓行，獨以禁衛諸班扈蹕。九月初四日，駕興，平江幸無
釁，其民復稍稍安集。周望遣諸將各部署所隸兵，分護境內。
河內降賊郭仲威領其下萬衆，③ 至自通州，屯泊于虎丘山。
時大駕駐會稽。十一月，有旨，金人於和州欲渡采石，及自

---

① “婁欽”，應作“婁敬”，避宋太祖祖父趙敬諱改。四庫本作“婁敬”。
② “李閻羅”，“閻”，原作“閶”，據四庫本改。本條內下同。
③ “威”，原作“滅”，據毛鈔本、津逮本、四庫本及下文“仲威”改。

黄州渡兵，已至興國軍界，取二十五日移蹕前去浙西，爲迎敵之計。吳人復引領望幸。未幾建康府報，是月十八日，磧砂渡將官張超失守，賊登岸，杜丞相遣都統制官陳淬提領岳飛、劉剛等二萬人，分陣頭迎戰，又命王𤦺全軍一萬三千人相繼往來策應。二十日，陳淬與賊遇于馬家渡，凡十余合，日暮戰酣，勝負略相若。會王𤦺領西兵畔敵，檄鎮江府韓世忠、江州劉光世應援，皆不赴。世忠已望風循海道潛去。於是陳淬孤軍力弱，不能當，賊進逼建康城下，守臣陳邦光降之，通判楊邦義死焉。杜丞相奔儀真，收拾潰亡，移保淮甸。大駕頓于越州之蕭山縣，群臣復勸南避，乃幸四明。於是平江大震恐，周望、湯東野集耆艾、士夫、僧道訪問所以爲計者，且曰：‘今戰守皆已無策矣。’蓋其意在迎降，而欲眾發其端。士民不苔而罷。望斂諸將兵歸城中，懼其抗賊取怒也。已而金人自建康取捷徑劫廣德軍，掠湖州南境，破屬邑長興、武康、安吉，遂犯臨安府之餘杭縣，急趨臨安府。守臣康允之去之，民自爲守，六日而陷。渡錢塘江，降越州守臣李鄴，遂犯四明，以窺行在。有詔周望、湯東野等固守平江等。望自謂虜不敢犯境而過，始少安，遂倚郭仲威爲腹心，俾盡護諸將，① 與張俊、魯玨居城中，遣巨師古控扼吳江，陳思恭屯楞伽山，李閶羅屯常熟縣。思恭兵無紀律，村落五十里間，

---

① “俾”，原作“俾”，據四庫本改。

皆被其害，周望詰責之，斬隊將武節郎張振，乃戢。而郭仲威居城府外，爲忠勇之論，望委任之不疑，士民亦顧望，信以爲重，晏然按堵如平日，而郊居遷避之家，往往而復。平江城堞完壯，而地下聚水，四圍渠塹深廣。周望又竭取民財錢穀以巨萬計，庫廩充牣，兵器犀利，沛然有餘力，以是人益安之。過明年春正月，而來傳言者多云賊自越州躡來路返金陵；或又謂自臨安府昌化縣道宣、歙趨當塗，渡江而歸，杭無匹馬隻輪矣。望等素不嚴斥堠，① 而四境無尉，野無烽火，但以傳言爲信。乃遣張俊、陳思恭等統兵，規入杭州，以邀收復之功。俊等行涉旬纔及秀州，陳思恭偵知傳言者非實，走間道潛軍于湖州烏墩鎮以觀變。② 二月十八日，張俊馳報，金人犯秀州崇德縣，俊統兵迎擊于宣店，走之。平江之人且喜且懼，以俟後捷。十九日，徵鄉兵，發太湖洞庭東西山千艘，命舟頭巡檢湯舉揔之，③ 前赴吳江，陣于簡村。二十一日，金人犯吳江縣，巨師古兵不戰而潰，更以太湖民舟爲向導，歸于西山。二十二日，郭仲威遣千兵拒守于尹山，已而退師。二十三日，府中令民逐便出城，留少壯者登埤以守。是日，金人游騎掠城東，郭仲威兵未合而返。守臣湯東野出奔，周望以郡印付仲威。二十四日，仲威會諸將飲城上，

---

① "堠"，原作"堠"，今改。
② "墩"，避宋光宗趙惇諱，缺末筆。
③ "舟"，原作"用"，據津逮本、四庫本改。

士民老幼數萬，叩頭出血，請加守禦之備。仲威奮髯語衆曰：
'即發遣騎兵，虜行破矣，民慎無擾。'人猶信之。日欲晡，
金人大集于城下。仲威及魯珏兵火廣化寺，又火醫官李世康
宅，①望、仲威等皆宵遁。其下自城南轉劫居民，北出齊門
而去。民之得出郭者，多爲所害。明日，金人遂據城。諸將
奔遁，潛伏外邑，覘胡人之行也，競以兵還。三月初二日，
張俊至自崑山。初三日，巨師古至自洞庭，李閭羅、魯珏、
郭仲威等至自常熟。初五日，陳思恭至自烏墩。② 各以力勝，
惟仲威竊據之，揭榜于市曰：'本軍已逐退金人，收復府
城。'或聞亦用此奏上。周望自遁所良久乃出，領兵之吳興。
十五日，始有詔周望等平江失守，可發遣諸將兵往常州以北，
沖襲金人，以功贖過云。初，金人燒劫之餘，金帛錢穀尚多，
仲威即據城縱兵掠取，晝夜搜抉不已。遺民間訪舊居，即執
之，笞責苦楚，窮問瘞藏之物，民益冤憤。故自金人南渡磵
砂，破金陵、廣德、杭、秀、常、潤、明、越，惟平江被害
最深。蓋以兵多將庸，民始倚之而不去，既墮虜計，則又再
遭官軍之毒。是夏疾疫大作，米斗錢五百。有自賊中逃歸者，
多困餓僵仆，或驟得食而死，橫尸枕籍，道路涇港爲實，哭
聲振天地。自古喪亂之邦，未有如是之酷也。穆目睹其事，

---

① "醫官"，原作"堅官"，據四庫本改。
② "墩"，避宋光宗趙惇諱，缺末筆。

幸以身免。因迹階亂之由，與夫敗亡，次叙記之，以備後世史官采擇。目之曰《收復平江府記》者，本郭仲威揭示之文，具爲吳人諱於不復云。建炎四年四月二十日記。"

仲威出于寇盜，號郭大刀。明年，除揚、真二州鎮撫使，在郡長惡不悛。劉平叔光世爲淮、浙宣撫，置司京口，遣其將王德禽仲威至麾下殺之。

175. 紹興戊午，秦會之再入相，遣王正道爲計議使，以修和盟。十一月，樞密院編修官胡銓邦衡上書曰："王倫本一狎邪小人，市井無賴，頃緣宰相無識，遂舉以使虜。專用詐誕，欺罔天聽，驟得美官，天下之人切齒唾罵。今日無故誘致虜使，以'詔諭江南'爲名，是欲臣妾我也，是欲劉豫我也。[1] 且豫臣事醜虜，南面稱王，以爲子孫帝王萬世之業，牢不可拔，一旦豺狼改慮，捽而縛之，父子爲虜。商監不遠，[2] 而倫乃欲陛下效之。夫天下者，祖宗之天下也；陛下之位，祖宗之位也。奈何以祖宗之天下爲犬戎之天下，祖宗之位爲犬戎藩臣之位！陛下一屈膝虜人，[3] 則祖宗社稷之靈盡污夷狄，祖宗數百年之赤子盡爲左衽，朝廷之宰輔盡爲陪臣，天下士大夫皆當裂冠毀冕，变爲胡服。異時豺狼無厭之求，安知不加我以无禮如劉豫也哉？夫三尺童子，至無知也，

---

① "豫"，原作"豫"，據毛鈔本、津逮本、四庫本改。下"豫臣事醜虜"同。

② "監"，四庫本作"鑒"。

③ "膝"，原作"脉"，據津逮本、四庫本改。

指犬豕而使之拜，則怫然怒；堂堂天朝，相率而拜犬豕，曾童稚之所羞，而陛下忍爲之耶？倫之議乃曰：‘我一屈膝，則梓宮可還，太后可復，淵聖可歸，中原可得。’嗚呼！自變故以來，主和議者，誰不以此說啖陛下，① 然而卒無一驗，則虜之情僞已可見矣。而陛下尚不覺悟，竭民膏血而不恤，忘國大讎而不報，含垢忍恥，舉天下而臣之甘心焉。就令虜決可和，盡如倫議，天下後世以陛下爲何如主也？況醜虜變詐百出，而倫又以奸邪濟之，則梓宮決不可還，太后決不可復，淵聖決不可歸，中原決不可得。而此膝一屈，不可復伸，國勢陵夷，不可復振，可不爲慟哭流涕，長太息哉！向者陛下間關海道，危如累卵，尚未肯臣虜，況今國勢既張，諸將盡銳，士卒思奮？如頃者醜虜陸梁，僞豫入寇，固嘗敗之於襄陽，敗之於淮上，敗之於渦口，敗之於淮陰，較之往時蹈海之危，固已萬萬不侔。儻不得已而至於用兵，則我豈遽出虜人下哉？今無故欲臣之，屈萬乘之尊，下穹廬之拜，三軍之士，不戰而氣已索，此魯仲連所以義不帝秦，非惜夫帝之虛名，惜天下大勢有所不可也。今內而百官，外而軍民，萬口一談，皆欲食倫之肉。謗議洶洶，陛下不聞，正恐一旦變作，禍且不測。臣故謂不斬王倫，國之存亡未可知也。雖然，倫固不足道也，秦檜爲心腹大臣，而不爲之計，陛下有堯、舜

---

① “啖”，原作“啗”，津逮本、四庫本作“啗”，據改。

之資，檜不能致陛下於唐、虞，而欲導陛下爲石晉。頃者禮部侍郎曾開以古議折之，檜乃厲聲責之曰：‘侍郎知故事，我獨不知！’則檜之遂非愎諫，已自可知。而乃建議日令臺省侍臣僉議可否，① 蓋畏天下議己，令臺省侍臣共分謗耳。有識者皆以謂朝廷無人，吁，可惜也！孔子曰：‘微管仲，吾其被髮左衽矣。’夫管仲，伯者之佐，尚能變左衽之軀，而爲衣裳之會。秦檜，大國之相也，反驅衣裳之俗，而爲左衽之鄉。則檜也，不惟陛下之罪人，實管仲之罪人也！孫近傅會檜議，遂得參知政事。天下望治，有如饑渴，而近伴食中書，漫不知可否。檜曰虜可講和，近亦曰可和；檜曰天子當拜，近亦曰當拜。臣嘗至政事堂，三發問而近三不荅，但云‘已令臺諫侍臣議之矣’。嗚呼！身爲執政，不能參贊大政，徒取容充位如此，若虜騎長驅，近還能折衝禦侮耶？竊謂秦檜、孫近，皆可斬也！臣備員樞屬，義不與檜等共戴天。區區之心，願斬三人頭，竿之槀街，然後羈留虜使，責以無禮，徐興問罪之師，則三軍之士，不戰而氣自倍！不然，臣有赴東海而死耳，寧能處小朝廷求活耶！”疏入，責爲昭州鹽倉，而改送吏部，與合入差遣，注福州簽判，蓋上初無深怒之意也。

至壬戌歲，② 慈寧歸養，秦諷臺臣論其前言弗效，詔除

---

① “建議日令臺省侍臣”，四庫本作“建白令臺省大臣”。
② “戌”，原作“戌”，據津逮本、四庫本改。

名勒停，送新州編管。張仲宗元幹寓居三山，以長短句送其行云："夢繞神州路。悵秋風，連營畫角，故宮離黍。底事昆侖傾砥柱，九陌黃流亂注？聚萬落千村狐兔。天意從來高難問，況人生，易老悲如許。更南浦，送君去。　涼生岸，柳銷殘暑。耿斜河，疏星淡月，斷雲微度。萬里江山知何處，回首對牀夜語。雁不到，書成誰與？目斷青天懷今古，肯兒曹恩怨相爾汝。舉大白，唱《金縷》。"邦衡在新興，嘗賦詞云："富貴本無心，何事故鄉輕別？空使猿驚鶴怨，誤薜羅風月。①　囊錐剛要出頭來，不道甚時節。欲駕巾車歸去，有豺狼當轍。"郡守張棣繳上之，以謂譏訕，秦愈怒，移送吉陽軍編管。棣乃擇使臣之刻核者名游崇管押，封小項筒過海。邦衡與其骨肉徒步以涉瘴癘，路人莫不憐之。至雷州，太守王彥恭趯，雖不學，而有識，適使臣者行囊中有私茶，彥恭遣人捕獲，送獄奏治，別差使臣護送，仍厚餉以濟其渡海之費，②邦衡賴以少蘇。彥恭縣此，賢士大夫推重之。棣訐邦衡後，即就除湖北提舉常平，乘軺一日而殂。又數年，秦始聞仲宗之詞。仲宗挂冠已久，以它事追赴大理削籍焉。邦衡囚朱崖幾一紀，方北歸。至端明殿學士、通奉大夫，八十餘而終，諡忠簡。此天力也。此一段皆邦衡之子澥手爲刪定。

---

① "薜"，原作"薜"，據毛鈔本、津逮本、四庫本改。
② "餉"，原作"饟"，津逮本、四庫本作"饟"，據改。

揮麈後録卷之十一

汝陰王明清

176. 孫仲益每爲人作墓碑，得潤筆甚富，所以家益豐。有爲晉陵主簿者，父死，欲仲益作志銘，先遣人達意于孫云："文成，縑帛良粟，① 各當以千濡毫也。"仲益忻然落筆，且溢美之。既刻就，遂寒前盟，以紙筆、龍涎、建茗代其數，且作啓以謝之。仲益極不堪，即以駢儷之詞報之，② 略云："米五斗而作傳，絹千匹以成碑，古或有之，今未見也。立道旁碣，雖無愧詞；諛墓中人，遂成虛語。"翟無逸云。

177. 韓璜叔夏爲司諫，奉使江外回，赴堂白事。徐康國爲兩浙漕，亦以職事入謁中書。康國自謂踐揚之久，率多傲忽。既詣省，候于廊廡，以待朝退，一綠衣少年已先在焉。天尚未辨明，康國初不知爲叔夏也，貌慢之，偃然坐胡牀，

---

① "良",原作"艮",據津逮本、四庫本改。
② "儷",原作"驪",據津逮本、四庫本改。

雙展兩足于火踏子之上，① 目視雲霄，久之，始問曰："足下前任何處？"綠衣曰："乍脱州縣。"時方事之殷，外方多以獻利害得審察之命，因以求任使者。康國疑爲此等，易之，曰："朝廷多事之際，隨材授官。乍脱州縣者，未易遽干要除。"有堂吏過與之揖，康國且詫于綠衣曰："此某中奉也。某在此，儻非諸公調護，亦焉能久安耶？"語未終，丞相下馬，遣直省吏致意康國曰："適以韓司諫奉使迴，得旨有所問，未及接見。"吏引綠衣以登，回首揖康國而趨。康國始知爲諫官，驚悵恐怖，脚蹙踏子翻空，灰火滿地，皇灼而退。是時有流言劉剛據金陵叛，剛知之，束身星馳，詣闕自明。適康國翌日再造，有黯袍後生武士復在焉。康國反前日之轍，先揖而問之曰："適從何來？"武士曰："來自建康。"康國遽問曰："聞劉剛已反，公來時如何？"武士作色曰："吾即劉剛！吾豈反者？想公欲反耳。"康國又慚而去。越數日，竟爲叔夏彈其"交結堂吏，臣所目睹"而罷。外舅云。

178．傅崧卿子駿以都司奉使二浙，回行在所，時王唐翁、張全真爲參政，子駿既至堂中，諸公問以部使者郡太守治狀，子駿曰："浙東提點刑獄王翶殊不職。"次欲啓知明州張汝舟，始悟適犯唐公諱矣，思所以避之，卒然曰："明州張

---

① "踏"，原作"蹹"，據津逮本、四庫本改。段內下"脚蹙踏子"同。

守尤無狀。"頃刻之間，二執政姓名俱及之。錢德載云。[1]

179. 范擇善同宣和中登第，得江西教官，自當塗奉雙親之官，其父至上饒而殂，寓于道旁之蕭寺中，進退彷徨。主僧憐之，云："寺後山半，適有一穴，不若就葬之，不但免般挈之勞，而老僧平日留心風水，此地朝揖絶勝，誠爲吉壤。"擇善從之，即其地而殯之。其後擇善驟貴，登政府，乃謀歸祔于其祖兆，請朝假以往改卜。時老僧尚在，力勸不從。才徙之後，擇善以飛語得罪于秦會之，[2] 未還闕，言者希指，攻之云："同以遷葬爲名，謁告于外，搔擾州縣。"遷謫而死。趙宣明云。

180. 李漢老與秦會之《賀進維垣啓》云：[3] "推赤心於腹中，君既同於光武；有大勛於天下，相自比於姬公。"秦答之云："君既同於光武，仰歸美報上之誠；相自比于姬公，其敢犯貪天之戒？"漢老得之，皇恐者累月。

181. 建炎末，范覺民當軸，下討論之制，論崇、觀以來，泛濫受賞遷擢，與夫入仕之人，官曹淆亂，宜從鐫汰。自此，僥倖之徒屏迹不敢出。紹興辛酉，御史乃言以謂方事之殷，從軍之人，多有受前日之濫賞者，願亟罷此文，以安

---

① "云"，原作"二"，據津逮本、四庫本改。
② "語"，原作"吾"，據毛鈔本、津逮本、四庫本改。
③ "李"，原作"季"，宋陳鵠《耆舊續聞》卷一〇："秦塤以狀元及第，李文肅公邴……文肅賀除太師啓云：'推赤心於腹中，君既同於光武；有大勛於天下，相自比於姬公。'秦以爲譏已，答啓云：'君既同於光武，仰歸美報上之誠；相自比於姬公，其敢犯貪天之戒？'文肅得之，不能不恐，然亦終不加害也。"據改。

反側。詔從之。蓋是時秦會之初用事也。先是，宣和初，鄭達夫爲相，達夫與會之俱華陽王氏婿。會之以其兄楚材梓囑于達夫，會傅墨卿使高麗，達夫俾楚材以廉從墨卿，補下班祗應，泊回，① 即以獻頌，直赴殿試。《祐陵實録》亦略載之。又王顯道曒以達夫婿冒寵，位中大夫秘閣修撰，且會之夫人同包也。金彦行安節爲諫官，嘗陳其事于會之疏中。二人擯迹累年。至是御史希會之之旨，以爲之地。繇此二人俱彼峻用，② 不及一歲，皆登從班。

182. 建炎末，先人爲樞密院編修官，被旨專一纂集《祖宗兵制》，書成進呈，高宗皇帝覽之稱善，諭宰臣范覺民宗尹云："王某所進《兵制》甚佳。朕連夕觀之，爲目痛。可改官與陞擢差遣。賜其書名曰《樞庭備撿》。"時秦會之爲參知政事，素與先人議論不同。雖更秩，然自此去國矣。王鈇，字承可，會之舅氏，王本觀復之子，會之心欲用之，薦于上，謂有史才。名適與先人偏旁相似，上忽問云："豈非修《兵制》者乎?"會之即應之云："是也。"詔再除樞屬。徐獻之琛，亦王氏甥，與會之爲中表，而師川之族弟。會之知高宗眷念師川不替，一日奏事，啓上云："徐俯身後伶俜可憐，有弟琛，能承兄之業，願陛下録用之。"上從其請。其後承可、

---

① "泊"，原作"泊"，據津逮本、四庫本改。
② "彼"，四庫本作"被"。

獻之皆爲貳卿。會之並緣罔上，率皆類此。

183. 紹興己未，周敦義葵爲侍御史，梁仲謨汝嘉爲户部尚書。敦義欲論之，甫屬稿而泄其事于仲謨。時秦會之秉鈞，仲謨致懇款于會之，會之領略之。是夕，敦義牒閤門，明朝有封事求對。翌日，會之奏事，即擬除敦義爲左史，天意未允。敦義方侍引，會之下殿，即喻閤門云："周葵已得旨除起居郎，隔下。"又明日，敦義立螭直前訴之，高宗喻會之云："周葵遽易之，何也？"會之云："周葵位長言路，碌碌無所建明。且進退百官，臣之職也。儻以臣黜陟不公，願先去位。"上云："不須如此。"是日，批出周葵與郡，遂出守雪川。秦含怒未已，思多方誤之。未幾，易守平江。會李仲永椿年爲浙漕，應辦北使。會之喻意仲永，使爲之所。仲永之回，即入奏敦義在郡，錫燕虜使，飲食臭腐，致行人有詞。講和之初，不宜如此。敦義落職罷郡，謝表云："雖宰夫是供，各司其職耳。然王事有闕，是誰之過歟？"自是投閒十五年。

184. 紹興庚申秋，虜人敗約，復取河南故地。秦會之在相位，踪迹頗危。時馮濟川檝爲貳卿，一日相見，告之云："金人背盟，我之去就未可卜。如前此元老大臣，皆不足慮，獨君鄉衮，未測淵衷如何，公其爲我探之。"翌日，濟川求對，啓上云："金寇長驅犯淮，勢須興師，如張某者，當且以戎機付之。"高宗正色曰："寧至覆國，不用此人。"濟川亟以告秦，秦且喜且感。濟川云："適觀天意，檝必被逐。願乞瀘川，以爲晝綉。"至晚，批出馮檝令與外任。遂以檝爲待制，帥瀘南，在任凡十二年。張文老云。

185. 方公美庭實，興化人。其父宣和中嘗爲廣南提學以卒。公美後登科，至紹興間，自省郎爲廣東提刑，以母憂去官。服闋，復除是職，公美辭以不忍往，秦會之不樂，降旨趣行。公美強勉之官，謝上表云："三舍教育，先臣之遺愛尚存；一笑平反，慈母之音容未遠。"讀者哀之。已而，竟没於嶺外。蘇少連云。

186. 馬子約純，紹興中爲江西漕時，梁企道揚祖爲帥，①每強盜救下貸命，必配潮州，喻部吏至郊外即投之江中，如此者屢矣。子約云："使其合死，則自正刑典；以其罪止於流，故赦其生，猶或自新。既斷之後，即平人爾。倘如此，與殺無罪之人何以異乎?"二公由此不咸。後以它事交訴于朝，俱罷去。初，熙寧中，子約父處厚默知登州，建言乞減放沙門島罪人。處厚時未有嗣，夢天錫一子，當壽八十，仕至諫議大夫，前人已記之矣。子約隆興初以太中大夫致仕，壽八十一而終。太中，蓋官制前諫議大夫也。

187. 紹興丁卯歲，明清從朱三十五丈希真乞先人文集序，引文既成矣，出以相示，其中有云："公受今維垣益公深知，倚用而不及。"明清讀至此，啓云："竊有疑焉。"朱丈云：

"敦儒與先丈，皆秦會之所不喜。此文傳播，達其聞聽，無此
等語，至掇禍。"明清云："歐陽文忠《與王深父書》云：'吾
徒作事，豈爲一時？當要之後世爲如何也。'"朱丈嘆伏，除
去之。

188. 近有名家子知邵州時，辛永宗爲湖南總管，駐札郡
下。永宗兄弟，早侍上有眷。秦會之方自虜中來歸，與富季
申爭寵，指諸辛爲黨，會之深嫉之。及會之登師垣，既鼠其
兄企宗、道宗，邵守迎合，按永宗冒請全俸，合計以贓。會
之得所申，大喜，下本郡閱實焉。永宗實以嘗立軍功許給，
有御札非偽，守先以計取得之，以送秦矣。秦既當路，無從
辯白，竟準以盜論，流端州，盡籍其家以責欠。選郡僚之苛
酷者使録橐，一簪不得與。償既及數，猶謂所遣官云："前赴
其家燕集，以某器勸酒，今乃不見，[1] 豈隱之邪？"殘刻有如
是者。呂稽中。

189. 紹興壬戌，[2] 罷三大帥兵柄。時韓王世忠爲樞密
使，語馬帥解潛曰："雖云講和，虜性難測，不若姑留大軍之
半于江之北觀其釁。公其爲我草奏，以陳此事。"解用其指爲
札子，韓上之。已而付出，秦會之語韓云："何不素告我而遽
爲是邪？"韓覺秦詞色稍異，倉卒皇恐，即云："世忠不識

① "今"，原作"令"，據毛鈔本、津逮本、四庫本改。
② "壬戌"，"戌"原作"戍"，據津逮本、四庫本改。

字，此乃解潛爲之，使某上耳。"秦大怒，翌日貶潛單州團練副使，南安軍安置，竟死嶺外。張子韶云。

190. 榮茂世薿爲湖北漕，置司鄂州。有都統司統制官王俊，以其舊主帥岳飛父子不軌狀詣茂世陳首，①茂云："我職掌漕計，它無所預。"卻之。俊遂從總領汪叔詹陳其事，汪即日上聞。秦會之得之，藉以興羅織之獄，殺岳父子。知茂世不受理，深怨之。而高宗於茂世有霸府之舊，秦屢加害而不從。秦死，榮竟登從班。汪訐岳之後，獄方竟而殂。豈非命歟！榮次新云。

191. 舅氏曾宏父，生長綺紈，而風流醞藉，聞于薦紳。長於歌詩，膾炙人口。紹興中守黃州，有雙鬟小鬟者，頗慧黠，宏父令誦東坡先生《赤壁》前後二賦，客至代謳，人多稱之，見于謝景思所叙刊行詞策。後歸上饒，時鄭顧道、呂居仁、晁恭道俱爲寓客，日夕往來，杯酒流行，顧道教其小獲亦爲此技，宏父顧鄭笑曰："此真所謂效顰也。"後來士大夫家與夫尊俎之間，悉轉而爲鄭、衛之音，不獨二賦而已。明清兄弟兒時，先妣製道服，先人云："須異於俗人者乃佳。舊見黃太史魯直所服絕勝。"時在臨安，呼匠者教令染之，久之始就，名之曰"山谷褐"。數十年來，則人人敩之，幾遍國中矣。

---

① "不軌"，原作"不世"，據津逮本、四庫本改。

192. 秦會之爲相，高宗忽問："陳桷好士人，今何在？可惜聞卻，當與一差遣。"會之乃繆以元承爲對，云："今從韓世忠，辟爲宣司參議官。"元承、季任，適同姓名。上笑云："非也。好士人豈肯從軍耶？"因此遂召用。仲舅云。

193. 姚宏，字令聲，越人也。父舜明廷暉，嘗任戶侍。令聲少有才名，呂元直爲相，薦爲刪定官，以憂去。秦會之當國，婁求官，不報。張如瑩澄與令聲爲中表，令聲托爲扣之，秦云："廷暉與某，靖康末俱位柏臺。上書粘罕，乞存趙氏，拉其連銜，持牘去，經夕復見歸，竟不僉名。此老純直，非狡獪者，聞皆宏之謀也，繇是薄其爲人。"如瑩以告令聲，令聲曰："不然。先人當日固書名矣。今世所傳秦所上書，與當來者大不同，更易其語，以掠美名，用此誑人。以僕嘗見之，所以見忌。"已而言達于秦，秦大怒，思有以害之。會令聲更秩，調知衢州江山縣，適當亢旱，有巡檢者自言能以法致雷雨，試之果然。而邑民訟其以妖術惑衆，迫赴大理，竟死獄中。初，令聲宣和中在上庠，有僧妙應者，能知人休咎，語令聲云："君不得以令終。候端午日伍子胥廟中見石榴花開，則奇禍至矣。"令聲初任監杭州稅，任三載，足迹不敢登吳山。將赴江山也，自其諸暨所居趨越，來訪帥憲。既歸，出城數里，值大風雨，亟憩路旁一小廟中，見庭下榴花盛開，妍甚可愛，詢祝史，云"此伍子胥廟"。其日乃五月五日。令聲慘然登車，未幾，遂罹其酷。弟寬，字令威，問學詳博，注《史記》行於世，三乘九流，無所不通。紹興辛巳歲，完顏亮舉國寇淮，江、浙震恐，令威云："木德所照，當必無它。"故詔書云"歲星臨於吳分"者是也。高宗幸金陵，以其言驗，令除郎，召對奏事之際，得疾，仆於榻前。徐五丈敦立戲云："太史當奏：客星犯帝座甚急。"上念之，亟用其弟憲于朝。憲無它材能，① 不逮二兄，後登政府，命也。

194．熊叔雅彥詩，伯通之孫，早有文名。紹興初，入館權郎。秦會之秉鈞，指爲趙元鎮客，擯不用者十年。慈寧回鑾，會之以功升維垣，叔雅以啓賀之云："大風動地，不移存趙之心；白刃在前，獨奮安劉之略。"會之大喜，起知永州，已而擢漕湖北。其後王日嚴曦爲少蓬，權直禁林，會之加恩，取其聯入制詞中，翌日即除禮部侍郎。甲戌歲，策士于庭，有引此以對大問者，遂魁天下。薛仲藏云。

195．外舅方務德有《聞見手記》，近事凡六條，今悉錄之：錢遹爲侍御史，有長子之喪，聞曾文肅失眷，亟上彈章，既施行，然後謁告，尋遷中執法。吳伯舉天用當制，其詞云："思蹇蹇以匪躬，遂呱呱而弗子。"未幾，擊吳罷去。鄭亨仲云："臘寇犯浦江境上，遹具衣冠迎拜道左，對渠魁痛毀時政，以倖苟免。寇謂遹受朝廷爵秩之厚如此，乃敢首爲訕上之言，亟命其徒殺之。"亨仲居浦江，目睹其事。汪彥章詔旨

---

① "材"，原作"林"，據津逮本、四庫本改。

中作遍傳，亦甚詆之。

196. 李孝廣，崇寧間爲成都漕，以點檢邛州士人費乂、①韋直方私試試卷詞理謗訕，龐汝翼課册係元祐學術，譏詆元豐政事上聞。三人並竄廣南，孝廣遷官。後紹興庚戌，②孝廣之子倞屬疾于婺州，謂有妖孽，招路時中治之。時中始不肯言，倞托親舊扣問其詳，時中云："有一費乂者獨不肯。但已且莫知其故。"尋以告倞，倞云："若爾，某疾不復起矣。"因自道向來費乂等事實，倞以告其父。後乂輩俱客死于路。

197. 政和初，方允迪將就廷試，前期聞御注《老子》新頒賜宰執，欲得之以備對。會允迪與薛肇明有連，亟從問之，乃云無有也。一日，入薛書室，試啓書篋，忽見之，盡能記憶。泊廷試，果發問。毛達可友得對策，大喜，即欲置魁選。而強隱季淵明爲參詳官，力爭，謂其間贊聖德處有一二語病，必欲置十名之後。達可尤力辨。既而中夜思之，時中人絡繹於諸公間，萬一轉而上聞，非徒無益，乃議置十二名，猶在甲科。是時陳彦方以術得幸，又令使預占今歲甲科幾人，彦云七人，而中人輩欲神其說，密喻主司僅取此數。既而傅崧卿以上舍，薛尚友、盛并以執政子皆置甲科，卒取十人；允迪乃在乙科第四。允迪即外舅之仲父也。

———————

① "邛"，原作"卭"，津逮本、四庫本作"卬"，"卬"爲"邛"之訛，改之。"乂"，原作"又"，據津逮本、四庫本改。
② "戌"，原作"成"，據據津逮本、四庫本改。

198. 紹興初，經從嚴陵，邢鈐轄招飯，時老璫趙舜輔在
焉。坐間，邢、趙相語云："頗記吾曹同在延福宮時事否?"
趙唯唯。因叩其事。邢云："一日，梁師成、譚稹坐于延福宮
門下，二人實從。主管西城所李彥者過門，下馬致禮于譚、
梁甚恭。既去，譚謂梁：'早來聞玉音否? 可畏哉!'趙問梁
何言? 苔云：'適見李彥於榻前納西城所羨餘三百萬緡，上顧
彥云：李彥，李彥，莫教做弄一火大賊來，斫卻你頭後怎奈
何!'"不數年，彥果以橫斂被誅。

199. 孟富文庾爲戶部侍郎，紹興辛亥之歲，邊遽少寧，
廟堂與一二從官共議，以謂不若乘時間隙，分遣諸將削平諸
路盜賊。其方張不易擒者，莫如閩之范汝爲，乃以命韓世忠。
而世忠在諸將雖號勇銳，然病其難制，或爲州縣之害，當選
從官中有風力者一人置宣撫使，世忠副之以行，而在廷實齰
其選。衆乃謂孟人物既厖厚，且嘗爲韓所薦，首遷本部尚書
遣之。又以爲韓官已高，亦非尚書所能令，乃欲以爲同簽書。
上意已定。時洪成季擬爲禮部尚書，呂丞相以孟除與成季參
預之命同進。上留擬狀，值連數日假告，而已甚播。初，沈
必先爲侍御史時，嘗擊去成季，至是沈召還舊列，成季亦復
爲宗伯，以呂丞相初拜，未欲論也。至是聞將大用，亟奏成
季罷去。上意以謂二相初拜，薦二執政，其一已先擊去，其
一萬一又有議之者，二相俱不安矣。遂亟批出：富文除參知
政事。蓋適記前日除富文，誤當成季所擬官。二相亦恐紛紛，

不復申前説也。然亦議定，俟閩中使還，即罷之。而會逢多事，在位獨久，凡三年然後去國。

200. 紹興壬戌夏，[①] 顯仁皇后自虜中南歸，詔遣參知政事王慶曾次翁與后弟韋淵迓于境上。[②] 時虜主亦遣其近臣與內侍凡五輩護后行。既次燕山，虜人憚於暑行，后察其意，虞有他變，稱疾請于虜，少須秋涼進發，虜許之。因稱貸于虜之副使，得黃金三百星，且約至對境倍息以還。后既得金，營辦佛事之餘，盡以犒從者，悉皆歡然。途中無間言，由此力也。既將抵境上，虜必欲先得所負，然後以后歸我。后遣人喻指于韋淵，淵詞曰：“朝廷遣大臣在焉，可徵索之。”遂詢于王。初，王之行也，事之纖粟，悉受頤指于秦丞相，獨此偶出不料。虜人趣金甚急，王雖所齎甚厚，然心懼秦，疑其私相結納，歸欲攘其位，必貽秦怒，堅執不肯償。相持界上者凡三日。九重初不知曲折，但與先報后渡淮之日既愆期，張俊為樞密使，請備邊。憂慮百出，人情洶洶，謂虜已背盟中變矣。秦適以疾在告，朝廷遂為備邊計，中外大恐。時王曉以江東轉運副使為奉迎提舉一行事務從王，知事急，力為王言之，不從。曉乃自袤其隨行所有，僅及其數以與之，虜人喜，后即日南度，疑懼釋然，而王不預也。王歸白秦，以

---

① “戌”，原作“戊”，據津逮本、四庫本改。
② “韋”，原作“違”，據津逮本、四庫本改。

謂所以然者，以未始稟命，故不敢專。秦以王爲畏已，果大
喜。已而后泣訴于上："王某大臣，不顧國家利害如此。萬一
虜生它計，于數日間，則使我母子不相見矣。"上震怒，欲暴
其罪而誅之。初，樓焰仲輝自樞府以母憂去位，終制，起帥
浙東，儲之欲命謝于虜廷。至是，秦爲王營救回護，謂宜遣
柄臣往謝之，於是輟仲輝之行，以爲報謝使，以避上怒。逮
歸，上怒稍霽，然終惡之。秦喻使辭位，遂以職名奉祠，已
而引年，安居于四明。秦終憐之，餽問不絕。秦之擅國，凡
居政府者，莫不以微過忤其指，例以罪行。獨王以此，情好
不替。王卒，特爲開陳，贈恤加厚；諸子與婿、親戚、族人，
添差浙東者又數人，以便其私。議者謂秦居政府二十年間，
終始不貳者，獨見王一人而已。

201. 曾文清吉父，孔毅父之甥也，早從學于毅父。文清
以蔭入仕，大觀初，以銓試合格，五百人爲魁，用故事，賜
進士出身。紹興中，明清以啓贊見云："傳經外氏，早侍仲尼
之間居；提筆文場，曾寵平津之爲首。"文清讀之，喜曰：
"可謂着題矣！"後與明清詩云："吾宗擇婿得羲之，令子傳家
又絕奇。甥舅從來多酷似，弟兄如此信難爲。"徐敦立覽之，
笑云："此乃用前日之啓爲體修報耳。"

202. 孫立者，壽春人。少爲盜，敗露，竄伏淝河中。覺
有物隱然，抱持而出，乃木匣一。啓視之，銅印一顆，云
"壽州兵馬鈐轄之印"。印背云："太平興國八年鑄。"後三十

年，以從軍之勞，差充安豐軍鈐轄。安豐即昔日壽州也，遂用此。_{明清爲判官日，親見之。}

203．楊原仲愿，秦會之腹心，爲之鷹犬，凡與會之異論者，驅除殆盡，以此致位二府，出守宣城。王公明與原仲爲中表，原仲爲之經營，舉削改官，得知蘄水縣。往謝原仲，款集，醉中戲語原仲云：“昔嘗於呂丞相處得公頃歲所與渠書，其間頗及秦之短，尚記憶否？”公明初出無心也，原仲聞之，色如死灰，即索之，云“偶已焚之”。原仲自此疑公明，慮其以告秦，出入起居，跬步略不暫捨，夜則多以人陰加防守。公明婁求歸而不從，深以爲苦，如此者幾歲。原仲移帥建業，途中亦如是焉。既抵金陵，館于玉麟堂後宇。諸司大合樂開燕，守卒輩往觀優戲，稍怠。公明忽睹客船纜于隔岸，亟與其親僕絜囊，① 喚而登之遁去。會散，原仲呼之，則已遠矣。即遣人四散往訪之，邈不可得。原仲憂撓成疾而斃。蘇訓直云。

204．魏道弼_{良臣}與秦會之有鄉曲共學之舊，秦既得志，引登禁路。道弼恃其久要，一日啓于秦曰：“某昨夕不寐，② 偶思量得一事。非晚郊祀，如遷客之久在遐方者，可因赦內徙，以召和氣。”秦曰：“足下今作何官？”道弼云：“備員吏

---

① “絜”，津逮本、四庫本作“挈”。
② “寐”，原作“寐”，據津逮本、四庫本改。

部侍郎。"秦復曰："且管了銓曹職事，不須胡思亂量。"翌日降旨，魏良臣與郡，出守池州，已而罷去。世言秦有度量，恐未必然也。

205. 建中靖國初，陸農師執政。時天下奏案，率不貸命。農師語時相云："罪疑惟輕。所以讞上，一門引領以望其生。今一切從死，所傷多矣。"時相然其言，自是有末減者。乾道初，忽降旨揮云："法令禁奸，理宜畫一。比年以來，旁緣出入，引例為弊，殊失刑政之中。應今後犯罪者，有司並據情款，直引條法定斷，更不奏裁。"是時外舅方務德為刑部侍郎，入議云："切詳今來旨揮，今後犯罪者，有司並據情款，直引條法定斷，① 更不奏裁。切恐其間有情重法輕，情輕法重，情理可憫，刑名疑慮，命官犯罪議親貴之類，州郡難以一切定斷。今來除並不得將例册引用外，其有載在敕律條令，明言合奏裁事件，欲乞並依建隆二年二月五日敕文參詳到事理施行。"得旨從請。二者皆仁人之言，其利博哉！②

明清頃焉不自度量，嘗以聞見漫緝小帙曰《揮塵録》，輒以鏤板，正疑審是于師友之前久矣。竊伏自念，平昔以來，父祖談訓，親交話言，中心藏之，尚餘不少。始者乏思，慮

---

① "直引"，"引"字原漫漶不清，據津逮本、四庫本及前文"直引條法定斷"補。

② "博"，四庫本作"溥"。

筆之簡編，傳信之際，或招怨尤。今復惟之，侵尋晚景，倘棄而不録，恐一旦溘先朝露，則俱墮渺茫，誠爲可惜。若夫於其中間，善有可勸，惡有可戒，出於無心可也，豈在於因噎而廢食？朝謁之暇，濡毫紀之，揔一百七十條，無一事一字無所從來，釐爲六卷，名之曰《揮麈後録》。① 尚容思索，嗣列于左。紹熙甲寅上元日，汝陰王明清書于武林官舍半山樓。

古之史官，小事書于簡牘，所謂廣記備言者在此。東漢以後，傳記益衆，皆以爲史筆之資，然而詮擇不精，疑信相半，紬書者病之。汝陰王仲言，家傳史學三世矣，族黨交游，無非一時名公巨人，平日談論，皆後學之所未聞者。渡江以來，簡册散亡，老成凋落，於是有考焉。曩嘗筆其所聞爲《揮麈録》，既又續之，所記益廣。其間雅健之文，著述之體，誠有所自來也。儻使遂一家之言，當不愧實録云。海陵王禹錫謹書。

---

① 按，《揮麈後録》各本皆實爲十一卷、二百五條，此跋蓋書於前，後又續有增改重編。

揮麈第三録卷之一

朝請大夫主管台州崇道觀汝陰王明清

1. 佛宇挂鐘之閣，多虛其中，蓋欲聲之透徹也。孝宗潛躍，在幼歲時，偶至秀州郡城外真如寺，① 登鐘樓游戲，而僧徒先以蘧蒢覆空處，上誤履其上，遂并墜焉。旁觀之人失色無措，亟往視之，乃屹然立于席上，略無驚怖之狀。此與夫國史所載太祖皇帝少年日人馬俱墮于汴都城樓者，若合一契焉。陳揆彦縕云。

2. 明清前年蝨底百僚，夏日訪尤丈延之，語明清云："中興以來，省中文字亦可引證。但建炎己酉之冬，高宗東狩四明，登舶涉險，至次年庚戌三月回次越州，② 數月之間，翠華駐幸之所，排日不可稽考，柰何？"明清即應之曰："自昔以來，大臣各有日録，以書是日君臣奏對之語。當時呂元直

---

① "真如"，宋刻本作"東塔"。
② "戌"，原作"戍"，據宋刻本、津逮本改。

爲左僕射，范覺民爲參知政事，^① 張全真爲簽書樞密院，皆從上浮于海。早晚密衛于舟中者，樞密都承旨辛道宗兄弟也。逐人必有家乘存焉。今呂、范二家皆居台州，全真鄉里常州。若行下數家，取索日録參照，則瞭然不遺時刻矣。”延之云：“甚善！便當理會。”繼而延之病矣，不知曾及施行否？去秋赴官吳陵，舟過茂苑，訪一親舊，觀其所藏書，因得己酉年李方叔正民代言詞掖，從行航海，所紀頗備。明清所緝《後録》，取王穎彦、錢穆記録其間，於此亦有相犯者，姑悉存之，所恨尤先生不及見之耳。其目云《中書舍人李正民乘桴記》，曰：

建炎己酉秋七月，車駕在金陵。初一日下詔，奉隆祐太后、六宮，外泊六曹、百司，皆之南昌。命簽書樞密院事滕康、資政殿學士劉珏同知從衛。三省樞密院治常程、有格法細務，及從官郎吏，皆分其半從行。八月十六日，隆祐登舟，百司辭於內東門。閏八月一日，內出御筆，以固守建康，或左趨鄂、岳，右駐吳、越，集百官議于都堂。群臣皆以鄂、岳道遠，恐饋餉難繼，又慮車駕一動，即江北群盜必乘虛以窺吳、越，則二浙非我有，乃決吳、越之行。十三日，制以呂頤浩爲左僕射，杜充爲右僕射。繼又命杜充以江淮宣撫使留平，^② 建康府沿江諸將，並聽節制。二十四日，從官以下先

---

① “范”，原脱，據宋刻本補。
② “留平”，宋刻本作“留守”。

行。二十六日，車駕離建康府。九月八日，行在平江府。十一日，以翰林學士張守簽書樞密院，周望爲兩浙宣撫使，留平江府。初命周望爲江南荊湖宣撫使，駐兵鄂州，以控上流。以頤浩不可離行在，乃改命焉。十月二日，從官以下先發。初五日，車駕離平江府。十三日，行在越州，入居府廨，百司分寓。十一月二十日，知杭州康允之遣人押到歸朝官某人云："自壽陽來報，金人數道並入，已自采石濟江。"以未得杜充、周望奏報，朝廷大駭，集從官議，欲移蹕江上，親督諸將爲迎敵之計。宰相、侍從同對于便坐，或謂且遣兵將，或謂宜募敢戰士以行，宰相呂頤浩又自請行。議未決，退詣都堂。午間，得周望奏狀，錄到杜充書，虜騎至和州，已召王瓊移師南渡，杜充親督師，詣采石防守。朝廷稍安。從官乃請遣兵應援建康，又分兵守衢州、信州隘路，慮胡騎自江、黃間南渡，或從趨衢、信，①以迫行在也。二十一日，命傅崧卿爲浙東防遏使，令召募土豪，以備衢、信。得江州報，胡人破黃州，由鄂州渡江向興國軍、洪州。是日，有中使自洪來云："隆祐一行，已於十一月初八日起發往虔州矣。"二十二日，從官又請對，慮胡騎不測馳突，請以郭仲荀輕兵三千從車駕至平江府，倚周望、韓世忠兵以爲援。仲荀方自杭來，士卒老幼未至，易作去計，而令張俊兵以次進發。既對，

---

① "從趨"，宋刻本作"徑趁"。

上以張俊重兵不可留，遂決議皆行。退命直學士院汪藻草詔，曉諭軍兵以迎敵之説。乃以二十三日先發兵三千。車駕以二十五日起行，既至錢清堰宿頓，是夜得杜充奏，我師敗績；又康允之奏，人馬已自建康府徑路犯杭州界，遂倉猝回鑾。二十六日，次越州城下。從官對于河次亭上，議趨四明。①吕頤浩奏，欲令從官已下各從便而去，上以爲不可，曰："士大夫當知義理，豈可不扈從？若如此，則朕所至，乃同寇盜耳。"於是郎官以下，或留越，或徑歸者多矣。二十七日，以御史中丞范宗尹參知政事。是日早，駕詣都堂，撫諭將士，移御舟過都泗堰，不克。二十八日晚，出門，雨作。自是路中連雨泥淖，吏卒老幼暴露，不勝其苦。命兩浙轉運使陳國瑞沿路排頓，用炭一千二百斤，豬肉六百斤以給衛士云。十二月五日，車駕至四明，居于府廨。朝廷召集海舟甚急，監察御史林之平，自春中遣詣福建召募海船，至是相繼而至，朝廷甚喜。十一日，親從班直百餘人，因宰執早朝，至行宮門外，邀宰相問以"欲乘海舟何往"，頤浩喻以利害，乃退。上命辛永宗勒中軍，盡捕諸班直囚之。十三日，誅其首者十有餘人，並降隸諸軍。以侍御史趙鼎爲御史中丞。十四日，臺諫請對，上喻以不得已之意。又探報虜人已入杭州，劉俊

---

① "議"上，宋刻本有"亭"字。

引兵出戰不勝，①康允之走保赭山。詔六曹百司官吏並於明、越、温、台從便居住，於是左右司、御營使司參議官皆留。十五日，大雨。群臣欲朝，至殿門，有旨放散，惟宰執入對。既退，車駕遂登舟至定海，宰執從行。十六日，從官以次行。吏部侍郎蘇望之以疾辭不至，詔給寬假。給事中汪藻乞陸行以從。十八日，聞有使人至，命范宗尹、趙鼎復回明州，以修贄。既至，乃前所遣報信使臣而已。十九日，車駕至昌國縣。二十四日，遣權户部員外郎李承造往台州刷錢帛。二十五日早，得越州李鄴奏云：「虜人已在西興下寨。別令人馬自諸暨趨嵊縣，徑入明州。」乃議移舟之温、台。是日，范宗尹、趙鼎回至行在。二十六日，啓行。自是連日南風，舟行雖穩，而日僅行數十里云。二十九日，歲除。庚戌正月一日，②大風，碇海中。二日，北風稍勁，晚泊台州港口。三日早，至章安鎮，駐舟。知台州晁公爲與李承造皆來。上幸祥符寺，從官迎拜於道左。是日，得餘姚把隘官陳彦報：「人馬至縣，迎擊乃退。」又得韓世忠奏：「見在青龍鎮就糧。欲俟敵人之歸爲擊計。」初命世忠駐兵鎮江控扼，後聞胡人自采石濟師，上命追世忠赴行在，又欲令移軍常州。吕頤浩請以

---

① 「劉俊」，似應作「張俊」，《三朝北盟會編》卷一三四：「十四日，臺諫請對，上諭以不得已之事。又探報金人已入臨安府，張俊引兵出戰不勝，康允之走保赭山。」

② 「戌」，原作「戌」，據宋刻本、津逮本改。

御筆召之，上曰："朕與世忠約堅守。"今聞乃來，①於是遣中使齎詔。世忠聞采石失守，已離鎮江府登海舟矣。至得奏，上優詔荅之。四日，象山縣報："人馬至明州。張俊爲戰守備，明州西城外民居，盡爇之矣。"然其意亦欲來赴行在也。晚得康允之奏："繳到杜充書，已在真州與劉位聚兵，爲邀擊計。徐州趙立以師三千來援。建康守陳邦光及户部尚書李梲皆降于虜。"六日，張俊奏云："二十九日、正月初二日，凡敵殺傷相當。"又得二十八日奏，及差人齎到二級。上命辛企宗以兵一千赴明策應。又出手詔，趣杜充、趙立、劉位激勵使戰，以爲後圖。皆親書示宰執，乃遣之。而辛企宗不行。七日，周望奏："常州有緋抹額賊衆犯外城，知州事周杞守子城以拒賊。赤心隊劉晏出戰，敗之。"又言："知秀州程俱率官吏棄城，保華亭縣。又探建康人馬皆焚糧草，收金銀，稍稍渡江北去，自稱李成人馬云。"八日，張思正奏云："張俊出兵，擊退虜騎。思正與劉洪道、李質分兵追躡。"九日，張俊已自台州陸趨行在，意恐金人小衄，濟師而來，力不能拒爾。前此屢奏求海舟，朝廷報以方聚集遣行，欲其且留明州。既得此奏，甚以爲憂。又慮李鄴已迎降，虜人以越爲巢穴，其經營未已也。十日，郭仲荀責授汝州團練副使，廣州安置。

---

① "今聞乃來"，按《建炎以來繫年要録》卷二九記此事作："上曰：'朕與世忠約堅守，令聞急乃來。'頤浩固請，遂遣中使賫詔召之。"

以擅離越州，及妄支散錢帛，又夜過行在不乞朝見等罪也。
十二日，滕康遣使臣奏："隆祐一行，已到虔州。"前此得信
州探報云："十七日到吉州。"又云："二十一日有人馬至吉
州東岸，知州楊淵棄城走。"① 朝廷深慮胡人追躡。然本謀南
昌之行，意謂虜人未必侵犯。雖離建康日，得密旨，令緩急
取太后聖旨便宜以行。後至平江，議者乃云："自蘄、黃渡
江，陸行二百餘里，可抵南昌。"朝廷始以爲憂。遂命劉光世
自淮南移軍于江州，以爲南昌屏蔽。既至，而軍中月費十三
萬緡，知州事權邦彥以用度不足，告于朝廷，命洪州三省密
院應副。至十一月中，權邦彥乃奏言，得東平府故吏卒報，
其父已身亡，遂解官持服。朝廷雖遽命起復，而邦彥已離郡
去。及胡騎渡江，光世乃言初謂蘄、黃間賊寇，遣兵迎擊，
既知其爲金人，遂回軍。隆祐以初八日行，胡騎以十四日到
城下，於是知州王子獻以下皆走，胡騎入犯撫州。執知州事
王仲山，以其子權知州事，令根括境内金銀，走洪州送納，
虜怒其少，云："撫州四縣，不及洪州一縣。"乃知信州陳杌
探報也。② 十三日，劉洪道奏"金人再犯境上，遣兵拒之"，
及"陳彥在餘姚，屢獲首級"。及稱"李鄴並無關報文字。
然台州探報，越州並放散把隘人兵，及管待虜人，與之飲燕。

---

① "淵"，原作"渊"，據宋刻本、津逮本、四庫本及《宋史》卷四七"金人犯吉
州，守臣楊淵棄城走，又陷六軍軍"改。
② "杌"，宋刻本作"机"。

又命父老僧道赴杭州，知其必迎降矣"。十四日，張俊自台州
來，執胡人一名，至行在戮之。知邵武軍張翬奏："有光澤縣
弓手，同胡人一騎至軍，稱有大軍千餘人繼至。已行斬首。"
於是福建諸州皆震恐。知福州林遹奏乞遣兵防守，又自言老
病不任事，乃命集英殿修撰程邁代之。十五日，胡人再犯餘
姚，朝廷欲遣張公裕以海舟數千載兵，直抵錢塘江下，燒爇
胡人所集舟船。衆以公裕素不知兵，又慮海舟反爲胡人所得，
皆以爲不可。十六日，雨雷發聲。十七日，劉洪道人以十三
日一更水陸並進，直至城下。洪道與張思正皆引兵出天童山。
先是，李質已擅趨台州。朝廷方降三官，令還四明，已無及
矣。又聞南昌胡騎入潭州，而洪、撫、建昌之間，稍稍引去。
建昌通判晁公邁申先因出城招集民兵，以軍事付訓練官承信
郎蔡延世，凡八日而回，[1] 延世拒而不納。[2] 十八日，移舟離
章安鎮。始，張俊既移軍，朝廷議分遣其將領，率兵應授明
州。[3] 上不欲遣，乃止，謂他時駐蹕之後，資以彈壓。蓋行
在諸軍，此皆精甲全裝，[4] 稍整齊爾。又批令劉洪道等皆退
避其鋒。然議者皆慮明既失守，則海道可虞，而行在必不敢
安也。十九日晚，雷雨又作。二十日，泊青澳門。二十一日，

---

[1] "八日而回"，原作"八易回"，據宋刻本改。
[2] "拒"，原作"拒"，據宋刻本、四庫本改。津逮本做"拒"。
[3] "授"，宋刻本作"援"。
[4] "此"，宋刻本作"並"。

泊温州港口。二十二日，余被旨奉使江、湖，問安隆祐宮。自後不復記録，聞行在已駐温州矣。

已上李所記云耳。明清又聞，是歲越州郡守李鄴既以城降，通判曾忞罵賊不屈而死，全家被害，獨乳婢抱一嬰兒獲免。有宣教郎知餘姚縣李穎士者，募鄉兵數千，列其旗幟，以捍拒之。賊既不知其地勢，又不測兵之多寡，①爲之小卻，彷徨不敢進者一晝夜，繇是大駕得以自定海登舟航海。事平，詔特贈忞直秘閣，命其弟忩、子宻以官。穎士遷兩官，擢通判州事。時又有宋輝者，爲大漕，治事秀州之華亭縣。聞龍纏已涉巨浸，即運米十萬石，以數大舶轉海，訪尋六飛所向，至章安鎮而與御舟遇。百司正闕續食，賴此遂濟。多事之際，若二人輝與穎士者，②亦可謂奇績；而忞之忠節，皆恨世人未多知之。穎士，字茂實，③福州人，登進士第，④紹興中爲刑部郎中。輝，字元實，⑤敏求之孫，後爲秘閣修撰，知臨安府。忞，南豐先生之孫。宻，即所逃嬰兒也，嘗知南安軍。

3. 鄒志全既以元符抗疏徙新州，⑥繼又遭温益、鍾正甫之困辱，禍患憂畏，瀕於死所。建中靖國之初召還，自流人

---

① "測"，原作"惻"，據宋刻本、津逮本、四庫本改。
② "輝"，原作"煇"，據宋刻本及上文"宋輝"改。
③ "字茂實"，三字原無，據宋刻本補。
④ "第"，原作"弟"，據宋刻本、津逮本、四庫本改。
⑤ "字元實"，三字原無，據宋刻本補。
⑥ "鄒志全"，"全"應作"完"，避宋欽宗趙桓諱。本條內下同。

不及一年，遂代言西掖。傷弓之後，嘿不出一語。吳興劉希范時爲太學生，以書責之，陳義甚高，云："珏少而學經，[①]究觀《春秋》責備賢者之義，私切疑之。以謂世之賢者，[②]不易得也。求之百餘年間，所得不過十數人。求之億萬人間，所得不過一二人。苟有未至，猶當掩蔽以全其名，奈何反責其備哉？及長，式觀史氏，[③]眇覿昔人，特立獨行以自著見者甚衆，然靡不有初，鮮克有終。其能終始一德，以全公忠之節者幾希。稱於當年，罕全令名；著於史氏，鮮有完傳。豈特賢者之過哉？亦當時君子不能相與輔其不及之罪也。然則《春秋》責備之義，是乃垂戒萬世，欲全賢者之善。此某所以不避僭易，輒獻所疑於門下也。某自爲兒童，即聞閣下場屋之名；及有知識，又誦閣下場屋之文。固以閣下爲當今辭人，然未敢直以古人大節望閣下也。暨游太學，在諸生中往往有言，前數年有博士鄒公，經甚明，文甚高，行甚修，不能低回當世，以直去位。方且嘆息，願見風采而不可得。未幾，閣下被遇泰陵，進列諫垣，極言時政，萬里遠謫。方是之時，某亦東下，所過郡縣，每見親朋故舊，下及田夫里婦，必問閣下兒孰似，年今幾；逢天子之怒，誰與解之；家累之重，誰與恤之。莫不咨嗟稱誦，或至泣下。前此以言得

---

① "珏"，原作"玨"，據《宋史》卷三七八《劉珏本傳》改。
② "以謂"，津逮本、四庫本作"以爲"。
③ "史"，原作"吏"，據宋刻本、津逮本、四庫本改。

罪者衆矣，閣下之名獨隱然特出，不知何以致此？豈忠信之
誠，感於人心者深而然耶？則天下所以待閣下，^① 雅亦不爲
不重矣！今天子嗣位，首加褒擢，授以舊職，繼拜司諫，乃
直起居，乃典文誥，歲未再周，職已五易，越録超等，罕見
其比。則天子所以望閣下，雅亦不爲不大矣！爰自入朝以來，
天下之士翹首跂踵，冀閣下日以忠言摩上，不謂若今之爲起
居舍人者，止司記録而已也；不謂若今之爲中書舍人者，止
事文筆而已也。逾年之間，不過言一張寅亮之不可罪爾，其
佗不聞有所發明，^② 言某事可行，某事不可行，某人可用，
某人不可用。有識之士，私切疑之！始閣下之爲博士，不顧
爵位，力言經術取士之美，拂衣而歸，非知有紹聖之報也；
其爲諫官，不避誅責，極陳中宮廢立之失，遠貶蠻徼，非知
有今日之報也；誠以信其所學，行其所志耳。然昔以博士而
言之，今以侍從而不言；昔未信於君而言之，今信於君而不
言，此人之所以疑也。爲閣下解者曰：‘閣下之不言，^③ 以職
非臺諫也。’疑者曰：‘唐文宗命魏謩以兩省屬皆可論朝廷
事，故范希文爲秘閣校理，則言人主不宜北面爲壽；爲東南
安撫，則言郭后不宜以小過廢；爲天章閣待制，則言時政所
以得失；爲開封尹，則言遷進所以公私。後世之議希文者，

---

① “待”，原作“侍”，據宋刻本、津逮本、四庫本改。
② “佗”，宋刻本作“他”。
③ “不”，原作“下”，據宋刻本、津逮本、四庫本改。

286

必稱其愛君忠國，不聞罪其侵官也。今以職非臺諫而不言，是不以希文自處也。’爲閣下解者又曰：‘閣下之不言，以當今無大得失也。’疑者曰：‘唐太宗嘗怪舜作漆器，禹雕其俎，諫者數十不止。褚遂良謂諫者救其源，不使得開橫流，則無復事矣。當今庶政之行，雖曰盡善，亦豈無過舉者乎？百官之間，雖曰多才，①亦豈無奸佞者乎？從官相繼而出，豈皆以不稱職乎？言官相繼而逐，豈皆以其罪乎？事之若制器、雕俎者尚多也。乃以非大政事而不言，是不以舜、禹事其君也。則閣下不免天下之疑必矣！’方閣下有正言之命，人人相賀。其君子曰：‘爲我寄聲正言公。柳宜城堅於守政，不以久位爲心，自謂舌不可禁，故能全其名；白居易力爭安危，不以被斥介意，晚益不衰，故能全其節。公其勿倚勿跛，引明主於三代之隆，以全令名，以利天下。’其小人曰：‘爲我善祝正言公。汲直以數切諫，不得久留內；爰絲以數直諫，不得久居中。公其慎言，毋去朝廷。’②今閣下未肯力言時事，豈亦哀憐小人，不忍違其所請乎？豈亦有意君子所謂有待而言乎？伏願閣下上思聖主進用之意，下思君子跂望之心，數陳讜言，以輔聖政，使堯、舜、成、康之治復於一朝，閣下之功，豈淺淺哉！某性介且僻，動與世忤，又惡奔競之風，

---

① “曰”，原作“日”，據宋刻本改。
② “毋”，原作“母”，據四庫本改。

往來京師幾五歲矣，其於公卿權貴，雖有父兄之舊，未嘗一登其門。輒造門下，以獻所疑，非敢求之也。① 蓋以天子仁聖，切於治正，古人所謂難得之時，每欲自爲一書以獻，又恥與覬覦恩賞者同受疑於世。私念當今天子素所深信，莫如閣下者；公忠直道而行，亦莫如閣下者，閣下不言，誰爲吾君言之？故陳所疑，以裨萬一。狂易之罪，誠無所逃。然區區之意，非獨爲閣下計也，爲朝廷計也；非獨爲朝廷計，爲天下計也。未識能賜垂聽否？"志全繇是復進讜論，曾文肅薦之祐陵，② 欲令再位言路，不契上指。文肅云："臣近日屢探賾其議論，極通疏，兼稍成時名，願更優容。"上云："何可得它如此？"③上又云："宰相、執政所引人才，如浩前年是宣德郎，今作兩制已多時。朕所欲主張人才，又卻似難。"蓋崇恩以宿憾，言先入矣。未幾，文肅罷政，志全再竄昭州。此文肅手記云爾。希范名珏，後登第，浸登華要。建炎初，拜同知三省樞密院，竟以勁節聞於時，爲中興之名臣。子唐稽，孫三傑也。

4. "先正有言：'太祖舍其子而立弟，此天下之大公也。周王薨，章聖取宗室子育之宮中，此天下之大慮也。'仁宗皇帝感悟其説，制詔英祖入繼大統。文子文孫，宜君宜王，遭

---

① "之"，宋刻本作"知"。

② "薦之"下，宋刻本有"於"字。

③ "它"，宋刻本作"他"。

罹變故，不斷如帶。今有天下者，獨陛下一人而已。恭惟陛下克己憂勤，備嘗艱難，春秋鼎盛，自當則百斯男。屬者椒寢未繁，前星不耀，孤立無助，有識寒心。天其或者深惟陛下追念祖宗公心長慮之所及者乎。① 崇寧以來，諛臣進説，推濮王子孫，以爲近屬，餘皆謂之同姓，致使昌陵之後，寂寥無聞，奔迸藍縷，僅同民庶。臣恐祀豐于昵，仰違天鑑，藝祖在上，莫肯顧歆。此二聖所以未有回鑾之期，黠虜所以未有悔禍之意，中原所以未有息肩之時也。欲望陛下於子行中遴選太祖諸孫有賢德者，視秩親王，使牧九州，以待皇嗣之生，退處藩服；更加廣選宣祖、太宗之裔，材武可稱之人，升爲南班，以備環列。庶幾上尉在天之靈，下係人心之望。臣本書生，白首選調，垂二十年。今將告歸，不敢終默。位卑言高，罪當萬死，惟陛下裁赦。”此婁陟明上高宗皇帝書也。陟明，名寅亮，永嘉人，早負才名，游上庠有聲。南度後，② 始爲上虞丞。大駕暫駐越上，陟明扣閽抗疏，以陳是説，首發大計之端。上讀之，大以嘆寤。富季申時爲樞密，從而薦之，即令召對，改官除監察御史，告詞云：“汝俊造策名，慷慨自任，上書論事，憂國甚深。”深有大用之意。未幾，會秦師垣入相，嫉之，摭其前任微罪，廢棄以終。先人

---

① “及者”，原作“及及”，據宋刻本改。
② “度”，宋刻本作“渡”。

與之有太學同舍之舊，封事之初，實縱臾之。手寫副本以見
遺云。時紹興元年十一月也。或云，陟明被譴後還鄉，值江
漲，父子没於巨浸，未知果否。

5. 蔡持正既孤居陳州，鄭毅夫冠多士，通判州事，從毅
夫作賦。吳處厚與毅夫同年，得汀州司理，來謁毅夫，間與
持正游。明年，持正登科，寖顯於朝矣。處厚辭王荆公薦，
去從滕元發。薛師正辟於中山，大忤荆公，抑不得進。元豐
初，師正薦於王禹玉，甚蒙知遇。已而持正登庸，處厚乞憐
頗甚，賀啓云：“播告大廷，延登右弼。釋天下霖雨之望，尉
海内巖石之瞻。帝渥俯臨，輿情共慶。共惟集賢相公，道包
康濟，業茂贊襄。秉一德以亮庶工，遏群邪以持百度。始進
陪於國論，俄列俾於政經。論道於黄閣之中，致身於青霄之
上。竊以閩川出相，今始五人；蔡氏登庸，古惟二士。澤于
秦而騁辯，[1] 汲汲霸圖；義輔漢以明經，區區暮齒。孰若遇
休明之運，當強仕之年，尊主庇民，已陟槐廷之貴；代天理
物，遂躋鼎石之崇。處厚早辱埏陶，竊深欣躍。豨苓馬勃，
敢希乎良醫之求；木屑竹頭，願充乎大匠之用。”然持正終無
汲引之意。[2] 是時，王、蔡並相。禹玉薦處厚作大理寺丞。
會尚書左丞王和甫與御史中丞舒亶有隙。元豐初改官制，天

---

① “于”，原作“干”，據津逮本、四庫本改。“騁”，原作“聘”，據宋刻本、津
逮本、四庫本改。
② “意”，津逮本作“章”。

子勵精政事，初嚴六察，亶彈擊大吏，無復畏避，最後糾和甫尚書省不用例事，以侵和甫；和甫復言亶以中丞兼直學士院，在官制既行之後，祗合一處請給，今亶仍舊用學士院厨錢蠟燭爲贓罪。亶奏事殿中，神宗面喻亶，亶力請付有司推治，詔送大理寺。亶恃主眷盛隆，自以無疵，欲因推治益明白。且上初無怒亶意，姑從其請而已。處厚在大理，適當推治。亶擊和甫，而和甫與禹玉合謀傾亶。亶事得明，必參大政；亶若罪去，則禹玉必引和甫並位，將代持正矣。處厚觀望，佑禹玉，鍛煉傅致，固稱亶作自盜贓。是時大理正王吉甫等二十餘人咸言亶乃夾誤，非贓罪明白。禹玉、和甫從中助，下亶于獄，坐除名之罪。當處厚執議也，持正密遣達意救亶，處厚不從。故亶雖得罪，而御史張汝賢、楊畏先後論和甫諷有司陷中司等罪，出和甫知江寧府，致大臣交惡。而持正大怒處厚小官規動朝聽，離間大臣，欲黜之，未果。會皇嗣婁夭，處厚論程嬰、公孫杵曰存趙孤事，乞訪其墳墓。神宗喜，禹玉請擢處厚館職。持正言反覆小人，不可近。禹玉每挽之，憚持正，輒止。終神宗之世，不用。哲宗即位，禹玉爲山陵使，辟處厚掌牋表。禹玉薨，持正代爲山陵使，首罷處厚。山陵畢事，處厚言嘗到局，乞用衆例遷官，不許，出知通利軍。後以賈種民知漢陽軍，種民言母老，不習南方水土，詔與處厚兩易其任。處厚詣政事堂言：「通利軍人使路已借紫矣，改漢陽則奪之一等作郡。請仍舊。」持正笑曰：

"君能作真知州，安用假紫邪！"處厚積怒而去。其後，持正罷相守陳，又移安州。有靜江指揮卒當出戍漢陽，持正以無兵，留不遣，處厚移文督之。持正寓書荊南帥唐義問固留之，義問令無出戍。處厚大怒，曰："汝昔居廟堂，固能害我，今貶斥同作郡耳，尚敢爾耶！"會漢陽僚吏至安州者，持正問處厚近耗，吏誦處厚《秋興亭》近詩云："雲共去時天杳杳，雁連來處水茫茫。"持正笑曰："猶亂道如此！"吏歸以告處厚，處厚曰："我文章蔡確乃敢譏笑耶！"未幾，安州舉子吳犯御名自漢江販米至漢陽，① 而郡遣縣令陳當至漢口和糴。吳袖刺謁當。規欲免糴，且言近離鄉里時，蔡丞相作《車蓋亭》十詩，舟中有本，續以寫呈，既歸舟，以詩送之。當方盤量，不暇讀，姑置懷袖。處厚晚置酒秋興亭，遣介亟召當，當自漢口馳往。既解帶，處厚問懷中何書？當曰："適一安州舉人遺蔡丞相近詩也。"處厚亟請取讀，篇篇稱善而已，蓋已貯於心矣。明日，② 於公宇冬青堂箋注上之。後兩日，其子柔嘉登第，授太原府司戶，至侍下，處厚迎謂曰："我二十年深仇，今報之矣。"柔嘉問知其詳，泣曰："此非人所爲。大人平生學業如此，今何爲此？將何以立於世？柔嘉爲大人子，亦無容迹於天地之間矣。"處厚悔悟，遣數健步，剩給緡錢追

---

① "犯御名"，指"擴"，避宋寧宗趙擴諱。
② "日"，原作"曰"，據津逮本、四庫本改。

之，馳至進邸，云邸吏方往閤門投文書，適校俄頃時爾。先子久居安陸，皆親見之。又，伯父太中公與持正有連，聞處厚事之詳。世謂處厚首興告訐之風，爲搢紳復讎禍首，幾數十年，因備叙之。先人手記。

6. 秦會之暮年作《示孫文》云："曾南豐辟陳無己、邢和叔爲《英宗皇帝實録》檢討官，初呈稿，無己便蒙許可；至邢，乃遭横筆，又微聲數稱亂道。邢尚氣，跽以請曰：'願善誘。'南豐笑曰：'措辭自有律令，一不當，即是亂道。請公讀，試爲公隱括。'① 邢疾讀，② 至有百餘字，南豐曰：'少止。'涉筆書數句。邢復讀，南豐應口以書，略不經意。既畢，授歸就編。③ 歸閲數十過，終不能有所增損，始大服。自爾識關鍵，④ 以文章軒輊諸公間。"⑤ 以上秦語，其首略云。文之始出，秦方氣焰熏天，⑥ 士大夫爭先快睹而傳之，今猶有印行者存焉。是時明清考國史及前輩所記，即嘗與蘇仁仲訓直父子言之矣。案，曾南豐元豐五年受詔脩《五朝史》，爲中丞徐禧所沮寝命，繼丁憂而終，蓋未嘗濡毫，初亦不曾脩《英宗實録》也。陳無己元祐三年始以東坡先生、傅欽之、

---

① "隱括"後，四庫本有"可矣"二字。
② "邢疾讀"，四庫本無"邢疾"二字。
③ "歸"，宋刻本作"經"。
④ "鍵"，原作"健"，據宋刻本改。津逮本、四庫本作"楗"。
⑤ "間"，原作"聞"，據宋刻本、津逮本、四庫本改。
⑥ "焰"，原作"燄"，據津逮本、四庫本改。

李邦直、孫同老薦于朝，自布衣起爲徐州教授，距南豐之没後十年始仕，亦未始預編摩也。邢和叔元豐間雖爲崇文館校書郎，不兼史局。《英宗實録》，熙寧元年曾宣靖提舉，王荆公時已入翰林，請自爲之，兼實録脩撰，不置官屬，成書三十卷，出於一手。東坡先生嘗語劉壯輿義仲云:①"此書詞簡而事備，文古而意明，爲國朝諸史之冠。"不知秦何所據而云。義仲，道原子也。先人手記。②

---

① "義"，原作"羲"，據宋刻本改。下"義仲道原子也"同。
② "先人手記"，原無，據津逮本、四庫本補。

揮塵第三録卷之二

汝陰王明清

7. 元祐中，舒州有李亮工者，以文鳴薦紳間，與蘇、黃游，兩集中有與其唱和。而李伯時以善丹青，妙絕冠世，且好古博雅，多收三代以來鼎彝之類，爲《考古圖》。又有李元中，字畫之工，追踪鍾、王。時號“龍眠三李”。同年登進士第，出處相若。約以先貴毋相忘，① 其後位俱不顯。②

8. 先大父大觀初從郎曹得守九江，自鄉里汝陰之官。有同年生宋景瞻者，姑溪人，其子惠直爲德化縣主簿，迎侍其父以來。先祖愛其清修好學，甚前席之，教以習宏詞科，日與出題，以其所作來呈，不復責以吏事。會王彦昭渙之出帥長沙，令作樂語，以燕犒之。時有王積中者，知名士也，以特起爲僉書節度判官，且俾預席。其稿不存，但記憶三聯云：

---

① “約”，原作“納”，據宋刻本、津逮本、四庫本改。“毋”，原作“母”，據津逮本改。

② “其後位俱不顯”後，津逮本、四庫本有“約宋刻作納”五字。

"少年射策，有賈太傅之文章；落筆驚人，繼沈中丞之翰墨。""從來汝潁之間，① 固多奇士；此去瀟湘之地，遂逢故人。""② "況有錦帳之郎官，來爲東道；且邀紅蓮之幕客，共醉西園。"③ 先祖讀之大喜，以謂句句着題，薦之于時相何清源，即除書局。已而中詞科，自此聲名籍甚。惠直字子溫。其子乃覘也，紹興間鼎貴，亦不復相聞。今又未知其子孫猶知之否？

9. 九江有碑工李仲寧，刻字甚工，黃太史題其居曰璨玉坊。④ 崇寧初，詔郡國刊元祐黨籍姓名，太守呼仲寧使劖之，⑤ 仲寧曰："小人家舊貧窶，止因開蘇內翰、黃學士詞翰，遂至飽暖。今日以奸人爲名，誠不忍下手。"守義之，曰："賢哉，士大夫之所不及也！"饋以酒而從其請。

10. 宣和中，蘇叔黨游京師，寓居景德寺僧房，忽見快行家者同一小轎至，傳旨宣召，亟令登車。叔黨不知所以，然不敢拒。才入，則以物障其前，惟不設頂，上以小涼傘敝之，⑥ 二人肩之，其疾如飛。約行十餘里，抵一修廊，內侍一人自上而下引之，升一小殿中，上已先坐，披黃背子，頂

---

① "潁"，原作"穎"，據津逮本改。
② "遂"，原脫，據宋刻本補。四庫本作"幸"。津逮本"逢"上有"口"。
③ "共"，宋刻本作"其"。
④ "璨"，宋刻本作"琢"。
⑤ "劖"，原作"劃"，據津逮本、四庫本改。
⑥ "敝之"，宋刻本、津逮本、四庫本作"蔽"。

青玉冠，宮女環侍，莫知其數，弗敢仰窺，始知爲崇高莫大之居。時當六月，積冰如山，噴香若烟霧，寒不可忍，俯仰之間，不可名狀。起居畢，上喻云："聞卿是蘇軾之子，善畫窠石。適有素壁，欲煩一掃，非有它也。"叔黨再拜承命，然後落筆，須臾而成。上起身縱觀，賞嘆再三，命宮人捧賜醲酒一鍾，錫賚極渥。拜謝而下，復循廊間登小輿而出，亦不知經從所歷何地，但歸來如夢復如癡也。胡元功云。①

11. 徽宗靖康初南幸，次京口，駐蹕郡治，外祖曾空青以江南轉運使來攝府事應辦。忽宣至行宮，上引至深邃之所，② 問勞勤渥，命喬貴妃者出焉。上回顧語喬曰："汝在京師每問曾三，此即是也，特令汝一識耳。"蓋外祖少年日喜作長短句，多流入中禁，故爾。取七寶杯，令喬手擎滿酌，並以杯賜之，外祖拜貺而出。明清少依外氏，寶杯猶及見之，今不知流落何所。

12. 錢遜叔伯言，穆父之子，臨政有風采。知宿州日，有虹縣士民陳詞舉留邑宰。宰貪酷之聲，遜叔先已聞之。至是，衆趨廷下，遜叔令吏卒舉挺擊出。左右言："似不須如此。"遜叔笑云："彼中打將來，此間打迴去！"蘇仁仲云。

13. 曾文肅熙寧初爲海州懷仁令，有監酒使臣張者，小

―――――――――――――――――

① "胡元功云"後，津逮本、四庫本有"蔽宋刻作敝"五字。
② "邃"，原作"邃"，據宋刻本、津逮本、四庫本改。

女甫六七歲，甚爲惠黠，文肅之室魏夫人憐之，教以誦詩書，
頗通解。其後南北暌隔。紹聖初，文肅柄事樞時，張氏女已
入禁中，雖無名位，以善筆札，掌命令之出入，忽與夫人相
聞。夫人以夫貴，疏封瀛國，[①] 稱壽禁庭，始相見叙舊。自
後歲時遣問。夫人没，張作詩以哭云："香散簾幃寂，塵生翰
墨閒。空傳三壺譽，無復内朝班。"從此絶迹矣。後四十年，
靖康之變，張從昭慈聖獻南渡，至錢唐。朱忠靖《筆録》所
記昭慈遣其傳導反正之議，張夫人者，即其人也，年八十餘
終。先娘子云。

14. 劉季高岑未達時，詹安世度帥中山，以貧甚，携王
履道書往謁之。既至彼館，勞甚至，[②] 酒食游戲，徵逐無虚
日，而略無一語及他。時河北盜賊已充斥，留連逾月，季高
興懷歸之念，因漫扣之。詹云："足下之來何幹，度豈不能
曉？其敢苦相挽留耶？"少刻，便令差將兵二百，防護行李，
以濟大河，[③] 乃回。三日之間，餽餉稠叠，所得凡萬緡云。姚

---

① "瀛"，原作"瀛"。據宋刻本改。宋程俱《北山小集》(《四部叢刊續編》
影印景宋寫本)卷三一《宋奉議郎孺人曾氏墓誌銘》："信安江氏有賢婦曰曾氏，字
季儀，建昌南豐人，故相曾公布之第五女也。幼静重寡言，不好戲劇，等輩或以爲
癡。唯適母瀛國魏夫人曰：'是兒性行不群，它日當爲賢婦，爾曹不及也。'愛之甚
於已出。瀛國歲時朝謁三宫，必以夫人從。"元袁桷《清容居士集》(元刻本)卷四
六《吳傅朋書曾丞相夫人虞美人草詩》："右瀛國魏夫人《虞美人》草歌，紹興乙卯
七月廿八日，吳傅朋爲沈守約書。"據改。

② "勞甚至"，宋刻本"勞"上有"問"字。

③ "大"，原作"犬"，據宋刻本、津逮本、四庫本改。

令則云。

15. 靖康丙午，真戎亂華。次歲之春，京城不守，恣其
號舞，妄有易置。時秦會之爲御史中丞，陳議狀云："檜切緣
自父祖以來，七世事宋，身爲禁從，職當臺諫，荷國厚恩，
甚愧無報。今大金重擁甲兵，臨已拔之城，操生殺之柄，威
制官吏、軍民等，必欲滅宋易姓。檜忘身盡死，以辯非理，
非特忠其主也，欲明聖朝之利害爾。趙氏自祖宗以至嗣君，
一百七十餘年，功德基業，比隆漢、唐，實異兩晉。頃緣奸
臣叛盟，結怨鄰國，謀臣失計，誤主喪師，遂致生靈被禍，
京都失守。嗣君皇帝致躬出郊垌，求和於軍前。兩元帥並議，
已布聞於中外矣。且空竭帑藏居民之所積，追取鑾輿服御之
所用，割兩河之地，共爲臣子。今乃變異前議，自敗斯盟，
致二主銜怨，廟社將傾。爲臣之義，安得忍死而不論哉？自
宋之於中國，號令一統，綿地數萬里，覆載之内，疆場爲大，
子孫蕃衍，充牣四海。①德澤在外，②百姓安業，前古未有。
興亡之命，雖在天有數，焉可以一城而決廢立哉？新室篡奪，
東漢中興於白水；東漢絶於曹氏，劉備王蜀；唐爲朱溫竊取，
李克用父子猶推其世序而繼之。蓋繼志之德澤，在人者淺深，
根基堅固，雖陵遲之甚，然四海英雄，必畏天之威，而不敢

---

① "牣"，原作"刱"，據四庫本改。
② "外"，宋刻本作"民"。

窺其位。古所謂‘基廣則難傾，根深則難拔’之謂也。西晋武帝，因宣、景之權，以窺魏之神器，德澤在人者淺，加以惠帝昏亂，五王爭柄，自相殘戮，故劉淵、石勒以據中原；猶賴王導、温嶠輩輔翼元皇，江左之任，逾於西京。石勒欺天罔上，交結外邦，以篡其主。晋於天下也，得之以契丹。少主失德，任用非人而忘大恩，曾無德澤下及黎庶，特以中國藩籬之地以瞻戎人，天下其何思之哉！此契丹所以能滅晋也。宋之有天下，九世宥德，比隆漢、唐，實異兩晋。切觀今日計議之士，多前日大遼亡國之臣。畫策定計，所以必滅宋者，非忠於大金也，假滅大宋以報其怨爾。曾不知滅大遼者，大金、大宋共爲之也。大宋既滅，大金得不防閑其人乎？頃者，上皇誤聽奸臣李良嗣父兄之怨，滅契丹盟好之國，乃有今日之難。然則因人之怨以滅人之國者，其禍不可勝言。繆爲計者必又曰：‘滅宋之國，在絶兩河懷舊之恩，除鄰國復仇之志而已。’又曰：‘大金兵威無敵天下，中國之民，可指揮而定。’若大金果能滅宋，兩河懷舊之恩，亦不能忘；果不能滅宋，徒使宋人之宗屬賢德之士，唱義天下，竭國力以北向，則兩河之民，雖異日撫定之後，亦將去大金而歸宋矣。且天生南北之方域，志異也。[1] 晋爲契丹所滅，周世宗復定

---

① “且天生南北之方域志異也”，津逮本、四庫本後有小字注“一作且天生南北之國方域至異也”。

三關，是爲晉祚報恨。然則今日之滅趙氏，豈必趙氏然後復仇哉？雖中原英雄，亦將復報中國之恨矣！檜今竭肝膽，捐軀命，爲元帥言廢立之義，以明兩朝之利害，伏望元帥不恤群議，深思國計，以辯之於朝。若或有讒佞之言，① 以矜己功能，傷敵國之義，適貽患於異日矣。又況禍莫大於滅人之國。昔秦滅六國，而六國滅之；符堅滅燕，而燕滅之。頃童貫、蔡攸貪土地以奉主欲，營私而忘國計，屯兵境上，欲滅大遼，以取燕、雲之地。方是時也，契丹之使，交馳接境，祈請於前。爲貫、攸之計，宜僞許而從其請，乃欲邀功以兼人之地，遂貽患於主而宗廟危。今雖焚尸戮族，又何益哉！今元帥威震中原，功高在昔，乃欲用讎間之論，矜一己之功，其於國計，亦云失矣。貫、攸之爲，可不鑑哉？自古兵之強者，固有不足恃。劉聰、石勒，威足以制愍、懷，而銼於李矩數千之衆；② 符堅以百萬之師，衄於淝水之孤旅。是兵強而不足恃也。大金自去歲問罪中國，入境征伐，已逾歲矣。然所攻必克者，無他，以大金久習兵革，中國承平百年，士卒弛練，將佐不得其人而然也。且英雄世不乏材，使士卒異日精練，若唐藩鎮之兵；將相得人，若唐蕭、代之臣，大金之於中國，能必其勝負哉？且世之興亡，必以有德代無德，③

---

① "讒"，原作"讒"，據津逮本、四庫本改。
② "銼"，宋刻本作"挫"。
③ "代無德"，津逮本、四庫本"代"字上有"而"字。

以有道而易無道，然後皇天佑之，四海歸之。若張邦昌者，在上皇時專事燕游，不務規諫，附會權倖之臣，共爲蠹國之政。今日社稷傾危，生民塗炭，①雖非一人所致，亦邦昌之力也。天下之人，方疾之若仇讎，若付以土地，使主人民，四方英豪必共起而誅之，非特不足以代宋，亦不足以爲大金之屏翰矣。大金必欲滅宋而立邦昌者，則京師之民可服，而天下之民不可服；京師之宗子可滅，而天下之宗子不可滅。檜不顧斧鉞之誅，②戮族之患，爲元帥言兩朝之利害，伏望元帥稽考古今，深鑑斯言，復君之位，以安四方之民，非特大宋蒙福，實大金萬世之利。不勝皇恐懇告之至。”

第二狀云：“檜已具狀申大元帥府。外有不盡之意，不敢自隱，今更忍死瀝血，上干台聽。伏念前主皇帝違犯盟約，既已屈服，而今日存亡繼絕，惟在元帥；不然，則有監國皇太子，自前主恭命出郊以來，鎮撫居民，上下帖然，或許就立，以從民望。若不容檜等伸臣子之情，則望賜矜念，趙氏祖宗並無失德，内外親賢皆可擇立。若必擇異姓，天下之人必不服從，四方英雄必致雲擾，生靈塗炭，卒未得蘇。檜等自知此言罪在不赦，然念有宋自祖宗以來，德澤在人，於今九世，天下之人，雖匹夫匹婦，未忍忘之。又況檜等世食君

---

① “塗”，原作“淦”，據宋刻本、津逮本、四庫本改。
② “鉞”，原作“越”，據津逮本、四庫本改。

禄，方今主辱臣憂之時，上爲宗社，下爲生靈，苟有可言，不敢逃死。伏望台慈，更賜矜察，無任哀懇痛切皇恐隕越之至。”

此書得之于丹陽蘇著廷藻，云：“頃爲秦之孫塤客，因傳其本。”詞意忠厚，文亦甚奇。使會之誠有此，而無紹興再相，擅國罔上，專殺尚威，則謂非賢，可乎？昔人有詩云：“周公恐懼流言後，王莽謙恭未篡時。若使當時身便死，一生真僞有誰知！”

16.① 靖康末，虜騎渡河，直抵京城，危甚之甚，欽宗命王幼安襄爲西道摠管，招集勤王之師，以爲救援。幼安辟先人爲幹當公事，② 先人爲草檄文，晁四丈以道讀之，③ 激賞不已，云：“此《出師表》也。”今録于後：“叛服者，夷狄之常性，勢有汙隆；忠義者，臣子之大方，道無今古。矧黃屋有阽危之慮，而赤縣無援助之師。念聖神施德於九朝，方黎庶痛心於四海。敢緣尺牘，盡露肺肝。在昔高帝被圍於平城，文皇求盟於渭水，將相失色，智勇吞聲。蓋自竹帛已來，有斯妖孽之類，致鬼區獸夷之肆暴，豈人謀神理之能容？蠢彼小羌，尤爲遺燼，聲教僅通於上國，名號不齒於四夷。緣威懷之並施，乃信義之俱棄。聖上天臨萬宇，子育群生，宵

_____

① 四庫本無此條。
② “幹當”，應作“勾當”，避宋高宗趙構諱改。
③ “以道”上，原衍“以”字，據宋刻本、津逮本刪。

憂兼夷夏之心,① 夕惕紹祖宗之業。宣恩屈己, 猶負固以跳梁;繼好息民, 更執迷而猖蹶。始鴟張於沙漠, 再豕突於帝畿。既邊圉之弛防, 又廟堂之失策。竄宄旁吞於黑水, 攙搶直拂於紫躔。② 睥睨望萬雉之墉, 蹂踐連千里之境。鯨鯢我郡邑, 魚鱉我人民。氛祲烟塵, 共起焰天之勢;③ 衣冠士庶, 咸罹塗地之冤。赤子何辜, 蒼天不弔! 寇攘驅掠, 不可數知;焚蕩傷夷, 動以萬計。然而天惟助順, 神必害盈, 終無摩壘之兵, 僅保傅城之衆。能接歲而再至, 既經時而何施? 今則脊尾俱搖, 腹背受敵。舊地皆失, 内潰有強鄰之侵;衆心自離, 外隳無諸國之助。咸聞氣奪, 尚敢尸居? 匪惟難犯於金湯, 固已自迷於巢穴。鼠無牙而穿屋, 情狀可知;羊羸角以觸藩, 進退不果。尚假息游魂於城下, 已叩閽請命於軍中。而況六師用壯以方張, 諸將不謀而同會?④ 熊羆之旅,⑤ 則帶甲百萬;騄驪之足, 則有駟三千。人知逆順, 而四面聲馳;士識恩讎, 而萬方響動。⑥ 務施遠略, 必解長圍。速勞貔虎之師, 盡掃犬羊之衆。嘯聚之黨, 將就戮除;噍類之徒, 尋

---

① "宵", 原作"霄", 據宋刻本改。
② "攙", 原作"撬", 據津逮本改。
③ "焰", 原作"熠", 據津逮本改。
④ "同", 原作"問", 據宋刻本改。
⑤ "熊", 原作"羆", 據宋刻本、津逮本改。
⑥ "萬方", 原作"方萬", 據宋刻本、津逮本乙正。

當殄滅。涓時並進，旨日克平。① 義動顯幽，包胥泣秦庭之
血；誠開金石，霽雲射浮圖之磚。盍思古人，謂誓死起救於
將顛；勿令後日，譏擁兵坐觀而不赴。某恭被睿筭，外總戎
昭。籌筆非良，敢效流馬之運；輪蹄並進，盡提水犀之軍。
戈矛相望於道塗，舳艫銜尾於淮海，已浮楚澤，前壓師濱，
誓資衛社之同盟，② 共濟勤王之盛舉！望龍虎之氣，行瞻咫
尺之天；聽烏烏之聲，益勞方寸之地。同扶王室，各奉天威。
誓爲脣齒之依，期壯輔車之勢！共惟某官，誠深體國，義切
愛君，忠孝貫於神明，威名懾於夷虜。決策定難，素高平日
之謀；拯溺救焚，豈有淹時之久？雪宗祧之大憤，拯黎庶之
橫流。勢方萬全，士在一舉。九金鼎就，難逃魑魅之形；萬
里塵清，永肅乾坤之照。乘彼瓜分之後，在我鼓行而清。霣
涕而言，至誠斯盡。"

17. "竊惟國家道得仁義，③ 蓄養天下，自一命以上，隨
其器宇，各沾恩澤。祖宗以來，平時獎待群臣之恩至厚者，
蓋慮一旦緩急之間，貴其盡節死職，以忠報朝廷。伏見頃者
虜兵所加，靡然風偃，知名之士，幾無而僅有。於亂離中，
陰訪得三人焉，若不論之朝廷，實慮忠臣義士銜冤負憤，無

---

① "旨"，宋刻本作"指"。
② "同"，原作"何"，據宋刻本改。
③ "得"，宋刻本、津逮本、四庫本作"德"。

以自明！太原總管王稟，當虜人作難之時，在圍城中奮忠仗義，[①] 不顧一身一家之休戚。遇一兩日，輒領輕騎出城，馬上運大刀，徑造虜營中，左右轉戰，得虜級百十，方徐引歸，率以爲常。宣撫使張孝純視城之危，一日會監司食，謀欲降虜。稟知之，率所將刀手五百人謁孝純，列刀於前，起論曰：‘汝等欲官否？’衆曰：‘然。’稟曰：‘惟朝廷立功，[②] 則官可得。’又曰：‘汝等欲賞否？’衆曰：‘然。’稟曰：‘惟朝廷禦敵，[③] 則賞可致。’且曰：‘汝等既欲官，又欲賞，宜宣力盡心，以忠衛國。借如汝等輩流中有言降者，當如何？’群卒舉刀曰：‘願以此戮之！’又曰：‘如稟言降，當如何？’卒曰：‘亦乞此戮之！’又曰：‘宣撫與衆監司言降，當如何？’卒曰：‘亦乞此戮之！’孝純自後絕口不復敢言降事，而城中兵權盡在稟矣。又於守城，過有隄備。虜人巧設機械，屢出奇計見攻。稟候其來，必以意麾解之。後圍益急，民益困，倉庫軍儲且盡，城中之人互相啖食，[④] 披甲之士致煮弓弩筋膠塞飢。勢力既竭，外援不至，城既陷，父子背負太宗皇帝御容，赴火而死。又有晋寧知軍徐徽言，虜騎攻城，極力保護，綿歷時月，嬰城之人，疲於守禦。虜騎既登城，軍士散

---

① “仗”，原作“城”，據宋刻本改。四庫本作“守”。
② “惟”，宋刻本作“爲”。
③ “惟”，宋刻本作“爲”。
④ “互”，原作“五”，據宋刻本、津逮本、四庫本改。

走，徽言奮臂疾呼，獨用弓矢斧鉞，①盡殺先登者。衆見知軍如此，氣乃復振，虜亦稍卻。後爲監門官宣贊舍人石贇開門，縱敵已入，知不可奈何，遂置妻妾兒女於空室中，積薪自焚。且仗劍坐廳事前，虜人至者，皆手刃之。須臾，積尸多，虜衆群至，遂爲所擒。酋長賞其英毅，深欲活之，使降，徽言不降。使之跪，徽言不跪。與酒令飮，既授酒，以杯擲虜面曰：‘我尚飮虜賊酒乎！’幔罵不已。②虜怒，持刃刺，徽言袒裼就刃，刃未及死，罵聲不絕。又有真定帥臣李邈，城破被虜，復令作帥。邈曰：‘坐邈不才，使一城生靈，陷於塗炭。縱邈無恥，復受官爵，有何面見朝廷及一城阜老乎！’③卒不肯受。尋之燕山，虜亦欲保全之，而邈意略不少屈，又不肯去頂髮，虜人責之，邈髡而爲僧，謂曰：‘更以二分潤官。’虜大怒，牽赴市，令斬。將刑，神色不變，言笑如平時，告刑者曰：‘願容我辭南朝皇帝以死。’拜訖，南向端坐就戮，燕山之民皆爲之流涕。此三者，蓋人傑也，惜不逢時，使不得成功於世。然當是之時，怙亂要生，靡所不有。而稟輩風節如此，質之古人，誠未多得。慮朝廷未能究之，使忠義之士，與庸人共就湮没，實可憫悼。伏望矜恤，將稟等忠烈寵之爵命，葬之袞服，建祠以圖其像，載事實以刊之

---

① “鉞”，原作“鈇”，據宋刻本、津逮本改。
② “幔”，宋刻本、津逮本、四庫本作“慢”。
③ “阜老”，宋刻本作“父老”。

碑。仍乞訪尋子孫，重加旌異。且令札付史官，以獎忠孝，少厲偷俗之弊。"①

右此紙，頃歲得之故人榮芭次新几間，雖失所著人姓氏，嘉其用心忠憤激切，故用録之。因而夷考三人行事：禀，開封人，追封安化郡王，錫賫甚腆，擢其子爲樞密院屬官。曾丞相懷，即其婿也。徽言，衢州人，贈晋州觀察使，諡忠壯。程致道爲作志銘。邈，臨江軍人，名儒中之子，曾南豐之甥，進士及第，累爲監司。與蔡元長不叶，換右階，以青州觀察使死節，贈少保，諡忠壯。有道處士迥之兄也。

18. 建炎己酉，苗傅、劉正彦反，吕、張二公檄諸州之兵以勤王，檄至雪川，郡守梁端會寓客謀之。外祖曾公卷在坐，衆未及言，公奮然曰："逆順明甚，出師無可疑者！"間數日，二凶取兵，公請械繫使人，毋令還。② 當是時，微公幾殆。高宗反正，中司張全真守白發其忠，詔進職二等赴闕。全真《奏議集》中載其薦牘，亦已刊行，故不復録。

19. 外祖跋董令升家所藏真草書《千文》，略云："崇寧初，在零陵見黄九丈魯直，云：'元祐中，東坡先生、錢四丈穆父飲京師寶梵僧舍，③ 因作草書數紙，東坡賞之不已。穆

---

① "厲"，原作"萬"，據宋刻本、津逮本、四庫本改。
② "毋"，原作"母"，據津逮本、四庫本改。
③ "父"，原作"父"，據津逮本、四庫本改。"飲"，津逮本、四庫本作"飫"。

父無一言。問其所以，但云，恐公未見藏真真迹爾。庭堅心切不平。紹聖貶黔中，始得藏真自叙於石揚休家，諦觀數日，恍然自得，落筆便覺超異。回視前日所作可笑，然後知穆父之言不誣也。'"

20. 錢愕妻德國夫人，[①] 李氏和文之孫女，早歲人物姝麗。[②] 建炎初，侍其姑秦魯大主避虜入淮，次真州而爲巨寇張遇沖劫，[③] 骨肉散走。度大江，[④] 抵句容境上，復爲賊之潰黨十餘人所略，同時被虜儕類六七輩，[⑤] 姿色皆勝。歐之入村落闃無人迹之境，[⑥] 悉置一古廟中。每至未曉，則群盜皆出，扃鎖甚固。至深夜乃歸，[⑦] 必携金繒酒肉而來，蓋椎埋得之。逾旬，無計可脱。一日午間，忽聞廟外有嗽咳之音，諸婦出隙中窺之，一男子坐于石上，即呼來，隔扉與之語。男子云："我荷擔于此，所謂貨囊者。"婦各以實告，且祈哀以求生路，許以厚圖報謝。其人復云："此距巡檢司才十餘里，[⑧] 吾當亟往告之，以營救若等。今夕必濟，幸無怖也，何用報乎？"至夜，盜歸，醉飽而寢。忽聞鑼聲甚振，乃巡檢

---

① "愕"，原作"義"，據宋刻本改。
② "姝"，原作"妹"，據宋刻本、津逮本改。
③ "寇"，原作"筼"，據津逮本、四庫本改。
④ "度"，宋刻本作"渡"。
⑤ "六七輩"，"七"原作"十"，據宋刻本改。
⑥ "歐"，四庫本作"驅"。"闃"，原作"閫"，改之。
⑦ "乃"，原作"廼"，據宋刻本、津逮本、四庫本改。
⑧ "巡檢司"，津逮本、四庫本作"巡簡司"。

者領兵至矣，盡獲賊徒，無一人脱者。詢婦輩，各言門閥，皆名族貴家，於是遣人以禮津送其歸。夫人後享富貴者數十年。頃歲，其子雋道端英奉版輿過天台，夫人已老，親爲明清言之。

21. 向伯恭爲淮南漕，張邦昌僭竊于京師，遣向之甥劉逵齎僞詔來，伯恭不啓封焚之，械繫逵于獄，遣官奉表勸進高宗于河北，其後以此束，上之知，至位法從，挂冠而去。寵遇極渥，世所共知，而胡仁仲宏作其行狀，亦嘗及焉。時又有徐端益，字彦思，婺州人也，爲宿州虹縣武尉，邦昌敕書至邑，邑令以下，迎拜宣讀如常儀，端益不屈膝而走。事定，伯恭爲言于朝，詔換文資，後終於朝請大夫。子亦登科。彦思博學多聞，與先人游從，① 所厚者也。先人嘗以詩著其節誼。淳熙戊申冬，明清調官于臨安，解后其次子于相府，方識之。以其父前績，祈造化于周益公，坐客莫有知者。於立談間，乃指明清爲引證舊聞，益公將上，得旨令與屬官差遣。

22. 趙叔近者，宗室子，登進士第，② 有材略。建炎初，爲兩浙提刑，統兵平錢塘之亂，擢直龍圖閣。時大駕駐維揚，以選掄守秀州，治績甚著。或有言其貪污者，免所居官，拘係于郡，遣朱芾代其任。芾到官未久，頗肆殘酷，軍民怨憤。

① "與先人游從"，"人"字原脱，據宋刻本補。
② "第"，原作"弟"，據宋刻本、四庫本改。

310

有茶酒小卒徐明者，帥其衆囚蒂，迎叔近復領州事。叔近知
事不可遏，登廳呼卒徒，安尉而告之曰：①“新守暴虐不恤，
致汝輩所以爲此。我當爲汝等守印，請于朝，別差慈祥愷悌
之人來拊此一方。”群卒俯伏，不敢猖獗。奏牘未及徹閤，而
朝廷已聞，詔遣大軍往討之矣。先是，王淵在京爲小官時，
狎露臺娼周者，稔甚，亂後爲叔近所得，携歸家。淵每對人
切齒。是時，適淵爲御營司都統制，張、韓俱爲淵部曲，淵
命張提師以往。張素以父事淵，拜辭于廷，淵云：“趙叔近在
彼。”張默解其指。將次秀境，叔近乘涼輿，以太守之儀郊迎
于郡北沈氏園，張即叱令供析。方下筆，而群刀悉前，斷其
右臂。叔近號呼曰：“我宗室也！”衆云：“汝既從逆，何云
宗室？”已折首于地。秀卒見叔近被殺，始忿怒返戈，嬰城以
距敵。縱火歐略，一郡之内，喋血荼毒。翌日，破關，誅其
首惡。雖曰平定，然其擾尤甚。凱旋行闕，第功行賞焉。張
於亂兵中獲周娼以獻于淵。淵勞之曰：“處置甚當。但此婦
人，吾豈宜納，君當自取之。”張云：“父既不取，某焉敢
耶？”時韓在旁，淵顧曰：“汝留之，無嫌也。”韓再拜而受
之。既歸，韓甚以寵嬖，爲韓生子。韓既貴盛，周遂享國封
之榮。陳確，字叔能，秀人也。目睹□□□，爲察官上疏論

---

① “尉”，津逮本、四庫本作“慰”。

其事。① 朝廷後知叔近之死於不幸，詔特贈集英殿修撰。制詞云："士有以權濟事，當時賴之。未幾奸人圖之，于今公議歸之。此朕所深悼者也，可無愍典，以光泉壤哉？爾屬籍之英，吏能優裕。昨者嘉禾適所臨典，旁近部狂寇三發，② 悉賴爾以定，一方怗然。而適與禍會，可謂真不幸矣。御史以冤狀聞，朕用盡傷，追榮論撰，式表忠勤。尚或有知，歆此休命！"官其二子。鄒浩然云。

---

① "陳確字叔能秀人也目睹□□□爲察官上疏論其事"二十一字原脱，據宋刻本補。其中"目睹"下三字缺損。

② "寇"，原作"筊"，據津逮本、四庫本改。

揮麈第三録卷之三

汝陰王明清

23. 劉廷者，開封人，向氏甥，頗知書。少年不檢，無家可歸，從張懷素左道于真州。一日，懷素語廷云："吾嘗遣范信中往説諸遷客于湖、①廣間，久之不至，聞從京口入都矣，豈非用心不善乎？子其往京師偵探之。"廷俶裝西上，道中小緩而進，比次國門，則見懷素與其黨數人，皆鎖頸纍纍而過，防護甚嚴。廷皇怖，休于旅邸，又數日，變易名姓，買舟南下。有二白衣隸輩與之共載，既相款洽，忽自云："我開封府捉事使臣也。君識一劉廷秀才否？近以通謀爲逆，事露，官遣我捕之。君其爲我物色焉。"廷略不露其踪迹，次臨淮岸分背，自此遁迹江、淮間。建炎初，思陵中興應天，乃更名誨，上書自奮應募，願使虜廷，召對稱旨，自韋布授京

---

① "遷"，原作"邅"，改之。

秩，直秘閣，借侍從以行。將命有指，① 擢直顯謨閣，守楚
州。制詞云："昨將使指之光華，備歷征途之嶮岨。命分憂於
凋郡，併進直於清班。"己酉歲，金寇渡淮，誨走奔錢塘，時
大駕已幸四明，杭守康志升允之委城而遁，軍民乃共推誨領
郡。適虜寨于郊外，② 誨登錢塘門樓，③ 遣人下與計事。有唱
言誨欲以城獻賊者，爲衆所殺。

時有黃大本者，江湖浪人也。靖康初，蔡條效丁晋公賂
海商遺表之計，使大本持書于吳元中云："自謂不出蔡氏，可
乎心應知之。"蓋謂其父疇昔有保護東宫之功。果爲開封府所
獲，上之。元中坐此免相，然元長竟得弗誅。大本己酉歲亦
以上書補京官，假朝奉大夫直秘閣奉使北方，既歸，爲池州
貴池縣丞。坐贓，趙元振秉鈞，恨其前日與蔡氏爲地，使元
長得逃於戮，遂正刑典。

又有朱弁，字少張，徽州人，學文頗工。早歲漂泊，游
京、洛間。晁以道爲學官于朝，一見喜之，歸以從女。弁以
啓謝之，云："事大夫之賢者，以其兄子妻之。"又以李虚中
之術，較量休咎，游公卿間。六飛在維揚，④ 有薦之者，授
修武郎、閣門宣贊舍人，副王正道倫出疆，被拘在朔庭，因

---

① "指"，津逮本、四庫本作"旨"。

② "寨"，宋刻本作"集"。

③ "塘"，原作"唐"，據宋刻本、四庫本改。

④ "維"，原作"惟"，據津逮本、四庫本改。

正道之歸，齎表于上云："節上之旄盡落，口中之舌徒存。嘆馬角之未生，魂飛雪窖；攀龍髯而莫逮，^① 淚灑冰天。"上覽之感愴，厚恤其家。留匈奴凡十九歲，紹興壬戌，^② 始與洪光弼、張才彦俱南歸，易宣教郎，直秘閣，主管佑神觀以終，旅殯于臨安。近朱元晦以其族人爲作行狀，而尤先生延之作志銘，遷葬于西湖之上。有《聘遊集》三十卷；《曲洧紀聞》一書，事多出於晁氏之言，世頗傳之；及與洪、張爲《輶軒唱和集》。去歲，朝廷録其孫爲文學云。

24. 明清頃有沈必先《日記》，言奏事殿中，高宗云："近有人自東京逃歸，聞張九成見爲劉豫用事，^③ 可怪！"必先奏云："張九成在其鄉里臨安府鹽官縣寄居，去行闕無百里而遠。兩日前方有文字來，乞將磨勘一官回授父改緋章服。幸陛下裁之。"上云："如此，則所傳妄矣，可笑。不若便與一差遣召來。"蓋子韶廷試策流播僞齊，人悉諷誦，故傳疑焉。翌日，降旨除秘書郎。

25. 呂元直秉鈞既久，又侍上泛海。回越，益肆其功，自任威福。趙元鎮爲中司，上疏力排之。元直移元鎮爲翰林學士，元鎮引司馬溫公故事，以不習駢儷之文，不肯就職，且辭且攻之，章至十數上，元直竟從策免，以優禮而去。元

---

① "髯"，原作"鬓"，據津逮本、四庫本改。
② "戌"，原作"戍"，據津逮本、四庫本改。
③ "豫"，原作"豫"，據宋刻本、津逮本、四庫本改。

鎮徑除簽書樞密院事，時建炎四年四月也。

26. 許志仁，龍舒之秀士，能詩善謔，早爲李伯紀之門賓。伯紀捐館，諸子延緇徒爲佛事，群僧請懺悔之詞于許，乃取汪彦章昔所行謫詞中數語以授之。僧徒高唱云："朋邪罔上罪消滅，欺世盗名罪消滅。"如此者不一。諸子憤怒，詢其所繇，知出于志仁，詬責而逐之。李元度云。

27. 紹興初，梁仲謨汝嘉尹臨安。五鼓，往待漏院，從官皆在焉。有據胡牀而假寐者，旁觀笑之。又一人云："近見一交椅，樣甚佳，頗便於此。"仲謨請之，其說云："用木爲荷葉，且以一柄插于靠背之後，可以仰首而寢。"仲謨云："當試爲諸公製之。"又明日入朝，則凡在坐客各一張，易其舊者矣。其上所合施之物悉備焉，莫不嘆伏而謝之。今達宦者皆用之，蓋始於此。

28. 外祖曾空青任知信州日，嘗辯宣仁聖烈誣謗，以進于高宗皇帝，首尾甚詳。今備録之："切伏惟念宣仁聖烈皇后，遭無根之謗四十餘年，陛下踐祚之初，首降德音，昭示四方，明文母保祐之功，誅奸臣貪天之慝，赫然威斷，風動天下，薄海内外，鼓舞歡呼。小臣么微，嘗冒萬死於建炎元年八月内，備録先臣遺記，扣閽以陳。蓋自紹聖以來，大臣報復元祐私怨，造爲滔天之謗，上及宣仁。先臣某方位樞管，論議爲多。臣於家庭之間，固已與聞其略，而先臣親書記録，尤爲詳盡。其後蔡渭繳文及甫等僞造之書，附會廢立之謗。

當時用事之臣，至以謂神考非宣仁所生，以實傾搖廢立之迹，
欲以激怒哲宗。賴哲宗皇帝天姿仁孝，洞照謬妄，而又先臣
每事極論，痛伐賊謀，故於宣仁終不能遂其奸計。是時，蔡
京撰造仁宗欲以庶人之禮改葬章獻，意在施之宣仁。先臣所
陳，乃以謂天命何可移易，宣仁必無此心，乞宣諭三省，於
詔命之中，推明太母德意。時哲宗聖諭云：'宣仁乃婦人之
堯、舜。'又蔡京以謂：'不誅楚邸，則天下根本未正。'先
臣所陳，乃以謂'就令楚邸有謀，亦當涵容閣略，豈唯傷先
帝篤愛兄弟之恩，亦恐形迹宣仁，上累聖德'。時哲宗又有
'他必不知'之語。雖追貶王珪，力不能回，而於珪責詞中，
猶用先臣之言，增四句云：'昭考與子之意，素已著明；太母
愛孫之慈，初無間隙。'哲宗至再三稱善。元符之末，太上皇
帝踐祚，欽聖獻肅垂簾之初，先臣又嘗陳三省言元祐廢立之
事，欽聖云：'冤他。娘娘豈有此意？'又云：'無此事。'又
云：'當時不聞。誰敢說及此事。'蓋欽聖受遺神宗，同定大
策，禁中論議，無不與聞。嘆息驚嗟，形於聖語，誣罔之狀，
明白可知。逮崇寧之後，蔡京用事，首逐先臣，極力傾擠，置
之死地。一時忠良，相繼貶竄，方遂其指鹿爲馬之計，豈復以
投鼠忌器爲嫌？顛倒是非，甘心快意，至與蔡懋等撰造宮禁語
言事迹，加誣欽聖，欺罔上皇，以誑惑衆聽。國史所載，臣雖
不得而見，然以紹聖不得伸之奸謀，施於崇寧。擅權自肆之
後，其變亂是非，巧肆誣詆，亦不待言而後知也。然彼不知

者，公論所在，判若黑白，於陛下聖德亦已久矣。又況二聖玉音如在，先臣記録甚詳？乃欲以一二奸人之言，欺天罔地，成其私意，今日之敗，必至之理也。本末事實，盡載先臣《三朝正論》。伏望聖慈萬機之暇，特賜省覽，付之外廷，宣之史官，播告中外，使天下後世，曉然皆知哲宗仁孝之德，初無疑似；欽聖嘆息之語，深切著明。而四十餘年間，止緣二三奸臣賊子興訕造訕，以報簾幃之怨，貪天之力以掩巍巍之功，使宣仁聖烈皇后保佑大德，返遭誣衊。① 今者考正是非，誅鋤謗讟、陰霾蔽蝕之際，然後赫然日月之光，旁燭四海，焜燿萬世，與天地合德於無窮也。先臣不昧，亦鼓舞於九泉之下矣。"此紹興三年五月也。《三朝正論》，士大夫家往往有之。

29. 紹興庚申歲，明清侍親居山陰，方總角。有學者張堯叟唐老，自九江來從先人。適聞岳侯父子伏誅，堯叟云："僕去歲在羌廬，正睹岳侯葬母，儀衛甚盛，觀者填塞，山間如市。解后一僧，爲僕言：'岳葬地雖佳，但與王樞密之先塋坐向既同，龍虎無異。掩壙之後，子孫須有非命者。然經數十年，再當昌盛。子其識之。'今乃果然，未知它日如何耳。"王樞密乃襄敏，本江州人，葬其母于鄉里，有十子。輔道既罷橫逆，而有名宇者，② 爲開封幕，過橋墮馬死；名端者，

---

① "衊"，原作"礩"，據宋刻本改。
② "宇"，原作"字"，據宋刻本、津逮本、四庫本改。

待漏禁門，檐瓴冰柱折墜，穿頂而没。後數十年，輔道之子炎弼彦融，以勛德之裔，朝廷録用以官，把麾持節，升直内閣。炎弼二子萬全、萬樞，今皆正郎，[①] 而諸位登進士第者接踵。岳非辜之後，凡三十年，滌洗冤誣，[②] 諸子若孫，驟從縲絏進躋清華。昔日之言，猶在耳也。

30．紹興癸亥，和議初成，有南雄太守黄達如者，考滿還朝，獻言請盡誅前此異議之士，庶幾以杜後患。秦會之喜之，薦爲監察御史。方數日，廣東部使者韓球按其贓污巨萬，奏牘既上，雖秦亦不能揜，僅止罷絀，人亦快之。

31．洪景伯兄弟應博學宏詞，以《克敵弓銘》爲題，洪惘然不知所出。有巡鋪老卒，睹于案間，以問洪云："官人欲知之否？"洪笑曰："非而所知。"卒曰："不然。我本韓世忠太尉之部曲，從軍日，目見有人以神臂弓舊樣獻于太尉，太尉令如其制度製以進御，賜名'克敵'。"并以歲月告之。洪盡用其語，首云："紹興戊午五月大將。"云云。主文大以驚喜，是歲遂中科目，若有神助焉。此蓋熙寧中西人李宏中創造，因内侍張若水獻于裕陵者也。李平叔云。

32．鄭亨仲剛中爲川陝宣撫，節制諸將，極爲尊嚴。吴璘而下，每入謁，必先階墀，然後升廳就坐。忽璘除少保，

---

① "今"，原作"令"，據宋刻本、四庫本改。
② "滌"，原作"滿"，據宋刻本改。

來謝，語主閽吏，乞講鈞敵之禮。吏以爲白亨仲，亨仲云：
"少保官雖高，猶都統制耳。倘變常禮，是廢軍容。少保若欲
反，則取吾頭可矣。階墀之儀，不可易也！"璘皇恐聽命，人
皆韙之。

33. 政和末，秦會之自金陵往參成均，行次當塗境上，
值大雨，水沖橋斷，不能前進。虛中居民開短窗，① 延一士
子教其子弟。士子於書室窗中窺見秦徒步執蓋，立風雨中，
淋漓淒然，甚憐之，呼入令小愒。至晚，雨不止，白其主人，
推食挽留而共榻。翌日晴霽，送之登途，秦大以感激。秦既
自叙其詳，復詢士之姓名，云曹筠庭堅也。秦登第即宦顯，
絕不相聞。久之，曹建炎初以太學生隨大駕南幸至維揚，免
省策名，後爲台州知録，老不任事，太守張俁對移爲黃巖主
簿，無憀之甚。時秦專權久矣。曹一夕偶省悟其前此一飯之
恩，因謀諸婦。婦吳越錢族，晚事曹，頗解事，謂曰："審
爾，何不漫訴之？"筠因便介姑作詩以致祈懇，末句云："浩
浩秦淮千萬頃，好將餘浪到灘頭。"其淺陋不工如此。秦一
覽，慨然興念，以删定官召之。尋改官入臺，遂進南牀。高
宗惡之，親批逐出。秦猶以爲集英殿修撰，知衢州。未幾，
坤維闕帥，即擢次對，制閫全蜀。到官之後，弛廢不治，遂

---

① "虛"，宋刻本作"塗"。

致孝忠之變。① 秦竟庇護之，奉祠而歸。秦没，始奪其職云。

34. 方務德帥荆南，有寓客張黜者，② 乃魏公之族子，出其乃翁所記《建炎荆州遺事》一編示務德云：③ "孔彦舟領衆十餘萬破荆南城，是時朝廷方經理北虜，未暇討捕群盗。張單騎入城説諭彦舟，使之效順朝廷，著名青史，勿挂丹書，爲天下笑。彦舟感悟，與部下謀，咸有納款之意。張又語之云："太尉須立勞效，庶爲朝廷所信。四川宣撫，乃我之叔父也。目今去朝廷甚遠，俟見太尉立功，當爲引領頭目人入川參宣撫，以求保奏推賞，如何？'彦舟云："甚好。今有一項虜人往湖南劫掠，聞朝夕取道襄陽以歸北界，待與欄截剿殺，以圖報國。'張云："此項虜寇人數不多，又是歸師，在今日無甚利害。鼎州一帶有賊徒鍾相，衆號四十萬，乃國家腹心之疾。太尉儻能平此，朝廷必喜。將士以此取富貴，何患不濟？'諸將皆喜，云："此亦何難？'彦舟亦首肯，張遂促其出師，一戰而勝，賊徒奔潰。張遂與彦舟具立功人姓名及歸降文字，與彦舟心腹數人，俱入蜀謁魏公。行至夔州，又遇劇賊劉超者，擁數萬衆，欲往湖南劫掠。張又以説彦舟之言告之，且言：太尉或肯相從，我當併往宣撫司言之。超亦聽命，駐軍于夔州，不爲鹵掠之計，以俟朝命。張行未及宣撫

① "孝忠"前，宋刻本有"王"字。
② "黜"，宋刻本作"黙"。
③ "荆"，原作"刑"，據宋刻本、津逮本、四庫本改。

321

司數舍，遇族兄自魏公處來，問何幹，且以兩事告之。族兄
者從而攫金。張苔以此行止爲朝廷寬顧憂，及救數路生靈之
命，豈有閒錢相助？其人不悅，徑返，往見魏公，先言以爲
張受三賊賂甚厚，其謀變詐不可信。魏公然之。張至宣撫司，
乞推賞孔彥舟部曲，以彥舟爲主帥，且令屯駐荊南，使之彈
壓鍾相餘黨，招撫襄、漢、荊、湖之人，復耕桑之業。魏公
悉不從，姑令彥舟領部曲往黃州屯駐。大失望，徒黨皆不樂
黃州之行，以謂宣司不信其誠心，遂率衆渡淮降虜。紹興初，
楊么復嘯聚鍾相餘黨二十萬，占洞庭湖，襄、漢、湖、湘之
民蹂踐過半，至今州縣荒殘，不能復舊。劉超者，只駐軍夔
州。後遇劉季高自蜀被召赴朝，携降書入奏，朝廷大喜。季
高之進用，繇此而得之。”以上悉張自叙云爾，不欲易之。

35. 湯致遠鵬舉守婺州，與通判梁仲寬厚善。仲寬者，
越人也，晚得一婢，甚憐寵之，一旦辭去，遂爲天章寺長老
德範者所有，納之于方丈，梁邑邑以終。湯時帥長沙，有過
客爲湯言之，且悲且憤，識之胸中。明年，湯易帥浙東，入
境即天章，[①] 甫至寺中，急呼五百禽主僧，決而逐出，大以
快意。然德範者與婢一舸東去已逾月，被撻之髡，入院蓋未
久也。

36. 陳師禹汝錫，處州人也。以才猷宣力于中興之初。

---

① “即”下，宋刻本有“之”字。

高宗自四明還會稽，領帥浙東，當搶攘之後，^① 安輯經理，美效甚著。適秦會之自北方還朝，素懷訾睚，^② 以它罪坐師禹，貶單州團練副使，漳州安置。既行一程，次楓橋鎮，客將朱禮者，晨起鼓帥于衆曰："責降官在法不當差破。"送還人一哂而散。師禹不免雇賃使令，以之貶所。時王昭祖揚英爲帥屬，在旁知狀，雖憤怒之，而莫能何也。後十八年，昭祖以吏部郎出爲參謀官，朱禮者已爲大吏。^③ 適湯致遠來爲帥，湯素負嫉惡之名，開藩未久，昭祖白其事于湯，令搜訪其奸贓，黥竄象州，一郡翕然。師禹孫，師點也。

37. 吳栻才老，舒州人，飽經史而能文。決科之後，浮湛州縣，晚始得丞太常，紹興間尚須次也。娶孟氏仁仲之妹，貧往依焉。仁仲自建康易帥浙東，言者論謝上表中含譏刺，詔令分析，仁仲辯數，以謂久棄筆研，實托人代作。孟雖放罪，尋亦引閒。秦會之令物色，知假手于才老，臺評遂上，罷其新任，繇是廢斥以終。有《毛詩叶韻》行於世。

38. 汪明遠澈任衡州教授，以母憂歸。從吉後造朝，從秦會之仍求舊闕，^④ 詞甚懇到。秦問："何苦欲此?"汪云："彼中人情既熟，且郡有兩臺，可以求知。"

---

① "搶"，原作"槍"，據四庫本改。
② "訾睚"，津逮本、四庫本作"睚訾"。
③ "已"，原作"巳"，據宋刻本、津逮本、四庫本改。
④ "求舊"前原衍"求舊"二字，據宋刻本、津逮本、四庫本删。

秦愈疑之，不與，乃以沅州教授處之。既不遂意，而地偏且遠，汪家素貧，稱貸赴官，極爲不滿。到郡，見井邑之荒涼，游從之寥落，尤以鬱陶，心竊怒秦而不敢言也。適万俟元忠與秦異議，①自參政安置秭歸，後徙沅江。汪因謁之，投分甚歡，日夕往還，三載之間，益以膠固。万俟還朝，繼而大拜。首加薦引，力爲之地。入朝七年間，遂登政府。事不可料，有如此者。

39. 鄭恭老作蕭甲戌歲自知吉州回，②上殿陳札子云："郡中每歲以黃河竹索錢輸于公上。黃河久陷僞境，錢歸何所？乞行蠲免。其他循襲似此等者，亦乞盡令除放。"高宗嘉納，且喻秦丞相而稱獎再三焉。秦大怒，諷部使者誣以爲在任不法，興大獄而繩治之。逮吏及門而秦殂，遂免。

40. 紹興己卯，陳瑩中追諡忠肅，其子應之正同適爲刑部侍郎，往謝政府。有以大魁爲元樞者，忽問云："先丈何事得罪秦師垣邪？"應之曰："先人建中初爲諫官，力言二蔡於未用事時，其後以此遷謫，流落無有寧日。"其人若醒悟狀，曰："此所以南度後便爲參政也。"③蓋後誤以爲陳去非，然不知初又以爲何人也。

41. 李泰發之遷責海外也，欲寓書秦丞相，以祈內徙，

---

① "万"，原作"方"，據宋刻本、津逮本、四庫本改。
② "戌"，原作"戊"，據津逮本改。
③ "度"，宋刻本作"渡"。

而無人可遣。門人王彥恭趯，罷雷守，閒居全州，泰發乃作
奏書，托王爲尋端便。王鄰之居有李將領者，^①坐岳侯事，
編置于郡，與閭里通情。趯令其子司法者，從李將就雇一隸，
遣往會稽，授書于泰發家。既至越，泰發子弟不敢以人入都，
乃就令此介自往相府投之。既達于秦，忽令問：“李參政今在
何所？”遠人倉猝遽對云：“李參政見在全州，與王知府鄰
居。”蓋誤以李將爲泰發也。且云：“有王法司與李參政親以
書付我令來。”蓋錯愕之際，又稱“司法”爲“法司”也。
秦怒，於是送大理寺根勘，行下全州，體究“李光擅離貶所，
如何輒敢存留在本州”。且追王趯并王法司赴獄。而全州適有
法司人吏姓王者，亦與彥恭舍甚邇，俱就逮。後體究得泰發
初未嘗離昌化，但誣彥恭以前任過惡，除名勒停，編管辰州。
王法司者，懵然不知，亦勒認贓罪杖脊。當時聞者，無不笑
而憐之。

42. 汪明遠爲荆襄宣諭使，逆亮遣劉蕚領兵，號二十萬，
侵犯襄、漢間。荆、鄂諸軍屢捷，^②俘虜人多僉軍，語我師
云：“我輩皆被虜中僉來。離家日，父兄告戒云：‘汝見南朝
軍馬，切勿向前迎敵，但只投降。他日定放汝歸，父兄再有
相見之期。儻不從誨戒，必遭南軍殺戮。’”有聞此語以告明

---

① “鄰之”，宋刻本作“之鄰”。
② “鄂”，原作“蕚”，據津逮本、四庫本改。

遠者，遂與幕僚謀之，建議盡根刷俘虜之人，借補以官，縱遣北歸，歡躍而去。乾道改元，虜人再來侵犯，荊、鄂亦出師入北界，縱遣之人，有來爲鄉道者，諸將皆全璧而歸。

43. 逆亮篡位之後，偶因本朝遣使至其闕廷有畏氈者，遂有輕我之心，即謀大舉僉刷以北人爲兵，欲以百萬南攻，止得六十七萬。以二十七萬侵淮東，敵劉信叔；亮以四十萬自隨，由淮西來，與王權相遇，而王權之衆不能當，在和州對壘。權盡遣渡船過南岸，與其衆誓云：“國家養汝輩許時，政要今日以死上報。”① 衆皆唯唯。兩軍堅壁不動。權以二三腹心自隨，手執諸軍旗號，戒諭諸將云：“不可妄動，且看虜軍有陣脚不固、不肅者，看吾舉逐軍旗號，先舉動。”虜軍數重之内，有紫傘往來傳呼者，莫知其意。虜軍先來犯陣，遇大雨，遂退，復駐軍于舊寨，無一不肅。諸將遂語權云：“虜軍如此，我軍如何可戰？”② 權云：“諸公不可説此語。今日正當報國之時，宜盡死于此，不可有一人異議！”諸將云：“太尉欲與諸軍死此，卻將甚軍馬與國家保守江面？”權悟其言，遂言：“當從諸人議，往南岸叫船渡軍馬還，與國家保江。卻自往朝廷請罪。”又與諸將計算，軍馬渡江，有殿後者，必爲虜騎所追，合損折一軍半人馬，又要一將殿後。統

---

① “政”，四庫本作“正”。
② “軍”，四庫本作“輩”。

制官時俊云：“願爲殿後，保全軍馬過江。”衆服其勇。王琪是時爲護聖馬軍統制，亦同行。云：“所部軍馬，乃主上親隨，太尉不可失卻他一人一騎。”遂令護聖馬軍先渡，諸軍次第而濟，虜騎果下馬來追襲，時俊牌手當之，幸所失不致如箅之數。諸軍遂就采石，各上戰艦，以備虜人。權爲樞密行府押詣朝廷，竄于海外。逆亮築臺江岸，刑白馬祭天，自執紅旗，麾諸軍渡江。行至中流，爲采石戰艦迎敵。時俊在舟中，令軍士以寸札弩射，虜人赴水者多，盡皆退走。亮知江岸有備，遂全軍過揚州。① 軍士奏凱，未及登岸，虞丞相允文以參贊軍事偶至采石，遂與王琪報捷于朝。虞自中書舍人除兵部尚書，自此遂柬眷知。琪除正任觀察使。諸將在江中獲捷者，亦皆次第而遷。水軍統制盛新功多而獲賞最輕，壹鬱而死，② 建康、采石軍士，至今憐之。次年春初，明清從外舅起帥合肥，道出采石，親見將士言之。直書其語，不復潤色以文云。

44. 隆興初，有胡昉者，大言夸誕，當國者以爲天下奇才，力加薦引，命之以官。曾未數年，爲兩浙漕。一日，語坐客云：“朝廷官爵，是買吾曹之頭顱，豈不可畏！”適聞人伯卿阜民在坐末，趨前云：“也買脫空！”胡默然。

---

① “揚州”，原作“楊州”，據四庫本改。
② “壹鬱”，四庫本作“抑鬱”。

45.《前録》載湯進之封慶國公也，明清嘗陳之，章聖之初封，① 湯始疑以爲未然，於史館檢閱，然後封章。其所上札子乃云："自天聖以來，未有敢以爲封者。"然又不知宣和中王黼、白蒙亨皆嘗受，② 而失於辭避，是不曾詳於稽考也。

46. 明清晚識遂初尤延之先生，一見傾蓋，若平生歡，借譽引重，恩誼非輕。公任文昌，一日忽問云："天臨殿在於何時邪？"明清云："自昔以來，蓋未有之。紹聖初，米元章爲令畿邑之雍丘，游治下古寺，寺僧指方丈云：'頃章聖幸亳社，千乘萬騎經從，嘗憩宿于中。'元章即命彩飾建甌，嚴其羽衞，自書榜之曰'天臨殿'。時呂升卿爲提點開封府縣鎮公事，以謂下邑不白朝廷，擅創殿立名，將按治之。蔡元長作内相，營救獲免。聞有自製殿贊，恨未見之。"尤即從袖間出文書，乃元章所書贊也，云："才方得之。公可謂博物洽聞矣。"翌日入省，形言稱道于稠人廣眾中焉。樓大防作夕郎，③ 出示其近得周文榘所畫《重屏圖》，祐陵親題白樂天詩于上，有衣中央帽而坐者，指以相問云："此何人邪？"明清云："頃歲大父牧九江，於廬山圓通寺撫江南李中主像藏于

---

① "章聖"，宋刻本作"仁宗"。
② "然"字之後至"皆"字之前十一字，宋刻本原殘損，僅存末字"檜"。
③ "樓"，原作"楼"，據宋刻本、津逮本、四庫改。下"樓深以賞激"同。

家。① 今此繪容即其人。文榘丹青之妙，在當日列神品，蓋畫一時之景也。”亟走介往會稽，取舊收李像以呈似，面兒、冠服無豪髮之少異。因爲跋其後。樓深以賞激。繼而明清丏外得請，以詩送行，後一篇云：“遂初陳迹遽淒涼，擊節青箱極薦揚。談笑於儂情易厚，典刑使我意差強。《重屏》唐畫論中主，古殿遺文話阿章。舊事從今向誰問，尺書時許到淮鄉。”

明清前年廁迹躞路，假居于臨安之七寶山，俯仰顧眄，②聚山林江湖之勝于几案間，襟懷洒然，記憶舊聞，纂《揮麈後錄》，既幸成編。去歲請外，從欲贅丞海角。涉筆之暇，無所用心。省之胸次，隨手濡毫，又獲數十事，不覺盈帙，漫名曰《揮麈第三錄》。凡所聞見，若來歷尚晦，本末未詳，姑且置之，以待乞靈于博洽之君子，然後敢書。斯亦習氣未能掃除，猶雞肋之餘味耳。慶元初元仲春丁巳，明清重書于吳陵官舍佳客亭。③

---

① “撫”，宋刻本作“憮”。
② “眄”，原作“耵”，據毛鈔本改。宋刻本、津逮本作“盼”。
③ “明清前年廁迹躞路”至“明清重書于吳陵官舍佳客亭”一段，四庫本無。

揮麈録餘話卷之一

朝請大夫主管台州崇道觀汝陰王明清

1. 永昌陵卜吉，命司天監苗昌裔往相地西洛。既覆土，昌裔引董役内侍王繼恩登山顛，周覽形勢，謂繼恩云："太祖之後，當再有天下。"繼恩默識之。太宗大漸，繼恩乃與參知政事李昌齡、樞密趙鎔、知制誥胡旦、布衣潘閬謀立太祖之孫惟吉。適泄其機，吕正惠時爲上宰，鎖繼恩，而迎真宗于南衙，即帝位。繼恩等尋悉誅竄，前人已嘗記之。熙寧中，昌齡之孫逢登進士第，以能賦擅名一時，吴伯固編《三元衡鑑》，祭九河合爲一者是也。逢素聞其家語，與方士李士寧、醫官劉育熒惑宗室世居，共謀不軌，旋皆敗死。詳見《國史》。靖康末，趙子崧守陳州。子崧先在邸中剽竊此説，至是適天下大亂，二聖北狩，與門人傅亮等歃血爲盟，以俟非常。傳檄有云："藝祖造邦，千齡而符景運；皇天佑宋，六葉而生眇躬。"繼知高宗已濟大河，皇懼歸命，遣其妻弟陳良翰奉表勸進。高宗羅致元帥幕，中興後，亟欲大用。會與大將辛道

330

宗爭功，道宗得其文繳進之，詔置獄京口，究治得情。高宗震怒，然不欲暴其事，以它罪竄子崧于嶺外。此與夏賀良赤精子之言、劉歆易名以應符讖，何以異哉？豈知接千秋之統，帝王自有真邪？

2. 熙寧初，王荊公力薦常夷父，乞以种放之禮召之。上云："放輩詩酒自娛而已，豈有經世之才？如常秩肯來，朕當以非常之禮待之。"故制詞云："幡然斯來，副朕虛佇。"蓋宣德音也。

3. 靖康初，李伯紀薦任申先世初自布衣錫對。欽宗忽問云："卿在前朝，曾上書乞取燕雲。"世初云："誠有之。臣是時爲見遼國衰弱，謂我若訓練甲兵，遲以歲月，乘此機會，可以盡復燕雲舊地。初非欲結小羌搗其巢穴。此書尚在，可賜睿覽。"上云："曾見之。使如卿言，燕雲之地，何患不得？"繼以嘆息，即批出賜進士出身，自是進用。世初，伯雨之子也。

4. 高宗應天中興之初，大臣有薦瀘州草澤彭知一者有康濟之略，隱居鳳翔府。得旨，令守臣錢蓋等津發至行在所。既入朝，乃以所燒金及藥術爲獻。詔云："朕不忍燒假物以誤後人。仰三省發遣，赴元來去處，日下施行。仍將燒金合用什物，於街市捶毀。"

5. 建炎己酉，以葉夢得少縕爲左丞，① 纔十四日，而爲

---

① "少縕"，《宋史》卷四四五《葉夢得傳》作"少蘊"。

言者所攻而罷,其自記奏對聖語,備列于後:

一日,進呈知婺州蘇遲奏,乞減年額上供羅。聖訓問:"祖宗額幾何?"臣等對:"皇祐編敕一萬匹。"問:"今數幾何?"臣等指蘇遲奏言:"平羅、婺羅、花羅三等,共五萬八千七百九十七匹。"聖訓驚曰:"苦哉,民何以堪!"臣等奏:"建炎赦書,諸崇寧以後增添上供過數,非祖宗舊制,自合盡罷。今遲奏乞減一半。"聖訓曰:"與盡依皇祐法。"臣等奏:"今用度祖宗時不同,卻恐減太多,用度不足,即不免再抛買,或致失信。"欲且與減二萬匹並八千有零數。臣等奏:"陛下至誠恤民,可謂周盡。"聖訓復云:"如此好事,利益於民。一日且做得一件,一年亦有三百六十件。"臣等退,御筆即從中出曰:"訪聞婺州上供羅,舊數不過一萬匹。崇寧以後,積漸增添,幾至五倍。近歲無本錢,皆出科配,久為民病,深可矜恤。今後可每年與減二萬八千匹並零數者,為永法。仍令本州及轉運司每年那融應副本錢足備。"臣等即施行。

車駕初至臨安府,霖雨不止。一日,臣等奏事畢,因言州治屋宇不多,六宮居必隘窄,且東南春夏之交,多雨蒸潤,非京師比。聖訓曰:"亦不覺窄,但卑濕爾。然自過江,百官六軍皆失所,朕何敢獨求安?至今寢處尚在堂外。當俟將士官局各得所居,遷從之人稍有所歸,朕方敢遷入寢。"臣等皆言:"聖心如此,人情孰不感動!"

車駕始至臨安府，手詔：郎官以上，悉皆許薦人材，蓋特恩也。一日，進呈侍從官等奏狀，聖訓諭臣等曰："今次所薦人材，不比已前。當須擇其可取者，便擢用之。"乃命並召赴都堂審察。翌日，復命臣等曰："郎官等所薦士，不若便令登對，朕當親自延見之。早朝退，遍閱諸處章奏，未嘗閒。今後進膳罷，令後殿引見。及晚朝前，皆可引三班，庶得款曲。"臣等奏："但恐上勞聖躬。若陛下不倦，接見疏遠，搜訪賢能，天下幸甚！"於是再批旨行下。

一日，初進對，聖訓首言："陳東、歐陽徹可贈一官，並與子或弟一人恩澤。始罪東等，出於倉猝，終是以言責人，朕甚悔之。今方降詔，使士庶皆得言事，當使中外皆知此意。"臣等即奉詔，言："甚善。"聖訓復曰："馬伸前此責去，亦非罪，可召還。"或曰："聞伸已死。"聖訓曰："不問其死，但朝廷召之，以示不以前責爲罪之意。"乃問："伸自何官責？"臣等皆曰："自衛尉少卿。"聖訓曰："可復召爲衛尉少卿。"臣等奉詔而退。東等於是皆贈官，及與子或弟恩澤一人，並詔所居優恤其家。

進呈湖州民王永從進錢五十萬緡佐國用。臣等言："戶部財用稍集，亦不至甚闕。"聖訓曰："如此即安用，徒有取民之名，卻之。"或曰："已納其伍萬緡矣，今卻之，則前後異同。"聖訓曰："既不闕用，可併前已納還之。"仍詔今後富民不許陳獻。臣等皆言："聖慮及此，東南之民，聞風當益感悦。"

　一日，聖訓諭臣等言："過江器械皆散亡，甲所失尤多。朕每躬擐甲胄，閲武於宮中，以勵衛士，乃知舊所造甲有未盡善，如披膊皆用鐵，臂肘幾不可引以當胸，緩急如何屈伸？今皆親自裁定損益，與舊不同，極便於施行。令兩浙路諸州分造甲五十副，一以新樣爲之。"臣等皆言："陛下留意武事，前所未講，盡經聖慮。此前史所以稱漢宣帝器械技巧，皆精其能。"朝退，内出新樣甲一副示臣等，舊轉肘鐵葉處皆易以皮，屈伸無不利便，佗皆類此。其後陳東、歐陽徹俱贈秘撰，各又官其二子，仍賜田十頃。

　6. 高宗建炎二年冬，自建康避狄，幸浙東。初度錢塘，至蕭山，有列拜于道側者，揭其前，云："宗室趙不衰以下起居。"上大喜，顧左右曰："符兆如是，吾無慮焉。"詔不衰進秩三等。是行雖涉海往返，然天下自此大定矣。不衰即善俊之父。此與太宗征河東"宋捷"之祥一也。是時，選御舟榑工，又有趙立、畢勝之讖。

　7. 建炎庚戌正月三日，① 高宗航海，次台州之章安鎮，落帆于鎮之祥符寺前。屏去警蹕，易衣，徒步登岸。時長老者方升座，道祝聖之祠。② 帝趾忽前，聞其稱贊之語，甚喜，

---

　① "戌"，原作"戊"，據津逮本、四庫本改。
　② "祠"，津逮本、四庫本作"詞"。

戒左右勿令驚惶而諦聽之。少焉，千乘萬騎畢集，始知爲六
飛臨幸。野僧初不閑禮節，恐怖失措，從行有司始教以起居
之儀。<small>李承造升之云。</small>

8. 紹興中，趙元鎭爲左相。一日入朝，見自外移竹栽入
内。奏事畢，亟往視之，方興工於隙地。元鎭詢誰主其事，
曰："内侍黃彦節也。"元鎭即呼彦節，詬責之曰："頃歲艮
嶽花石之擾，皆出汝曹。今將復蹈前轍邪？"命勒軍令狀，日
下罷役。彦節以聞于上。翌日，元鎭奏事，上喻曰："前日偶
見禁中有空地，因令植竹數十竿，非欲以爲苑囿。然卿能防
微杜漸如此，可謂盡忠爾。後儻有似此等事，勿憚以警朕之
不逮也。"<small>彦節自云。</small>

9. 沈之才者，以棋得幸思陵，爲御前祗應。一日，禁中
與其類對奕。上喻曰："切須子細。"之才遽曰："念兹在
兹。"上怒云："技藝之徒，乃敢對朕引經邪？"命内侍省打
竹篦二十，逐出。<small>廉宣仲云。</small>

10. 秀州外醫張浩自云："少隸軍籍，嘗爲杉清閘官虞
候。一日晚出郊，過嘉興縣，忽睹丞廳赤光照天，疑爲回祿，
亟入視之。云趙縣丞之室適免身得雄，是誕育孝宗也。"浩之
子樸，今爲醫官，家于縣橋之西，可質焉。<small>張浩自云。</small>

11. 紹興壬子，詔知大宗正事安定郡王令時，訪求宗室
伯字號七歲以下者十人，入宮備選。十人中又擇二人焉，一
肥、一癯，乃留肥而遣癯，賜銀三百兩以謝之。未及出，思

陵忽云：“更子細觀。”乃令二人叉手並立。忽一貓走前，肥者以足蹴之。上曰：“此貓偶爾而過，何爲遽踢之？輕易如此，安能任重耶？”遂留癯而逐肥者。癯者乃阜陵也。肥者名伯浩，後終於溫州都監。趙子導彥沔云。

12. 辛巳歲，顏亮寇淮，江浙震動。有處州遂昌縣道流張思廉者，人稱爲有道之士，言事多驗。時李正之大正爲邑尉，從而問之。思廉以片紙書云：“孝宗御名乃在位。”① 初得之，殊不可曉。次年，阜陵改名，正儲登極。李正之云。

13. 明清頃於蔡微處得觀祐陵與蔡元長賡歌一軸，皆真迹也，今録于後：

己亥十一月十三日，南郊祭天，齋宮即事賜太師：“報本精禋自國南，先期清廟宿齋嚴。層霄初今上御名同雲霽，② 暖吹俄回海日暹。十萬軍容冰作陣，九街鴛瓦玉爲檐。肅雍顯相同元老，行慶均釐四海沾。”太師臣京恭和：“雪晴至日日初南，帝舉明禋祀事嚴。萬瓦溝中寒色在，一輪空外曉光暹。雲和龍軫開冰轍，風暖鸞旗拂凍檐。共喜天心扶聖德，珠璣更誤寵恩沾。”“展采齊明拱面南，濃雲深入夜更嚴。風和不放瓊英落，日暖高隨玉漏暹。照地神光臨午陛，鳴皋仙羽下重檐。五門回仗如天上，看舉雞竿雨露沾。”“袞龍朱履午階

---

① “孝宗御名”，指“脊”。津逮本、四庫本作“脊”。宋孝宗名趙脊。
② “今上御名”，指“擴”。四庫本作“擴”。宋寧宗名趙擴。

南，大輦鸞鳴羽衛嚴。玉軫乍回黃道穩，金烏初上白雲暹。
五門曉吹開旗尾，萬騎花光入帽簷。已見神光昭感格，鶴書
恩下萬邦沾。""飲福初回八陛南，凝旒哀對百神嚴。睍消塵
入康衢潤，神應光隨北陛暹。丹檻雉開中扇影，朱繩鶴下五
門簷。群生鼓舞明禋畢，卻憶花飛舞袖沾。"清廟齋幄，常有
詩賜太師，已曾和進。禋祀禮成，以目擊之事，依前韻再進。
今亦用元韻復賜太師，非特以此相困，蓋清時君臣賡載，亦
一時盛事耳。"靈鼓黃麾道指南，紫壇蒼壁示凝嚴。聯翩玉羽
層霄下，炬赫神光愛景暹。爲喜鑾輿回鳳闕，故留芝蓋出虬
簷。禮天要作斯民福，解雨今當萬物沾。"太師以被賜"暹"
字韻詩，前後凡三次進和，蓋欲示其韻愈嚴而愈工耳。復以
前韻又賜太師："天位迎陽轉斗南，千官山立盡恭嚴。共欣奠
玉烟初達，爭奉回鸞日已暹。歸問雪中誰咏絮，[1] 冥搜花底自
巡簷。禮成卻喜歌盈尺，端爲來趍萬寓沾。"唐杜甫詩"巡簷索
共梅花笑"，蓋雪事也。《太師臣京題神霄宮》："下馬神霄第一
回，晴空宮殿九秋開。月中桂子看時落，雲外仙軿特地來。"
"參差碧瓦切昭回，綉户雲輧次第開。仙伯九霄曾付托，得隨
真主下天來。"神霄玉清萬壽宮慶成，卿以使事奉安聖像，聞
有二詩書幪，俯同其韻，復賜太師："碧落金風爽氣回，叢霄
乍喜瑞霞開。經營欲致黎元福，敢謂詩人咏子來。""曈曚日

馭曉光回，金碧相宜玉府開。①　步武烟霞還舊觀，百神應喜
左元來。"昨日召卿等自卿私第泛舟，經景龍江，游擷芳園、
靈沼，聞卿有小詩，今俯同其韻賜太師："景龍江靜喜安流，
玉色閒看浴翅鷗。已覺西風頗無事，何妨穩泛濟川舟。""登
山想見留雲際，賞日還能傍水涯。對此已多重九興，先輸黃
髮賞黃花。""錦綉烟霄碧玉山，縈紆靜練照晴川。留連不惜
厭厭去，雅興難忘《既醉》篇。"上清寶錄宮立冬日講經之
次，有羽鶴數千飛翔空際，公卿士庶，眾目仰瞻。卿時預榮
觀，作詩紀實來上，因俯同其韻，賜太師以下："上清講席鬱
蕭臺，俄有青田萬侶來。蔽翳晴空疑雪舞，低佪轉影類雲開。
翻翰清唳遥相續，②　應瑞移時尚不回。歸美一章歌盛事，喜
今重見謫仙才。"又《上巳日賜太師》："金明春色正芳妍，
修禊佳辰集眾賢。久矣愆陽罹暵旱，沛然膏雨潤農田。乘時
臕挾花盈帽，胥樂何辭酒滿船。所賴燮調功有自，佇期高廩
報豐年。"

　　微，元長之孫，自云當其父祖富貴鼎盛時，悉貯于隆儒
亨會閣，此百分之一二焉。國禍家艱之後，散落人間，不知
其幾也。③

---

14. 祐陵癸巳歲，蔡元長自錢唐趣召再相，[①] 詔特錫燕于太清樓，極承平一時之盛。元長作記以進云：

政和二年三月，皇帝制詔，臣京宥過眚愆，復官就第。命四方館使榮州防禦使臣童師敏齋詔召赴闕，臣京頓首辭。繼被御札手詔，責以大義，惶怖上道。於是飲至于郊，曲燕于垂拱殿，祓禊于西池，寵大恩隆，念無以稱。上曰：“朕考周宣王之詩：‘吉甫燕喜，既多受祉。來歸自鎬，我行永久。飲御諸友，炰鱉膾鯉。’其可不如古者？”詔以是月八日開後苑太清樓，命內客省使保大軍節度觀察留後帶御器械臣譚稹、同知入內內侍省事臣楊戩、內客省使保康軍節度觀察留後帶御器械臣賈祥、引進使晉州管內觀察使勾當內東門司臣梁師成等伍人，總領其事。西上閤門使忠州刺史尚藥局典御臣鄧忠仁等一十三人，掌典內謁者職。有司請辦具上，帝弗用。前三日，幸太清，相視其所，曰“於此設次”“於此陳器皿”“於此置尊罍”“於此膳羞”“於此樂舞”。出內府酒尊、寶器、琉璃、馬瑙、水精、玻璃、翡翠、玉，曰：“以此加爵。”致四方美味，螺蛤蝦鱔白、南海瓊枝、東陵玉蕊與海物惟錯，曰：“以此加籩。”頒御府寶帶，宰相、親王以玉，[②] 執政以通犀，餘花犀，曰：“以此實筐。”教坊請具樂奏，上弗用，

曰：“後庭女樂，肇自先帝。隸業天臣未之享。”① 其陳于庭，上曰：“不可以燕樂廢政。”是日，視事垂拱殿。退，召臣何執中、臣蔡京、臣鄭紳、臣吳居厚、臣劉正夫、臣侯蒙、臣鄧洵仁、臣鄭居中、臣鄧洵武、臣高俅、臣童貫，崇政殿閱弓馬所子弟武伎，引強如格，各命以官。遂賜坐，命宮人擊鞠。臣何執中等辭，請立侍，上曰：“坐。”乃坐。於是馳馬舉仗，翻手覆手，丸素如綴。又引滿馳射，妙絶一時，賜賚有差。乃由景福殿西序入苑門，就次以憩。詔臣蔡京曰：“此跬步至宣和，即昔言者所謂金柱玉户者也，厚誣宮禁。其令子攸掖入觀焉。”東入小花徑，南度碧蘆叢，又東入便門，至宣和殿，止三楹，左右挾，中置圖書、筆硯、古鼎、彝、罍、洗。陳几案、臺榻，② 漆以黑。下宇純朱，上棟飾綠，無文采。東西廡側各有殿，亦三楹。東曰瓊蘭，積石爲山，峰巒間出，有泉出石竇，注于沼北。有御札“靜”字榜梁間，以洗心滌慮。西曰凝方，後曰積翠，南曰瑤林，北洞曰玉宇。石自壁隱出，嶄巖峻立，幽花異木，扶疏茂密。後有沼曰環碧，兩旁有亭曰臨漪、華渚。沼次有山，殿曰雲華，閣曰太寧。左躡道以登，中道有亭，曰琳霄、垂雲、騫鳳、層巒，不大，高峻，俯視峭壁攢峰，如深山大壑。次曰會春閣，下

---

① “天臣”，毛鈔本作“大臣”。
② “臺榻”，津逮本、四庫本無“臺”字。

有殿曰玉華。玉華之側有御書榜曰"三洞瓊文"之殿，以奉高真。旁有種玉、緣雲軒相峙。臣奏曰："宣和殿、閣、亭、沼，縱橫不滿百步，而修真觀妙，發號施令，仁民愛物，好古博雅，玩芳綴華咸在焉。楹無金瑱，壁無珠瑠，階無玉砌。而沼池巖谷，溪澗原隰，太湖之石，泗濱之磬，澄竹山茶，崇蘭香茝，葩華而紛郁。無犬馬射獵畋游之奉，而有鷗、鳬、雁、鷺、鴛鴦、鸂鶒、龜魚馴馴，雀飛而上下。無管弦絲竹、魚龍曼衍之戲，而有松風竹韻，鶴唳鶯啼，天地之籟，適耳而自鳴。其潔齊清靈雅素若此，則言者不根，蓋不足恤。"日午，謁者引執中以下，入女童樂四百，靴袍玉帶，列排場，肅然無敢謦咳者。① 宮人珠籠巾，玉束帶，秉扇、拂、壺、巾、劍、鉞，持香球，擁御牀以次立，亦無敢離行失次。皇子嘉王楷起居，升殿側侍，進趍莊重，儼若成人。臣執中等前賀曰："皇子侍燕，宗社之慶。"樂作，節奏如儀，聲和而繹。群臣同樂，宜略去苛禮；飲食起坐，當自便無間。執事者以寶器進，上量滿酌以賜，命皇子宣勸，群臣惶恐飲醻。又以惠山泉、② 建溪毫盞烹新貢太平嘉瑞鬥茶飲之。上曰："日未晡，可命樂。"殿上笙簧、③ 琵琶、箜篌、方響、箏簫登陛合奏，宮娥妙舞，進御酒。上執爵命掌樽者注群臣酒，

① "謦"，原作"罄"，據津逮本、四庫本改。
② "又以"，四庫本作"又取"。
③ "簧"，津逮本、四庫本作"簧"。

曰：“可共飲此杯。”群臣俯伏謝。上又曰：“可觀。”群臣
憑陛以觀，又頓首謝。又命宮娥撫琴擘阮，已而群臣盡醉。
臣竊考《鹿鳴之什》冠於《小雅》，而忠臣嘉賓，得盡其
心；《既醉》太平之時，醉酒飽德，人有士君子之行。在昔
君臣施報之道，在於飲食燕樂之間。太清自真祖開宴，以
迄于今，飲食之設，供張之盛，樂奏之和，前此未有。勸
侑之恩，① 禮意之厚，相與無間之情，亦今昔所無，實君臣
千載之遇，而臣德輶智殫，曾不足仰報萬分。昔仲甫徂齊，②
式遄其歸；而吉甫作誦，穆如清風；召虎受命，錫以圭瓚，
虎拜稽首，對揚王休，③ 作召公考，天子萬壽。然則上之施
光，下之報宜厚。而臣老矣，論報無所。切不自量，慕古人
之風，④ 謹稽首再拜，誦曰：“皇帝在御，政若稽古。⑤ 昔周
宣王，燕嘉吉甫。曰來汝京，實始予輔。厥初有爲，唱予和
汝。式遄其歸，遠于吳楚。勞還于庭，飲至于露。既又享之，
其開禁禦。有來帝車，相視其所。於此膳羞，於此樂舞。海
物惟錯，于以加俎。何錫予之？實篚及筥。簫鼓鏘鏘，後庭
委女。帝曰宣和，不遠跬步。人昔有言，金柱玉戶。帝命子

---

① “勸”，原作“勤”，據津逮本、四庫本改。
② “徂”，原作“徂”，據毛鈔本、津逮本、四庫本改。
③ “王”，原作“山”，據津逮本、四庫本改。
④ “風”，原爲墨釘，據四庫本補。
⑤ “稽古”，原作“稽首”，據津逮本、四庫本改。

攸，爾祓爾父。乃瞻庭除，乃歷殿廡。綠飾上棟，漆朱下宇。梁無則雕，①櫨不采組。有石巖巖，有泉涓涓。體道清心，於此燕處。彼言厚誣，何恤何慮！帝執帝爵，勸酬交舉。毋相其儀，毋間笑語。②有喜惟王，飲之俾飫。臣拜稽首，千載之遇。君施臣報，式燕且譽。臣拜稽首，明命是賦。天子萬年，受天之祐！"③

15. 蔡元長所述《太清樓特燕記》既列于前，又得《保和殿曲燕》《延福宮曲燕》二記，今復載于左方：

宣和元年九月十二日，皇帝召臣蔡京、④臣王黼、臣越王俁、臣燕王似、臣嘉王楷、臣童貫、臣嗣濮王仲忽、臣馮熙載、臣蔡攸燕保和殿，臣蔡儵、臣蔡脩、臣蔡鯈東曲水朝於玉華殿。上步西曲水，循酹釀架，至太寧閣，登層巒、琳霄、⑤鶱鳳、垂雲亭，景物如前，林木蔽蔭如勝。始至保和殿，三楹，楹七十架，兩挾閣，無彩繪飾侈，落成於八月，而高竹崇檜，已森然蓊鬱。中楹置御榻，東西二間，列寶玩與古鼎、彝器、玉。⑥左挾閣曰妙有，設古今儒書、史子、

---

① "則"，津逮本作"該"，四庫本作"刻"。
② "毋相其儀，毋間笑語"，"毋"原作"母"，據津逮本、四庫本改。
③ "祐"，原作"祐"，據毛鈔本改。
④ "召"，津逮本、四庫本作"詔"。
⑤ "琳"，原作"林"。按，前一則《蔡元長作太清樓特燕記》載"左躡道以登，中道有亭，曰琳霄、垂雲、鶱鳳、層巒"，又《九朝編年備要》（宋陳均撰，宋紹定刻本）卷二八"至太寧閣，登層巒、琳霄、褰風、垂雲亭"，皆作"琳霄"。據改。
⑥ "玉"，原作"王"，據四庫本改。

楮墨；右曰日宣，道家金櫃玉笈之書與神霄諸天隱文。上步前行，稽古閣有宣王石鼓。歷邃古、尚古、鑑古、作古、傳古、博古、秘古諸閣，藏祖宗訓謨，與夏、商、周尊、彝、鼎、鬲、爵、斝、卣、敦、盤、盂，漢、晉、隋、唐書畫，多不知識駭見，上親指示，爲言其概。因指閣內："此藏卿表章字札無遺者。"命開櫃，櫃有朱隔，隔內置小匣，匣內覆以繒綺，得臣所書撰《淑妃劉氏制》。臣進曰："札惡文鄙，不謂襲藏如此。"念無以稱報，頓首謝。抵玉林軒，過宣和殿、列岫軒、天真閣。凝德殿之東，崇石峭壁，高百丈，林壑茂密，倍於昔見。過翠翹、燕閣諸處。賜茶全真殿，上親御擊注湯，出乳花盈面，臣等惶恐前曰："陛下略君臣夷等，爲臣下烹調，震悸惶怖，豈敢啜？"頓首拜。上曰："可少休。"乃出瑤林殿。中使馮皓傳旨，留題殿壁，喻臣筆墨已具，乃題曰："瓊瑤錯落密成林，檜竹交加午有陰。恩許塵凡時縱步，不知身在五雲深。"頃之就坐，女童樂作。坐間賜荔子、黃橙、金柑相間，布列前後，命師文浩剖橙分賜。酒五行，再休。許至玉真軒，軒在保和西南廡，即安妃妝閣。命使傳旨曰："雅燕酒酣添逸興，玉真軒內看安妃。"詔臣賡補成篇，臣即題曰："保和新殿麗秋輝，詔許塵凡到綺闈。"方是時，人自謂得見妃矣。既而但畫像挂西垣，臣即以謝奏曰："玉真軒檻暖如春，只見丹青未有人。月裏常娥終有恨，鑑中姑射未應真。"須臾，中使召臣至玉華閣，上手持詩曰："因

卿有詩，況姻家，自當見。"臣曰："頃緣葭莩，已得拜望，
故敢以詩請。"上大笑。妃素妝，無珠玉飾，綽約若仙子。臣
前進，再拜叙謝，妃荅拜。臣又拜，妃命左右掖起。上手持
大觥酌酒，命妃曰："可勸太師。"臣奏曰："禮無不報，不
審酬酢可否？"於是持瓶注酒，授使以進。再坐，徹女童，去
羯鼓。御侍奏細樂，作《蘭陵王》《揚州散》古調，① 酬勸交
錯。上顧群臣曰："桂子三秋七里香。""七里香"，桂子名
也。臣楷頃許對曰："麥雲九夏兩岐秀。"② 臣攸曰："雞舌五
年千歲棗。"臣曰："菊英九日萬齡黃。"乃賡載歌曰："君臣
燕衍升平際，屬句論文樂未央。"臣奏曰："陛下樂與人同，
不間高卑。日且暮，久勤聖躬，不敢安。"上曰："不醉無
歸。"更勸，迭進酒，行無筭。上忽憶紹聖《春宴口號》二
句，問曰："卿所作否？餘句云何？"臣曰："臣所進詩，歲
久不記。"上曰："是時以疾告假，哲宗召至宣和西閣，問所
告假者，對曰：'臣有負薪之疾，不果預需雲之燕。'哲宗
曰：蔡承旨有佳句曰'紅臘青烟寒食後，翠華黃屋太微間'，
不可不赴。上曰：'臣敢不力疾遵奉。'是日，待漏東華，哲
宗已遣使詢來否。語罷，命郝隨持杯以勸，凡三酬，大醉，
免謝扶出。"因沉吟曰："記上下句有曰'集英班'者。"繼

---

① "揚州"，原作"楊州"，據四庫本改。
② "麥"，原作"夌"，據津逮本、四庫本改。宋朱翌《灊山集》卷二（清知不足
齋叢書本）《寄鸕鶿源方允廸江子我》"麥雲已有飽氣象，梅雨又煩詩品題"。

而曰：“牙牌曉奏集英班，日照雲龍下九關。紅臘青烟寒食後，翠華黃屋太微間。”繼又曰：“三春樂奏三春曲，① 萬歲聲連萬歲山。欲識君臣同樂意，天威咫尺不違顏。”臣頓首謝曰：“臣操筆注思，於今二十年。陛下語及，方省仿佛，然不記一字。陛下藩邸已知臣，蓋非今日，豈勝榮幸！”再拜謝。上輪指曰：“二十四年矣。”左右皆大驚。非聖人孰與夫此！臣又謝曰：“臣被知藩邸，受眷紹聖，兩朝遭遇。臣駑下衰老，無毫髮稱報。”上曰：“屢見哲宗道卿，但為章惇董沮忌，不及用。朕時年八歲，垂髫侍側。一日，哲宗疑慮，默若有所思。問曰：‘大臣以謂不當紹述，朕深疑之。’奏曰：‘臣聞子紹父業，不當問人，何疑之有？’哲宗駭曰：‘是兒有大志如此。’由是劉摯、呂大防相繼斥逐，紹述自此始。”臣奏曰：“陛下曲燕御酒，樂欣交通。而追時惟哲宗付托與紹述之始，孝友篤於誠心，非臣之幸，社稷天下之幸。”因再拜賀。觴已下皆再拜。上又曰：“嘗記合食與卿否？”臣謝曰：“是時大禮禁嚴，厨饗不得入，貿食端邸，蒙陛下賜之。臣被遇自兹，終身不敢忘。”又曰：“崇政殿試，卿在西幕詳定時，因入持扇求書，得二詩，皆杜甫所作，詩曰：‘戶外昭容紫袖垂，雙瞻御座引朝

---

① “三春”，原作“三天”，四庫本作“三春”，據改。

儀。①香飄合殿春風轉，花覆千官淑景移。'又：'五夜漏聲
催曉箭，九重春色醉仙桃。旌旗日暖龍蛇動，宮殿風微燕雀
高。'"臣曰："崇寧初蒙宣諭扇猶在？"上曰："今尚在也。"
臣曰："自古人臣遭遇，或以一能一技見知當時，名顯後世。
臣章句片言，二十年前已蒙收錄。崇寧以來，被遇若此，君
臣千載，蓋非一日。君之施厚，臣之報豐。臣無尺寸，孤負
恩紀，但知感涕！"上曰："卿可以安矣。"臣又奏曰："樂奏
繽紛，酒觴交錯。方事燕飲，上及繼述，下及故老，若朋友
相與銜杯酒，接殷勤之歡，道舊論新。顧臣何足以當？臣請
序其事，以示後世，知今日燕樂，非酒食而已。"夜漏已二鼓
五籌，眾前奏丐罷，始退。十三日臣京序。

《延福宮曲宴記》：

宣和二年十二月癸巳，召宰執、親王等曲宴于延福宮，
特召學士承旨臣李邦彥、學士臣宇文粹中與，示異恩也。是
日初御睿謨殿，設席如外廷賜宴之禮，然器用殽品，瑰奇精
緻，非常宴比。仙韶執樂，和音曼聲，合變爭節，亦非教坊
工人所能仿佛。上遣殿中監蔡行諭旨曰："此中不同外廷，無
彈奏之儀，但飲食自如。食味果實有餘者，白可攜歸。"酒五
行，以碧玉盞宣諭。侍宴諸臣云："前此曲宴早坐，未嘗宣勸，今出異
數。"少憩于殿門之東廡。晚，召赴景龍門，觀燈玉華閣，飛

---

① "雙"，原作墨釘，據津逮本、四庫本補。

升金碧絢耀，疑在雲霄間。設衢樽、鈞樂于下，都人熙熙，且醉且戲，繼以歌誦，示天下與民同樂之恩，侈太平之盛事。次詣穆清殿，後入崆峒洞天，過霓橋，至會寧殿，有八閣東西對列，曰琴、棋、書、畫、茶、丹、經、香。臣等熟視之，自崆峒入，至八閣，所陳之物，左右上下，皆琉璃也，映徹焜煌，心目俱奪。閣前再坐，小案玉斝，珍異如海陸羞鼎，又與睿謨不同。酒三行，甚速，起詣殿側縱觀。上謂保和殿學士蔡絛曰：“引二翰苑子細看，一一説與。”諄諭再三。次詣成平殿，鳳燭龍燈，燦然如畫，奇偉萬狀，不可名言。上命近侍取茶具，親手注湯擊拂，少頃，白乳浮盞面，如疏星澹月，顧諸臣曰：“此自布茶。”飲畢，皆頓首謝。既而命坐，酒行無筭，復出宮人合曲，妙舞蹁躚，態有餘妍，凡目創見。上諭臣邦彦、臣粹中曰：“此盡是嬪御。自來翰林不曾與此集，自卿等始。”又曰：“《翰林志》誰修？”太宰王黼奏云：“承旨李邦彦。”上顧臣邦彦曰：“好。《翰林志》可以盡載此事。此卿等榮遇。”臣邦彦謝不敏。瓊瑶玉舟，宣勸非一。上每親臨視使醻，復顧臣某曰：“李承旨善飲！”仍數被特勸。夜分而罷。臣仰惟陛下加惠親賢，共享太平。肆念詞臣，許陪鼎席宗工之末，周於待遇，略去常儀。臣邦彦、粹中首膺異數，親承玉音，俾編載榮遇，以侈北門之盛。蓋陛下崇儒右文，表異鰲禁，用示眷矚之意，誠千載幸會也。竊伏惟念一介微臣，粵自布衣，叨膺識擢，凡所蒙被，度越倫辈，曾微毫忽，以助山岳。兹侍燕衎，咫尺威颜，独误睿奖，至官而不名，岂臣縻捐，所能称塞？臣切观文武之盛，始于忧勤，而逸乐继之。《鹿鸣》之燕群臣，嘉宾得尽其心。故《天保》之报，永永无极。臣虽么陋，敢忘归美之义？辄扬盛迹，备载于篇，使视草之臣，知圣主曲宴内务，自臣等始。谨录进呈，伏取进止。

16. 宣和末，祐陵欲内禅，称疾作，令召东宫。先是，钦宗在朱邸，每不平诸倖臣之恣横。至是，内侍数十人拥郓王楷至殿门。时何瓘以殿帅守禁卫，仗剑拒之。郓王趋前曰："太尉岂不识楷耶？"瓘指剑以示曰："瓘虽识大王，但此物不识耳！"皆皇恐辟易而退。始亟趋钦宗入立。李子成可久云。

17. 建炎庚戌，[①]先人被旨脩《祖宗兵制》，书成，赐名《枢廷备检》，今藏于右府。其详已见《后录》，独有引文存于家集，用录于后：

臣窃闻祖宗兵制之精者，[②]盖能深鉴唐末、五代之弊也。唐自盗起幽陵，[③]藩镇窃据，外抗王命，内擅一方，其末流至于朱温以编户残寇，挟宣武之师，睥睨王室，必俟天子禁

---

① "戌"，原作"戌"，据津逮本、四库本改。
② "臣窃闻祖宗兵制之精者"，兵制本无"臣"字，"精"作"善"。
③ "幽陵"，兵制本作"山陵"。

衛神策之兵屠戮俱盡，卻遷洛陽，① 乃可得志。如李克用、
王建、楊行密非不忠義，旋以遐方孤鎮，② 同盟欲□王室，③
皆悲叱憤懣，④ 坐視凶逆，終不能出一兵內向者，⑤ 昭宗親兵
既盡，朱溫羽翼已就，行密輩崎嶇於一邦，初務養練，不能
遽成，此內外俱輕，盜臣得志之患也。後唐莊宗萃名將，握
精兵，父子轉戰二十餘年，僅能滅梁；功成而驕，⑥ 兵制不
立，弗虞之患，⑦ 一夫夜呼，⑧ 內外瓦解。故李嗣源以老將養
疴私第，⑨ 起提大兵，與趙在禮合於甘陵，返用莊宗直搗大
梁之術，徑襲洛陽，乘內輕外重之勢，數日而濟大事。其後
甘陵舊卒，⑩ 恃功狂肆，邀求無窮，至一軍盡誅，血膏原野，
而明宗爲治少定。如李從珂、晉高祖、⑪ 劉知遠、郭威皆提
本鎮之兵，直入中原，而內外拱手聽命者，循用莊宗、明宗

---

① "卻"，兵制本作"劫"。
② "旋"，兵制本作"徒"。
③ "□"，"欲"下疑脫一字，故補一"□"。津逮本、四庫本"欲"下有"缺"
字。兵制本作"救"。
④ "叱"，兵制本作"咤"。
⑤ "內向者"，兵制本無"者"。
⑥ "功成"，兵制本作"恃功"。
⑦ "弗虞"，兵制本作"弗知內外"。
⑧ "夜呼"，兵制本作"奮呼"。
⑨ "老將"，兵制本作"退將"。
⑩ "舊卒"，兵制本無"舊"。
⑪ 兵制本無"晉高祖"三字。

之意也。周世宗知其弊，始募天下亡命，^① 置於帳下，^② 立親衛之兵，爲腹心肘腋之用。未及期年，兵威大振。敗澤潞，取淮南，內外兼濟，莫之能禦。

當是時，藝祖皇帝歷試諸難，親總師旅，^③ 應天順人，^④ 曆數有歸，則躬定軍制，紀律詳盡。其軍製親衛殿禁之名，其營立龍虎日月之號。功臣勛爵，優視公師。^⑤ 至檢校官，^⑥ 皆令僕臺憲之長，^⑦ 封敘父母妻子，^⑧ 榮名崇品，悉以與之；郊祀赦宥，先務瞻軍士，^⑨ 金幣緡錢，無所愛惜。然令以威駕，峻其等差，爲一階一級之法，動如行師，俾各伏其長，待之盡矣。^⑩ 爲出戍法，^⑪ 使更出迭入，無顧戀家室之意，殊方異邦，不能萌其非心。僅及三年，已復更戍。爲卒長轉員之例，^⑫ 定其功實，超轉資級。以彼易此，不使上下人情習熟，又其下懍懍，每有事新之懼。樞府大臣侍便殿，專主簿

---

① "天下亡命"，兵制本作"壯士"。
② 兵制本無"置"字。
③ "師"，兵制本作"戎"。
④ "應天"上，兵制本有"逮"字。
⑤ "公師"，兵制本作"公卿"。
⑥ "至檢校官"，兵制本作"官至檢校"。
⑦ "皆令僕"，兵制本作"僕射"。
⑧ "封敘父母妻子"，兵制本作"封父祖蔭妻子"。
⑨ "士"上，原衍"不"字，今刪。津逮本、四庫本"士"上有"衍"字，蓋標"不"乃衍文，誤刻入正文。兵制本"士"上有"饗"字。
⑩ "盡"，兵制本作"盡善"。
⑪ "出"，兵制本作"更"。
⑫ "卒長轉員之例"，兵制本作"轉員之制"。

員，限三日畢事；① 命出之後，一日遷陟，② 不得少留。此祖宗制兵垂法作則大指也。器甲精堅，日課其藝而無怠惰者矣。③ 選爲教首，④ 嚴其軍號，精其服飾，而驕銳出矣。⑤ 中都二防，⑥ 製造兵器，旬一進視，謂之旬課。列置武庫，⑦ 故械器精勁，盈牣充積。前世所無，⑧ 至纖至悉。舉自宸斷，臣下奉行，惟恐不及。其最大者，召前朝慢令恃功藩鎮大臣，一日而列於環衛，皆俯伏駭汗，聽命不暇。更用侍從、館殿、郎官、拾遺、補闕代爲守臣，銷累朝跋扈偃蹇之患於呼吸俄頃之際。⑨ 每召藩臣，朝令夕至，破百年難制之弊。⑩ 使民享安泰於無窮者，宸心已定，⑪ 利害素分，剛斷必行故也。其定荊湖、取巴蜀、浮二廣、⑫ 平江南者，前後精兵不過三十餘萬。⑬ 京師屯十萬，足以制外變；外郡屯十萬，足以制內

---

① 兵制本無"限"字。
② "陟"，兵制本作"徙"。
③ "無怠惰者矣"，兵制本作"怠惰無矣"。
④ "爲"，兵制本作"其"。
⑤ "驕"，兵制本作"驍"
⑥ "防"，兵制本作"坊"。
⑦ "列置武庫"，兵制本作"歲輪所造於五庫"。
⑧ "無"，兵制本作"不逮"。
⑨ "俄"，原作"哦"，據津逮本、四庫本、兵制本改。
⑩ "年"上，原衍"百"字，據津逮本、四庫本、兵制本刪。
⑪ "宸心"上，兵制本有"蓋"字。
⑫ "浮"，兵制本作"俘"。
⑬ "三十"，兵制本作"二十"。

患。京師、天下無内外之患者，此也。京師之内，^① 有親衛
諸兵；而四城之外，^② 諸營列峙相望；此京師内外相制之兵
也。府畿之營，雲屯數十萬之衆，其將副視三路者，以虞京
城與天下之兵，此府畿内外之制也。

　非特此也，凡天下兵，皆内外相制也。以勇悍忠實之臣，
分控西北邊孔道：何繼筠守滄、景，李漢超守關南以拒虜；^③
郭進在邢州以禦太原；姚内斌守慶州、董遵誨守通遠軍以捍
西戎。^④ 傾心委之，讒謗不入。來朝必升殿賜坐，對御飲食，
錫賚殊渥，事事精豐。使邊境無事，得以盡力削平東南僭僞
諸國者，^⑤ 得猛士以守四方，而邊境夷狄無内外之患者，^⑥ 此
也。州郡節、察、防、團、刺史，雖召居京師，謂之遥授。
至於一郡，則盡行軍制：守臣通判名銜必帶軍州，其佐曰簽
書軍事及節度、觀察、軍事推官、判官之名；雖曹掾，悉曰
參軍。一州稅賦民財出納之所，獨曰軍資庫者，^⑦ 蓋稅賦本
以贍軍，著其實於一州官吏與帑庫者，使知一州以兵爲本，^⑧

---

① "京師"，兵制本作"京城"。
② "四城"，兵制本作"京城"。
③ "拒虜"，兵制本作"備北方"。
④ "捍"，兵制本作"遏"。
⑤ "僭"，原作"借"，據津逮本、四庫本改。
⑥ "得猛士以守四方而邊境夷狄無内外之患者"，兵制本無此十八字。
⑦ "一州稅賦民財出納之所獨曰軍資庫者"，兵制本作"惟帑庫獨推曰軍資庫"。
⑧ "本"，兵制本作"重"。

咸知所先也。置轉運使於逐路，專一飛挽芻糧，餉軍爲職，不務科斂，不抑兼并。富室連我阡陌，① 爲國守財爾。緩急盜賊竊發，邊境擾動，兼并之財，樂於輸納，皆我之物。所以稅賦不增，元元無愁嘆之聲，兵卒安於州郡，② 民庶安於田閭。外之租稅足以贍軍，内之甲兵足以護民。③ 城郭與村鄉相資，④ 無内外之患者，此也。一州錢斛之出入，士卒之役使，令委貳郡者當其事。⑤ 一兵之寡，一米之微，守臣不得而獨預。其防微杜漸深矣。出銅虎符契以發兵，⑥ 驗其機括，不得擅興，以革僞冒。節度州有三印：⑦ 節度印隨本使，在闕則納于有司；⑧ 觀察印則長吏用之；⑨ 州印則晝付録事掌用，至暮歸於長吏。凡節度使在鎮，兵杖之屬，則觀察屬官用本使印判狀焉；田賦之屬，則觀察屬官用本使印簽狀焉；剌屬縣，則用州印本使判狀焉。⑩ 故命師必曰某軍節度、某州管内觀察等使、⑪ 某州刺史，必具此三者。言軍則專制兵

---

① “富”上，兵制本有“曰”字。
② “安”，兵制本作“營”。
③ “護”，兵制本作“衛”。
④ “村鄉”，津逮本、四庫本作“鄉村”。
⑤ “令”，兵制本作“盡”。
⑥ “符契”，兵制本無“契”字。
⑦ “節度州有三印”，兵制本作“節度觀察州三印”。
⑧ “在”，兵制本作“所在”。
⑨ “觀察印”，兵制本作“觀察使印”。
⑩ “剌屬縣則用州印本使判狀焉”，兵制本無此十二字。
⑪ “管内”上，兵制本有“軍”字。

旅，言管内則專總察風俗，言刺史則治其州軍。此祖宗損益
唐制，軍民之務，職守之分，俾各歸其實也。^① 逐縣置尉，
專捕盜賊，^② 濟以縣巡檢之兵；不足，則會合數州巡檢使之
兵；又不足，則資諸守臣兼提舉兵甲賊盜公事，與一路帥臣
兼兵馬鈐轄者。^③ 故兵威強盛，鼠偷草竊，尋即除蕩。蓋内
外相維，上下相制，若臂運指，如尾應首，靡不相資也。凡
統馭施設，制度號令，人不敢慢者，功過必行，明於賞罰而
已。明於賞罰，則上下奮勵，知所聳動，而奸宄不敢少逾繩
墨之外，^④ 事必立就也。^⑤ 怒蜀大將之貪暴也，^⑥ 曹彬獨無所
污，自客省使、隨軍都監，超授宣徽南院使、義成軍節度使
以賞之；御便殿閱武，第其藝能，^⑦ 連營俱令轉資。至於荊
罕儒戰死，責部將不效命，斬石進等二十九人。^⑧ 雄武兵白
晝掠人於市，至斬百輩乃止。川班直訴賞，^⑨ 則盡戮其將校
而廢其班。太祖嘗曰："撫養士卒，不吝爵賞。苟犯吾法，惟

---

① "其實也"，兵制本作"其屯"。
② "賊"，原作"賦"，據毛鈔本、津逮本、四庫本、兵制本改。兵制本無"專"
字。
③ "兼提舉兵甲賊盜公事與一路帥臣"，兵制本無此十四字。
④ "宄"，原作"究"，據津逮本、四庫本、兵制本改。
⑤ "事必立就"，兵制本作"事則必立功則必就"。
⑥ "蜀"，兵制本作"征蜀"。
⑦ "第"，兵制本作"賞"。
⑧ "石進"，《宋史》卷二七二《荊罕儒傳》及宋李燾《續資治通鑑長編》(宋
刻本)卷一皆作"石進德"。
⑨ "直"，兵制本作"殿直"。

有劍耳！”然神機所照，及物無遺。察人之心，^① 而人盡死力。班太原之師，則謂將士曰：“爾輩皆吾腹心爪牙，吾寧不得太原，豈忍令害爾輩也！”或訴郭進修第用筒瓦如諸王制，則曰：“吾於郭進，豈減兒女耶！”祖宗賞罰雖明，有誠心以及物，^② 故天下用命，兵雖少而至精也。

逮咸平西北邊警之後，^③ 兵增至六十萬。皇祐之初，兵已一百四十萬矣。^④ 故翰林學士孫洙，號善論本朝兵者，其言“古者兵一而已，^⑤ 今內外之兵百餘萬，而別爲三四，又離爲六七也。別而爲三四：禁兵也，厢兵也，蕃兵也。離而爲六七者，謂之兵而不知戰者也：給漕挽者，兵也；服工役者，兵也；繕河防者，兵也；供寢廟者，兵也；養國馬者，兵也；疲老而坐食者，兵也。前世之兵，未有猥多如今日者也。前世制兵之害，未有甚於今日者也。^⑥ 蓋常率計，天下之戶口千有餘萬，自皇祐一歲之入一倍二千六百餘萬，而耗於兵者常十八，而留州以供軍者又數百萬也。總戶口歲入之數，而以百萬之兵計之，無十户而資一厢兵，^⑦ 十畝而給一

----

① “察人之心”，兵制本作“察人心之所欲”。
② “有誠心以及物”，兵制本作“誠必及物”。
③ “邊警之後”，兵制本作“邊境之役”。
④ “一百四十萬矣”，兵制本作“一百四十一萬”。
⑤ “兵一”，兵制本作“兵足”。
⑥ “前世制兵之害未有甚於今日者也”，兵制本作“前世之制未有煩於今日者也”。
⑦ “無”下，兵制本有“慮”字。

散卒矣。① 其兵職衛士之給，② 又浮費數倍，何得而不大蹙也？況積習刓弊，③ 又數十年。教習不精，士氣不振。④ 揀兵則點數而已，⑤ 宣借則重叠妄濫。⑥ 逃亡已久，而衣糧自如；疲癃無堪，而虛名具數。"元豐中，神宗謂宰臣吳充曰："祖宗以來，制軍有意。凡領在京殿前馬步軍司所統諸指揮，置都使、虞候分領之。⑦ 凡軍中之事，止責分領節度之人，⑧ 則軍衆自齊。責之既嚴，則遇之亦優。故軍校轉員，有由行伍不久，已轉至團練使者。王者之衆，不得不然。⑨ 若諸路，則軍校不過各領一營耳。周室雖盛，至康之後，寖已衰微。⑩ 本朝太平百餘年，由祖宗法度具在，豈可輕改也。自昔夷狄橫而窺中國者，先觀兵之盛衰。然則兵備可一日忘哉！"⑪ 蓋祖宗相承，其愛民之實，若出一心。謂民之作兵者多，與兵

---

① "畝"，兵制本作"萬"。
② "兵職衛士"，兵制本無"兵職"二字。
③ "況"，兵制本作"以"。
④ "士"，原作"十"，據毛鈔本、津逮本、四庫本、兵制本改。
⑤ "揀"，原作"揀"，據津逮本、四庫本、兵制本改。
⑥ "濫"，原作"監"，據毛鈔本、兵制本改。
⑦ "都使虞候"，兵制本作"都指揮使都虞候"。
⑧ "節度"，兵制本作"節制"。
⑨ "王者之衆不得不然"，兵制本無此八字。
⑩ "周室雖盛至康之後寖已衰微"，兵制本無此十二字。
⑪ "自昔夷狄橫而窺中國者先觀兵之盛衰然則兵備可一日忘哉"，兵制本無此二十五字。

之仰者衆，^① 而民不可重困也。故張齊賢欲益民兵，^② 吕蒙正曰：“兵非取於民不可。”而真宗以深念擾動邊人，遂止。河東、河北既置義勇軍，^③ 以韓琦忠亮，^④ 急於備邊，猶欲刺陝西民爲義勇，諫官司馬光抗章數十萬言其不可。^⑤ 熙寧申命天下教保甲，^⑥ 盛於元豐，本《周官》寓兵於農之意，聯什伍之民，族黨相保。舉三路言之，凡有百萬人，天下稱是。^⑦ 旋亦廢置。蓋兵雖可練，而民不可重擾也。^⑧ 本朝既以民作軍矣，又求之畎畝，則州郡内外皆兵，前世所未有也。此祖宗重以民爲兵也。

臣謹列自建國已來兵制沿革，與夫祖宗禦戎備邊，又諸軍興廢所因，詳著於篇者，凡二百卷。又原祖宗聖意之不見於文字者，爲之序。然竊嘗謂後世誦帝堯之德，惟知“茅茨不剪，土階三尺”而已，至史謂“就之如日，望之如雲”，則堯及物之功，與天地等矣。惟《書》曰：“乃聖乃神，乃武乃文。”具是四者，堯德乃備。則固由所見淺深歟？^⑨ 共惟

---

① “仰者衆”，兵制本作“仰民者不少”。
② “益”，兵制本作“聚益”。
③ “河東河北”，兵制本作“河東北”。
④ “以韓琦忠亮”，兵制本作“韓琦”。
⑤ “抗章數十萬言其不可”，兵制本作“抗草數十萬言論其不可”。
⑥ “熙寧申命天下教保甲”，兵制本作“熙寧中命天下教閲保甲”。
⑦ “聯什伍之民族黨相保舉三路言之凡有百萬人天下稱是”，兵制本無此二十三字。
⑧ “民不可”，兵制本無此三字。
⑨ “本朝既以民作軍矣”至“則固由所見淺深歟”一段，兵制本無。

祖宗以聖神文武，① 斡運六合，鞭笞四夷，② 悉本於兵。其精
神心術之微，蓋不在迹。然效神宗重規疊矩之盛，③ 在本聖
心，而其迹顧豈能盡？今臣之淺拙，雖欲紬繹傳載所有，④
不能知也。

18. 熙寧三年，曾宣靖爲昭文相，以疾乞解機政。久之，
除守司空、侍中、河陽三城節度使、集禧觀使。王文恭爲内
相，當制，進進草。神宗讀至“高旗巨節，遥臨踐土之邦；
間館珍臺，獨揖浮丘之袂”，顧文恭笑云：“此句甚熟。想備
下多時。”文恭云：“誠如聖訓。”歸語其子仲脩云：“吾自聞
魯公丐去，即辦此一聯。”嘆服上之精鑑如此。蘇仁仲云。

19. 裕陵懷韓魏公定策之勛，崇德報功，不次擢其子儀
公忠彦登禁路。未及柄用而魏公薨，甚爲不滿，故亟用曾宣
靖之子令綽執事樞柄。時元豐官制初行，肇建東、西二府，
俾迎宣靖入居虞侍之，爲搢紳之美談。後二十年，儀公始相
祐陵。思陵中興，興念故家，所以富鄭公之孫季申直柔、儀
公之孫似夫肖胄，相繼賜第爲右府。又三十年，令綽之孫欽
道懷亦賜出身，登宰席。皆近世衣冠之盛事。若蔡元長之於

---

① “共”，兵制本作“恭”。

② “鞭笞四夷”，兵制本作“震疊退方”。

③ “然效”，兵制本作“然則效法”。“神宗”，兵制本作“祖宗”。“疊”，兵制
本作“壘”。“盛”，兵制本作“成”。

④ “所有”，兵制本作“有所”。

攸，秦會之之於熺，蓋恩澤侯，不足道也。

20. 熙寧中，蔡敏肅挺以樞密直學士帥平涼，初冬置酒郡齋，偶成《喜遷鶯》一闋："霜天清曉。望紫塞古壘，寒雲衰草。汗馬嘶風，邊鴻翻月，壟上鐵衣寒早。劍歌騎曲悲壯，盡道君恩難報。塞垣樂，盡雙鞬錦帶，山西年少。　談笑。刁斗靜，烽火一把，常送平安耗。聖主憂邊，威靈遐布，驕虜且寬天討。歲華向晚愁思，誰念玉關人老？太平也，且歡娛，不惜金尊頻倒。"詞成，間步後園，以示其子朦。朦置之袖中，偶遺墜，爲鷹門老卒得之。老卒不識字，持令筆吏辦之。適郡之娟魁素與筆吏洽，因授之。會賜衣襖中使至，敏肅開燕。娟尊前執板歌此，敏肅怒，送獄根治。倡之儕類祈哀于中使，爲援于敏肅。敏肅舍之，復令謳焉。中使得其本以歸，達于禁中，宮女輩但見"太平也"三字，爭相傳授，歌聲遍掖庭，遂徹于宸聽。詰其從來，乃知敏肅所製。裕陵即索紙批出云："玉關人老，朕甚念之。樞管有闕，留以待汝。"以賜敏肅。未幾，遂拜樞密副使。御筆見藏其孫積家。史言"獻肅交結內侍，進詞柄用"，又不同也。

21. 元祐二年，東坡先生入翰林，暇日會張、秦、晁、陳、李，六君子于私第，忽有旨令撰《賜奉安神宗御容禮儀使呂大防口宣茶藥詔》。東坡就牘書云："於赫神考，如日在天。"顧群公曰："能代下一轉語否？"各辭之。坡隨筆後書云："雖光明無所不臨，而躔次必有所舍。"群公大以聳服。

《導引鼓吹詞》蓋亦是時作，真迹今藏明清處。二事曾國華云。

22. 富文忠公熙寧二年再相，王荆公爲參知政事，始用事，與文忠不協。① 文忠力丐去，以使相判河南府，上章自劾，繼改亳州。今録于此：

"清時竊禄，難逃素食之譏；白首佐朝，遂起蔽賢之謗。幸聖明之洞照，舉毫髮以無遺。② 顧此薄材，尚容具位。中謝。切念臣業非經遠，識寡通方。少因章句之科，得偕群俊；長脱簿書之秩，獲事三朝。仁宗之顧遇匪輕，英廟之丁寧尤甚。旋屬大人繼照，飛龍在天。思肯構於先基，③ 忽遄遺於萬物。澗蘋何美，雜圭璧以薦羞；④ 槽駟已疲，復驊騮之共駕。殫力雖勞於負岳，小心更甚於履冰。果不克堪，遂貽彈劾。如安石者，學强辯勝，年壯氣豪。論議方鄙於古人，措置肯諧於僚黨？至使山林末學，草澤後生，放自得之良心，樂人傳之異説。藐藐者子，譊譊其書，足以干名，足以取貴。拖紳朝序者，非安石之黨，則指爲俗吏；圜冠校學者，異安石之學，則笑爲迂儒。嘆古人之不生，恨斯文之將喪。臣切觀安石平居之間，則口筆丘、旦；有爲之際，則身心管、商。至乃忽故事於祖宗，肆巧譖於中外。喜怒惟我，進退其人。

① "協"，原作"恊"，據津逮本、四庫本改。毛鈔本作"愶"。
② "毫"，原作"亳"，據毛鈔本、津逮本、四庫本改。
③ "構"，原作"搆"，避宋高宗趙構諱，缺末三筆。
④ "璧"，原作"壁"，據津逮本、四庫本改。

待聖主爲可欺，視同僚爲不物。臺諫官以茲切齒，謂社稷付在何人？士大夫罔不動心，以朝廷安用彼相！爲臣及此，事主若何！臣非不能秉筆華袞之前而正其非，覆身青蒲之上而排其失，重念陛下方當淵默堯舜，中和禹湯，同天德之尚口，① 待人臣之有體。徒高唇吻，莫補聰明。且區區晉都，尚有相先之下佐；況赫赫昭代，豈有不和之大臣！愚念及斯，衆言陋此。伏乞陛下特申雄斷，大決群疑。正安石過舉之謬，以幸保家邦；白臣等後言之罪，而俾歸田里。如其尚矜微朽，處以便藩，不唯有遂於物情，亦以不妨於賢路。如是則始終事聖，史傳不附於奸朋；去就爲臣，物議庶歸於直道。”

其臨薨二表，尤爲懇切，明清家舊有之，今不復存。東坡先生公《神道碑》云“手封遺表，使其子上之”者也。徐敦立《國紀》亦載其略。至於謂“宮闈之臣，不可使之專揔兵柄。人心不服，易以敗事”，後來童貫之徒是矣。韙哉，先見之明焉！

23. 熙寧初，司天監亢瑛奏：“後三十年，西南有亂出于同姓。”是時，方議皇族補外官，於是詔宗室不得注授川峽差遣。至建中靖國初，趙諗叛于渝州，相距果三十年，其言乃驗。繼而瑛又言：“丙午、丁未，汴都不守，乘輿有播遷之厄。不可輕改祖宗之法，恐致召亂。”王荊公大怒，啓裕陵，

---

① “口”，原闕，今加“口”。津逮本、四庫本作“闕”，標示闕文。

竄瑛英州。韓知命云。

24. 曾文蕭十子，最鍾愛外祖空青公。有壽詞云："江南客，家有寧馨兒。三世文章稱大手，一門兄弟獨良眉。籍甚衆多推。　千里足，來自渥洼池。莫倚善題《鸚鵡賦》，青山須待健時歸。不似傲當時。"其後外祖果以詞翰名世，可謂父子爲知己也。

25. 陳禾，字秀實，四明人。政和初，爲右正言，明目張膽，展盡底緼，時稱得人。徽宗批出，除給事中。會宦官童貫、黃經臣恃貴幸驕橫，且與中執法盧航相爲表裏，搢紳側目，莫敢言者。禾曰："吾備位臺諫，朝廷有至可慮者，一遷給舍，則非其職。此而不言，後悔何追！"未受告命，即抗疏上言，力陳"漢、唐之禍不可不戒，此隙一開，異日有不勝言者，惟陛下留意于未然"。論列既久，上以日晚頗飢，拂衣而起，曰："朕飢矣。"禾褰挽上衣，泣奏曰："陛下少留，容臣罄竭愚衷。"上爲少留。禾曰："此曹今日受富貴之利，陛下佗日受危亡之禍。孰爲重輕，願陛下擇之。"上衣裾脫落。上曰："正言碎朕衣矣！"禾奏曰："陛下不惜碎衣，臣又豈惜碎首以報陛下！"其言激切，上爲之變色，且曰："卿能如此，朕復何憂？"内侍請上易衣，上止之曰："留以旌直節。"翌日，經臣率其黨訴于上前曰："國家極治如此，安得有此不祥之語？"繼而盧航上章，謂禾一介書生，言事狂妄。東臺之除既寢，復責授信州監酒。久之，自便丐祠，奉親還里。

先是，陳瑩中寓居郡中，禾交游日久，又遣其子正彙來從學。後瑩中論列蔡元長得罪，①禾上書力爲救解。及正彙告發蔡氏事，父子俱就逮。監獄者知瑩中與禾游，謂言必自禾發，移文取證。禾答以“事誠有之，罪不敢逃”。人謂禾曰：“豈宜以實對？”禾曰：“禍福死生，吾自有處。豈肯以一死易不義耶？儻得分賢者罪，固所願也。”朝廷指以爲黨，勒停。宣和中，起守龍舒以卒。事見高抑崇閌所述《行狀》。紹熙間，史直翁再相，上其所著《易》與《春秋傳》，特官其孫。近修《四朝史》，無人爲之立傳，此節義遂失傳於後世，可勝太息！

26. 林子忠有《野史》一編，世多傳之。其間議論，與平日所爲極以背馳，殊不可曉。豈非知公論不可揜，欲蓋其迹於天下後世耶！

27. 東坡先生雖竄斥于紹聖、元符，然元祐中黃慶基、趙君錫、賈易之徒已摘取其所行訓詞中語，以爲訕謗。後來施行，蓋權輿於是，史册可以具考。

28. 近人作好事，如鄭介夫、鄒志完、陳瑩中，士林每以爲佳話。然如王和父之救東坡先生，江民表之乞不深治蔡邸獄，豐相之於祐陵前辯元祐諸公之無罪，方軫之上書力訕

---

① “罪”，原作“辠”，據津逮本、四庫本改。下“分賢者罪”同。

蔡元長之失，雍孝聞之奉廷對，李彪之《擬賢良策》數二蔡之奸，二人者俱罹刑辟之類尚多，皆人之所難言。惜乎，世人之不盡知也！

29. 成都人景煥《野人閑話》，蓋乾德三年所述，其間載蜀後主一條，今錄於後：

"蜀後主孟氏，諱昶，字保元，尊號睿文英武仁聖明孝皇帝，道號玉霄子。承高祖纂業，性多明敏，以孝慈仁義，在位三紀已來，尊儒尚學，貴農賤商。初用趙季良、母昭裔知政事，李仁罕、趙廷隱等分主兵權，李昊、徐光浦掌牋檄，王處回爲樞要。無何，① 政教壅滯，恩澤雜遝，一旦赫怒，② 誅權臣張業，出王處回，自命二相，李昊、徐光浦。開獻納院，創貢舉場。不十餘年，山西潭隱者俱起，蕭蕭多士，赳赳武夫，亦一方之盛事。城內人生三十歲，有不識米、麥之苗者。③ 每春三月、夏四月，有游浣花香錦浦者，歌樂掀天，珠翠闐咽，貴門公子乘彩舫游百花潭，窮奢極麗。諸王功臣已下，皆置林亭、異果、名花，小類神仙之境。兵部王尚書珪題亭子詩，其一聯曰：'十字水中分島嶼，數重花外見樓臺。'皆此類也。自大軍收復，蜀主知運數有歸，尋即納款，識者聞之嘉嘆。蜀主能文章，好博覽，知興亡，有詩才。嘗

---

① "何"，原作"可"，據津逮本、四庫本改。
② "旦"，原作"但"，據津逮本、四庫本改。
③ "麥"，原作"麦"，據四庫本改。

爲箴誡頒諸字人，各令刊刻於坐隅，謂之《頒令箴》曰：
'朕念赤子，旰食宵衣。托之令長，撫養惠綏。政在三異，道
在七絲。驅雞爲理，留犢爲規。寬猛得所，風俗可移。無令
侵削，無使瘝痍。下民易虐，上天難欺。賦與是切，軍國是
資。朕之賞爵，固不逾時。爾俸爾禄，民膏民脂。爲民父母，
莫不仁慈。勉爾爲誡，體朕深私。'"治平中，張次功著《蜀
檮杌》，① 亦書是箴，與此一同。

30. 章獻明肅初自蜀中泛江而下，舟過真州之長蘆。有
閩僧法燈者，築茅庵岸旁。燈一見，聽其歌聲，許以必貴，
倒囊津置入京，繼遂遭際。及位長樂，燈尚在。后捐盒中百
萬緡，命淮南、兩浙、江南三路轉運使創建大刹，工巧雄麗，
甲于南北，俾燈住持，② 賜予不絕。李邯鄲爲之碑，至今存
焉。皇祐初，名僧谷全號全大道，以道行價重禪林，住廬山
圓通寺。③ 忽一男子貨藥入山，自云帝子。全見其狀兒頗異，
厚資其行，使往京師自陳。鞫治得其妄，乃都人冷緒之男青
也，誅之。全坐黥配郴州，郡中令荷築城之土。經歲，當盛
暑，忽弛檐市中，作頌云："今朝六月六，老全受罪足。若不

---

① "蜀檮杌"，原作"蜀極杬"，據宋王稱《東都事略》（四庫全書本）卷一〇
二、《宋史》卷三五一《張唐英傳》改。毛鈔本作"蜀檮杬"，津逮本、四庫本作"蜀極
杬"，皆誤。

② "俾"，原作"俜"，據津逮本、四庫本改。

③ "圓"，津逮本、四庫本作"圜"。

登天堂，定是入地獄。”言訖，趺坐而化。郡人即其地建塔焉。事有相類而禍福不侔如此者。徐敦立《國紀》乃云“全與青俱棄市”，誤矣。

31．王文穆欽若以故相來守杭州。錢唐一老尉，蒼顏華髮矣，文穆初甚不樂，詢其履歷，乃同年生，惻然哀之，遂封章于朝，詔特改京秩。尉以詩謝之云：“當年同試大明宮，文字雖同命不同。我作尉曹君作相，東君元没兩般風。”晁武子云。

32．章俞者，郇公之族子。早歲不自拘檢，妻之母楊氏年少而寡，俞與之通，已而有娠生子。初産之時，楊氏欲不舉，楊氏母勉令留之，以一合貯水，緘置其内，遣人持以還俞。俞得之，云：“此兒五行甚佳，① 將大吾門。”雇乳者謹視之。既長，登第，始與東坡先生締交。後送其出守湖州詩，首云：“方丈仙人出渺茫，高情猶愛水雲鄉。”以爲譏己，由是怨之。其子入政府，俞尚無恙。嘗犯法，以年八十，勿論。事見《神宗實録》。紹聖相天下，坡渡海，蓋修報也。所謂“燕國夫人墓，獨處而無袝”者，即楊氏也。章房仲云。②

33．元豐末，章子厚爲門下侍郎，以本官知汝州。時錢穆父爲中書舍人，行告詞云：“靰靰非少主之臣，③ 悻悻無大

臣之操。"子厚固怨之矣。元祐間，穆父在翰苑，詔書中有
"不容群枉，規欲動摇"，以指子厚，尤以切齒。紹聖初，子
厚入相，例遭斥逐。穆父既出國門，蔡元度餞別，因誦其前
聯，云："公知子厚不可撩撥，何故詆之如是？"穆父愀然
曰："鬼劈口矣！"元度曰："後來代言之際，何故又及之？"
穆父笑曰："那鬼又來劈一劈了去！"朱希真先生云。

34. 周美成邦彦，元豐初以太學生進《汴都賦》，神宗
命之以官，除太學録。① 其後流落不偶，浮沈州縣三十餘年。
蔡元長用事，美成獻《生日詩》，略云："化行《禹貢》山川
内，人在周公禮樂中。"元長大喜，即以秘書少監召，又復薦
之，上殿契合，詔再取其本以進。表云：

"六月十八日賜對崇政殿，問臣爲諸生時所進先帝
《汴都賦》，其辭云何？臣對曰：'賦語猥繁，歲月持久，
不能省憶。'即敕以本來進者。雕蟲末技，已玷國恩；弇
狗塵言，再干睿覽。事超所望，憂過於榮。切惟漢晋以
來，才士輩出，咸有頌述，爲國光華。兩京天臨，三國鼎
峙，奇偉之作，行於無窮。共惟神宗皇帝盛德大業，卓高

---

① "太學録"，《宋史》卷四四四《周邦彦傳》"自太學諸生一命爲正"。《續
資治通鑑長編》卷三四四："詔太學外舍生周邦彦爲試太學正，寄理縣主簿尉。邦
彦獻《汴都賦》，上以太學生獻賦頌者以百數，獨邦彦文采可取，故擢之。"皆言其
爲學正。

古初，積害悉平，百廢具舉。① 朝廷郊廟，罔不崇飾；倉
廩府庫，罔不充仞；經術學校，罔不興作；禮樂制度，罔
不鰲出；攘狄片地，罔不留行。② 理財禁非，動協成筭。③
以至鬼神懷，鳥獸若。縉紳之所誦習，載籍之所編記，三
五以降，莫之與京。未聞承學之臣，有所歌咏，於今無
傳，視古爲愧。臣於斯時，自惟徒費學廩，無益治世萬分
之一，不揣所堪，裒集盛事，鋪陳爲賦，冒死進投。先帝
哀其狂愚，賜以首領，特從官使，以勸四方。臣命薄數
奇，旋遭時變，不能俯仰取容，自觸罷廢，漂零不偶，積
年于兹。臣孤憤莫伸，大恩未報，每抱舊稿，涕泗橫流。
不圖於今得望天表，親承聖訓，命錄舊文。退省荒蕪，恨
其少作，憂懼怕惑，不知所爲。伏惟陛下執道御有，本於
生知；出言成章，匪由學習。而臣也欲晞雲漢之麗，自呈
繪畫之工，唐突不量，誅死何恨！陛下德侔覆燾，恩浹飛
沉，致絕異之祥光，出久幽之神璽。豐年屢應，瑞物畢
臻。方將泥金泰山，鳴玉梁父，一代方册，可無述焉？如
使臣殫竭精神，馳騁筆墨，方於兹賦，尚有靡者焉。其元
豐元年七月所進《汴都賦》，并書共二策，謹隨表上進
以聞。”

---

① “具”，津逮本、四庫本作“再”。
② “留”，津逮本、四庫本作“流”。
③ “協”，原作“恊”，據津逮本、四庫本改。毛鈔本作“愶”。

表入，乙覽稱善，除次對內祠。其後，宣和中，李元叔長民獻《廣汴都賦》，上亦甚喜，除秘書省正字。元叔，定之孫也。

35．"柳色黃金嫩，梨花白雪香。"陰鏗詩也。李太白取用之。杜子美《太白詩》云："李白有佳句，往往似陰鏗。"後人以謂以此譏之。然子美詩有"蛟龍得雲雨，雕鶚在秋天"一聯，已見《晉書·載記》矣。如"冰肌玉骨清無汗，水殿風來暗香滿"，孟蜀王詩，東坡先生度以爲詞。昔人不以蹈襲爲非。《南部煙花錄》："夕陽如有意，偏傍小窗明。"唐人方域詩。《新唐書·藝文志》有《方域詩》一卷。[1]《煙花錄》一名《大業拾遺記》，文詞極惡，可疑。而《大業幸江都記》自有十二卷，唐著作郎杜寶所纂，明清家有之，永平時揚州印本也。[2]

36．沈睿達遼，文通之同包。長於歌詩，尤工翰墨。王荊公、曾文肅學其筆法，荊公得其清勁，而文肅傳其真楷。登科後，游京師，偶爲人書裙帶詞，頗不典。流轉鬻于相藍，內侍買得之，達于九禁，近幸嬪御服之，遂塵乙覽。時裕陵初嗣位，勵精求治，一見不悅。會遣監察御史王子韶察訪兩浙，臨遣之際，上喻之曰："近日士大夫全無顧藉。有沈遼

---

① "唐人方域詩""《方域詩》一卷"，"方域"，《御定全唐詩》（清康熙敕編，四庫全書本）卷七七五作"方棫"。
② "揚"，原作"楊"，據四庫本改。

者，爲倡優書淫冶之辭于裙帶，遂達朕聽。如此等人，豈可
不治?"子韶抵浙中，適睿達爲吴縣令，子韶希旨，以它罪劾
奏。時荆公當國，爲申解之，上復伸前説，竟不能釋疑，遂
坐深文，削籍爲民。其後卜居池陽之齊山。有集號《雲巢
編》，行於世。

揮麈録餘話卷之二

汝陰王明清

37. 丁晉公自海外徙宅光州，臨終，以一巨篋寄郡帑中，上題云："候五十五年，有姓丁來此作通判，可分付開之。"至是歲，有丁姓者來貳郡政，即晉公之孫，計其所留年月，尚未生。啓視之，但一黑匣，貯大端研一枚，上有一小竅，以一棋子覆之。揭之，有水一泓流出，無有歇時，温潤之甚，不可名狀。丁氏子孫至今寶之。

又陳公密縝未達時，嘗知端州，聞部内有富民蓄一研奇甚，至破其家得之。研面世所謂"熨斗焦"者，成一黑龍，奮迅之狀可畏，二鸜鵒眼以爲目。每遇陰晦，則雲霧輒興。公密没，歸于張仲謀詢。政和間，遂登金門，祐陵置于宣和殿，爲書符之用。靖康之亂，龍德宮服御多爲都監王球藏匿，事露，下大理，思陵欲誅之。子裳叔祖爲棘卿，爲之營救，止從遠竄。其後北歸，以此研謝子裳，至今藏于家。二研真希世之寶也。

372

38. 明清嘗於王瑩夫瓘處見王荆公手書集句詩一紙，①云："海棠亂發皆臨水，君知此處花何似？涼月白紛紛，香風隔岸聞。囀枝黄鳥近，隔岸聲相應。隨意坐莓苔，飄零酒一杯。"今不知在何所。

39. 周美成晚歸錢塘鄉里，夢中得《瑞鶴仙》一闋："悄郊原帶郭，行路永，客去車塵漠漠。斜陽映山落，斂餘紅，猶戀孤城闌角。凌波步弱，過短亭，何用素約？有流鶯勸我，重解繡鞍，緩引春酌。　不記歸時早暮，上馬誰扶，醒眠朱閣。②驚飆動幕，猶殘醉，繞紅藥。嘆西園，已是花深無地，東風何事又惡！任流光過卻，歸來洞天自樂。"未幾，方臘盜起，自桐廬擁兵入杭。時美成方會客，聞之，倉黄出奔，趨西湖之墳庵。次郊外，適際殘臘，落日在山，忽見故人之妾，徒步亦爲逃避計。約下馬，小飲于道旁旗亭，聞鶯聲於木杪。③分背，少焉抵庵中，尚有餘醺，困臥小閣之上，恍如詞中。逾月賊平，入城，則故居皆遭蹂踐，旋營緝而處。繼而得請提舉杭州洞霄宮，遂老焉。悉符前作。美成嘗自記甚詳，今偶失其本，姑追記其略而書于編。

40. 周美成爲江寧府溧水令，主簿之室有色而慧，美成每款洽于尊席之間。世所傳《風流子》詞，蓋所寓意焉：

① "詩"，津逮本作"詞"。
② "醒"，津逮本、四庫本作"醉"。
③ "杪"，原作"抄"，據津逮本、四庫本改。

"新緑小池塘，風簾動，碎影舞斜陽。羨一作見金屋去來，舊時巢燕；土花繚繞，前度苺牆。綉閣鳳帷深幾許，聽得理絲簧。欲説又休，慮乖芳信；未歌先噎，愁轉清商。 暗想新妝了，開朱户，應自待月西廂。最苦夢魂，今宵不到伊行。問甚時卻與，佳音密耗，擬將秦鏡，偷換韓香？天便教人，霎時厮見何妨！"新緑、待月，皆薄廳亭軒之名也。俞羲仲云。

41. 曾文肅初與蔡元長兄弟皆臨川王氏之親黨，後來位勢既隆，遂爲仇敵。崇寧初，文肅爲元長攘其相位。文肅以觀文守南徐，時元度帥維揚，赴鎮過郡，元度開燕甚勤，自爲口號云："並居二府，同事三朝。恨契闊於當年，喜逢迎於斯地。"又云："對掌紫樞參大政，同扶赫日上中天。"謬爲恭敬如是，而中實不然。已而興獄，文肅遂遷衡陽。

42. 元祐初，滕章敏帥定武時，耿晞道南仲爲教授。偶燕集郡僚，① 章敏席間作詩，坐客皆和，獨晞道辭云："某以經義過省，不習爲詩。"章敏之婿何洵直，滑稽名世，忽云："熙寧中，裕陵後苑射弓，② 而殿帥林廣云'不能'。上詢其故，云：'臣本出弩手。'"闔坐大笑。黄六丈叔愚云。

43. 李處邁，邯鄲之孫。政和初，以直秘閣知相州。外甥張澄如瑩，繇宗女夫爲承節郎，侍行，掌札牘之寄。時矗

賁遠山爲郡博士，王將明甫爲決曹掾。如瑩處甥館，既與二公往還，且周旋甚至，悉皆懷感。王、聶同年生也，始甚歡；而聶於樂籍中有所屬意，王亦昵之，每戒不令前，聶恨之，因而遂成仇怨。其後，甫改名黼，爲相，薦如瑩易文階，除樞密院編修，已而更秩爲郎。聶後以蔡元長稱其剛方有立，薦之。改名昌，擢侍從。黼大用事，貶聶散官，安置衡州，益銜黼矣。靖康時，事大變，召登政府。黼之誅死，聶有力焉，而聶亦以是歲出使至絳州被害。黼初敗，如瑩踪迹頗危，賴聶之回互，竟無它。南渡之後，出入中外，浸登要途，至端明殿學士、宣奉大夫，拜慶遠軍節目以終。四十三年無一日居閒，中興以來，如瑩一人而已。孫長文云。

44. 徐幹臣伸，三衢人。政和初，以知音律爲太常典樂，出知常州。嘗自製《轉調二郎神》之詞，云："悶來彈鵲，又攪碎，一簾花影。謾試着春衫，還思纖手，薰徹金虯爐冷。動是愁端如何向，但怪得，新來多病。嗟舊日沈腰，如今潘鬢，怎堪臨鏡？　重省。別時淚滴，羅襟猶凝。爲我厭厭，日高慵起，長托春酲未醒。雁足不來，馬蹄難駐，門掩一亭芳景。空佇立，盡日欄干倚遍，晝長人靜。"既成，會開封尹李孝壽來牧吳門。李以嚴治京兆，號李閻羅。①道出郡下，幹臣大合樂燕勞之，喻群娼令謳此詞，必待其問乃止。娼如

---

① "閻"，原作"閣"，據津逮本、四庫本改。

戒，歌至三四，李果詢之。幹臣蹙頞云："某頃有一侍婢，色
藝冠絕，前歲以亡室不容，逐去。今聞在蘇州一兵官處，屢
遣信欲復來，而今之主公靳之。感慨賦此，詞中所敘，多其
書中語。今焉適有天幸，公擁麾于彼，不審能爲我之地否？"
李云："此甚不難，可無慮也。"既次無錫，賓贊者請受謁次
第。李云"郡官當至楓橋"。橋距城十里而遠。翌日，艤舟
其所，官吏上下望風股栗。李一閱刺字，忽大怒云："都監在
法不許出城，乃亦至此，使郡中萬一有火盜之虞，豈不殆
哉！"斥都監下階，荷校送獄。又數日，取其供牘判"奏"
字。其家震懼，求援宛轉，哀鳴致懇。李笑云："且還徐典樂
之妾了來理會。"兵官者解其指，即日承命，然後舍之。曾仲
恭云。

45. 東坡先生出帥定武，黃門以書薦士往謁之。東坡一
見云："某記得一小話子。昔有人發冢，極費力，方透其穴。
一人裸坐其中，語盜曰：'公豈不聞此山號首陽，我乃伯夷，
焉有物邪？'盜憮然而去。又往它山，钁治方半，忽見前日裸
衣男子從後拊其背曰：'勿開，勿開！此乃舍弟墓也。'"徐敦
立云。

46. 政和建艮嶽，異花奇石，來自東南，不可名狀。忽
靈壁縣貢一巨石，高二十餘丈，周圍稱是。舟載至京師，毀
水門樓以入，千夫舁之不動。或啓于上云："此神物也，宜表
異之。"祐陵親洒宸翰云："慶雲萬態奇峰。"仍以金帶一條

挂其上，石即遂可移。省夫之半，頃刻至苑中。李平仲云。

47. 潘兑，字説之，吳門人，仕祐陵爲侍從。宣和初，奉祠居里中。時郡民朱勔以倖進，寵眷無比。父沖殂，①勔護喪歸葬鄉間，傾城出迓，而潘獨不往。潘之先塋適有山林形勢，近沖新阡，勔欲得之，乃修敬于潘，杜門弗納。勔恃恩自恣，遣人諷之，且席以薰天之勢。潘一切拒之。勔歸京師，果訴于上，降御筆奪之。已而又誘御史誣之以罪，而褫潘之職。雖抑之於一時，而吳人至今稱之。曾育當時云。

48. 祐陵時，有僧妙應者，江南人，往來京、洛間，能知人休咎。其説初不言五行形神，且不在人之求而告之。佯狂奔走，初無定止，飲酒食肉，不拘戒行，人呼之爲"風和尚"。②蔡元長褫職居錢塘，一日，忽直造其堂，書詩一絶云："相得端明似虎形，搖頭擺腦得人憎。看取明年作宰相，張牙劈口吃衆生。"又書其下云："衆生受苦，兩紀都休。"已而悉如其言。紹興初，猶在廣中，蜕寂于柳州。明清《投轄録》中亦書其略。蘇訓直批云。

49. 蔡攸嘗侍徽宗曲宴禁中，上命連沃數巨觥，婁至顛仆。賜之未已，攸再拜以懇曰："臣鼠量已窮，逯將委頓，願

① "沖"，原作"冲"，據四庫本、《宋史》卷四七〇《朱勔傳》改。下"近沖新阡"同。
② "尚"，原脱，據本書卷前目録及《咸淳臨安志》（宋潛説友撰，四庫全書本）卷九一補。

陛下憐之。”上笑曰：“使卿若死，又灌殺一司馬光矣。”始
知温公雖遭貶斥于一時，而九重固自敬服如此。樂壽之云。

50. 李彦思邈，曾文肅之甥，早歲及第，①文采爲政，
稱于一時。蔡元長與之連，初亦喜之。後元長與文肅交惡，
始惡之。政和初，自江外作邑歸，時元長以師垣秉鈞。入謁
之後，元長語其所厚曰：“李邈面目如此，所欠一黥耳。”彦
思聞之皇恐，即上書欲願投筆。比再見元長，元長曰：“公乞
易武，早已降旨換授莊宅使矣。”邈聞語，即趨廷下，效使臣
之嗒云：“李邈謝太師！”更不再升階而出。元長笑云：“李
彦思元來了得遮一解。”即除知保州見闕。中父舅云。

51. 詹大和堅老來京師，省試罷，坐微累下大理。時李
傳正端初爲少卿，初入之時，堅老哀鳴曰：“某遠方舉人，不
幸抵此，祈公憐之。”端初怒，操俚談詬曰：“子觜尖如此，
誠奸人也！”因困辱之。已而榜出奏名，所犯既輕，在法應
釋，得以無事。自此各不相聞。後十餘年，端初爲淮南路轉
運副使，既及瓜，堅老自郎官出爲代，端初固忘之，②而堅
老心未能平也。相見各叙昧生平而已。既再見，端初頗省其
面目，猶不記前事，③因曰：“郎中若有素者，豈嘗解后朝路
中邪？風采堂堂，非曩日比也。”堅老笞曰：“風采堂堂，固

---

① “第”，原作“弟”，據四庫本改。
② “忘”，原作“忿”，據津逮本、四庫本改。
③ “前”，津逮本、四庫本作“首”。

非某所自見。但不知比往時觜不尖否?"端初愧怍而寤。端初
有子,即粹伯處全也。粹伯乃外祖之遺體,不但曾氏之指節
可驗,而高明豪放酷肖之。粹伯亦不自隱,禮待二家均一,
世亦多知之。傳正,邯鄲公淑孫也。

52. 鳳翔府太平觀主道士張景先,出入黃安中之門甚久。
安中坐此,彈章中頗及之。有閩人黃謙者,狡獪人也,自買
度牒,遠投景先,求爲弟子,因得以識安中。後歸閩,遂住
武夷山,每對客,必目安中爲家兄。人以其名連《易》卦,
頗以爲然。安中至里中焚黃,謙亦謁之,安中以景先之故,
稍禮之。逮安中北還,謙宣言送伯氏出閩,以山轎迹其後,
所至官吏皆所睹,① 示不疑也。安中既多在北方,而閩距京
師稍遠,安中名重一時,謙藉其聲勢,大爲奸利,人不敢何。
一日,安中遣侄歸邵武,間有客道其事者,侄大不平云:"須
當痛治之。"謙伺其來,候於道左伏謁,禮甚恭。方欲詰其
事,謙曰:"無廣此言,聊假虎威耳。"舉初甚厚,遂爲款留
數日,不問而去。自是眾益信之。人之無良,有如是者。謙
後至政和間,遂得幸爲道官。黃宋翰云。

53. 王履道初自大名府監倉任滿至京師,茫然無所向。
會梁師成賜第初成,極天下之華麗,許士庶入觀,履道髻兩
角,以小籃貯筆墨徑入,就其新堂大書歌行以美之,末云

① "皆",津逮本、四庫本作"皆"。

"初寮道人"，擲筆而出。主隸輩見其人物偉勝，詞翰妙絶，衆目叵側。時方崇尚道教，直以爲神仙降臨，不敢呵止，亟以報師成。師成讀之，大喜，即令物色延見。索其它文，益以擊節，薦之于上。不數年，登禁林，入政府，基於此也。謝景思云。

54. 劉跛子者，洛陽人。知人死生禍福，歲一至京師，前輩雜説中多記之。至宣和猶在，蔡元長正炎盛，聞其入都，在大房中下。大房者，外方居養福田院之類。即令其子絛屏騎從往訪之。跛子以手揮之，勿令前，且取一瓦礫，用土書一"退"字，更無它語。絛歸，以告于元長，元長悟其言而不能用，遂至于敗。

55. 蔡元長帥成都，嘗令費孝先畫卦影，歷歷悉見後來，無差豪之失。末後畫小池，龍躍其中。又畫兩日兩月，一屋有鴟吻，一人掩面而哭。不曉其理。後元長南竄，死於潭州昌明寺，始悟焉。蔡徽云。

56. 蔡元長少年鼎貴，建第錢塘，極爲雄麗，全占山林江湖之絶勝，今行在殿前司是也。宣和末，金寇冢突，盡以平日之所積，用巨艦泛汴而下，置其宅中。靖康初，下籍没之詔，適毛達可友守杭州，達可，元長門下士也，緩其施行，密喻其家藏隱逾半，所以蔡氏之後皆不貧。又嘗以金銀寶貨四十檐寄其族人家海鹽者。已而蔡父子、兄弟誅竄，不暇往索，盡掩爲己有。至今海鹽蔡氏，富冠浙右。胡元功云。

57. 紹聖初，治元祐黨人。秦少游出爲杭州通判，坐以修史詆誣，道貶監處州酒稅。在任，兩浙運使胡宗哲觀望羅織，劾其敗壞場務，始送郴州編管。黃魯直罷守當塗，寓居荆南，作《承天院塔記》。湖北轉運判官陳舉迎合中司趙正夫，發其中含謗訕，遂編管宜州。陳舉者，乃宗哲之婿，可謂"冰清玉潤"也。

58. 蘇在廷元老，東坡先生之從孫，自幼即卓然，東坡許之。元符末入太學，東坡已度海，每與其書，委曲詳盡。宣和中，歷館職、郎曹、奉常。言者論其宗元祐學術，罷爲宮觀。而謝表乃云："念昔黨人，偶同高祖。"士大夫頗少之。張文老云。

59. 靖康中，蔡元長父子既敗，言者攻之，發其奸惡，不遺餘力，蓋其門下士如楊中立、孫仲益之類是也。李泰發光時爲侍御史，獨不露章，且勸勿爲大甚，坐是責監汀州酒稅。謝表云："當垂涕止彎弓之射，人以爲狂；然臨危多下石之徒，臣則不敢。"士大夫多稱之。陸務觀云。

60. 張邦昌僭位，國號大楚。其坐罪，始責昭化軍節度副使，潭州安置。既抵貶所，寓居于郡中天寧寺。寺有平楚樓，取唐沈傳師"目傷平楚虞帝魂"之句也。朝廷遣殿中侍御史馬伸賜死，讀詔畢，張徘徊退避，不忍自盡。執事者趣迫登樓，張仰首，急睹三字，長嘆就縊。錢秉之元成云。

61. 趙德夫明誠《金石錄》云："唐韋絢著《劉公嘉話》

載，武氏諸碑，一夕風雨，失龜趺之首，凡碑上‘武’字皆不存。已而武元衡遇害。後來考之，‘武’字皆完，龜首固自若。韋絢之妄明矣，而益知小説傳記不足信也。”明清後見《元和姓纂》，絢乃執誼之子，其虚誕有從來也。

62. 建炎戊申冬，高宗駐蹕維揚，時未經兵燹，井邑全盛。向子固叔堅來赴調于行在所，冠蓋闐委。偶解后金壇士子郭珣瑜者，因與共處于天寧寺佛殿之供桌下。一夕夜半，忽呼郭覺而語云：“有一事甚異。適夢吾服金紫來領此郡，皆荆榛瓦礫之場，非復今日。入城，亦有官吏、父老輩相迎，皆蕭索可憐，公衣緑袍于衆客中。不可曉也。”已而虜人南寇，六飛度江，城之内外悉遭焚毁。後二十年，叔堅果握帥符。郭登第未久，爲郡博士，迓于郊外。始悟前夢，相與感嘆。向荆父云。①

63. 康倬，字爲章，元祐名將識之子。少日不拘細行，游京師，生計既蕩析，遂偶一娼。始來，即詭其姓名曰李宣德。情意既洽，婦人者亦戀戀不忍捨。爲章謂曰：“吾既無室家，汝肯從我南下，爲偕老之計乎？”娼大然之。囊中所有甚富，分其半以遺姥。指天誓日，不相棄背。買舟出都門，沿汴行裁數里，相與登岸，小酌旗亭。伺娼之醉，爲章解纜亟發。娼拗怒，戟手於河滸，爲章弗顧也。娼既爲其所紿，倉

---

① “云”，原作“二”，據毛鈔本、津逮本、四庫本改。

黃還家。後數年，爲章再到京師，過其門，娼母子即呼街卒錄之，爲章略無憚色。時李孝壽尹開封，威令凜然。既至府，爲章自言平時未嘗至都下，無由識此曹，恐有貌相肖者，願試詢之。尹以問娼，娼曰：“宣德郎李某也。”爲章遽云：“己即右班殿直康倬也。”尹曰：“誠倬也，取文書來。”爲章探懷中，取吏部告示文字以呈之。尹撫案大怒曰：“信知浩穰之地，奸欺之徒，何所不有！”命重杖娼之母子，令眾通衢；慰勞爲章而遣之。李尹自以謂益顯神明之政矣。爲章自此折節讀書，易文資，有名於世。後來事浸露，李尹聞之，嘗以語外祖曰：“僕爲京兆，而康爲章能作此奇事，可謂大膽矣！”與之，其子也。宏父舅云。

64. 向宗厚履方，建炎末爲樞密院計議官。履方美髯而若滑稽之狀，裹華陽巾，纏足極彎，長於鉤距。同舍王佾公爲嘗戲語之曰：“君唐明皇時四人合而爲一，何邪？”向曰：“願聞之。”公爲曰：“君狀類黃幡綽，頭巾類葉法善，腳類楊貴妃，心腸似安祿山。”席間一笑。履方不歡。後程致道行其祠部員外郎告詞云：“汝佩服高古，操履甚恭。”又以戲之。向止叔云。

65. 宋道方毅叔以醫名天下，居南京。然不肯赴請，病者扶攜以就求脈。政和初，田登守郡，母病危甚，呼之不至，登怒云：“使吾母死，亦以憂去。殺此人，不過斥責。”即遣人禽至廷下，荷之云：“三日之內不瘥，則吾當誅汝以徇

衆。"毅叔曰："容爲診之。"既而曰："尚可活。"處以丹劑，
遂愈。田喜甚，云："吾一時相困辱，然豈可不刷前恥乎?"
用太守之車，從妓樂，酬以千緡，俾群卒負于前，增以彩、
釀，導引還其家。旬日後，田母病復作，呼之，則全家遁去，
田母遂殂。蓋其疾先已在膏肓，宋姑以良藥緩其死耳。程可
久云。

66. 王况，字子亨，本士人，爲南京宋毅叔婿。毅叔既
以醫名擅南北，况初傳其學，未精，薄游京師，甚淒然。會
鹽法忽變，有大賈睹揭示，失驚吐舌，遂不能復入。經旬食
不下咽，尪羸日甚，國醫不能療。其家憂懼，榜于市曰："有
治之者，當以千萬爲謝。"况利其所售之厚，姑往應其求。既
見賈之狀，忽發笑不能制，心以謂未易措手也。其家人怪而
詰之，况謬爲大言苔之曰："所笑者，輦轂之大如此，乃無人
治此小疾耳!"語主人家曰："試取《針經》來。"况謾檢之，
偶有穴與其疾似是者，况曰："爾家當勒狀與我。萬一不能
活，則勿尤我。當爲若針之，可立效。"主病者不得已，亦從
之。急針舌之底，抽針之際，其人若委頓狀，頃刻舌遂伸縮
如平時矣。其家大喜，謝之如約，又爲之延譽，自是翕然名
動京師。既小康，始得盡心《肘後》之書，卒有聞於世。事
之偶然有如此者。况後以醫得幸，宣和中爲朝請大夫。著
《全生指迷論》一書，醫者多用之。外舅云。

67. 楊介吉老者，泗州人，以醫術聞四方。有儒生李氏

子，棄業，願娶其女，以授其學。執子婿禮甚恭，吉老盡以
精微告之。一日，有靈壁縣富家婦有疾，① 遣人邀李生以往。
李初視脈云：“腸胃間有所苦邪？”婦曰：“腸中痛不可忍，
而大便從小便中出。醫者皆以謂無此證，不可治，故欲屈君
子。”李曰：“試爲籌之。若姑服我之藥，三日當有瘳。不
然，非某所知也。”下小元子數十粒，煎黃耆湯下之。富家依
其言，下膿血數升而愈。富家大喜，贈錢五十萬。置酒以問
之，曰：“始切脈時，覺芤脈現於腸部。王叔和《脈訣》云：
‘寸芤積血在胸中，關內逢芤腸裏癰。’此癰生腸內，所以致
然。所服者，乃雲母膏爲丸耳。”切脈至此，可以言醫矣。李
後以醫科及第，至博士。李積元秀，即其從子也。王憲臣云。

68. 王稱定觀者，元符殿帥恩之子。有才學，好與元祐
故家游，范元實溫《潛溪詩眼》中亦稱其能詩。政和末，爲
殿中監，年二十八矣，眷柬甚渥。② 少年貴仕，酒色自娛。
一日，忽宣召入禁中，上云：“朕近得一異人，能製丹砂，服
之可以長生久視。煉治經歲而成，色如紫金，卿爲試之。”定
觀忻躍拜命，即取服之。才下咽，覺胸間煩燥之甚。俄頃，③
烟從口中出。急扶歸，已不救。既殞之後，但聞棺中剝啄之

---

① “壁”，津逮本、四庫本作“璧”。
② “柬”，原作“東”，據毛鈔本、四庫本改。
③ “頃”，原作“項”，據津逮本、四庫本改。

聲，莫測所以。已而火出其內，頃刻之間，遂成烈焰，[①] 室廬盡焚。開封府尹亟來救之，延燒數百家方止，但得枯骨于餘燼中，亦可怪也。范子濟云。

69. 丁廣者，明清里中老儒也。與祖父爲輩行，嘗任保州教授。郡將武人，而通判者戚里子，悉多姬侍，以酒色沈縱。會有道人過郡，自言數百歲，能煉大丹，服之可以飽耆欲而康強無疾，然後飛升度世。守、貳館之，以先生之禮事之。選日創丹竈，依其法煉之，四十九日而成，神光屬天，置酒大合樂相慶，然後嘗之。廣聞之，裁書以獻，乞取刀圭，以養病身。道人者以其骨凡，不肯與。守、貳憐之，爲請，僅得半粒，廣忻然服之。不數日，郡將、通判皆疽發於背，道人宵遁。守、貳相繼告殂。廣腰間亦生瘤，甚皇恐，亟飲地漿解之，得愈。明年，考滿改秩，歸里中，疾復作，又用前法，稍痊。偶覺熱躁，因澡身，水入創口中，不能起。金石之毒，有如此者，併書之于此，以爲世誡云。

70. 秦會之初自虜中還朝，泛海至楚州。楚守楊揆子才疑以爲僞，即欲斬之。館客管當可者，謂揆曰：“萬一果然，朝廷知之匪便。不若津遣赴行在，真假自辨矣。”揆於是遣人陰加防閑，護送至會稽。會之既相，訪尋當可，官其二子。揆屏迹天台，不敢出者逾二十年。會之末年，始得劉景以爲

---

① “焰”，原作“燄”，今改。下同。

台州守，欲與綦、謝二家併治之，而會之死。高宗偶記其姓名，召用之，後爲次對，累典名藩。斯亦命也。

71. 毋昭裔貧賤時，[1] 嘗借《文選》于交游間，其人有難色，發憤異日若貴，當板以鏤之遺學者。後仕王蜀爲宰，遂踐其言刊之。印行書籍，創見於此。事載陶岳《五代史補》。後唐平蜀，明宗命太學博士李鍔書《五經》，仿其製作，刊板于國子監，監中印書之始。今則盛行于天下，蜀中爲最。明清家有鍔書印本《五經》存焉，後題長興二年也。

72. 明清《第三錄》載秦會之靖康末議狀全篇。比見表侄常保孫，言嘗聞之于游定夫之孫九言云："乃馬伸先覺之文也。初，會之爲御史中丞，虜人議立張邦昌以主中國。先覺爲監察御史，抗言于稠人廣坐中曰：'吾曹職爲爭臣，豈可坐視緘默，不吐一詞！當共入議狀，乞存趙氏。'會之不荅。少焉屬稿遂就，呼臺史連名書之。會之既爲臺長，則當列于首。以呈會之，會之猶豫。先覺帥同僚合辭力請，[2] 會之不得已，

---

① "毋昭裔"，原作"毌丘儉"。按毌丘儉爲三國曹魏時人，官至豫州刺史、鎮南將軍。宋司馬光《資治通鑑》卷二九一："自唐末以來，所在學校廢絕。蜀毋昭裔出私財百萬，營學館，且請刻板印九經，蜀主從之，由是蜀中文學復盛。"清吳任臣《十國春秋》卷四九："廣政十六年……是月，宰相毋昭裔出私財百萬營學館，且請鏤版印九經，以頒郡縣。從之。"《四庫全書·五代史提要》："王明清《揮麈錄》載毋昭裔貧賤時借《文選》於交游間，有難色，發憤異日若貴，當板鏤之遺學者。後仕蜀爲宰相，遂踐其言刊之。印行書籍創見於此，事載陶岳《五代史補》云云。今本無此條，殆傳寫有遺漏矣。"又《愛日齋叢抄》卷一引亦作"毋昭裔"。故"毌丘儉"，應爲"毋昭裔"之誤。改之。

② "僚"，原作"儌"，據津逮本、四庫本改。

始肯書名。先覺遣人疾馳以達虜酋。所以秦氏所藏本猶云
'檜等'也。先覺中興初任殿中侍御史，以亮直稱于一時，
爲汪、黃所擠，責監濮州酒稅。後高宗思之，以九列召，示
以大用，而先覺已死。會之還自虜中，揚言己功，盡掠其美
名，遂取富貴，位極人臣，勢冠今古。先覺子孫，漂泊閩中。
先覺有甥何玩者，慷慨自任，得其元稿，累欲上之，而馬氏
子止之云：'秦會之凶焰方熾，其可犯邪？'紹興乙亥春，玩
忽夢先覺衣冠如平生，云秦氏將敗，趣使往陳之。玩即持其
稿以叫閽。會之大怒，誣以他罪，下玩大理，竄嶺外。抵流
所未幾，而會之果殂。其家訟冤，詔復玩故官，後至員郎。
先覺忠績，遂別白于時。"游與馬鄰牆而居，得其詳云。

73. 秦會之、范覺民同在廟堂，二公不相咸。虜騎初退，
欲定江西二守臣之罪：康倬知臨江軍，棄城而走；撫州守王
仲山，以城降。仲山，會之婦翁也，覺民欲寬之。會之云：
"不可。既已投拜，委質於賊，甚麼話不曾説？豈可貸邪！"
蓋詆覺民嘗仕僞楚耳。

74. 秦熺，本王晚之孽子。晚妻鄭氏，達夫之女。晚縗婦
家而早達，鄭氏怙勢而妒。熺既誕，即逐其所生，以熺爲會
之乞子。會之任中司，虜拘北去，夫婦偕行，獨留熺于會之
夫人伯父王仲嶷豐父家。豐父子時憍而傲，每凌侮之。其後
會之用其親黨，遍躋要途，獨時每以參議官處之。王浚明云。

75. 王仲嶷字豐父，岐公暮子。① 有風采，善詞翰，四六尤工。以名字典郡。政和末爲中大夫，守會稽，頗著績效，如乾湖爲田、導水入海是也。童貫時方用事，貫苦脚氣，或云楊梅仁可療是疾，豐父裒五十石以獻之，才可知矣。後擢待制。再任不歷貼職，徑登次對，前後惟豐父一人。初，岐公爲首台，元豐末命，或云岐公有異議，紹聖親政，追貶萬安軍司户，諸子皆勒停，不得入國門；奪所賜第，以予王荆公家。崇寧初，以爲臣不忠，列黨籍碑。至是，豐父既有内援，而又鄭達夫岐公之婿，相與申理，遂洗前誣，詔盡復岐公爵謚。祐陵又題其墓刻云“元豐治定弼亮功成之碑”。御筆云：“嘉祐中，英宗立爲皇子，王珪時爲學士，預聞大議。近因其子仲嶷以其詔稿來上，始得究其本末。乃知神考擢置政府，厥有攸在。協贊事功，維持法度，十有六年。元豐末，‘上自有子’，發言自珪，遂定大策，安宗廟。墜碑未立，惻然于懷。”賜額親筆書題，此政和七年二月丙子也。豐父謝表有“金杯賜第，玉篆題碑”之對。建炎初，知袁州，虜人寇江西，坐失守削籍，與馬子約皆寓居永嘉。豐父兄仲山同時牧臨川，以城降坐廢。子約酒酣，戲之云：“平原太守，吾兄也。”後秦會之再入相，會之，仲山婿也，豐父以啓懇之云：

---

① “岐”，原作“歧”，據津逮本、四庫本及《宋史》卷三一二《王珪傳》改。本條内下“岐公”同。

"黃紙除書，久無心於夢寐；青氈舊物，尚有意於陶熔。"會
之爲開陳，詔復元官，奉祠放行。奏薦時，豐父寄禄已爲通
議大夫，不問職名，所以諸孫皆奏京秩。年八十餘卒。有子
曉，亦能文。

76. 祖宗以來，帥蜀悉雜學士以上方爲之。李璆西美坐
蔡元長黨，久擯不用。紹興中，乃以女適秦會之夫人之弟王
曆，因而内相昵結，起帥瀘南，已而復次對，制閫成都。自
是蜀帥職始殺矣。其後曹筠、王剛中是也。張文老云。

77. 熙寧三年，詔宗室出官從政于外方，惟不許入蜀。
鄭亨仲，本秦會之所引，自温州判官，不數年登禁近，遂以
資政殿大學士宣撫川陝。亨仲駕馭諸將有理，諸將雖外敬而
内憚之。適亨仲有忤秦之意，因相與媒蘖，言其有跋扈狀。
秦聞之，謀于王顯道晚，晚云："不若遣一宗室有風力者往制
之。"因薦趙德夫不棄焉。於是創四川總領財賦，命德夫。至
坤維，得晁公武子止于冷落中，辟爲幹辦公事，俾令采訪亨
仲陰事，欲加以罪。又以德夫子善究爲總領司幹辦公事，越
常制也。子止又引亨仲所逐使臣魏彦忠者，相與物色其失。
上聞，遂興大獄，竄籍亨仲，即召德夫爲版曹云。張文老云。

78. 廉宣仲布，建炎初自其鄉里山陽避寇南來，所携巨
萬。至臨安，寓居吳山之下。舍館甫定，而郡兵陳通等亂，
囊橐悉爲劫掠，一簪不遺，夫婦徬徨。宣仲昔在京師爲學官
日，與侍晨道士時若愚游，至是，聞若愚用事賊間，姑往訪

之。一見，甚篤綈袍之義，且云：“吾從盜所得寶貨盈屋，敗露指日，悉錄于官矣。縱盡以與君，無憾，然度必不能保。今有兩篋以授子，可亟去此，庶有生理。”又令二校防護出關而返。宣仲夫婦既倖脫厄，買舟趨雪川，來依外祖空青公，空青館置于所泊僧舍。宣仲，張子能婿也。外祖戲曰：“君真是没興徐德言矣。”按堵之後，啓篋視之，皆黄金也，計其所失，無毫釐之差。宣仲後坐姻黨，擯不用，藉此得以自存焉。宣仲自云。

79. 靖康初，秦會之自御史丐祠歸建康，僦舍以居。適當炎暑，上元宰張師言昌訪之。會之語師言：“此屋粗可居，① 但每爲西日所苦，奈何？得一涼棚備矣。”翌日未曉，但聞斤斧之聲，會之起視之，則松棚已就。詢之，匠者云：“縣宇中方創一棚，昨日聞侍御之言，即輟以成此。”會之大喜。次年，會之入爲中司，北去。又數年還朝，已而拜相。時師言年逾七十，會之於是就官簿中減去十歲，擢知楚州，把麾持節者又逾十年，然後挂冠，老于潛、皖，近九十而終。師言詩文甚佳，多傳於外。② 李元度云。

80. 陳彦育序，丹楊士子。從後湖蘇養直學詩，造其三昧。向伯恭爲浙漕，訪養直于隱居，彦育適在坐，一見喜之，

---

① “粗”，原作“觕”，津逮本、四庫本作“觕”。
② “外”，原作“然”。津逮本、四庫本作“外”，條末注“外，宋刻作然”。據改。

邀與之共途，益以契合，遂以其愛姬寇氏嫁之。携歸逾年，伯恭登從班，乃啓于思陵云："寇氏，萊公之元孫，① 其後獨有此一女，乞以一官與其夫。"陳序遂詔特補和州文學。伯恭爲自製簪裳靴笏，令人齎黃牒往併授之，并以白金爲餉。彦育方教村童于陋巷，持書人至，彦育疑非其所有。至出補牒，見其姓名，始拜命。望逾意表，不勝驚喜，閭巷爲之改觀。其後終于刪定官。明清有其詩一秩，至今尚存也。向止叔云。

81. 明清壬子歲仕寧國，得王俊所首岳侯狀于其家，云："左武大夫果州防禦使差充京東東路兵馬鈐轄御前前軍副統制王俊。右俊於八月二十二日夜二更以來，張太尉使奴厮兒慶童來請俊去説話。俊到張太尉衙，令虞候報覆，請俊入宅，在蓮花池東面一亭子上。張太尉先與一和尚何澤點着燭，對面坐地説話。俊到時，何澤更不與俊相揖，便起向燈影黑處潛去。俊於張太尉面前唱喏。坐間，張太尉不作聲，良久問道：'你早睡也，那你睡得着！'俊道：'太尉有甚事睡不着？'張太尉道：'你不知自家相公得出也！'俊道：'相公得出，那裏去？'張太尉道：'得衢、婺州。'俊道：'既得衢州，則無事也。有甚煩惱？'張太尉道：'恐有後命。'俊道：'有後命如何？'張太尉道：'你理會不得？我與相公從微相

---

① "元孫"，應作"玄孫"，避宋聖祖趙玄朗諱，改"玄"爲"元"。四庫本作"玄孫"。

隨，朝廷必疑我也。朝廷交更翻朝見，我去則不必來也！’俊
道：‘向日范將軍被罪，朝廷賜死。俊與范將軍從微相隨，俊
元是雄威副都頭，轉至正使，皆是范將軍。兼係右軍統制，
同提舉一行事務，心懷忠義，到今朝廷何曾賜罪？太尉不須
別生疑慮。’張太尉道：‘更説與你。我相公處有人來，交我
救他。’俊道：‘如何救他？’張太尉道：‘我遮人馬動，則便
是救他也。’俊道：‘動後甚意似？’張太尉道：‘這裏將人馬
老小盡底移去襄陽府不動，只在那駐札。朝廷知，必使岳相
公來彈壓撫喻。’俊道：‘太尉不得動，人道若太尉動人馬，①
朝廷必疑，岳相公越被罪也。’張太尉道：‘你理會不得。若
朝廷使岳相公來時，便是我救他也。若朝廷不肯交相公來時，
我將人馬分布，自據襄陽府。’俊道：‘諸軍人馬，如何起發
得？’張太尉道：‘我虜劫舟船，盡裝載步人老小，令馬軍便
陸路前去。’俊道：‘且看國家患難之際，且更消停。’張太
尉道：‘我待做，你安排着。待我交你下手做時，你便聽我言
語。’俊道：‘恐軍中不伏者多。’張太尉道：‘誰敢不伏？傅
選道我不伏？’俊道：‘傅統制慷慨之人，丈夫剛氣，必不肯
伏。’張太尉道：‘待有不伏者，剿殺。’俊道：‘這軍馬做甚
名目起發？’張太尉道：‘你問得我是。我假做一件朝廷文字

---

① “人道”，四庫本、《金佗粹編》（宋岳珂撰，四庫全書本）卷二四《籲天辨誣
四·張憲辨》作“人馬”。

教發。我須交人不疑。'俊道:'太尉去襄陽府,後面張相公
遣人馬來追襲如何?'張太尉道:'必不敢來赶我。投他人馬
來到這裏時,我已到襄陽府了也。'俊道:'且如到襄陽府,
張相公必不肯休,繼續前來收捕,如何?'張太尉道:'我又
何懼!'俊道:'若番人探得知,必來夾攻。太尉南面有張相
公人馬,北面有番人,太尉如何處置?'張太尉冷笑:'我別
有道理。待我遮裏兵才動,先使人將文字去與番人。萬一支
吾不前,交番人發人馬助我。'俊道:'諸軍人馬老小數十
萬,襄陽府糧如何?'張太尉道:'這裏糧盡數著船裝載前
去。郢州也有糧,襄陽府也有糧,可吃得一年。'俊道:'如
何這裏數路應副,錢糧尚有不前?那裏些小糧,一年已後無
糧如何?'張太尉道:'我那裏一年已外不別做轉動?我那裏
不一年,交番人必退。我遲則遲動,疾則疾動,你安排着。'
張太尉又道:'我如今動後,背嵬、游奕伏我不伏?'俊道:
'不伏底多。'張太尉道:'姚觀察、背嵬王剛、張應、李璋
伏不伏?'俊道:'不知如何。''明日來我這裏聚廳時,你請
姚觀察、王剛、張應、李璋,去你衙裏吃飯,① 説與我這言
語。說道張太尉一夜不曾得睡,知得相公得出,恐有後命。
今自家懣都出岳相公門下,② 若諸軍人馬有語言,交我怎生

---

① "去",原作"云",《金佗粹編》卷二四《籲天辨誣四·張憲辨》作"去",據
改。
② "今",津逮本、四庫本作"令"。

置禦？我東則東，隨他人。我又不是都統制，朝廷又不曾有文字交我管。他懣有事，都不能管得。'至三更後，俊歸來本家。

"次日天曉二十三日早，衆統制官到張太尉衙前，張太尉未坐衙，俊叫起姚觀察，於教場內亭子西邊坐地。姚觀察道：'有甚事，大哥！'俊道：'張太尉一夜不曾睡，知得相公得出，大段煩惱。道破言語，交俊來問觀察如何？'姚觀察道：'既相公不來時，張太尉管軍事。節都在張太尉也。'俊問觀察道：'將來諸軍亂後如何？'姚觀察道：'與他彈壓，不可交亂，恐壞了這軍人馬。你做我覆知太尉：緩緩地，且看國家患難面。'道罷，各散去，更不曾説張太尉所言事節。俊去見張太尉，唱喏。張太尉道：'夜來所言事如何？'俊道：'不曾去請王剛等，只與姚觀察説話。來覆太尉，道：恐兵亂後，不可不彈壓。我游奕一軍，鈐束得整齊，必不到得生事。'張太尉道：'既姚觀察賣弄道他人馬整齊，我做得尤穩也。你安排着。'俊便唱喏出來。白後不曾説話。九月初一日，張太尉起發赴樞密院行府，俊去辭，張太尉道：'王統制，你後面粗重物事轉換了著。我去後，將來必共這懣一處。你收拾，等我來叫你。'

"重念俊元係東平府雄威第八長行日，[①] 本府闕糧，諸營

---

① "日"，《金佗粹編》卷二四《籲天辨誣四·張憲辨》作"因"。

軍兵呼千等結連俊，欲劫東平府作過。當時俊食禄本營，不敢負於國家，又不忍棄老母，遂經安撫司告首，奉聖旨補本營副都頭。後來繼而金人侵犯中原，俊自靖康元年首從軍旅，於京城下與金人相敵斬首，及俊口内中箭，射落二齒，奉聖旨特換授成忠郎。後來並係立戰功，轉至今來官資。俊盡節仰報朝廷。今來張太尉結連俊起事，俊不敢負於國家，欲伺候將來赴樞密行府日，面詣張相公前告首。又恐都統王太尉別有出入，張太尉後面別起事背叛，臨時力所不及，使俊陷於不義。俊已於初七日面覆都統王太尉訖，今月初八日納狀告首，如有一事一件分毫不實，乞依軍法施行。乃俊自出官已來，立到戰功，所至今來官資，即不曾有分毫過犯。所有俊應干告敕宣札在家收附外，有告首呼千等補副尉都頭宣繳申外，庶曉俊忠義，不曾作過，不敢負於國家。謹具狀披告，伏候指揮。"

次歲，明清入朝，始得詔獄全案觀之。岳侯之坐死，乃以嘗自言與太祖俱以三十歲爲節度使，以爲指斥乘輿，情理切害；及握兵之日，受庚牌不即出師者凡十三次，以爲抗拒詔命，初不究"將在軍，君命有所不受"之義。又云："岳雲與張憲書，通謀爲亂。"所供雖嘗移織，既不曾達，繼復焚如，亦不知其詞云何，且與元首狀了無干涉。鍛煉雖極，而不得實情，的見誣罔。孰所爲據，而遽皆處極典？覽之拂膺！儻非後來詔書澣洗、追褒，則没地銜冤於無窮。所可恨者，使當時推鞠酷吏漏網，不正刑典耳！王俊者，初以小兵徒中反告而轉資，晚以裨將而妄訐主帥，遂饗富貴。馹卒鈴奴，一時傾嶮，不足比數。考其終始之間，可謂怪矣。首狀雖甚爲鄙俚之言，然不可更一字也。

82．田登知南都，一日詞狀，忽二人扶一癃老之人至庭下，自云：平日善爲盜，某年日某處火燒若干家，即某爲之。假此爲奸，至於殺人。或有獲者，皆冤也。① 前後皆百餘所，未嘗敗露。後來所積既多，因而成家，遂不復出。所扶之人，即其孫也。今年逾八十，自陳於垂死之際，欲得後人知之而已。登大驚鄂，命左右縛之，則已殂矣。程可久云。

83．馬子約純負材自任，好面折人，人敬長之。建炎中，吕元直作相，子約求郡，元直拒之，徐云：“有英州見闕，公可往否？”子約曰：“領鈞旨。待先去爲相公蓋一宅子奉候。”朱新仲云。

84．靖康之末，二聖北狩，四海震動，士大夫救死不暇。往來賊中，洋洋自得者，吴开，莫儔二人，路人所知也。事定，皆竄逐嶺外。秦會之爲小官時，开在禁林，嘗封章薦之，疏見其文集中，稱道再三，秦緣此進用。後爲相，遂放二人逐便。开，滁人也，内自愧怍，不敢還里，卜居于贛上。秦乃以其婿曾端伯慥知虔州。

---

① “冤”，原作“宽”，今改。

85. 國朝以來，六曹尚書寄祿，今之金紫銀青光祿大夫之官也。雖不登二府，亦循途而遷。國初，如竇儀、陶穀、[①]邢昺，後來楊文莊、張忠定、晁文元、孫宣公、馬忠肅、余襄公。元豐官制後易今名，如滕章敏、王懿敏、王懿恪、范蜀公之類。祐陵時，溫萬石、孟昌齡、王革父子、宋喬年、盛章、詹度，皆爲金紫銀青光祿大夫，極多，不止此。中興後，宋覿益謙、洪景盧邁俱宣奉大夫，上課陳乞，悉柅不行。

86. 李伯時自畫其所蓄古器爲一圖，極其精妙。舊在上蔡畢少董良史處，少董嘗從先人求識于後。少董死，乃歸秦伯陽熺。其後流轉于其婿林子長㮪，今爲王順伯厚之所得。真一時之奇物也。先人跋語云：“右《古器圖》，龍眠李伯時所藏，因論著，自畫以爲圖也。今藏予友畢少董家。凡先秦古器源流，莫先於此軸矣。昔孔子刪《詩》《書》，以堯、舜、殷、周爲終始，至於《繫辭》，言三皇之道，則罔罟、耒耜、衣裳、舟楫所從來者，而繼之曰：‘後世聖人者，欲知明道、立法、制器，咸本於古也。’本朝自歐陽子、劉邠父始輯三代鼎彝，張而明之，曰：自古聖賢所以不朽者，未必有托於物，然固有托於聖賢而取重於人者。歐陽子肇此論，而龍眠賡續，然後渙然大備。所謂‘三代邈矣，萬一不存，左右采獲，幾見全古’，惟龍眠可以當之也。此圖既物之難致者

① “穀”，原作“穀”，據津逮本、四庫本、《宋史》卷二六九《陶穀傳》改。

而得之，又少董以聞道知經爲朝廷識拔，則陳聖人之大法，指陳根源，貫萬古惟一理，其將以春秋侍帝傍矣。”順伯録以見予。

87. 靖康之亂，省部文字散失不存。南渡之後，有禮部老吏劉士祥者，大爲奸利。士子之桀黠者相與表裏，云“某歲曾經省試下，合該年免”，既下部，則士祥但云“省記到”，因而僥倖遂獲推恩者，不知其數。薛叔器云。

88. 張彦實御諱，① 番易人，子公參政大父行，有《東窗集》行於世。自知廣德軍秩滿造朝，除著作郎。秦會之當軸，其兄楚材爲秘書少監，約彦實觀梅于西湖。楚材有詩，彦實次其韻云：“天上新騑寶輅回，看花仍趁雪英開。折歸忍負金蕉葉，笑插新臨玉鏡臺。女堞未須翻角調，錦囊先喜助詩材。少蓬自是調羹手，葉底應尋好句來。”時楚材再婚，故及玉鏡臺事。會之見之，大稱賞，曰：“旦夕當以文字官相處。”遷擢左史，再遷而掌外制。楊原仲並居西掖，代言多彦實與之潤色。初亦無他，彦實偶戲成二毫筆絕句云：“包羞曾借虎皮蒙，筆陣仍推兔作鋒。未用吹毛強分別，② 即今同受管城封。”原仲以爲誚己，大怒，訴于會之，誅言路彈之。彦實以本官罷爲宮祠，謝表云：“雖造化之有生有殺，本亦何心；然

① “御諱”，指“擴”，避宋寧宗趙擴諱。
② “吹”，原作“推”，據毛鈔本、津逮本、四庫本改。

臣下之或賞或刑，咸其自取。"屏居數年，求休致。先除次對，帥南昌。雖生不及拜命，而身後盡得侍從恩數。

89. 紹興壬戌夏，^① 顯仁皇后歸就九重之養，伯氏仲信，年十八，作《慈寧殿賦》以進，云：

臣聞乾天稱父，坤地稱母。天地至大，必言之以父母者，明其尊崇博厚，無以加也。是以圓首方足，皆仰之燾之，欲報欲奉，無不極盡。繇古以來，聖人之盛，莫過堯舜，而孟子以謂，堯舜之道，孝悌而已矣。恭惟皇帝陛下，繼大人之照，宜日中之豐，體堯邁舜，憲古明王，以治天下。發爲號令典誥，廟謨宸斷，親仁善鄰，開物成務者，莫不以孝爲首。臣聞孔子謂曾參曰："明王以孝治天下，故災害不生，禍亂不作。"仰惟陛下，曩者以皇太后扈從未還，願見之心，致軫宵旰；四方兆民，延頸指日以冀來音久矣。斯焉天人交乎，鄰邦修睦，^② 囊弓箙矢，息師偃革，寰宇之間，遂臻安堵。恭奉驋駕，言歸闕庭。凡在動植，孰不手舞足蹈，翼鼓膺奮！通觀古初，復無前此。臣伏以老氏三寶，以慈爲首；乾元之道，萬國咸寧。洪惟慈寧之殿，合爲嘉名，超軼前世。致安之道，繇是以始。形勢制作，焕乎其有文章，儀刑萬邦，風化際薄，無所不及。若堯之光被四表，舜之丕冒海隅蒼生者，

---

① "戌"，原作"戍"，據津逮本、四庫本改。
② "睦"，原作"睉"，據四庫本改。

行見于今日，甚盛烈也。臣生長當世，薰陶漸摩，德義之人，[①] 目睹心欣，不能自已。思欲頌良圖協恭，式化成規，誠開金石，感動遠邇，以彰聖治，莫大之慶，而昭述巨美者有日矣。輒因殿之名，以推原萬一。至於辭意淺陋，言語膚率，不能抉奇摘異以爲偉，不惟不能，亦所不敢也。臣謹昧死再拜而作賦焉。

臣恭惟皇帝之嗣位十六載也，海宇澄清，四方砥平，受上天之眷命，紹洪基於大明。邇安遠至，措刑寢兵。人熙熙兮春臺，物蕩蕩兮由庚。六服承德，衆心成城。所以復炎德之輝，而迓周邦之衡。先是魏駕從狩鄰國，克享天心，咸有一德，式遄來歸，歡動九域。乃命群工，擇基之隆，儲祥之勝，圻建問安之上宮。列辟肅然而赴職，百執鏘然而效忠。爰即行闕，以成厥功。於是上高擬天，下蟠法地。削甘泉之繁縟，屏含元之侈麗；揆太極之宸模，就坤靈之寶勢。乃諏龜筮，龜筮協從；乃稽萬物，萬物無異。帝曰"欽哉"，乃彰鴻名。慈以覆育於天下，寧以鎮服於寰瀛。蓋將昭徽音於太姒，而表思齊於周京者也。有嚴有憑，或降或升。揆之以日，築之登登。經始勿亟，百堵皆興，伎者獻其伎，能者精其能。否往兮泰來，闔決兮垠開。倉昊馳耀兮，黃祇助培。運郢碩之斤斧，攻杞梓之良材。萬杵散雨兮，千鑊轉雷；離

---

① "人"，津逮本、四庫本作"久"。

婁督繩兮，而公輸削墨；夏育治礫兮，孟賁掇荄。聲隆隆兮
伐喬杖，勢轞轞兮欶層匪。長林巨植兮，千年之產而萬年之
材。輾如闇、直如蠱兮，崔嵬于時。山壤獻靈，川流效祉。
陸架水浮，風屯雲委。輻湊鱗集，衡行櫛比，以萃於殿之址
也。於是匠民經營，① 百藝駢并。礦焉而礦，硎焉而硎。高
下曲折，塗墍丹青。此興造之本意，而動作之形容也。既而
四周凌天而岌嶪，九門參空而伶俜。闕百常兮屋十尋，皆椄
爵兮建瓴。儋儋千桶，閑閑旅楹。岫綺對砌，窗霞翼檻。彤
墀洋洋，金碧煌煌。神鷗展吻而呧呀，文犀厭牖而赫張。寶
排象拱，② 列星間梁。橑桷欒窠，③ 黼藻鉛黃。玫瑰玟瑁,④
翡翠明璫。方疏圓井，琄連斗扛。枅欂上承，柱石下當。騰
雙猊兮盤礎，刻怒兒兮伏相。其蟠也顏九淵之虬屈，⑤ 其騫
也若千仞之鳳翔。或倒文漆于衛社，或薦孤桐于嶧陽。烏柹
橫截，緗蘂交相。第梌栧與椅欓，積梗楠兮豫章。⑥ 蓋天下
之奇榦，⑦ 盡羽粲而國樑。夫然未足以比其制，未足以形其
雄。轇轕巋嵷，飛雲架空。出入兮日月，吸呼兮雨風。開重

① "民"，津逮本、四庫本作"氏"。
② "寶排象拱"，《御定歷代賦彙》（四庫全書本）卷七三錄《慈寧殿賦》作
"寶琲象栱"。
③ "橑桷"，原作"撩桶"，據津逮本、四庫本改。
④ "玫"，原作"玟"，據毛鈔本、津逮本、四庫本改。
⑤ "顏"，四庫本作"類"。
⑥ "楠"，原作"栅"，據津逮本、四庫本改。
⑦ "榦"，津逮本、四庫本作"斡"。

軒兮纍玉，鱗萬瓦兮游龍。高下髮直，左右翼從。西八東九，
金礫珉熔。平寫三山之景，坐移群玉之峰。喜洩洩兮樂融融，
入如遇兮出如逢。映斗杓而瞳曨，挹天漢兮春容。觀其巨鎮
在南，長江在東，前擁後顧，盤錯𡺾隆。占皇圖之奕奕，鬱
佳氣之葱葱。天海相際，造化溟濛。雕題貫脣，大褊胴朦。
尋撞戴斗兮航浮索援，皆馳驅而致恭。采肅慎之楛矢，職夷
黔之布賨。上則天目、於潛之山，鳳凰南北之巔，巉巖巇嶭，
窈窕回旋。狀群羽之集麓，若萬馬之奔川。海門之潮，滄溟
之淵，濠洶奔放，①勢如朝焉。皆足以小崤函而吞涇渭，等
河雒而隘隴岍。夫以此而駐蹕，實一制而萬全。然而不以爲
離宮，不以爲別宇，而獨以奉長樂之安，而爲承顏之所。故
能遠邁漢唐，夸歷三五，則雖兼天下之奉，極天下之貴，亦
人所樂而天所與也！凡臣所鋪翼而陳之者，尚可名言之也。
非比三吳之盛麗，九旂之容衛，六宮之深嚴，萬物之侈冶，
不足以隆一人之孝於無窮。於是俯而拜，仰而重曰：當乎法
駕言歸，宗祏生輝；千丈萬騎，如指如麾。備一時之盛禮，
慶萬國之洪禧。望閶闔兮瑞霏微，劃觚棱兮祥威蕤。馭嚴嚴
之玉輦，建颭颭之朱旗。華蓋效杠，天驥驂騑。②增日星之光
明，闐老幼之提携。千官之班兮鴛鷺，兆民之欣兮嬰慕。喜

---

① "放"，原作"於"，據津逮本、四庫本改。
② "騑"，原作"非"，據四庫本改。

憭動於堪輿，澤周流於道路。樂極者或至於抃躍，感深者爭先於馳鶩。沈瀯晏然兮屏翳收風，靈夔不興兮豐隆霽怒。雙闕敞兮如升，萬室昂兮如訴。若乃萬壽誕日之辰，一人會朝之際。濟濟峨峨，群臣在位，皆輔臯而弼夔，過房、杜兮丙、魏。奉玉卮兮瓊甕，展采儀兮文陛。皇帝躬蹈事親之美，以獨高于萬世。進退禮樂，抑崇下貴。隆帝業兮億載歡，祝聖人兮千萬歲。然後敷茲睿化，遍于中下。尊卑模範兮盈里閭，膏澤滲漉兮盛王霸。工在衢，士在朝，而農在野。百度修明，萬幾間暇；無有遐遺，睦如姻婭。四海安若覆盂，九有基如太華。

於是有客相謂曰：子聞今日之盛事歟？曰：然。嘻爲堯舜，神人以和；運紹五帝，獄訟謳歌。但無爲而已矣，於致養以云何？豈若我皇躬勤儉之資，恢隆平之時，約己以奉太母之訓，致美以化群黎之爲，端壹心而應感，斥衆異之盰睢，焕爛方册，照溢書詩哉！且客聞歷代之制乎？土階之卑，不免乎儉固；雕椽之飾，不免乎驕奢。魯夸靈光，而但述土木之巧；魏稱景福，而徒爲制作之華。俱游觀之是云，奚文辭之足誇？又豈若我皇綏定邦家，以成孝道，允邵義、娟哉！且上棟下宇，聖人所取也；至德要道，聖人之孝也。作於楚室，① 能修泮宫，諸侯之功也。與其論諸侯，曷若言聖道？

---

① "於"，原作"可"，據四庫本改。津逮本作"于"。

與其言雄壯，曷若言聖德？明明我宋，得天下之統。蒸哉祖宗，膺器之重，殆二百年，休聲無壅。下之所奉者惟君，上之所承者惟親。當君享九重之實，而親安萬乘之尊。蓋匹夫之孝，曾、閔所難，不足以言。惟據域中之大，饗天下之養，然後爲重也。已析而合，既失而得，然後爲喜之至也！曠古所無，一旦在己；漢唐所恨，自我而得。凡是數者，兼而有之，不特爲四方之賀，又將爲萬世之光寵也。今是殿也，不奢不陋，不高不卑，合禮之界，與天下齊。以是爲固，鞏於鼎籩；以是爲寶，保若山溪。雖廣八荒而爲城，開溟渤而爲池，倚圓天而爲蓋，立棟梁於四維，亦奚有宜乎！

於是再拜而歌曰：蒼蒼高旻，覆下民兮。與物爲春，澤無垠兮。一人孝至，通帝意兮。金石可開，不可移兮。上下合契，定大議兮。法駕六駿，言還歸兮。敕以慈寧，爲殿名兮。厥功告成，百室盈兮。居之克安，若石磐兮。四方瞻觀，化益寬兮。天人合應，助其證兮。光啓中興，祖武繩兮。紹復大運，法堯舜兮。旋澤曲軫，翕然順兮。孝道克全，鑑上天兮。壽祿萬年，其永延兮。聖人孝兮，感人深。責成賢輔兮，雋功克忱。廣殿軒軒兮，巨廈深沉。晨昏之養兮，萬乘親臨。財豐俗阜兮，寫于薰琴。百姓克愛兮，諸侯克欽。亙萬國兮，得其歡心。宮殿之制，已陳之矣；天子之孝，既備述矣；四方之心，見於斯矣。口軟字碎，其言卑矣；欲昭聖孝，永無極矣；日月爲字，天爲卑矣！

許顗彦周跋云："王仲信此賦，如河決泉涌，沛乎莫之能禦也。天資辭源之壯，蓋未之見。昔柳柳州云：'辨如孟軻，淵如莊周，壯如李斯，明如賈誼，哀如屈原，專如揚雄。'柳州論之古人，以一字到，今不可移易。願吾仲信，兼用六語，而加意於莊、屈，當與古人並驅而爭先矣！"伯氏天才既高，輔以承家之學，經術文章，超邁今古；真草篆隸，沈著痛快；天文地理，星官曆翁之所嘆伏；肘後卜筮，三乘九流，無不玄解；丹青之妙，模寫烟雲，落筆人藏以爲寶。奏賦之時，與范志能成大詔俱赴南宮。① 其後志能登第，名位震耀，而伯父坎壈以終。興言流涕。如昔人《二老歸西伯賦》云：② 一爲尚父，一爲餓者。雖升沈之不同，其趣一也。

90. 蔡元長元符末間居錢塘，無懪中，春時往雪川游郊外慈感寺。寺僧新建一堂，頗偉勝，元長即拈筆題云"超覽堂"。適有一客在坐，自云能相字，起賀云："以字占之，'走''召''人''見'，而'臣'字旁觀如'月'，'四'字居中，當在初夏。"已而果然。

91. 蔡元度娶荊公之女，封福國夫人。止一子，子因仍是也。談天者多言其壽命不永，元度夫婦憂之。一日，盡呼術者之有名如林開之徒集于家，相與決其疑，云當止三十五

---

① "范志能"，《宋史》卷三八六《范成大傳》作："范成大，字致能。"
② "昔"，原作"音"，據津逮本、四庫本改。

歲。元度顧其室云：“吾夫婦老矣，可以放心，豈復見此逆境邪？”其後子因至乾道中壽八十而終。然其初以恩倖爲徽猷閣學士，靖康初，既蔡氏敗，例遭削奪，恰年三十五，蓋其祿盡之歲。繇是而知五行亦不可不信也。

92. 大觀丁亥，家祖守九江，夜登庾樓，遠望大江中燈焰明滅。[①] 坐客以爲漁火。家祖曰：“不然，是必爲奸者。”遣吏往捕之，頃刻而至，乃舟中盜鑄錢。其模如火甲狀，每出爐，則就水中蘸而取之焉。

93. 宣、政中，有兩地，早從王荆公學，以經術自任，全乏文采，自建業移帥維揚，臨發，作長短句題于賞心亭云：“爲愛金陵佳麗。乃分符來此。擁麾忽又向淮東，便咫尺，人千里。　畫鼓一聲催起。邦内人齊跪。江山有興我重來，斟別酒，休辭淚。”官中以碧紗籠之。後有輕薄子過其下，刮去“有”字，改作“没”字，“我”字易作“你”字。往來觀之，莫不啓齒。

94. 唐牛奇章《玄怪録》載：蕭至忠欲出獵，群獸求哀于山神云：“當令巽二起風，滕六致雨。”翌日風雨，蕭不復出郊。建炎中，金寇駐楚、泗間，時張、韓擁兵于高郵。虜誓于衆，整師大入。二將自料非其敵，深以爲怯。將欲交鋒之際，風雨大作，虜衆辟易散走，損折甚多，因遂奏凱。范

---

① “焰”，原作“熖”，據津逮本、四庫本改。

師厚直方，滑稽之雄也，爲參贊軍事，笑云：“焉知張七、韓五，乃得巽二、滕六力邪！”聞者爲之閧堂。

95. 鄭德象滋，晚守京口，怠於爲政。湯致遠鵬舉爲兩浙漕，宣言俟應辦虜使，至郡按治之。時秦會之當國，德象求援于秦。蓋宣和初，秦赴試南宮，鄭爲參詳官，其所取也。至是，湯別秦以行，秦云：“鄭德象久不通問，有少書信，煩爲提携達。”因面授之。湯視緘題云：“稟目申呈判府顯學侍郎先生，門下具位秦檜謹封。”湯得之，幡然而改，乃奏其治狀。遂移帥江東。

96. 靖康間，戎務方殷，有士子賈元孫者，多游大將之門，談兵騁辯，顧揖不暇，自稱賈機宜。時有甄陶者，奔走公卿之前，以善幹事，大夫多使令之，號甄保義。空青先生嘗戲以爲對云：“甄保義非真保義，賈機宜是假機宜。”翟公巽每誦之于廣坐以爲笑談。元孫，建炎龍飛，爲特奏名第一人。

97. 明清紹興壬午從外舅帥合肥。郡治前有四豐碑，屹然有樓基在焉。上云：“唐崔相國德政碑，李華文，張從申書。”天寶中所立也，詞翰俱妙。念欲摹打，是時大兵後，工匠皆逃避未歸。已而明清持牧貢造朝，私念復來必須償此志。繼而外舅易鎮京口。後十年，明清赴壽春幕，道出于彼，始再往訪之，則不復存。詢之，云：“前歲武帥郭振者，取以砌城矣。”大以悵然。悍卒無知，亦何足責，付之一嘆！

98. 明清去夏掃松山陰，郡齋中見王成之信所刊其寶藏《顏魯公墨帖》，自題其後，極爲夸大，固已訝其字畫不工；及觀其後有云"楊徽之、蘇易簡、張洎、錢易同觀于玉堂之署"，尤爲可疑，遂亟取玉堂題名及史册諸傳考之。楊文莊初未嘗入翰苑；雖蘇太簡自雍熙六年至淳化五年出入禁林十年，而錢希白以天聖四年方掌内制，距太簡之在院，[①] 相去凡隔四十五年；希白卒年五十五，是時方爲兒童，何緣而同造金坡邪？今春，高郵守張仲思顧寄以其家藏秦少游所臨《蘭亭》刻置黃堂墨本見遺，後少游題云："元豐二年八月書，時年五十九。"案，少游本傳及志銘云："以建中靖國元年卒，年五十三。"而《龍井題名》："元豐五年，三十六。"則又焉得元豐二年年五十九乎？二物皆贋甚明。繇是而知，凡入石跋識，不可不審也。

99. 紹興甲子歲，衢、婺大水，今首台余處恭未十歲，與里人共處一閣，凡數十輩在焉。閣被漂幾沈，空中有聲云："余端禮在内，當爲宰相，可令愛護之。"少選，一物如黿鼉，其長十數丈，來負其閣，達于平地，一閣之人皆得無它。又，三衢境内地名張步，溪中有石，里人號曰團石。有讖語云："團石圜，出狀元；團石仰，出宰相。"乙丑歲水涸，石忽如圜鏡。明年，劉文孺章魁天下。前歲大水，石乃側仰。

---

① "太"，原作"大"，據津逮本、四庫本改。

而去年余拜相。此與閩中"沙合南臺"蓋相似也。沈信叔說云。

《易》貴多識前言往行，《詩》貴多識鳥獸草木之名。至於多聞見，則欲守約而守卓；寡聞見，則曰無約而無卓。古人有取乎博洽者，於此可見。誠以寡陋之爲吾病不淺也。范武之問殽烝，籍談之忘司典，可以鑑矣。記《礼》有云："學然後知不足，教然後知困。知不足，然後能自反也；知困，然後能自強也。"世之旁搜廣采，貪多務得者，其亦以自反、自強者，有以加力於其先，故其知識聞見之多，日以博洽，自然人鮮得而企及。雪溪先生秉太史筆，諸子仲信、仲言，史學得之家傳，惟父子志趣高遠，學問器識率加於人一等，故所以自期者，夐然與衆不同。雖經史子集、傳記與夫九流百家、道釋之書，皆已饜飫，方且以爲未足，而又求所未聞，訪所未見，常有歉然不滿之意。兹泰、華所以不得不高，滇、渤所以不得不深也歟。不讁自幼服膺雪溪先生之名，恨不得摳衣趨隅在弟子列，所幸得從仲信、仲言游。仲信寓越之蕭寺，不讁以敝廬密邇，時一相過，未嘗不劇談終日，有補於茅塞爲多。仲言後居甥館于嘉禾，每興契闊之嘆。仲信著《京都歲時記》《廣古今同姓名録》；留心内典，作《補定水陸章句》；洞曉天文，作《新乾曜真形圖》。此皆平昔幸得以窺一斑者。不寧惟是，其發爲稗官小説，尤不碌碌。仲言著《投轄録》《清林詩話》《玉照新志》《揮塵録》。昆季之

所作，類皆出人意表，且學士大夫之所欲知者，益信夫父子
之博洽。雖名卿巨公，無不欽服敬慕，蓋有自來。遂初尤丈，
一時之鴻儒也，淹貫古今，罕見其比。一日，詢仲言以天臨
殿與南唐中主畫像，仲言詳陳本末，無一不符。遂初驚愕嘆
仰，以爲世不多得，至形諸公《送行泰倅詩》。擬欲告于上，
收置史館，不果。仲言又嘗剴切上封事。不譓因不自揆，以拙
句殿諸公後，有云"信史賒青簡，封章窒皂囊"者，以此。
《揮麈》所錄，尤仲言平日之用功深者。三復以觀，非志不
分、力不衰、加之歉然不滿者，朝夕于懷，未易得此。是不
可以無傳也。《前錄》先已刊行，《後錄》《餘話》，不譓備數
昭武日，仲言移書見委，顧淺見寡聞，亦欲以其素所未知者，
期天下之共知，是以喜而承命，因浣龍山張君得以繼之。若
夫博洽如仲言父子者，則勿以見誚可也。慶元庚申秋七月既
望，昭武假守浚儀趙不譓師厚父。

附録

一、津逮祕書本《揮麈前録》毛晉跋

余讀史至宋，每病其蕪蔓糜腐，輒爲掩卷。因搜洪容齋、姚令威諸家小說，梓而行之，以補其一二。既閱王仲言《揮麈録》，多載國史中未見事。昔武夷胡氏讀温公《通鑑》，喟然嘆曰：“若登喬岳，天宇澄徹。周顧四方，悉來獻狀。”蘇文忠公見曾公亮《英宗實録》，謂劉義仲云：“此書詞簡而事備，文古而意明，當爲國朝諸史之冠。”若王仲言，殆兼二老之長矣。茲録凡四卷，末載程可久、郭九惠二跋，李賢良一簡。其自跋云：“丘明、子長、班、范、陳壽之書，不經它手，故議論歸一。”真得史家三昧矣。虞山毛晉識。

二、津逮祕書本《揮麈後録》毛晉跋

雪溪公嘗著《國朝史述》。仲言，其仲子也。其祖授學於歐陽永叔之門，仲言又授學於李仁甫之門，不惟家傳史學三世，其師友淵源，蓋有自矣。前集中多載國朝巨典盛事，茲集十有一卷，法戒具見毫端。自稱“無一事一字無所從

412

來”，俾趙甡之竊婦翁張鑑書以爲己有者聞之，不慚惶無地
耶？虞山毛晉識。

三、津逮祕書本《揮麈第三録》毛晉跋

茲集凡三卷，記宋高宗東狩事甚詳。如劉希范責鄒志全
書、婁陟明上高宗書、秦會之諫議狀、王幼安草檄、曾空青
辯謗録云云，俱可備史官采擇。其餘閒情小趣，正所謂雞肋
之餘味爾。虞山毛晉識。

四、津逮祕書本《揮麈餘話》毛晉跋

茲集僅二卷，凡百則。末附浚儀趙師厚跋。雖載朝野事
迹，亦及詩文碑銘之類，先輩所謂麈譚之緒餘也。余讀《第
三録》中，如湯進之封慶國公，及王穎彦、錢穆記録云云，
俱補《前》《後録》所未備。傾仰前賢著述，其詳慎如此。
今讀其《餘話》所載李元叔上《廣汴賦》，未列其文，代爲
補之，云：

臣竊惟皇宋藝祖受命，奠都丁大梁，于今垂二百載。列
聖相承，增飾崇麗，煌煌乎天子之宅，棟宇以來，未之有也。
昔在元豐中，太學生周邦彦嘗草《汴都賦》奏御神考，遂托
國勢之重，傳播士林。然其所紀述，大率略而未備。若乃比
歲以來，宮室輪奐之美，禮樂聲容之華，則又有所未及。臣
愚不才，出入都城，十年于茲矣，耳目所聞見，亦粗得梗概，

輒鼓舞陰陽，以鳴國家之盛，因改前賦而推廣焉。始則本制
作之盛者，分方維而第之。中以帝室皇居之奧，任賢使能之
效，而終之以持守，冀備一覽之末。爲賦曰：有博古先生，
自下國而游上京，遇大梁公子于路，相與問答，傾蓋如故。
因縱言至於都邑，先生乃援古而證之曰："我聞在昔，受命帝
王，繼天而作，首定厥都，用植諸夏之根本，肇隆億載之規
模。若乃賁飾恢宏之美，概見於《書》；經營先後之次，備
載於《禮》。宅中圖大，則有姬公之明訓；權宜拓制，則自
蕭公而經始。余不敢高譚羲、皇，遠舉夏、商，試即周而陳
之。二華對峙，八川友注。① 襃斜、隴首之攸屆，函谷、二
殽之並據。此宗周所都，或假山河之險固，漢高因之而啓帝
祚焉。孟津後達，大谷前通。導以伊、洛、瀍、澗之澤，控
以成皋、廣武之沖。此成周所都，適當天地之正中，光武因
之而成帝功焉。畢、昴之次，河、冀之津，風俗漸乎虞、夏，
疆域連乎齊、秦。魏都之爽塏，信無倫也。衡岳鎮野，龍川
帝坰。列戈船于三江，儲戎車于石城。吳都之雄壯，信足稱
也。接壤邛、莋，通商滇、僰。地蕃竹木之產，民厭稻魚之
食。蜀都之富饒，信無敵也。凡茲都邑之盛，實儷美而爭雄。
旁睨而論，雖辯若炙輠，繼日而莫能窮。"公子聞之，始若愕
眙，已而哂曰："先生於古誠博矣，孰若我目睹汴都之偉觀

① "友"，宋王明清《玉照新志》（四庫全書本）作"同"。

乎？顧其所以設險，則道德之藩，仁義之垣，豈獨依于山川？所以建中，則皇極在上，九疇咸若，豈必宅于河、雒？其爽塏也，有如上帝清都，神人五城，軼人寰之塵壒，極天下之高明；其雄壯也，有如勾陳羽林，天兵四拱，威震則萬物伏，怒刑則四夷竦；其富饒也，有如海含地負，深厚莫測，追魚麗之盛多，邁騶虞之蕃殖。彼兩漢之雜霸，雖仍乎周家之舊墟，三國之鼎峙，雖臨乎一方之都會，舉而論之於今日，正猶拳石涓水，欲與五岳四瀆之比擬，所謂談何容易！”先生曰：“余生長太平和氣中，亦既有日，而處於蓬茨之下，無有游觀廣覽之益。驟來神州，恍然自失。目雖駭乎閭庭樓觀之麗，而未悉其制作之意；耳雖熟乎聲明文物之英，而未究其禮樂之情。子年在英妙，博聞強記，幸爲我索言之。”公子曰：“僕實不敏，切聞先進有言：昔自唐室不競，王綱浸弛，陵夷五季，紛綸四紀。上帝憫斯民之塗炭，眷求一人，作之君師。肆我藝祖，應天順人，出御昌期。若時衆大之居，實古大梁之域。在漢則郡以陳留而命名，在唐則軍以宣武而分額。考其地望，雖卓犖乎諸夏，而川流休氣，猶盤礴而鬱積。時乎有待，世孰能測？洎梁祖之有作，始建都而畫坏。匪梁人之能謀，天實啓之。匪天私于有梁，實兆宋基。觀夫分野之次舍，則房心騰其輝，實沉寄其曜。仰星躔之有赫，直皇居而久照。察夫土脈之豐衍，則高者磊砢，下者墳壚，廓陂陀之塏澤，極灌溉之膏腴。語地形之高兮，則自泗而西，涉川上,① 歷澱陽,② 遂東至于通津。岡阜隱轔,烟雲飛屯,其上鬱律,勢與天連。語汴渠之駛分,則自鞏而東,達時門,抵宣澤,障洪河之濁流,導温、洛之和液。中貫都城,偃若雲霓,溯湍悍而不窮,上接雲漢之無倪。語雉堞之固,則偉拔金鏞,繚以湯池,仰憲太微之象,屹臨赤縣之畿。語郊闉之壯,則密拱中宸,高映四野,揭華榜以干霄,謹嚴更而警夜。維是都之建也,雖自於梁,逮藝祖而始興,至太宗而浸昌。③ 列聖相承,洎于今日。當國家之閒暇,肆乘時而增葺。遂跨三都,越兩京,擬二周而抗衡。數其南則神霄之府,上膺南極,偉殊祥之創見,恍微妙之難測。歲在丁酉,大闡真機,用端命于玉帝,而彰信于群黎。爰設定命之符,妙以蟲魚之篆。繼乾元之用九,參八寶而垂範,乃嚴像設,祗奉茲宮。儼一殿以居上,總諸天而位中,靈妃上嬪列于西,④ 仙伯天輔列于東。諤諤群卿,峨冠景從。往往名在丹臺,而身爲世輔。像圖孔肖,後先攸序。闢金堂,啓玉室,駭寶輪之飛動,森鸞仗之紛飾。其側乃有元命之殿,實總位于衆福。本始載叶,藏禮惟穆。馨華封請祝之誠,效天保無疆之卜。

---

① "川",原作"用",據《御定歷代賦彙》本改。"涉川上",《玉照新志》本作"周之罘"。

② "歷",原作"瀝",據《御定歷代賦彙》本改。

③ "太",原作"高",據《玉照新志》本改。

④ "妃",原作"地",據《玉照新志》本改。

若其陽德之建，咸秩火神。於赫熒惑，厥位惟尊。次曰大火，時謂大辰。配曰閼伯，以序而陳。原夫帝業之創自於宋地，蓋乘是德而王天下。飾之靈鈺，赤文婀娜；舉以示衆，遂定區夏。豈必赤伏合信於鄗南之亭？豈必神母告符於豐西之夜？主上承紀，奉祀致嚴。審辰出戍入之度，有視慈禮明之占。遂維五帝之象夏，體重離而面南，諧祉聲于樂府，驗朱草于靈篇。火得其性，景覼昭然。瞻彼煌煌，位在南端。歷太微以受制，避心星而載還，相我昌運於千萬年。出南薰，望泰壇，隱若天高，渾若天圓。欽紫于茲，僉曰稱焉。先是，有司循國舊貫，明宮齋廬，悉取繒縵，後洎紹聖，端誠攸建，精意孔昭，禮文彌粲。主上改元之初載，辛巳長至，始親郊見。逮至癸巳之歲，蓋四舉茲禮矣。申敕春官，益嚴祀事。於是規法三代，祭器肇新。躬秉元圭，天道是循。百官顯相，齋戒惟寅。帝登玉輅，皐衢載遵。已而日景晏溫，天真降臨，衣冠幢節之輝映，彩仗鑾輅之參差。豈徒若見於渭陽，而接拜於交門？仰重瞳之四矚，聳群目而動心。乃闢琳館，揭號迎真，用伸昭報，以福斯民。度玉津，抵天田，工者之藉，厥畝惟千。上春展事，務崇吉蠲。于時農祥晨正，東作是先。載黛耜于玉輅，敞雲幄于紺壇。蔥犧馴服于廣阼之側，青旗晻霭於黃麾之間。帝御思文，飭躬禱，專屈帝尊以秉耒，動天步而降軒。三推告畢，貴賤以班。遂播青箱之嘉種，以成高廩之豐年。然後穋之稑稑，瑞禾是導，郊廟明堂之大享，

417

親奉粢盛以致告。豈惟率天下之農而敦本？蓋時勸天下之養而致孝。層臺岩嶤，上觀昭回，① 厥基孔固，下鎮地維。儀象一新，於焉具設。上下互映，俯仰並察。天體斯著，辰曜斯列。鰲雲上承，金虹四匝。璿璣玉衡之制，兼馮相、保章之法。陋靈臺銅渾之規，斥周髀、宣夜之說。于以觀星，則進退伏見，不失于正；于以觀雲，則分至啓閉，各得其應；以候鍾律，則清濁之均協；以候晷景，則長短之度稱。遂與天地合其德，日月合其明，休徵既效，叢祥並膺。至若秘書之建，典籍是藏，法西崑之玉府，萃東壁之靈光。凡微言大義之淵源，秘籙幽經之浩博，貫九流，包七略，四部星分，萬卷綺錯。犀軸牙籤，輝燿有爍；金匱石室，載嚴封鑰。或資討論，則分隷于三館；或備奏御，則會粹于秘閣。以至字畫所傳，則妙極六書，巧窮八體，有龜文鳥迹之象，有鳳翥龍騰之勢。真偽既辨，衆美斯備。圖畫所載，② 則三祖餘範，七聖妙迹，睹名馬於曹、③ 韓，覽古松於韋、畢。繄絶藝之入神，駭衆觀而動色。肇建古文，宏琕豐敞，擇一時之英髦，命於焉而涵養。天下歆艷，不啻登瀛洲而隱藏室。名卿巨公，由此塗出。若夫龍津所在，大闢賢關，作庇寒士，今逾百年。

---

① "層臺岩嶤，上觀昭回"，"層臺""上觀"原脱，《御定歷代賦彙》卷三四所録宋李長民《廣汴賦》作"層臺岩嶤，上觀昭回"，據補。

② "畫"，《玉照新志》本作"書"。

③ "睹"，原作"則"，據《玉照新志》本改。

勒豐碑以正文字之訛，建華構以閣載籍之傳。①其中則鼎新大成之庭，寅奉宣聖之祀，象肖尼山，制侔闕里。其配享也，惟顏、孟之亞聖；其從祀也，多鄒、魯之儒士。儼威儀之若存，肅衣裳而有偉。至於庠序學校之教也，首善于京。自熙、豐始，乃詳備講説，謹課誦，規繩以勵其行，舍選以作其氣，發揮詩書之奧，頓革聲律之敝。爾乃采芑新田，育莪中沚。人材於此乎輩出，聖道因之而不墜。其西則由建原廟，近仿元豐，伻圖程度，罔或不同。朱甍相望而特起，縹垣對峙而比崇。界以馳道之廣，臨乎魏闕之雄。祥烟瑞靄，焕爛蒙籠。大明以奉神考，重光以奉哲宗。父子之親彌篤，兄弟之義彌隆。届四孟之改律，感節物於春冬。愴衣冠之出游，軫羹牆於帝衷。既進祠於東宫之七殿，御潔誠以致恭；想晬容之如在，備享獻而肅雍。參以時王之禮，肆浸盛乎威容。飭兹惟謹，稽首拜顋。牙盤或薦，玉饌惟充。有飶其香，齋誠默通。顧靈心之響荅，宜福祚之延洪。乃若中臺所寄，衆務泉藪。象應乎文昌，運侔乎北斗。四方利害，於是乎上達；二省政令，於是乎下究。爰即西南沆爽之所，度宏基而易舊。太社爲之嚮，西掖直其後。形勝潭潭，不侈不陋。列屋前分，是爲六部。自吏泊刑位于左，自户泊工位于右。②公庭肅若，

---

① "閣"，《玉照新志》本作"藏"。
② "工"，原作"刑"，據《玉照新志》本改。

百吏輻輳。於是糾以虞、舜黜陟之公，輔以周公訓迪之悉。
黠胥不能措其奸，慢吏不能逃其責。秩秩乎天地四時之聯，
各率屬而分職。有倫有要，有典有則。用能效臂指之相應，
總紀綱而並飭。至如天府之雄，統以京尹。民物浩穰於三輔
之墟，聚邑列布于千里之畛。風俗樞機，教化原本。當府庭
之既徙，肇分曹而務謹。職業斯勵，名實斯允。爰擇撥煩之
才，俾長治于爾寮。南司之俗，坐革循訟之積弊；原廟之近，
人無箠楚之喧囂。遭承平之日久，匪彈壓之是務。皇仁如天，
萬物覆露。矧茲輦轂之下，日薰陶而饜飫。不得已而用刑，
每哀矜於桁楊。日無滯訟，歲無留獄。貫索之象既虛，圜扉
之草斯鞠。巍巍乎帝王之極功，頌聲作而民和睦。爾乃背宜
秋，出城阿，神池靈沼，相直匪賖。象苑囿之非一，聚眾芳
而駢羅。神木千歲而不凋，仙卉四時而常花。宗生族茂，厥
類實多。當青鳥之司扉，開條風之妍暖，命嗇夫而啟禁，縱
都人而游覽。吾皇踐阼之五載，六飛始御於苑門。蓋將順民
心之所樂，達餘陽於暮春。指金明而駐蹕，觀曼衍之星陳。
蘭橈飛動，彩仗繽紛。帝曰斯樂，予何敢專？遂踐瓊林，宴
寶津，零湛露於九重，均褉飲于群臣。先朝之遵故事，張大
侯以示民。于以戒不虞於平世，勵武志而彌勤。其北則營壇
再成，宣爲方丘。佇柔祇之歆饗，故神輿之是侔。考一代合
祭之失，實千載循襲之尤。敦牂比至，曠典聿修。帝躬臨乎
澤中，即陰位而類求。配以烈祖之尊，侑以岳瀆之儔。乃奠

黄琮，震于神休；乃奏函中，格彼至幽。澄宿氛而不雨，暢
叶氣以橫流。顧瞻空際，密邇靈斿。有持戈者，有執戟者；
有質若獸者，有喙若鳥者。地之百靈秘怪，感帝德而來游。
景光爲之燭曜，祥雲爲之飛浮。侍衛駭愕，莫測其由。衷時
之對，上軌成周。豈若漢祠后皇，徒歌乎物發冀州？至其棣
蕚之庭建，蓋示優於同氣。主上欽承永泰之基，益隆則友之
義。兢兢業業，欲偕追述之志，永紹裕陵，垂法萬世。載因
心以撫存，肆匹休於棠棣。爵以眞王之封，陟以上公之位。
褒以兩鎮之節，厚以三錢之賜。俾遂安其居宇，咸克保乎富
貴。何愧建初歲入之豐也！每歲時之衍樂，儼雁齒而密侍。
和樂且湛，靡拘堂陛。笑言之適無間，勸侑之勤有繼。飲酒
之飫，既翕既醉，何愧花蕚之盛也！乙未之春，龍翔效瑞，
鶺鴒來集，[①] 數以萬計。嘉首尾之胥應，感昆弟之是類。洒
宸翰以體物，用闡明乎至意。若乃帝假有家，明内齊外，自
天申命，本支昌熾。考祥羆之應夢，演慶源而毓粹。藹螽斯
蟄蟄之衆，假樂皇皇之懿。受祉而施于子，既俟乎周王；多
男而授之職，又合乎堯帝。肇正元嗣于春宫，申眷後王而加
惠。冠禮荐行，三加攸次。詔以成人之道，載隆出閣之制。
卜吉壤以圖居，惟宫隅之是邇。襮蕃衍之美名，彰我家之盛
事；顧起處之獲寧，信皇慈之曲被。於此賓師友，簡僚吏，

①　"鶺鴒"，原作"脊令"，據《玉照新志》本改。

習禮節，講儒藝，日奉朝著，克勤無怠。拳拳乎上承忠孝之
訓，而臣子之義備。至若宗正著録，枝派實繁，上及曾高，
下及曾玄，分宅廣睦，恩義兩敦。第族屬之疏戚，班秩禄以
惟均。遠則襃崇藝祖之胄，近則加厚濮邸之孫。配天其澤，
同姓悉沾。歌《湛露》，咏《行葦》，戒《杕杜》，鄙《葛
藟》，考親親於《伐木》，繼振振於《麟趾》。於赫帝命，屬
籍是典。皇宗取則，率遵繩檢。歲月薰陶，朝夕漸染，蠵蠵
賓興之才，擢儒科而登仕版。時則有清靜如辟彊，忠精如更
生，文若東阿，勇若任城，莫不激昂自奮，騰實飛聲。於是
參親疏而兩用，冀羽儀于王國，遂壯周家之藩屏，固漢宗之
磐石。若夫由朱雀以縱觀，下天漢而比望，千門萬户，併將
有伉。言觀其陽，則仍宣德之舊稱，定五門而改創。其始也
憲姘觟，摹大壯，揀吉日，命大匠。庶民子來，則靡煩於聲
鼓；瑰材山積，則又疑於神貺。其上則藻色麗乎方井，雲氣
萃乎修楣。躍水波乎柏棟，列繡文于蘭栭。罔不隨色象類，
因木生姿，窮奇極妙，豈人能爲！若有鬼神異物，陰來相之。
其旁則檐牙高張，欄楯周布。往往雕鸞刻鳳，盤獸伏虎。或
連拳欲立，或猛據若怒，或奮翼東厢，或圈首西序。殊形詭
制，見者内怖。于以自中夏而布德，總八方而爲極。披路三
條，則楗柢森以相連；立觀兩隅，則罘罳儼以並飾。善頌落
成，上下用懌。言觀其陰，則嶢嶢北闕，時謂景龍。於焉采
民謡，於焉觀民風。閱夫闤闠，則九市之富，百廛之雄，越

商海賈，朝盈夕充。乃有犀象珠玉之珍，刀布泉貨之通，冠帶衣履之巧，魚鹽果蓏之豐。懋遷化居，射利無窮。覽夫康衢，則四通五達，連騎方軌。青槐夏蔭，紅塵晝塪。① 乃有天姬之館，后戚之里，公卿大臣之府，王侯將相之第，扶宮夾道，若北辰之藩衛。太平既久，民俗熙熙。徒觀夫仙倡效伎，佷童逞材，或尋橦走索，戲豹舞羆，則觀者爲之目眩；或鏗金擊石，吹竹彈絲，則聽者爲之意迷。亦有蜀中清醥，洛下黃醅，蒲萄泛觴，竹葉傾罍，羌既醉而飽德，謂帝力何有於我哉！瞻彼艮維，肇崇琳闕。始真天祥，旷分彪列。妙道由是聿興，至教於是旁達。辛卯之夢既符，壬辰之運斯協。外則立仁濟、輔正之亭，行玉笥考召之法。博施於民，俾絶夭閼。神符一出，群邪四譬；鹹毒治病，功深效捷。內則艮岳屹以神秀，介亭嶝以巉巚。天人交際之夕，清供於此備設。俄而玉罦自傾，寶劍如掣。駭雷霆之轟轟，靈圉下兮雜遝。逮夫應鍾紀律，里社開祥。凡預臣子之列，欲傾頌禱之誠。即茲宮以效報，期萬壽之無疆。于時演大梵希夷之旨，諷太玄空洞之經。遂頒秘錄，八百聯名。猗彼乾維，龍德是營。地直天奧，上鬱化清。有崗連嶺屬之勢，有龍盤虎踞之形。儲休發祥，繫我聖明。惟崇飾之彌麗，正土木之夸矜。蓋示不忘其所自，爲萬世之式程。彼漢之代邸，既瑣瑣焉；唐之

---

① "晝"，原作"畫"，《御定歷代賦彙》作"晝"，據改。

興慶，又奚足稱！爰有瑤池波湛，翠水淵渟。峨方壺，起蓬瀛。大君戾止，廣殿歡騰。九奏備，八佾成。凡左右侍宴者，恍若躡神山而游紫清。戊戌之冬，太乙次于黃秘之廷，其位在西北，則臨乎是宮之地。於辰爲閹茂，① 適契于元命之晶。詔鳩工以基迹，用揭虔而妥靈。十神載別，五福來寧。至於端闈之内，大慶耽耽，路寢斯在。有大符貺，於此乎躬受；有大祭祀，於此而齋戒。日精東承，月華西對。重軒三階，翕赩動彩。左城右平，相與映帶。睠靈光猶培塿，晞景福之叢芮。春王三月，履端匪懈。庭燎有光，禁漏斯艾。供張既盛，法物咸萃。乃建招搖，欻以環合，蒲牢發乎輕蓋。正宁當陽，天極是配。九賓星拱，垂紳委佩。樂奏乾安，間以韓輈。上公薦壽，捧觴跪拜。天子萬世，兆民永賴。其左則合宮之制，高出百王。上圓下方，法象乎天地。九筵五室，經緯乎陰陽。旋四序之和於四阿，達八風之氣於八窗。淵衷默定，聖畫允藏。重屋告成，光我家邦。于以饗帝而饗親，則日卜上辛，時丁肅霜。樂調闛鍾，享維牛羊。爰熙太室，恭薦馨香。肆推尊于神考，用嚴配于上蒼。于以視朔而布政，則春朝青陽，秋覲總章，冬遇平朔，夏宗明堂。玉册以極其變，内經以考其常。欽授于人，遂正天綱。其右則徽調之閣，凝嚴密靜，神鼎内藏。天所保定，俾郟鄏之永固，笑甘泉之

---

① "閹"，原作"掩"，據《玉照新志》本改。

匪稱。其始禱也，窮制作之妙於繫表，得隱逸之士於草茆。一鑄而就，光應孔昭。其始定也，夜出九成，不吳不敖；龍變光潤，氣明烟銷。惟鼎鼐之重，作鎮神皋。數極九變，象該六爻；屹然中峙，增崇廟朝。曰蒼曰彤，以奠齊、楚之域；曰晶曰寶，以奠秦、趙之郊。有位東南、有位西南者，有位東北、有位西北者，分方命祭，罔或不調。宜乎卜世卜年，過於周歷，永保茲器，與天無極。至其內朝，則祥曦、延和，清穆顧問，親臣侍列，禁衛彌慶。治朝則紫宸、垂拱，丹青有煥，一日萬機，此焉聽斷。厥或進拜將相，號令華夷。爰即文德，播告惟宜。燕樂群臣，詳延多士。乃御集英，以時蔵事。又有龍圖、天章、寶文、顯謨，以洎徽猷，五閣渠渠，奉祖宗之彝訓，示子孫之楷模。言追盤誥，道契圖書。繫秘藏之靡怠，仰聖孝之如初。次則東西分臺，政事所會。始撰而議，則可否有蓍龜之決；既審而行，則出納擅喉舌之寄。于以斡旋鈞軸，輔成至治。其在西樞，掌武之庭，則有將印之重，軍符之嚴。爾乃運籌帷幄之中，折沖樽俎之間。爰戢五兵，坐鎮百蠻。其在翰苑摛文之地，則惟密旨是承，德意是導。爾乃覃恩潤色，追風渾灝。遂繼東里之才，允符內相之號。乃若天子燕息之所也，宣和秘殿，翬飛趺翼。憲睿思之始謀，因紹聖之故迹。凝芳瓊蘭，重熙環碧。輪焉奐焉，光動兩側。聽政之暇，來游來息，搜古制於鼎彝，縱多能於翰墨。致一凝神，優入聖域。爰命邇臣，於焉寓直。馨啓沃之丹誠，庶密效乎裨益。申紹紀元，昭示萬億。視彼元狩、元鼎、神爵、五鳳之號，詎能專美於史册？至如后妃親蠶之所也，延福邃深，有嚴金鋪。當春日之載陽，率六宮而與俱。懿筐既飾，柔桑既敷。鞠衣東嚮，三采躕躇。風戾川浴，地溫氣舒。然後龍精報既，瑞繭紛如。五色之絲，允侔乎東海；八蠶之綿，倍富於吳都。爰獻天子，祭服所須。由此率先天下，則無斁之化，斯並美於《關雎》。以至掖門曲榭之奧，周廬徼道之蕭；長廊廣廡之連延，珍臺閒館之重複。倬然在列，旋題輝映。雖使廣延墨客，衆集畫史，曷足以紀茲區宇之盛！"先生聞而稱贊曰："汴都之美，其若是乎！抑何修何飾而臻此乎？"公子曰："主上以神明資財，受天眷命，爲天下君。其所以圖回宰制，獨運蠖濩之中者，愚不得而測也。切仰廟堂之所先務者，任賢使能而已。試爲子陳之。若夫十室之邑，必有忠信；天下至廣，豈曰乏才？觀夫燕、趙、汝、潁之奇，勾吳平越之秀，兩蜀文雅，三齊質厚，以至關東舊相之家，山西名將之冑，感會風雲，雜然入彀。矧茲神聖之都，是爲英俊之躔。元精於此回復，間氣於此蜿蜒。以言乎儒風，則長者之稱，自漢而著；以言乎世族，則文士之盛，自晉而傳。隱逸有夷門之操，文章出澠淪之間。帝賫岳降，運符半千。商弼周翰，接武差肩。陋七相、五公之紱冕，邁杜陵、韋曲之衣冠。譬猶倛儡權奇，素多於冀野；璵璠結綠，自富於荊山。上乃以道觀能，兼收並取。明明在公，濟濟列布。同寅協恭，相與修輔。故得朝廷清明，紀綱振舉，威武紛紜，聲教布濩。東漸鴨綠，南洎銅柱；深極沙漠，遠逾羌虜。陸讋水懷，奔走來慕。雕題、交趾，左衽辮髮之俗，願襲於華風；金革玉璞，犀株象齒之貢，願獻于御府。于斯時也，治定而五禮具焉。則采周官之儀物，稽曲臺之典故。考吉禮、嘉禮之義，正昏禮、冠禮之序。車輿旂常，衣冠服制，職在太常，各有攸叙。功成而六樂舉焉，則詔后夔辨舞行，命伶倫定律呂。法太始五運之先，諧中正五均之度。笙鏞鞉磬，琴瑟柷敔，職在大晟，各有攸部。衆制備，群音叶，天地應，神人悦。修貢效珍，應圖合牒。上則膏露降，德星明，祥風至，甘雨零；下則嘉禾興，朱草生，醴泉流，濁河清。一角五趾之獸，爲時而出；殊本連理之木，感氣而榮。嘉林六目之龜，來游於沼；芝田千歲之鶴，下集于庭。期應召至，不可殫形。是宜登泰山，躡梁甫，泥金撿玉，誕揚丕矩。奏功皇天，登二咸五。[1] 上猶謙挹而未俞也。於是親事法宮之中，齋心大庭之館，思所以持盈守成，垂萬世之彝憲。躬執道樞，卓然獨斷。仰以順天時，俯以從人願。規模則惟寧人之指是循，政事則惟元豐所行是纘。其在官也，絶僥倖之路，汰冗濫之員。奉詔者戒於倚法，治民者戒於爲奸。其在士也，納讜言於群試，復科舉於四遠。保桑梓者，遂孝養之心；在

---

① "登"，原作"𨕞"，據《玉照新志》本改。

流寓者，獲游學之便。其在民也，除苛濫之科，蠲不急之務。農人服田以效力穡之勤，父老扶杖以聽詔書之布。將使四海之内，反朴還淳，背僞棄末，皞皞乎太古之風，各安居而樂業。”先生聞之，嘆美不暇，乃謂公子曰：“今日治效如此，正臣子歌功頌德之秋也。固惟疏遠之踪，名不通於朝籍，雖欲抽思騁辭，作爲聲詩，少述區區之志。君門九重，難以自達，則乙夜之覽，何敢冀哉？”因擊節而歌曰：“麗哉神聖位九重，仁天普被四海同。曠然丕變還淳風，金革不用圉圄空。千齡亨運今適逢，下七制，卑三宗。微臣鼓腹康衢中，日逐兒童歌帝功。”歌畢，振衣而去。公子遂述其事而理之，以總一賦之義焉。理曰：“赫赫皇宋，乘火德兮。奠都大梁，作民極兮。一祖六宗，世增飾兮。光明神麗，觀萬國兮。穆穆大君，天所予兮。粤自叢霄，履帝位兮。體道用神，妙莫名兮。立政造事，亶有成兮。金鼎奠邦，神奸讋兮。玉鎮定命，垂奕葉兮。天地並應，符瑞著兮。應圖合牒，千百祀兮。坐以受之，開明堂兮。三靈悦豫，頌聲興兮。元臣碩輔，侍帝旁兮。相與弼亮，守太平兮。運丁壬辰，化道行兮。己酉復元，寶曆昌兮。天子萬年，躬在宥兮。斯民永賴，躋仁壽兮。”李元叔，名長民。虞山毛晋識。

五、四庫全書本《揮麈録》紀昀等《揮麈録提要》

臣等謹案，《揮麈前録》四卷、《後録》十一卷、《三録》

三卷、《餘話》二卷，並宋王明清撰。明清字仲言，汝陰人，慶元中寓居嘉興。《書録解題》稱其官曰朝請大夫，《宋詩紀事》則曰泰州倅，未詳孰是也。是編皆其札記之文。《前録》爲乾道丙戌奉親會稽時所紀，多國史中未見事。《後録》爲紹熙甲寅武林官舍中所紀，《三録》爲慶元初年請外時所紀，於高宗東狩事獨詳。《餘話》兼及詩文碑銘，補前三録所未備。晁公武《讀書志》云“總二十三卷”，今止二十卷。《文獻通考》云“《前録》三卷”，今四卷。《後録》自跋云“釐爲六卷”，今多五卷。蓋久經後人分併，故卷帙不齊如此。明清爲王銍之子、曾紆之外孫。紆爲曾布第十子，故是録於布多溢美。其記王安石歿，有神人幢蓋來迎，而于米芾極其醜詆，尤不免軒輊之詞。趙彥衛《雲麓漫抄》嘗議其載張耆宴侍從諸臣事爲不近事理，王士禎《古夫于亭雜録》亦議其載歲祀黃巢墓事爲不經之談。然明清爲中原舊族，多識舊聞，要其所載，較委巷流傳之小説，終有依據也。乾隆四十六年二月恭校上。總纂官臣紀昀、臣陸錫熊、臣孫士毅，總校官臣陸費墀。

六、余嘉錫《四庫提要辨證》

《揮塵前録》四卷、《後録》十一卷、《第三録》三卷、《餘話》二卷

宋王明清撰。明清字仲言，汝陰人，慶元中寓居嘉興。

《書録解題》稱其官曰朝請大夫，《宋詩紀事》則曰泰州倅，未詳孰是也。《前録》爲乾道丙戌奉親會稽時所紀，末附沙隨程迥、臨汝郭九惪二跋，李垕一簡，及慶元二年實録院移取《揮麈録》牒文二道。

　　嘉錫案，《書録解題》及《宋詩紀事》皆是也。錢大昕《養新録》卷十四云：“王明清《揮麈録》，世所傳者，常熟毛氏《津逮祕書》本。予嘗見宋刻殘本，僅《後録》首兩卷及《第三録》三卷耳。卷首題朝請大夫主管台州崇道觀王明清姓名。按，今《四部叢刊續編》所印影宋本，與此同。又有慶元元年按，提要作二年者誤。實録院移泰州牒二道，並云‘訪聞泰州通判王明清有《揮麈前》《後録》’按，津逮本亦有此牒。而不及《第三録》者，據明清自述，《前録》乾道丙戌奉親會稽日作，《後録》紹熙癸丑官都下作，《三録》慶元改元，吳陵官舍作。吳陵即泰州也，甫經脱稿，尚未流傳都下，故公牒未之及耳。《前録》言紹興丙辰明清甫十歲，計其生年，當在建炎元年丁未，至慶元乙卯倅泰州，年已六十九矣。朝請大夫，蓋其所終之官。享年若干，則無從考也。”《四庫》本既有實録館牒，《提要》何以不知其曾爲泰州通判？又《津逮》本卷首雖不署銜，然《前録》李垕簡後尚有明清自跋，亦署“朝請大夫主管台州崇道觀”。影宋本同。則明清兩官，俱見書中，而《提要》不能決其孰是，豈《四庫》本佚去此跋耶？勞格《讀書雜識》卷十一云：“《南澗甲乙稿》二十一《方公滋墓志銘》：‘次女適安豐軍判官王明清。’《玉照新志》四：‘紹熙癸丑，明清任簽書寧國軍節度判官。’《攻媿集》百六《參議方君導墓志銘》：‘新浙西參議官王明清娶君之女弟。原注云：嘉泰二年。’”今以錢氏、勞氏之説考之，本書蓋乾道丙戌明清年四十歲，作《前録》于會稽；淳熙乙巳年五十九，以朝請大夫主管台州崇道觀，自爲之跋；紹熙癸丑任寧國軍節度判官，其明年甲寅年六十八，作《後録》于武林；《後録》跋題甲寅上元日，故錢氏以爲作於癸丑。又明年慶元乙卯，任泰州通判，作《三録》；又三年戊午，年七十二，作《玉照新志》；見《新志》序。其《餘話》不知作于何時，而有趙不譾跋，題慶元庚申，於時明清年七十四；至嘉泰二年壬戌，任浙西參議官，則已七十有六矣。此後之仕履不可復知。宋本於四《録》卷首，皆題“朝請大夫主管台州崇道觀”者，疑爲書賈承《前録》之署銜而誤以冠於各《録》之首也。考宋《中興行在雜買務雜賣場提轄官題名》繆荃孫從《永樂大典》内鈔出，刻入《藕香零拾》。有王明清紹熙三年朝散郎十二月二十二日到任，五年五月添差通判泰州。紹熙五年者，即慶元乙卯之前一年，錢氏謂其以乙卯倅泰州，未見此題名故也。惟是朝散郎在紹興官制爲第二十一階，而朝請大夫爲第十七階，明清既先爲朝請大夫，何以復降爲朝散郎，此其故不可知。紹熙四年癸丑，明清方在雜買務提轄任内，而復爲寧國軍節度判官者，蓋判官其職，提轄其差遣也。《前録》自跋之前，有題目一行，曰"王知府自跋"；《餘話》目録後又有龍山書堂牌子云："今得王知府宅真本全帙四録，敬三復校正鋟木。"疑明清終於知府，第不知其以某官知某府耳。宋洪邁《夷堅三志》己集卷六云："王仲言有女，爲父母憐愛，而所以惱其父者非一，因戲目之曰摩耶夫人。淳熙中爲滁州來安令，一少年悖慢其兄，兄毆致傷，訴于縣。仲言正訪詰其故，忽拊案大笑云：'吾三十年尋一對，今日始得之。'呼兄前語之曰：'汝可謂豈弟君子，且與摩耶夫人作對。'"陸游《渭南文集》卷二十七有《跋王仲言乞米詩》云："數年來，仲言以貧甚客長安中，豪子資給殊厚。今春忽舍去，主人叩首乞少留，不可。"末題淳熙己酉四月。樓鑰《攻媿集》卷九十五《陳傅良神道碑》云："在朝則薦朱熹、葉適、吳仁傑、王明清修史。"龔頤正《芥隱筆記》云："王仲言自宣城歸，得杜甫詩三峽，有當作用。南唐澄心堂紙，有建業文房印，筆法精妙，多與今本不同。"葉紹翁《四朝聞見録》乙集記吳琚爲金陵留守時事，曰："公之客曰儲用、項安世、周師稷、劉翰、王輝、王明清，凡游從皆極一時之彦。"此皆明清平生逸事之可見者也。（《四庫提要辨證》卷十七，科學出版社，1958年10月第一版。）

七、四部叢刊續編本《揮麈録》張元濟跋

是書《前録》第三、四卷，《後録》十一卷，《餘話》二

卷，爲汲古閣毛氏影宋鈔本。餘《前録》第一、二卷，《三録》三卷，均補鈔，然亦據汪閬源所藏宋刻本摹寫。卷中語涉宋室，均空格或提行，宋諱多闕筆，亦有注"高宗廟諱""孝宗御名""今上御名""犯御名"等字者。有時兼避寧宗嫌名，則以刊於慶元故也。是書宋刻，皕宋樓曾得葉文莊、汪閬源所藏，僅《前録》四卷，《後録》二卷，《三録》三卷，今已流入東瀛。士禮居校宋本，亦有殘缺，後歸海源閣，今遭兵燹，恐亦無存。是雖鈔本，然可窺見宋刻全部真面，亦可珍已。民國紀元二十有二年七月，海鹽張元濟。

八、宋陳傅良《歷代兵志》卷八①

竊聞祖宗兵制之善者，蓋能深鑑唐末、五代之弊也。唐自盜起山陵，藩鎮竊據，外抗王命，内擅一方，其末流至朱溫以編户殘寇，挾宣武之師，睥睨王室，必俟天子禁衛神策之兵屠戮俱盡，劫遷洛陽，乃可得志。如李克用、王建、楊行密非不忠義，徒以遐方孤鎮，同盟欲救王室，皆悲咤憤懣，坐視凶逆，終不能出一兵内向。昭宗親兵既盡，朱溫羽翼已就，行密輩崎嶇於一邦，初務養練，不能遽成，此内外俱輕，盜臣得志之患也。後唐莊宗萃名將，握精兵，父子轉戰二十

---

① 按，《歷代兵制》，宋陳傅良撰。據鄧廣銘先生研究："《歷代兵制》第八卷之必係自《揮麈餘話》移録而來。"（鄧廣銘：《鄧廣銘自選集》，首都師範大學出版社2008年版，第623頁。）今列作附録。

433

餘年，僅能滅梁；恃功而驕，兵制不立，弗知內外之患，一夫奮呼，內外瓦解。故李嗣源以退將養疴私第，起提大兵，與趙在禮合於耳陵，返用莊宗直擣大梁之術，徑襲洛陽，乘內輕外重之勢，數日而濟大事。其後耳陵卒恃功狂肆，邀求無窮，至一軍盡誅，血膏原野，而明宗爲治少定。如李從珂、劉知遠、郭威皆提本鎮之兵，直入中原，而內外拱手聽命者，循用莊宗、明宗之意也。周世宗知其弊，始募壯士於帳下，立親衛之兵，爲腹心肘腋之用。未及期年，兵威大振，敗澤潞，取淮南，內外兼濟，莫之能禦。

當是時，藝祖皇帝歷試諸難，親總戎旅，逮應天順人，歷數有歸，則躬定軍制，紀律詳盡。其軍制親衛殿禁之名，其營立龍虎日月之號。功臣勛爵，優視公卿。官至檢校、僕射、臺憲之長，封父祖，蔭妻子，榮名崇品，悉以與之；郊祀赦宥，先務贍軍饗士，金幣絹錢，無所愛惜。然令以威駕，峻其等，爲一階一級之法，動如行師，俾各伏其長，待之盡善矣。爲更戍法，使更出迭入，無顧戀家室之意，殊方異邦，不能萌其非心。僅及三年，已復更戍。爲轉員之制，定其功實，超轉資級。以彼易此，不使上下人情習熟，又其下凜凜，每有事親之懼。樞府大臣侍便殿，專主簿員，三日畢事；命出之後，一日遷徙，不得少留。此祖宗制兵垂法作則大指也。器甲堅良，日課其藝，而怠惰無矣。選其教首，嚴其軍號，精其服飾，而驍銳出矣。中都二坊，制造兵器，旬一進視，謂之旬課。歲輪所造於五庫，故械器精勁，盈牣充積。前世所不逮，至纖至悉。舉自宸斷，臣下奉行，惟恐不及。其最大者，召前朝慢令恃功藩鎮大臣，一日而列於環衛，皆俯伏駭汗，聽命不暇。更用侍從、館殿、郎官、拾遺、補闕代爲守臣，銷累朝跋扈偃塞之患於呼吸俄頃之際。每召藩臣，朝令夕至，破百年難制之弊。使民享安泰於無窮者，蓋宸心已定，利害素分，剛斷必行故也。其定荆湖，取巴蜀，俘二廣，平江南者，前後精兵不過二十餘萬。京師屯十萬，足以制外變；外郡屯十萬，足以制內患。京師、天下無內外之患者，此也。京城之內，有親衛諸兵；而京城之外，諸營列峙相望；此京城內外相制之兵也。府畿之營，雲屯數十萬衆，其將副視三路者，以虞京城與天下之兵，此府畿內外之制也。

非特此也，凡天下之兵，皆內外相制也。以勇悍忠實之臣，分控西北邊孔道：何繼筠守滄、景，李漢超守關南以備北方；郭進在邢州以禦太原；姚內斌守慶州、董遵誨守通遠軍以遏西戎。傾心委之，讒謗弗入。來朝必升殿賜坐，對御飲食，錫賚殊渥，事事精豐。使邊境無事，得以盡力削平東南僭僞諸國者，此也。州郡節、察、防、團、刺史，雖召居京師，謂之遙授。至於一郡，則盡行軍制：守臣通判名銜必帶軍州，其佐曰簽書軍事及節度、觀察軍事；惟帑庫獨推曰軍資庫，蓋稅賦本以贍軍，著其實於一州官吏與帑庫者，使知一州以兵爲重，咸知所先也。置轉運使於逐路，專一飛挽芻糧，餉軍爲職。不務科斂，不抑兼并。曰富室連我阡陌，爲國守財爾。緩急盜賊竊發，邊境擾動，兼并之財，樂於輸納，皆我之物。所以稅賦不增，元元無愁嘆之聲，兵卒營於州郡，民庶安於田間。外之租賦足以贍軍，内之甲兵足以衛民。城郭與村鄉相資，無内外之患者，此也。一州錢解之出入，士卒之役使，盡委二郡者當其事。一兵之寡，一米之微，守臣不得獨預。其防微杜漸深矣。出銅虎符以發兵，驗其機括，不得擅興，以革僞冒。節度、觀察、州三印：節度印隨本使所在，闕則納於有司；觀察使印則長吏用之；州印則晝付録事掌用，至暮歸於長吏。凡節度使在鎮，兵杖之屬，則觀察屬官用本使印判狀焉；田賦之屬，則觀察屬官用本使印簽狀焉；故命師必曰某軍節度、某州軍管内觀察等使、某州刺史，必具此三者。言軍則專制兵旅，言管内則總察風俗，言刺史則治其州軍。此祖宗損益唐制，軍民之務，職分之守，俾各歸其屯。逐縣置尉，捕盜賊，濟以縣巡檢之兵；不足，則會合數州巡檢使之兵；又不足，則資諸守臣兼兵馬鈐轄者。故兵威強盛，鼠偷草竊，尋即除蕩。蓋内外相維，上下相制，若臂運指，如尾應中，靡不相資也。凡統馭施設，制度號令，人不敢慢者，功過必行，明賞罰而已。明於賞罰，則上下奮勵，知所聳動，而奸宄不少逾繩墨之外，事則必立，功則必就也。怒征蜀大將之貪暴也，曹彬獨無所污，自客省使、隨軍都監，超授宣徽南院使、義成軍節度使以賞之；御便殿閱武，賞其藝能，連營俱令轉資。至於荆罕儒戰死，責部將不效命，斬石進等二十九人。雄武兵白晝掠人於市，至斬百輩乃止。川班殿直訴賞，則盡戮其將校而廢其班。太祖嘗曰："撫養士卒，不吝爵賞。苟犯吾法，惟有劍耳！"然神機所照，及物無遺。察人心之所欲，而人盡死力。班太原之師，則謂將士曰："爾輩皆吾腹心爪牙，吾寧不得太原，豈忍令害爾輩也！"或訴郭進修第用筒瓦如諸王之制，則曰："吾於郭進，豈減兒女耶！"祖宗賞罰雖明，誠必及物，故天下用命，兵雖少而至精也。

逮咸平西北邊境之役，兵增至六十萬。皇祐之初，兵已一百四十一萬。故翰林學士孫朱，號善論本朝兵者，其言"古者兵足而已，今內外之兵百餘萬，而別爲三四，又難爲六七也。別而爲三四者：禁兵也，廂兵也，蕃兵也。難而爲六七者，謂之兵而不知戰者也：給漕挽者，兵也；服工役者，兵也；繕河防者，兵也；供寢廟者，兵也；養國馬者，兵也；疲老而坐食者，兵也。前世之兵，未有猥多如今日者也。前世之制，未有煩於今日者也。蓋嘗率計，天下之户口千有餘萬，自皇祐一歲之入一倍二千六百餘萬，而耗於兵者常什八，而留州以供軍者又數百萬也。總户口歲入之數，而以百萬之兵計之，無慮十户而資一廂兵，十萬而給一散卒矣。其衞士之給，又浮費數倍，何得而不大蹙也？以積習刓弊，又數十年。教習不精，士氣不振。揀兵則點數而已，宣借則重疊妄濫。逃亡已久，而衣糧自如；疲癃無堪，而虚名具數。”元豐中，神宗謂宰相吴充曰：“祖宗以來，制軍有意。凡領在京殿前馬步軍司所統諸指揮，置都指揮使、都虞候分領之。凡軍中之事，止責分領節制之人，則軍衆自齊。責之既嚴，遇之亦優。故軍校轉員，有由行伍不久，已轉至團練使者。諸路，則軍校不過各領一營耳。本朝太平百餘年，由祖宗法度具在，豈可輕改?”蓋祖宗相承，其愛民之實，若出一心。謂民之作兵者多，與兵之仰民者不少，而民不可重困也。故張齊賢欲聚益民兵，吕蒙正曰：“兵非取於民不可。”而真宗以深念擾動邊人，遂止。河東、北既置義勇軍，韓琦急於備邊，猶欲刺陜西民爲義勇，諫官司馬光抗草數十萬言論其不可。熙寧中命天下教閲保甲，盛於元豐，本《周官》寓兵於農之意，旋亦廢置。蓋兵雖可練，而重擾也。恭惟祖宗以聖神文武，斡運六合，震讋遐方，悉本於兵。其精神心術之微，蓋不在迹。然則效法祖宗重規疊矩之成，在本聖心，而其迹顧豈能盡哉？今日之淺拙，雖欲紬繹傳載，有所不能知也。（四庫全書本《歷代兵制》卷八）